THE VOR GAME

贵族们的游戏

Lois McMaster Bujold

〔美〕洛伊斯·麦克马斯特·比约德 著

何锐 译

四川文艺出版社

图书在版编目（CIP）数据

贵族们的游戏 /（美）洛伊斯·麦克马斯特·比约德著；何锐译．— 成都：四川文艺出版社，2017.11
书名原文：THE VOR GAME
ISBN 978-7-5411-4832-3

Ⅰ．①贵… Ⅱ．①洛… ②何… Ⅲ．①科学幻想小说—美国—现代 Ⅳ．① I712.45

中国版本图书馆 CIP 数据核字 (2017) 第 272527 号

版权登记号：图进字 21-2017-604

GUIZUMEN DE YOUXI

贵族们的游戏

〔美〕洛伊斯·麦克马斯特·比约德 著 何锐 译

策划出品 磨铁图书
责任编辑 张亮亮 周 轶
特约监制 王传先
产品经理 穆 晨
特约编辑 李 彤
封面设计 蜀 黍

出版发行 四川文艺出版社（成都市槐树街 2 号）
网 址 www.scwys.com
电 话 028-86259287（发行部） 028-86259303（编辑部）
传 真 028-86259306

邮购地址 成都市槐树街 2 号四川文艺出版社邮购部 610031
印 刷 河北鹏润印刷有限公司
成品尺寸 146mm × 210mm 1/32
印 张 11 字 数 290 千
版 次 2017 年 12 月第一版 印 次 2017 年 12 月第一次印刷
书 号 ISBN 978-7-5411-4832-3
定 价 42.00 元

目录

CONTENTS

第一章

“飞船岗！”排在迈尔斯前方四个位置的少尉欢呼一声。他脸上神采飞扬，目光在手中的通知单上来回飞掠，手中那张薄薄的塑料纸被弄得沙沙作响：“我将要去帝国巡洋舰‘瓦哈拉斯准将号’上担任初级武备官了。马上去泰纳瑞基地航天港报到，在那里变轨。”在被戳了一下后他猛地跳开给后面的人让出道来，动作大失军人风范，嘴里还在快活地小声吹着口哨。

“普劳斯少尉。”坐在桌子后面的那位年长军士居然能在脸上同时表现出厌倦和优越感。他用拇指和食指慎重地掂起下一个密封袋。迈尔斯有些好奇：他在帝国军事学院这个岗位上待了多久了？有多少位年轻军官曾在他平淡的目光下经历他们职业生涯中的这头一个重大时刻？几百——或者几千？干了几年之后他们是不是在他眼里都一个模样了？同样一身淡绿色军装。同样在高高的衣领上佩着新鲜入手、闪闪发光的蓝色方形塑料军章。同样渴望的眼神。这些见鬼的毕业生，来自帝国军方的最高精英学府，满脑子都是对未来军旅生涯的各种幻想。我们不是向未来行军；我们向它冲锋。

普劳斯朝边上挪开，把拇指摁在指纹锁面上，然后打开了他的封袋。

“哪里？”排在迈尔斯前面的伊凡·弗·帕特利尔问道，“别吊我们的胃口。”

“语言学校。”普劳斯边继续往下看边说。

普劳斯现在就能完美地使用贝拉亚（译者注：贝拉亚帝国发祥行星。贝拉亚意为“贝拉山谷”）当地的四种语言进行交流。“去当学生还是导师？”迈尔斯追问道。

“学生。”

“啊哈，那肯定是去学银河系里的那些语言。然后情报部门会想要你。你多半是要远赴天外了。”

“不一定。”普劳斯说，“他们也许会让我待在某个地方的混凝土小隔间里，为他们翻译计算编程，直到我两眼变瞎。”可他眼里却闪烁着希望。

迈尔斯出于善意没有指出在情报部门工作有个最大的缺点，那就是你最终必定在那个会记得一切的人——帝国安全部部长西蒙·伊林手下工作。不过以普劳斯的级别，他很可能还不会直面尖刻的伊林。

“卢巴契克少尉。”

卢巴契克过度老实的程度在迈尔斯所认识的人当中排名第二。因此当他打开信封后哽咽难言之时，迈尔斯毫不惊讶。“帝国安全部。安全和反刺杀高级课程。”

“啊哈，皇家警备学校。”伊凡饶有兴趣地从卢巴契克肩上探头插话。

“这可相当光荣。”迈尔斯评述道，“伊林通常只从那些从军二十年，胸前勋章成排的人里挑选学员。”

“也许是皇帝格雷果找伊林要个年纪跟他自己差不多的人。”伊凡提出他的看法，“好让那儿光明点。伊林身边总围着一群苦瓜脸老化石，简直要让我得抑郁症。你可千万别表现出自己有幽默感，卢巴契克。依我看那会是让人自动被判定不适任的品质。”

要是这样，卢巴契克可就不会有失去那个岗位的风险啦。迈尔斯心中想到。

“我真的会见到皇帝吗？”卢巴契克问道。他焦虑的目光在迈尔斯和伊凡之间来回打转。

“你很可能要每天望着他吃早餐。”伊凡说道，“可怜的家伙。”他是指卢巴契克还是格雷果？绝对是格雷果。

“你们这些弗氏贵族们（译者注：贝拉亚帝国的军事贵族姓氏均以“弗”开头，类似德国的“冯”之类。这个头衔来源不明，一个可能的来源参见《记忆》）认识他——他是个什么样的人？”

伊凡的眼神开始闪烁。迈尔斯抢在他真的搞出恶作剧前开了口：“他很直率。你们会相处愉快的。”

卢巴契克走开了。他看起来略微放心了些，又在看他那张薄纸了。

“弗·帕特利尔少尉。”军士缓慢而庄严地念道，“弗·科西根少尉。”

高大的伊凡拿起他的袋子，迈尔斯拿上自己的，两人相伴离开了队列。

伊凡打开了他的封袋：“哈。是弗·贝拉苏丹娜（译者注：贝拉亚帝国的首都，贝拉亚行星的首府。该城市名意为“弗·贝拉家的贵妇”）的帝国司令部。我将要……我得告诉你，你将成为乔立夫准将的幕僚。作战部。”他点点头，把他的单子翻了过来：“实际上，明天就开始。”

“喔。”那个抽到去飞船的少尉说话的时候还有点雀跃不已，“伊凡要去做秘书啦。如果拉米茨将军（译者注：从姓氏上看，这是一位德裔将军）要你坐到他膝盖上时你可得当心了，我听说他——”

伊凡飞快地朝他比了个熟悉的下流手势：“嫉妒，纯属嫉妒。我将要过上跟平民一样的生活。工作时间朝九晚五，在城里有自己的公寓——我也许该向你指出，在天上的飞船里可没有姑娘哦。”伊凡的语声平稳、欢快，可他的眼神没能完全藏好他心中的失望。伊凡也希望能得到飞船上的岗位。他们谁都希望。

迈尔斯也一样。在飞船上工作。最后成为统帅，就像我的父亲，父亲的父亲，父亲的父亲的父亲……这是个愿望，是个祈盼，是个梦想……他犹豫了：出于自律，出于恐惧，出于最后一刻徘徊在心中的厚望。他把大拇指按在锁盘上，沉着冷静，小心翼翼地打开了封套。一张薄薄的塑料单，一沓车船票……他读完眼前那段短短的文字只花了一小会儿。读完后他不再从容，而是在惊疑中僵在了原地，又从头开始看那段话。

“唉，怎么了，表弟？”伊凡越过迈尔斯肩头朝下看了看。

“伊凡。”迈尔斯语声艰涩，“是我犯了健忘症，还是我们上的科学课程中确实从来没包括气象学？”

“五度空间数学，学过。外星植物学，学过。”伊凡边回忆边漫不经心地挠了挠痒痒，“地理学和地形评估，学过。嗯，有门航空气象学，在我们第一学年上的。”

“没错，可是……”

“那么，他们这次又对你玩什么花样了？”问话的普劳斯明显准备视下面的回答给出祝贺或者给出同情。

“我被分配到拉兹科斯吉基地担任首席气象官。这见鬼的拉兹科斯吉基地在哪儿？我听都没听说过这个地方！”

桌边的军士骤然抬起头，露出一抹坏笑：“我听过，长官。”他主动说道，“在一个叫作基里尔的岛上。北极圈附近。步兵部队的冬季训练基地就在那儿。那些大头兵们管它叫‘永冻营’。”

“步兵？”迈尔斯说。

伊凡瞪大了双眼，然后朝着迈尔斯皱起眉头：“步兵？你？这看起来可不对头啊。”

“是的，不对头。”迈尔斯的声音很低。他满心都想着自己的身体残障，只觉一片冰冷。

多年来迈尔斯都在经受着各种奇奇怪怪的尖端治疗方法带来的折磨。它们差不多矫正了他天生的严重畸形——他出生时险些因此夭折。大概还是婴儿时，他只能像只青蛙一样蜷缩，现在他几乎能完全站直了。他那脆弱如云母，随时会像粉笔般折断的骨头现在差不多坚硬起来了。当年那个皱巴巴的“荷尔蒙克斯”（译者注：中世纪传说中用炼金术制造的“瓶中小人”，据说智慧远超人类，但脆弱短命。最著名的例子于《浮士德》中登场），如今站起来差不多有四英尺九英寸了。最后那段时间，他得在骨头的强度和长度之间做出权衡。他的医生至今仍认为他最后六英寸的高度是个错误。迈尔斯在腿摔断了好几次之后认同了这点，但为时已晚。可他不是个变异体，不是……不过这无关紧要。只要他们能让他在皇家部队中发挥自己的优点，他就能让他们忘了他的缺陷。这道理不言自明。

在部队里有成百上千的岗位能发挥出他的才华，同时隐藏起他的缺陷，让它们不会造成半点影响。比如幕僚，比如情报解译官。甚至飞船上的武备官也没问题，他只要盯好自己的电脑。这很明显，肯定大家都明白。但结果是步兵？有人在舞弊，或者是搞错了。不可能是什么别出心裁的创举。他拳头里紧紧攥着那张单子犹豫了很久，然后朝门口走去。

“你去哪儿？”伊凡问道。

“去找塞西尔少校。”

伊凡噘起嘴唇，叹了口气：“噢？祝你好运。”

桌边的军士忍住微笑，埋头整理下一堆密封袋：“德拉特少尉。”他喊道。队伍又往前挪了一个位置。

迈尔斯走进塞西尔少校的办公室，敬了个礼。少校正半边屁股靠在他书记员的桌子上，对着视讯显示器在询问什么。

他抬眼瞥了下迈尔斯，然后瞧了瞧自己的计时器：“啊哈，还不到十分钟。这个赌我赢了。”少校朝迈尔斯还了个礼，而书记员则苦笑着从衣兜里掏出一小沓钞票，从中抽出一张一马克的，默默递给了他的上司。少校的表情似乎越发开心了。他朝门口扬了扬头；书记员扯下自己打印机上刚吐出的塑料单子，离开了房间。

塞西尔少校年约五十，身材削瘦，脾气温和，富于警觉。尽管名义上他并非人事部的领导——这个管理职位属于一名更高阶的军官——但迈尔斯早就发现塞西尔才是这里做出最终决定的人。每一名学院毕业生的分配方案最终都要通过他的手。迈尔斯一直都觉得他是个易于相处的男人：他首先是导师，是学者，然后才是军官。他为人冷峻但偶尔不失幽默，工作热情很高。迈尔斯一直都相信他。直到此刻。

“长官。”他开口说道。他满脸不快地把给他的命令书往前一伸，“这是怎么回事儿？”

塞西尔将那张一马克的票子装进了自己的口袋，眼中闪烁着自顾自的快乐：“你是要我念给你听吗，弗·科西根？”

“长官，我怀疑您——”迈尔斯停了下来，按捺住自己的语气，再度继续。“我对给我的任命有些疑问。”

“气象官，拉兹科斯吉基地。”塞西尔少校把任命背了出来。

“那么这……不是搞错了？我拿到的封袋没错？”

“如果上面写的内容是这样，就没错。”

“您知道我学过的唯一一门气象学课程是航空气象学吧？”

“知道。”少校毫不动摇。

迈尔斯顿了一下。塞西尔把他的书记员打发出去是个清楚的信号：这是一次坦率的交谈。“这是某种惩罚吗？”我哪里得罪过你吗？

“为什么这么说，少尉——”塞西尔语声平和，“这是个很平常的任命。你期盼会得到一份非同寻常的吗？我的工作是把用人需求和适任者配对。每个需求都要有人去满足。”

“任何一名技校毕业生都能满足这个需求。”迈尔斯努力让自己的嘴里不发出咆哮，让自己的手指不要屈成拳头（译者注：原文此处前一句用了双关词snarl，该词的常用意为“蜷曲”，和后一句形成文字对称。译者能力不足，没能找到合适的中文对译这个文字游戏）。“而且更适合。不需要一名学院出身的军官候补。”

“这倒是。”少校表示赞同。

“那么，这是为什么？”迈尔斯爆发了。声音出乎他预料地大。

塞西尔叹了口气，挺直了身子：“因为我注意到你了，弗·科西根。我一直在观察你——你应该也非常清楚，在走廊里来来去去的这些候补军官中，除了格雷果皇帝本人，你就是最为人密切关注的了——”

迈尔斯略微点了点头。

“而且尽管你在某些领域表现优异，你同时也显示出了某些顽疾。哦，我不是指你的身体疾病，虽然当初除了我之外所有人都觉得你一年内就会因病退学。你在这方面敏感得令人吃惊——”

迈尔斯耸耸肩：“疼啊，长官。不是我想要的。”

“当然。不过你身上隐藏得最严重的问题在于……我该怎么表达才准确——服从性。你争辩太多。”

“不，我没有。”迈尔斯愤然开口……然后闭上了自己的嘴。

塞西尔飞快地咧嘴一笑：“相当多。另外你还有个相当恼人的习惯，对待你的上级军官就好像是对待你的……嗯……”

他停顿了一下，显然又是在思索着寻找合适的用词。

“平级？”迈尔斯试探道。

“牲口。”塞西尔用精心挑选出的词纠正道，“按你的意愿驱使的牲口。你操纵他人的本领出类拔萃，弗·科西根。我研究你足有三年了。你推动团队的本事令人赞叹。无论你是不是领导人，到头来你的主意总会不知不觉间被施行。”

“我一直都……这么目无尊长吗，长官？”迈尔斯心中一沉。

“恰好相反。考虑到你的背景，你能把你的，嗯，那点傲慢的倾向掩藏得这么好，这已经是个奇迹了。可是啊，弗·科西根——”塞西尔的口气终于完全严肃起来，“帝国军事学院并不是帝国军队的全部。你在这里能让同伴们欣赏你，是因为在这里头脑是最被看重的。所有战略对抗小组都会第一个选你做队友，个中原因跟你在任何纯体力比赛中会最后一个被选是一样的——这些少年英才们想赢。无论何时，不惜代价。”

“我没法跟普通的人一样生活，长官！”

塞西尔偏了偏脑袋：“我同意。但是，有时候，你还是必须学会如何指挥普通人——以及被他们指挥！

“这不是惩罚，弗·科西根，也不是我在恶作剧。我的抉择不但攸关这里这些羽翼未丰的军官们的性命，还关系着那些被我把他们强加其上的无辜的士兵的。如果我的评估出现了严重的差错，把一个人派到超过他能力范畴或者不适合他的岗位上，那被我置于危险中的不只是他的生命，还有那些他周围的人的。听着，再过六个月——可能要加上计划外的延宕——帝国太空船厂就要完成‘赛格王子号’的建造。”

迈尔斯的呼吸几乎停顿了。

“你明白了吧。”塞西尔点点头，“帝国的皇帝陛下在太空中拥有的最新、最快、最致命的造物。而且航程也最长。它会驶入外太空，在那里滞留的时间将超过以前我们的任何一艘飞船。随之而来的就是所有乘员不得不摩肩接踵地挤在一块儿的时间也会延续得比之前更久。事实上，统帅部对在这艘船上的所有人的心理档案都有所留心。以防万一。”

“现在，听好了。”塞西尔朝前俯身，迈尔斯也条件反射似的往前靠了靠，“只要六个月内，你在一个与世隔绝的低层哨所里不惹是生非——直接说吧，如果你证明你能应付得了永冻营的局面，我就会认可你能应付得了任何军方可能会交给你的任务。而且我会支持你申请调动到‘赛格王子号’上去。但如果你搞砸了，我或者是其他任何人都救不了你。成败就看你自己的了，少尉。”

飞，迈尔斯想。我想飞。“长官……这地方到底有多糟糕？”

“我不想给你先入为主的偏见，弗·科西根少尉。”塞西尔一本正经地说道。

我真是很喜欢你哦，长官。“但是……步兵？我的身体条件……虽然综合考虑并不会让我不能在那里服役，可我不能假装问题不存在。或许我该找个墙头跳下，立刻干掉自己，节省所有人的时间。”该死的，要是他们打算直接弄死我，何必让我在贝拉亚最昂贵的教室中占用席位三年之久？“我一直以为这问题会被纳入考量。”

“气象官是技术专家，少尉。”少校安慰他道，“没人会试着把装满的野战背包丢在你背上，让你被压扁。我相信军队里不会有哪个军官会想要选择向阿罗将军（译者注：作者在文中对少将、中将和上将或者将军/五星上将基本未加区分，一概称为将军）解释你是怎么变成尸体的。”他的语气冷淡了些，“你有个守护天使（译者注：双关语，暗指迈尔斯身居高位的父亲，同时也似乎在挖苦他只有家世，以此试探迈尔斯）。畸形人。”

塞西尔对他并没有偏见，只是在测试他。一直都在。迈尔斯垂下了头：“我可能也会成为我之后的畸形人的守护天使。”

“你已经搞清楚了吧，是不是？”塞西尔骤然试探地望着他，眼神中略带几分赞许。

“多年前就清楚了，长官。”

“唔。”塞西尔微微一笑，在桌上一撑，走向前方，伸出一只手，“那么，祝你好运。弗·科西根大人。”

迈尔斯握了握他的手：“谢谢你，长官。”他粗粗看了看那堆票证，把它们依次收好。

“你的第一站是哪儿？”塞西尔问道。

又在测试。这肯定已经成了这头猛兽的嗜血本能了。迈尔斯给了他个意外的回答：“学院档案室。”

“啊哈！”

“我去下载军方的气象学手册。还有补充资料。”

“非常好。顺便，你在哨所里的前任会在那儿多待个把星期，给你一些指导。”

“听到这消息我真是非常高兴，长官。”迈尔斯这话是真心实意的。

“我们并不打算让这任务无法完成，少尉。”

只是想让它非常难以完成。“得知这点也让我很高兴，长官。”

迈尔斯告别时敬礼的样子几乎就是个乖乖服从上级的下级了。

迈尔斯前往基里尔岛的最后一段路乘坐的是一架自动驾驶的大型货运空中飞梭，和他在一起的只有一名百无聊赖的备用驾驶员和八十吨的给养物资。他把这趟孤单旅程的大部分时间都用在埋头研究气象知识上了。在最近两个载货点出现了几个小时的延误，飞行时间表也迅即进行了修订；然后迈尔斯开心地发现，在空中飞梭停靠在拉兹科斯吉基地时自己学到的内容比预期更多。

货舱门打开了，挨着地平线潜行的一轮太阳发出的柔光投射进来。这盛夏的和风温度大约五摄氏度。迈尔斯见到的第一批士兵是一群穿着黑色连裤工作服的男人们，他们在一名满脸疲惫的下士指挥下开着装载车朝飞梭驶来。看起来没有安排专人迎接新来的气象官。迈尔斯穿着风衣耸耸肩，朝他们走去。

两名穿着黑衣的男人看着他踉跄走下跳板，用贝拉亚希腊语谈论着什么。这是种少数民族语言，起源于地球，但在隔绝年代的多个世纪中已变得面目全非。旅途带来的疲惫不堪，再加上他们脸上那副他再熟悉不过的表情给出的暗示……迈尔斯迅速做出了决定：不管他们说了什么，他都准备听而不闻。只要装着听不懂他们所用的语言就好。反正普劳斯也好多次跟他说过，他的希腊语说得糟糕透了。

“喂，看见那边没？这是个孩子吗？”

“我知道他们要给我们派娃娃军官来，但这个创造了新低度啊。”

“嘿，那不是个孩子，是个该死的侏儒。产婆在给他接生的时候肯定是失手了。看啊，这是个畸形！”

迈尔斯努力克制住自己，不把目光转向这些评头论足的家伙们。他们越发相信自己的交谈他听不懂，于是说话的声音从耳语升到了正常说话的音量。

“你说这玩意儿穿着制服干吗啊？”

“也许他是我们的新吉祥物。”

即便今天，那些代代相传的古老恐惧仍然如此微妙地深入人心，如此无所不在。群体自反馈回路可能会让一群人激动不已，甚至都没搞清楚他们为什么憎恨你就把你给活活打死。迈尔斯很清楚他一直以来都受到他父亲权位的庇护，但社会上有些没那么幸运的畸形儿会遇到许多很可怕的事情。两年前弗·贝拉苏丹娜的老城区就发生过一件令人毛骨悚然的事情：有人发现一名穷苦的残疾人被阉割了，是一群醉酒的暴徒用一个打破的酒瓶干的。这件事被视为丑闻，而不是被看作理所当然的事情——也算是种进步吧。最近在弗·科西根家自己的领地上发生的一件杀婴案更是让他有切肤之痛（译者注：故事详见《哀悼的群山》。一个失去孩子的母亲向弗·科西根家族控告自己的丈夫杀死了自己有兔唇的孩子。迈尔斯经过调查发现了事件的真相比开始以为的更加令人痛心）。是的，阶级是有用的，无论是社会上的还是军中的。迈尔斯准备尽可能利用一切条件让自己免遭厄运。

他把自己的风衣往后扯了扯，好把自己的军官领章清楚地展示出来。“你好，下士。我收到了命令要去向基地里的气象官安（译者注：原文为韩国姓氏“安”的罗马字母写法。显然这位是韩裔）中尉报到。我在哪儿能找到他？”

迈尔斯等待着按军规被敬礼，等了好一会儿。这也太无礼了；下士一直在瞪眼瞅着他。慢慢地，他终于意识到迈尔斯大概真的是名军官。他终于敬了个迟来的军礼。“请原谅，呃，长官，您刚才说什么？”

迈尔斯和气地回了个礼，平静地把刚才的话重复了一遍。

“呃，安中尉，嗯。他通常都躲在窝里——我是说，他通常在自己的办公室里。在行政主楼。”下士抬起手臂，指向一座两层楼的预制件建筑。这幢小楼伫立在停机坪边上一大排半地下式仓库的后面，离这里大概有一公里远。“你不会走错的，那是基地里最高的建筑物。”

还有个很显眼的标志，迈尔斯想，楼顶上竖着的通信设备。很好。

现在他是该把自己的行李交给这些呆瓜，然后祈祷它会跟着他抵达最终的目的地，不管那到底是哪儿，或者是该打断他们的工作，征用一辆装载车乘车过去？他打量了一下自己。站在这堆行李前面的他，看起来就像是一艘船上的船首像，正朝着自己命定的终点冲去，背后带着半吨重的长袖保暖内衣，每箱两打，货号6774932。他决定还是扛着自己的行李走过去。

“谢谢你，下士。”他朝对方指出的方向走去。他的瘸腿和隐藏在裤管下面的支撑架分担着额外的重量，让他感觉得格外清晰。这段路途实际上比看起来要远，但他一路小心翼翼，没有停下也没有跌倒，把第一间库房远远抛在身后。

基地看起来几乎荒无人烟。当然了。这里的主人主要是那些参加训练的步兵们，他们每年冬天会分成两批前来，然后离开。现在这里只有长期驻员在，而且迈尔斯敢打赌，其中大多数人都趁着这个短暂夏日提供的喘息之机出去度长假了。一直到他气喘吁吁地在行政楼里停下来都没遇到任何人。

楼层地图显示器的屏幕上横贴着一张手写的便条，说它坏了。迈尔斯沿着他右手边第一条，也是唯一的一条走廊走去，想找间有人的办公室，任何一间都行。大多数办公室门都关着，但没锁，里面的灯都关着。有间标着“总会计师”字样的办公室里有个男人，穿着一身黑色的军服，领子上佩有红色的中尉领章。他嘴里低声咒骂着什么，注意力完全集中在面前的全息投影上。投影里是一列列长长的数据。

“气象室在哪儿？”迈尔斯朝门里叫道。

“二楼。”中尉头也不抬地朝上指了指。他又往前躬了些，嘴里也再度开始咒骂。迈尔斯没再打扰他，蹑手蹑脚离开了。

他最后终于在二楼找到了气象室。门没开，门牌上的字已然褪色。他在外面站定，把那堆行李放下，把自己的风衣搭在上头盖着。他自我检查了一下。十四个小时的旅程让原本整洁挺括的军装皱巴巴的，但他成功地让自己的绿色常服军装和中筒靴没有沾上食物残渍、泥巴或者其他不合宜的东西。他把自己的帽子弄扁，在腰带上仔细别好。他跨过了半个星球，越过半生的时间，终于迎来了这一刻。过去三年他狂热地训练就是为此做准备。但学校里的日子总是带着一丝装模作样的气息，“我们只是在做练习”；而现在，终于，他要来真的了，和他的第一位真正的指挥官面对面。第一印象可能非常关键，对他来说尤其如此。他深吸了一口气，伸手敲门。

门后传来一个含糊沙哑的声音，听不清说的是什么。大概是让他进去？迈尔斯打开门，大步走了进去。

他第一眼看到的是若干计算机界面和视频显示，在对面的墙上闪烁不定。一股热浪扑面而来，让他不由得往后一仰。里面的气温跟人的体温差不多。除了那些显示之外的地方都是一片昏暗。

迈尔斯发现左边有动静，于是转身敬礼。“迈尔斯·弗·科西根少尉，依令前来就职报到，长官。”干脆利落地礼毕后他朝那边看去。没看到人。

动静来自下方。地板上坐着一个男人，四十来岁，没刮胡子，身上只穿着内衣，背靠在算讯终端（译者注：作者书中世界特有的一种电子设备。相当于可视电话、个人电脑的综合体，也可能会外接读卡器、掌纹识别器等更多设备）上。他冲迈尔斯笑笑，扬起半瓶琥珀色的液体，咕哝了一句：“欢迎，孩子。我爱你。”然后慢慢地倒了下去。

迈尔斯盯着地上的他，陷入了长久的沉思。

这男人开始打呼噜了。

迈尔斯把暖气关掉，脱掉自己的外衣，往安中尉（假设那是他的话）身上扔了条毯子，然后花了半个小时仔细地考虑了一番，彻底检查了一下他的新领地。毫无疑问，他需要有人指导他该如何管理这间办公室。除了卫星的实时影像之外，似乎还有一打局域气候观测设备，分散在岛上各处，自动发来数据。操作手册已然不翼而飞——假如曾经有过的话——电脑里也没有。在“体面”地迟疑了一会儿，顺便饶有兴味地研究地上的鼾声和扭动的节奏之后，迈尔斯大胆地在安中尉的桌上搜罗了一遍，还浏览了他算讯终端里的文档。

迈尔斯发现的几件相关事实让他面前这个家伙奇特的行为显得好理解了些。看起来，安中尉已经服役了二十年，再过几周就要退役了。他上次晋升已经是很久很久以前的事情了。而上次调动工作地点则是更久以前。十五年来，他一直是基里尔岛上唯一的气象官。

从我六岁的时候开始这个可怜的家伙就一直被困在这坨冰山上。迈尔斯在心里计算了一下，不寒而栗。过了这么久之后，事到如今，安的酗酒问题到底是他处境的原因还是结果则很难说了。嗯，只要他到明天能足够清醒，告诉迈尔斯下面该怎么做就好。如果他清醒不了……迈尔斯能想出半打方案来弄醒他，不管他自己是否乐意恢复清醒。有些方法残忍，有些则手段非常。只要他能让安中尉把技术指导给吐露出来，之后安就可以回去昏睡了，一直睡到他们把他滚上离岛的运输机——迈尔斯不会在意的。

决定安中尉的命运之后，迈尔斯披好上衣，把自己的家伙什儿在桌子后面放好，便出发继续探索了。这里的指挥链上的某个环节肯定有个清醒、认真、理智的人，在好好完成自己的工作。不然这地方甚至连现在的样子也维持不下去。或者也许这里就是靠下士们在运作？谁知道呢。迈尔斯觉得，如果是那样的话，他的下一步肯定应该是找到这里实际作用最大的那个下士，然后控制他。

一楼的门厅里出现了一个人，朝着迈尔斯走过来。最初那只是个在前门照进来的光线中的轮廓。这个身影在精确地以快步速（译者注：美军术语，指每分钟180步的行进速度）朝他跑来，渐渐清晰，最终显露出一个结实的高大男性，身上穿着运动裤、T恤衫和跑步鞋。他显然是刚跑完五公里健身跑——也许还额外做了一两百次俯卧撑当添头。铁灰色的头发，冷硬似铁的眼神；他大概是个脾气很坏的负责训练的军士。他突然停了下来，瞪着迈尔斯——脸上先是一副惊讶的表情，然后抿起了嘴唇，皱起了眉头。

迈尔斯双腿略为分开站在原地，头往后一仰，以同样严厉的眼神回瞪过去。这男人似乎完全没看到迈尔斯领子上的衔章。恼火的迈尔斯厉声喝问："所有的管理人员都去度假了吗？有没有谁在管理这个该死的动物园？"

那人的眼中腾起了怒火，仿佛其中有块击铁撞上了燧石，这在迈尔斯的大脑中引燃了一点警告的灯火，但狂言已出，覆水难收。迈尔斯的脑海深处有个歇斯底里的评论家在高喊：嘿，这里，先生！那家伙边说边往前一跳，鞠了个躬，做了个夸张的挥手动作。我这里有最新奇的表演哦！迈尔斯恶狠狠地把这声音压了下去。那张居高临下俯视着他的脸上满布皱纹，任何一丝皱纹中都没有半点幽默的痕迹。

基地指挥官笔挺的鼻子末端发出一声冷哼。他怒视着迈尔斯沉声咆哮："我在管理这里，少尉。"

迈尔斯终于找到通往自己新住所的路时，远方涛声隐隐的海面上已经浓雾弥漫。军官宿舍和周围的一切都陷入了一片阴暗中，到处都是灰色的，到处都霜沫浮动。迈尔斯觉得，这是个不祥之兆。

上帝啊，这个冬天会很漫长的。

第二章

第二天早上，迈尔斯估摸着在早班开始的时候到了安中尉的办公室。让他颇为惊讶的是，他看到安中尉醒着，全无酒意，穿着制服。这并不是说这个男人看起来状态完全良好：他脸色苍白，呼吸时鼻子里呼噜呼噜直响，缩成一团坐在那儿，用他那双眯缝眼（译者注：西方人认为亚裔常具有眼部细长的特征，以这个词专门描述此种特征。有时带有侮辱意味）盯着计算机屏幕上一幅着色的气象动图。他用一只潮乎乎、颤巍巍的手握着遥控器发出信号，让全息图像不断缩放、移动，看得人眼花缭乱。

“早上好，长官。”因为心中的怜悯，迈尔斯说话时柔声细语，带上背后的门时悄然无声。

“啊哈？”安中尉抬起头，机械地朝迈尔斯回了个礼，“我的天，你是……啊，少尉？”

“我是来接替你的，长官。没人告诉过你我要来吗？”

“噢，对了！”安的神情立刻明快了些，“很好。请进。”已经在屋里的迈尔斯没动，微笑了一下。“我本打算去停机坪接你的。”安继续说道，“你来早了。但看起来你还是准确地找到了路。”

“我昨天就到了，长官。”

“噢。那你该来向我报到啊。”

“我报到过了，长官。”

“噢。”安有些不安地眯眼看着迈尔斯，“你来过了？”

“你还答应今天上午给我做一次完整的技术指导，关于这办公室的，长官。”迈尔斯抓住机会添油加醋。

“喔。”安眨了眨眼，“很好。”他脸上的不安减少了一点。“嗯，呃……”安揉了揉自己的脸，四下打量。他抑制住自己的反应，对迈尔斯身体那副样子仅仅悄悄瞥了一眼。然后，大概是觉得自我介绍之类必要的社交过程他们昨天肯定都已经完成了，他立刻就开始从左到右依次给迈尔斯描述墙边上那堆设备了。

这描述，也可以说是“介绍”（译者注：双关语。既指描述情况，也指下文提到的安中尉把机器当作女性向迈尔斯进行引介）。所有的设备都有一个女性名字。除了介绍他的机器时会把它们当作人的这个倾向，安在解释他的工作细节时显得相当有条理。不过他偶尔会偏离主题，然后说些不着边际的话，接着陷入沉默中。迈尔斯这时就会边做笔记边用些适当的问题把他徐徐引回气象学上。安在房间四处不知所措地做了一会儿布朗运动（译者注：细小颗粒在液体或者气体中的无规则运动）之后，他终于重新找到了自己办公室里存有机器操作手册的磁盘：就贴在对应的设备底面上。他现煮了一杯咖啡，用的是台违反规定悄悄藏在墙角橱柜里的咖啡机——他给这台机器起名为“乔吉特”。然后他把迈尔斯领到了楼顶，向他展示那里的数据采集中心。

安马马虎虎地检查了一下那里各式各样的仪表、数据采集器和样品采集器。看起来早上的这番辛苦正让他的头疼愈演愈烈。他重重地往前方围着自动工作站的防锈护栏上一靠，眯眼眺望着远方的地平线。东西南北，他在罗盘的每个方位上都似乎要沉思一小会儿，而迈尔斯一直在他左右亦步亦趋。也许安中尉那副内省自察的表情只不过是因为他快要吐出来了？

早上的天色暗淡，虽然天气晴朗，太阳高照——迈尔斯提醒自己，凌晨两点太阳就升起来了。这个纬度上一年间最短的夜晚刚过去不久。迈尔斯饶有兴趣地从这个宝贵的制高点上凝望着拉兹科斯吉基地和基地外面单调乏味的风景。

基里尔岛是海上一个卵圆形的隆起，宽约七十公里，长约一百六十公里，离最近的其他陆地有超过五百公里的距离。无论是岛还是基地的特征基本都可以用两个词来描述："起伏不平"和"褐色"。包括迈尔斯所住的军官宿舍在内，附近的大多数建筑物都是埋在地下的，"屋顶"就是天然的草皮。这里没人去劳神搞过地球化改造来种植庄稼，岛上仍然维持着原本的贝拉亚生态圈，偶尔有些地方因为过度开发利用变得光秃秃的。为冬季前来训练的步兵们准备的兵营顶上覆盖着一卷卷硕大、厚实的草皮，里面现在静悄悄的，空无一人。满是泥泞的车辙从基地伸展开去，通往一片荒凉的射击场、障碍跑道以及坑坑洼洼的实弹训练区。

南面不远处，铅灰色的大海波澜起伏，把一年中太阳最大度的赐予变成了点点粼光。在北面远方，一根灰色的线条标出了冻土苔原的边界，再过去是一连串死火山。

迈尔斯自己在冬季演习时曾接受过短期军官培训，那是在贝拉亚星第二块大陆深处的黑崖山脉中。当然，那里也有很多雪，而且地势险峻，但空气干燥而清新，让人精神振奋。而这里，即便是在今天这个盛夏的日子里，海上的潮气似乎仍然在他松开的风衣底下往上攀爬，啃噬着他骨头上的每一处旧伤。迈尔斯耸了耸肩，但感觉毫无改善。

安仍然靠在栏杆上，斜眼看着边上迈尔斯的动作："跟我讲讲吧，嗯，少尉。你是那个弗·科西根的亲戚吗？我从看到调令上的名字那天开始就很好奇。"

"是我父亲。"迈尔斯简短地答道。

"仁慈的上帝啊。"安眨巴了一下眼睛，挺直了身子，意识到之后又重新靠回去，用双肘撑住栏杆，"仁慈的上帝啊。"他重复了一遍。他入迷地咬了咬嘴唇，那双无精打采的眼里闪出了几许发自内心的好奇，“真实的他是什么样的？”

何等难以回答的问题啊。迈尔斯恼火地想道：将军，阿罗·弗·科西根伯爵，对贝拉亚近半个世纪的历史影响重大的伟人；科玛的征服者，糟糕透顶的埃斯科巴大撤退中的英雄；在格雷果皇帝多灾多难的未成年时期他当了十六年贝拉亚摄政王，那之后四年是皇帝信赖的首相；他摧毁了弗·达瑞安觊觎皇位的野心（译者注：故事详见《贝拉亚》。弗·达瑞安并未正式篡夺皇位或者僭称皇帝，因此只说“觊觎”）；他是第三次西塔甘达战争神奇胜利的设计师，在过去二十年间贝拉亚内部血腥的政治斗争中他毫不动摇地稳坐虎背。那个弗·科西根。

我曾见过他展颜欢笑：当时他站在弗·科西根萨尔洛（译者注：弗·科西根领地的小镇。萨尔洛意为“临水的，在水上的”）的码头上，朝着海面大声叫喊着给我指导——那天早上我第一次出海，把掠水艇弄翻了，又自己把它正了过来（译者注：阿罗笑的原因应该是他本人当年经常翻船落水……该情节见于系列第一部《荣誉碎片》，该书暂无中文版）。我曾见过他痛哭流涕，喝得酩酊大醉——比你昨晚还醉得厉害，安：那天夜里我们得到消息，杜瓦利埃少校已经因间谍罪被处决。我曾见过他勃然大怒，脸涨得通红，好像猪肝，让我们都为他的心脏担忧。当时关于那件最终导致了索尔斯提斯（译者注：科玛星首都。市名意为“日至点”。这一事件的相关情节散见于系列的《兄弟手足》等多部书中）暴动的愚行的细节报告终于传来。我还见过他凌晨时分只穿着内衣在弗·科西根宅邸里四处游荡，打着哈欠催促我那睡眼惺忪的母亲帮他找齐一双配对的袜子。安啊，他是与众不同的，他是独一无二的。

“他对贝拉亚十分关切。”长久的沉默越来越显得尴尬，最后迈尔斯终于说出口的只是这句，“他……是个很难效法的人。”还有，噢，是的，他唯一的孩子是个丑陋的畸形。这也很难效法。

“我猜也是。”安吁了口气。可能是出于同情，或者也许是因为恶心。

迈尔斯觉得，安的同情他是可以容忍的。那当中没有半点该死的施舍式的怜悯，有趣的是，也没有更为常见的厌恶。是因为我是来接替他在这里的岗位的吧。迈尔斯想。哪怕我长着两个脑袋，见到我他也会欢天喜地。

“那么你所做的，就是追随老爹的脚步？”安的语声有些呆滞。他朝四周看看，更加怀疑了，“这里？”

“我是个弗氏。”迈尔斯不耐烦地说，“我就得参军。或者至少得努力试试。无论被丢到哪里。事情就是如此。”

安困惑地耸耸肩。迈尔斯不知道安的不解是对迈尔斯本人，还是对军方把迈尔斯派到基里尔岛的这种奇怪举动。“嗯。”他咕哝了一声，撑起身子，“今天没有‘哇-哇’警报。”

“没有什么警报？”

安打着哈欠往自己的报告板（译者注：作者虚构的一种电子设备。功能类似掌上电脑，外形大概和一个小的平板电脑相似。用于在外工作时输入、存储、查看报告和数据）上键入一系列的报告数据——在迈尔斯看来这些数据仿佛是他凭空造出来的——逐个生成今天每小时的天气预报。“‘哇-哇’。没人告诉你‘哇-哇’的事情吗？”

“没有……”

“他们本该上来就告诉你的。‘哇-哇’是致命的威胁。”

迈尔斯开始怀疑安是不是想要哄骗他了。他早就发现，恶作剧能以一种微妙的形式穿透心理防线，甚至穿透阶级之别造成伤害。对殴打的直接反应只是憎恨，只会带来物理上的痛苦。

安再度靠到栏杆上，伸手一指：“你看到那些绳子吗？从一间房子的大门连到另一间的那些？那就是为了预防‘哇-哇’来袭的。你抓住绳子，免得被吹走。如果你抓绳子的手松脱了，就别想能伸手抓住东西让自己停下来。我见过好多人的手腕就是这么折断的。把自己蜷成一个球，随风滚动。”

“见鬼，到底这‘哇-哇’是什么？长官。”

“大风。突然的大风。我曾经见过风速从一片死寂狂飙到一百六十公里每小时，同时温度从十摄氏度跌落到零下二十摄氏度，一共就花了七分钟。持续时间可能从十分钟到两天。通常几乎都是从西北面这边吹来的。条件适当的话就会来袭。海岸上的遥控站会给我们大约二十分钟的预警。我们会拉响警报。这意味着你绝不要在这种时候没穿防寒服，或者距离掩体的路程超过十五分钟。外头给那些大头兵们的训练场上到处都是掩体。”安朝那边挥了挥胳膊。他看起来相当严肃，甚至有些诚挚，“你听到了警报声，就得拼命跑，冲进掩体。以你的块头，如果你被卷起来吹到海里，那就再也没人能找到你了。”

“明白了。”迈尔斯说话的同时默默决定，回头一有机会就要去基地的气象记录里查查安所说的这些事情。他伸长脖子，看了看安的报告板，“刚才你记录的那些个数据，你是从哪儿读出来的？”

安有些吃惊地盯着自己的报告板：“嗯——这些数据没错啊。”

“我不是在质疑它们的准确性。”迈尔斯耐心地说道，“我想知道你是怎么获得这些数据的。这样明天我自己就可以照办，趁着你还在这里，能给我指正。”

安空着的那只手一挥，想比个手势，中途又停了下来：“嗯……”

“那些数据不会是你编出来的吧？是不是？”迈尔斯怀疑地问道。

“不是！”安说道，“我没仔细考虑过，不过……是空气闻起来的味道。我猜是这样。”他深深吸了口气，似乎在给迈尔斯做演示。

迈尔斯皱起鼻子，试着嗅了嗅。寒冷，海风的咸味，岸边的淤泥，潮乎乎的还带霉味；他身边那一排排闪烁着、旋动着的设备中发热的电路味。他鼻孔中获得的这些信息里找不到此刻的平均气温、气压和湿度，更别提从中预测未来十八个小时的数据了。他竖起大拇指比了比那些仪器。“这当中包括能复制你所做的这种事的嗅觉仪吗？”

安看起来完全不知所措。他体内的那套测算系统不管到底是什么，仿佛就在他骤然意识到它存在的那一刻失常了。“抱歉，弗·科西根少尉。当然，我们有标准的计算预测程序。但我得跟你说实话，我已经好几年没用过那套玩意儿了。它们不够准确。”

迈尔斯盯着安，然后慢慢意识到一个可怕的事实。安没有说谎，没有在开玩笑，也没有捏造事实。他是靠着十五年来的经验在潜意识中进行这些微妙的测算，迈尔斯不可能复制这样的经验。我也不想复制。他在心中对自己承认。

那天晚些时候，迈尔斯对安说他要自己去研究一下设备系统。这绝对是真的。同时他悄悄检查了基地的气象记录档案，以核对安那些惊人的说法。关于“哇-哇”，安没开玩笑。更糟糕的是，在计算机预测的问题上他也没有。自动系统给出的当日天气预报准确率为86%，一周的长期预报准确率下降为73%。而安和他那神奇的鼻子给出的准确率为96%，一周预报下降为94%。等安离开，岛上的天气预报准确率就会出现11%~21%的下跌。别人会注意到的。

永冻营的气象官这个职位的责任显然比迈尔斯最初以为的要更加重大。这里的气候可以要人命。

这哥们儿却将要把我自个儿留在岛上为六千名军人负责，然后告诉我去靠嗅觉闻出“哇-哇”来？

第五天，正当迈尔斯开始觉得自己对安的第一印象太苛刻的时候，他又故态复萌了。迈尔斯在气象办公室等他和他的鼻子前来开始执行本日的工作等了一个小时。最后他从算讯终端系统里调出不够精准的“标准”读数，不管三七二十一输入到报告里，然后出去找人。

他最终找到了安中尉。安仍躺在军官宿舍他自己房间里的铺位上，鼾声如雷，浑身湿淋淋的，散发着一股刺鼻的酒气……水果白兰地？迈尔斯打了个哆嗦。他又是摇又是戳，还冲着安的耳朵大喊，可都没能叫醒他。他只是发出一阵呻吟，往被褥和难闻的酒气中钻得更深。迈尔斯很遗憾地放弃了使用暴力的想法，开始准备自己当班。反正他要不了多久也得自己一个人工作。

他一瘸一拐地走向停车场。昨天安曾经带他对基地附近的五个遥控传感气象站进行了一次例行维护巡视。更外围的六个站按计划该在今天去。在基里尔岛上日常出行用的是一种叫作“史考特猫”（译者注：该名原为迪士尼动画片《猫儿历险记》中的一只配角猫，中文配音版电影译为“史考特”。这个角色以其配音演员“史卡特曼”的名字命名，而这个名字有“快嘴汉”的意思，旧版“快猫”的译法可能来自于此。但“史卡特”的意思是爵士乐中的一种特殊演奏法，以对其他乐器做拟音为主要特征，片中该角色登场时就在进行这种爵士乐演奏。因此仍从电影译法）的全地形车，驾驶它几乎跟开反重力浮车一样好玩。史考特猫看起来是个紧贴在地面上，虹彩斑斓的泪滴，能在苔原上疾驰，而保证不会被大风“哇-哇”给刮走。迈尔斯听说，基地里的人对于老是要去寒冷的海面上把丢失的反重力浮车捡回来已经极其厌倦了。更不用说还有那些身故的驾驶员们。

停车场和拉兹科斯吉基地的大多数建筑物一样，是一个半埋在地下的地堡，只是比较大。迈尔斯把昨天给他和安登记外出的那个军士叫了出来。他叫什么名字来着？奥尔尼吧。帮奥尔尼把史考特猫从地下车库开到出口的那个技师看上去也有点眼熟。高个子，黑军装，黑头发——可基地里百分之八十的人都这样——直到那人开口说话，他浓重的口音才让迈尔斯想起他是谁。迈尔斯到达那天在停机坪上“低声”对他评头论足的两人之一；迈尔斯当时无意中听到了他们的对话，但他让自己养成了不对这种话做出任何反应的习惯。

迈尔斯按照安教给他的方法把车辆的物资清单仔细核查了一遍，然后才在上面签字。按照规定，任何时候，任何一辆史考特猫上都应该带有一整套抗冻求生设备。他笨手笨脚地四处翻找清单上的物资时奥尔尼军士一直在略带轻蔑地看着他。好吧，我动作太慢。迈尔斯恼火地想。稚嫩新人。只有这样我才能慢慢老练成熟。一步一步。他努力控制住他的忸怩之情。早先的那些痛苦经验教会了他，扭扭捏捏的心态是最危险的。把注意力集中在工作上，而不是那些嗜血的观众上。总有人在盯着你。将来也多半会有。

迈尔斯把塑料地图摊开，铺在车顶上，把自己计划的路线指给军士看。按照安的说法，这种简报也是安全标准作业流程的一部分。奥尔尼咕哝着表示认可，脸上挂着一副精心做出来的“太长时间真难受”的厌烦表情。很明显，但其中就是缺乏某种要素，让迈尔斯还可以不注意到。

那名身穿黑衣的技师叫帕塔斯。他从迈尔斯不对称的肩膀上探了探，噘起嘴说道：“噢，少尉长官。”和奥尔尼一样，这个刻意强调讽刺的力度也不足，“你要到九号站去？”

“是啊？”

“保险起见，你可能该把你的车停在，唔，避风的地方，气象站下方那个凹地。”一根粗大的手指在地图上一片做着蓝色标记的地方点了点，“你会看到的。那样你的史考特猫肯定可以重新启动。”

“这些引擎的动力系统是宇航级的。”迈尔斯说道，“它怎么会无法启动？”

奥尔尼的眼睛一亮，然后他的表情忽然变得非常中立客观了。“是的，但在突然刮起‘哇-哇’大风的时候，你不会想要它被吹走吧。”

我会比它先被风吹飞的。“我想这些史考特猫够重了，不会的。”

“呃，是不会被吹飞。但我们都知道它被吹翻过。”帕塔斯嘟哝着。

“噢。好吧。谢谢你。”

奥尔尼军士咳嗽起来。帕塔斯欢快地挥手告别。迈尔斯驱车离开了。

迈尔斯的下巴又抽紧了。神经性痉挛，老毛病了。他深深吸了一口气，平息自己心中的怒火，驾着史考特猫离开基地，朝着野外驶去。他把速度加大让自己心情更好些，从棕色的蕨类植被中一掠而过。在帝国军事学院里他这样有多久？一年半？两年？每次他要做点什么，都得向遇到的每个人反反复复地证明自己的能力。第三年他受到了“特殊优待”，如今对这种情形有些生疏了。他每到一个新岗位难道都要这样？很可能是吧。他痛苦地想着，把车速又提高了一点。但他早就知道，只要他想参加游戏，这就会是游戏的一部分。

今天的天气几乎可以称得上暖和了，惨淡的阳光也几乎称得上明亮；而迈尔斯抵达岛屿东岸边的六号站点时候的心情也几乎称得上愉悦。换个方式，独自一人工作，没有别人，这也挺开心的。没有观众。他尽可以按部就班把事情做好。他仔细地工作：检查能源模块，清空采样器，看看设备上有没有腐蚀、损坏或者连接松动的迹象。就算他把工具掉在了地上，周围也没人会发出“脑瘫畸形儿”之类的恶评。随着紧张情绪的消失，他的动作不再那么笨拙，抽搐也消失了。他干完了活，伸伸腰，然后吸了一口清新的潮湿空气，陶醉在这种陌生的难得的孤独中。他甚至花了几分钟沿着海岸线走了走，欣赏着那些被冲到岸边的海洋小生命的复杂身体结构。

八号站的一个采样器损坏了，还有一个湿度计碎了。更换完成后他发现自己的行程时间表安排得过于乐观了。他离开八号站时太阳已经开始落下，投下苍白的暮光。等他抵达靠近北边的海岸，位于一片上面有大量岩石露头的冻原上的九号站时，天已经快黑了。

迈尔斯用手电笔照了下地图，核对了一下。十号站位于那片火山中，周围尽是冰川。最好别试着在夜里摸到那边去。他宁愿暂且等待，四个小时后天就亮了。他用通信设备向南面一百六十公里以外的基地报告了他对行动计划的修订。值班的人听起来对此没太大兴趣。很好。

四下无人，迈尔斯快乐地抓住这个机会把堆在史考特猫后备厢里的那套奇妙的设备挨个试了一下。趁着天气好好演练一下，比等会儿来了大风再动手要好多了。那个小小的球形双人帐篷支起来以后，在这短暂而光辉的孤独时刻，迈尔斯几乎感觉它是个宫殿。如果是冬天，他肯定要给它外面堆上用来保暖的雪堆。帐篷支在车子的下风口，车子停在军士先前提到的那块凹地上，离坐落在一块露头的岩石顶上的十号气象站一两百米远。

迈尔斯考虑了一下帐篷和车子的相对重量。安给他看过一段“哇-哇”大风来袭时的经典录像，那景象在他脑海中依然挥之不去。一个移动式厕所尤其让人印象深刻：它在空中以每小时一百公里的速度横飞。安没告诉他拍摄影像时那个厕所里是不是有人。迈尔斯采取了进一步的防范措施：用一根短链条把帐篷系在了史考特猫上。他满意地钻进了帐篷。

装备是一流的。他把一根取暖灯管挂在顶上，打开触摸开关，盘腿坐下，沐浴在暖光中。盒饭的质量更好。拉开拉环，托盘就开始加热上面几个小格子里分别装好的饭菜。他还用配送的粉末调出了一杯味道还不错的果味饮料。吃完饭，把剩下的东西收好之后，他在一块床垫上舒舒服服地坐下，往浏览器里塞进一张电子书盘，准备用阅读来打发短暂的夜晚。

最近这一两周他一直都相当紧张。最近几年其实也都这样。盘里的书是一本贝塔的世情小说，伯爵夫人推荐给他的。它跟贝拉亚、军事谋略、畸形人、政治毫无关系，跟气象也没有关系。迈尔斯甚至都不知道自己什么时候就睡着了。

他猛然惊醒了，眨了眨眼。四周黑暗重重，只有取暖灯管上发出一点微弱的黄光。他觉得自己睡了很久了，可球形帐篷的透明窗口外还是一片漆黑。一股莫名其妙的恐惧感让他呼吸艰难。该死的，哪怕他睡过头了也不要紧啊——在这里他又不会考试迟到。他瞥了一眼腕表上发光的时间数字。

这个时间点天应该大亮了。

帐篷的弹性外壁被压进来了些。现在里面的空间只剩下了不到原先的三分之一。地面皱巴巴的。迈尔斯用一根指头戳了戳那层冰冷的塑料膜。它像松软的奶酪般慢慢地往后缩了些，松开手后凹下的印子还留在上面。见鬼的，这是……

他的脑袋一阵阵地疼，他的喉咙发紧；空气又闷又潮。这感觉就像是……好像是遇上了太空事故，氧气耗竭，二氧化碳过量。可这里？地板似乎在倾斜。应该是头昏引起的方向感错乱。

他愤怒地发现，地面确实在倾斜。有一边深深地陷了下去，夹住了他的一条腿。夹得他浑身颤抖。为了抑制二氧化碳引发的恐慌，他躺了下去，尽量放慢呼吸，加快思考。

我被埋在地下了。被流沙之类的东西吸进来了。应该是“流泥”。停车场里那两个该死的杂种给他设的陷阱？他踩了个正着，掉进了陷阱。

也许只是软泥。在他支起帐篷的前后，史考特猫并没有出现明显的移动。要不然他当时就会看穿陷阱了。当然，当时天已经黑了。不过，如果他已经睡了好几个小时，一路下沉……

放松。他拼命告诫自己。冻原地表和自由的空气也许就在头顶上十厘米的地方。但也可能是十米……放松！他在帐篷里摸索着，想找个东西当探棍。有一根用来采取冰川样品的长管子，中空，前面带刃口。放在车里了。跟通信设备在一起。现在它的位置在……迈尔斯通过地面倾角估算了一下，大概在他现在的位置西面，往下两米半深处。是史考特猫把他给拖下来的。球形帐篷本身大概本来会浮在苔原覆盖下的泥塘表面。如果他能解开链子，帐篷会漂上去吗？就算能也不够快。他的胸部感觉像是被塞进了棉花。他必须迅速逃离，呼吸空气，不然就会窒息。子宫，坟墓（译者注：英文中这二者押韵，有从生到死的意思）。等他最终被发现，他的坟墓被打开，车子和帐篷被重型吊车从泥浆里拖起来的时候……他的父母会来这里看他吗？他冰冷的尸体龇牙咧嘴，缩在一个怪异的好似羊膜囊（译者注：胎盘的一部分，为包裹着胎儿和羊水的双层薄膜。它透明、坚韧，而塑料帐篷也是）的玩意儿当中……放松。

他站起身来，用力推了推沉重的顶部。他的脚陷进了松软的地面，但他成功地抽出了一根球形帐篷的内部撑杆——现在这东西已经在重压下弯曲变形了。在憋闷的空气中这一行动几乎累得他昏过去。他找到了帐篷门的顶端，然后把手指顺着塑料搭扣的缝隙插进去一两厘米。刚好够杆子穿过去。他有些害怕黑色的泥浆会从缝隙中涌入，瞬间把他淹死，但结果只有一小团一小团的泥巴突出，一点点地渗出，然后落下。这景象十分刺眼，也十分恶心。上帝啊……我以前还以为扣在自己头上的屎够多的了。

他用力把那根杆子往上戳。它遇到了阻力，在他汗津津的手里直打滑。不止十厘米。也不止二十厘米。一米。一又三分之一米。快到头了。他停了下来，换了个位置握杆，然后继续往上戳。阻力是不是在变小？他已经把杆子探出地表了吗？他来回抽动了一下那根杆子，但那些黏糊糊的泥巴把它吸得牢牢的。

也许，也许在帐篷顶部和可呼吸的空气之间的距离比他的身高还少一点点。呼吸，死亡（译者注：和前文的“子宫，坟墓”类似的文字游戏）。要多久才能爬出去？这些玩意儿当中的窟窿自动封闭的速度有多快？他的视线越来越模糊，可并不是因为光线在变得更加暗淡。他关了取暖灯管，把它插进自己外套的前胸口袋里。黑暗令人毛骨悚然，让他在恐惧中颤抖。或许是二氧化碳让他颤抖？再不行动就没机会了。

他情不自禁地弯下腰，解开靴带和皮带扣，然后摸索着拉开了帐篷口搭扣。他开始像一条狗似的刨起土来，把大块大块的泥巴甩进球形帐篷里所剩无几的空间。他从帐篷开口挤了出去，稳住身子，最后吸了一口气，然后用力往上拱。

他的胸膛急剧张翕；他的视野模糊，一片血红；然后他的脑袋冲出了地表。空气！他吐出嘴里的黑色烂泥和蕨草碎末，又眨了眨眼，想清理自己的鼻子和眼睛，但徒劳无功。他把一只手挣脱出来，然后是另一只，接着想要把自己拉上来，像只青蛙那样平摊在地上。但寒冷在阻碍他。他能感到裹住自己双腿的淤泥，像一个女巫的拥抱，令他浑身麻痹。他尽力伸直脚趾，往帐篷顶上一踩。帐篷沉了下去，而他上升了一厘米。这是他所能借到的最后一点推力了。现在他只能靠拉。他双手合拢，抓住一丛蕨草。能行。再来。再来。他正在一点点往上，寒冷的空气舔舐着他的脖子。太好了。女巫的拥抱更紧了。他最后一次扭身踢腿。毫无效果。好吧，就是现在了。使劲拽！

他的双腿从靴子和裤子里滑了出来，屁股恶心地裸露出来。他往侧面一滚，四肢摊开，面对纷乱的灰色天空躺成大字形，好在这块不牢靠的地面上获得最大的支撑面积。他的制服外套和长袖内衣都浸透了泥浆，他丢了一只保暖袜，还有两只靴子和长裤。

天还在下着冻雨。

几小时后人们找到了迈尔斯。他把自动气象站里的一件设备掏了出来，钻到空壳子里面，抱着快要熄灭的供暖灯管缩成一团。他的眼窝深陷，脸上一道一道黑杠子，脚趾和耳朵煞白。他发紫的麻木手指用稳定得让人昏昏欲睡的节奏把两根电线互相碰触、分开——发出军用求救信号。基地气象室中的气压测量仪上会把这记录成一次次静电干扰。倘若有人拨冗去看看这个站点忽然异常的读数，或者注意到白噪声背景里的这个规律……

人们把他从那个小盒子里拉出来以后，他的手指还以这个节律继续抖动了好几分钟。他们试着让他站起来的时候，冰块从他的制服外套后背上咔嚓咔嚓直往下掉。好长时间他们都听不到他说话，只能听到瑟瑟发抖的嘶嘶声。唯独他的眼睛还在闪闪发亮。

第三章

迈尔斯漂在基地医务所的热水池子里时，心里一直琢磨着怎么以多种方式好好地让停车场的那两个阴谋家经受些苦难。比如弄台反重力浮车，悬停在海面上，让他们头朝下吊在车底下，紧贴着海面。还可以干得更好些。把他们脸朝上绑在木桩上，把木桩插在沼泽地上，在暴风雪中……但等他的身体暖和起来，医务兵把他从水池里拉出来擦干身子，重新体检，监督他吃完了饭之后，他的头脑就已经冷静了下来。

这不是一次暗杀阴谋。因此他不需要向帝国安全部那位可怕的部长、他父亲的左右手西蒙·伊林报告此事。帝国安全部派来几个凶狠的军官，把那两个恶作剧的家伙给带走，带得远远的……这情景想起来令人愉快，但不足为训——就跟拿激光大炮打老鼠似的。再说了，帝国安全部能把他们送到哪里呢？哪里还能比这里更糟糕？

他们确实是有意让他将史考特猫停到沼泽地里去的。在他检查气象站的时候，以保证他的安全。然后好让迈尔斯难堪地向基地求援，请求重型装备去把车拖出来。是要他难堪，不是要他的命。他们不可能预见到——谁也不可能——迈尔斯会灵机一动，为了安全起见加上那根链条保险。归根结底，就是那玩意儿差点要了他的命。最严重的情况下，这也顶多是需要军事安全局来处理的问题。或许还够不到那一级，只算普通的违纪事件。

空荡荡的医务室里有一排床。他坐在自己那张床上，脚指头悬在床边晃悠，手里拨弄着盘子里剩下的食物。医务兵溜达了进来，瞅了瞅那些剩饭。

“长官，你现在觉得好些了吗？”

“很好。”迈尔斯阴郁地答道。

“呃……盘子里的饭你没吃完。”

“我经常吃不完。他们老给我太多。”

“嗯，我觉得你是相当，呃……”医务兵往自己的报告板上做了条记录，然后靠过来检查了一下迈尔斯的耳朵，又弓下身子，熟练地用手指捏着他的脚趾来回搓动进行观察，“嗯，看起来你不会失去个把零件。真幸运。”

“你治过很多冻伤的人吗？”还是说我是唯一一个白痴？眼前的迹象似乎显示是后者。

“哦，等那些大头兵一来，这地方就会挤满了人。冻伤，肺炎，骨折，钝挫伤，脑震荡……在冬天真的很多很多。屋子里挤满了笨——不走运的受训者。还有几个被他们连累的不走运的教官。”医务兵站起身来，又往他的本子上加了几行字，“恐怕我必须把你标为业已康复，长官。”

“恐怕？”迈尔斯好奇地扬起了眉毛。

医务兵站直了身子，下意识地摆出一个带来坏消息的信使的姿势，那副“是他们让我这么说的，不是我的错”的架势：“命令说让你出院以后立刻去基地指挥官的办公室报到，长官。”

迈尔斯在考虑要不要马上来个伤情反复。不。这些乱七八糟的事情还是早了结了早好：“告诉我，医务兵，其他人也把史考特猫陷进地里去过吗？”

“噢，当然。每年冬季那些大头兵们都要让我们丢掉五六辆。还有不少陷进沼泽的。工程师们对这种事真的烦透了。司令向他们保证过，下次他会……呀！”医务兵的声音中断了。

太好了。迈尔斯想。太棒了。他可以看到厄运在向他招手。跟懵然未知还是有很大不同的嘛。

迈尔斯飞奔回自己的宿舍，准备赶紧换身衣服。他估摸穿着一身病号服去见司令大概是不太得体。他很快发现自己遇到了一个小小的麻烦。他的黑色工作服看起来太随便了，在沃巴萨塔那帝国总司令部以外的地方他那套绿色军礼服又显得太过正式。他绿色军常服配套的裤子和中筒靴还埋在沼泽底下。他的制服每种只带了一套；备用衣服应该在运输途中，可还没到。

他也不可能去找隔壁借衣服。他的制服都是根据他本人的体形私人定制的，成本大约是普通帝国军服的四倍。这钱一部分是为了让这衣服在表面上跟机器批量生产的制服看起来差不多，同时又靠精妙的手工缝纫技巧来将他怪异的体形部分掩饰住。他低声咒骂了一句，穿上绿色军礼服，配上擦得锃亮的过膝靴。至少穿这双靴子他可以不用腿部支撑架。

门上的牌子上写着：斯坦尼斯·米特佐夫将军，基地司令官。自从那不幸的初次邂逅之后，迈尔斯一直千方百计地回避这位基地司令官。虽然这个月基里尔岛上人很少，但有安在身边，这并不困难；安会躲开其他所有人。迈尔斯现在真希望他曾经多花点力气，跟食堂里那些同僚军官们聊聊天。让自己处于孤立状态，即便是为了专注于他的新工作，也是个严重失误。在五天的时间里，即便只是完全随意的谈天中肯定也会有人提起基里尔岛上那些深不见底的吃人泥潭的。

前厅里负责通信控制台的军士把迈尔斯领到了里面的办公室。他现在必须扭转自己对米特佐夫将军的印象，看到他的优点——假如他有优点的话。迈尔斯需要同盟。米特佐夫将军从桌子后面板着脸看着迈尔斯。他敬了个礼，站在原地等待着。

今天这位将军引人注目地穿了身黑色的工作服。以米特佐夫在贝拉亚社会体系中的地位，这种服装选择通常意味着他在刻意显示自己和战士们的身份认同。这身衣服上唯一能表现出他身居高位的是它格外挺括。他身上只挂了区区三枚勋章，但每一枚都是高级别的战斗奖章。假谦虚——周围没有任何别的装饰让它们格外显眼。在心眼里，迈尔斯对这种效果相当赞赏，甚至有些嫉妒。米特佐夫看起来非常适合他的岗位：部队指挥官。绝对适合，而且下意识地让人觉得很自然。

米特佐夫没说话，只是用嘲弄的眼神上上下下反复打量着迈尔斯的绿色军礼服上那些闪着微光的小装饰。百分之五十的概率选对制服，而我赌错了。迈尔斯烦躁地想道。好了，现在米特佐夫眉头一挑，觉得迈尔斯看起来像是个司令部里的傻瓜贵族。迈尔斯对这种人也并不陌生。他决定强行开始谈话，好打断米特佐夫的观察，结束这种煎熬。“报告。长官！”

米特佐夫往后靠到椅背上，翘起嘴唇说道：“我发现你找到了裤子穿，弗·科西根少尉。以及，呃……也找到了马靴。你知道的，这岛上可没有马。”

帝国司令部也一样没有。迈尔斯恼火地想到。这该死的靴子又不是我设计的。他父亲以前说过，他手下的军官们有这玩意儿，是为了能驾驭“玩具木马、高头大马、梦魇鬼马”（译者注：俏皮话。“骑高头大马”意指“盛气凌人”，所以这三者实际上都用不上马靴）。迈尔斯想不出要如何对将军的俏皮话进行适当的回应，只好以沉默保持尊严。他以阅兵稍息式站在原地，抬起下巴。“长官。”

米特佐夫朝前倾身，握紧双拳，丢开了他的冷笑话，眼神再度变得严厉：“你丢失了一辆价值高昂、装备齐全的史考特猫，因为你把它停在一片被清晰地标注为冻土逆温带（译者注：温度分布异常，和周围温度分布的变化趋势相反的地带）的区域。现在帝国军事学院里面都不教地图识别这门课了吗？也许新时代的军人只学交际手腕，比如怎么跟女士品茶？”

迈尔斯在脑中回忆了一下那张地图。他看得很清楚。“那片蓝色区域标注着字母PIZ。对这个缩写未加说明。索引或者其他地方都没有。”

“那么我想你是没看过给你的手册了。”

他到这里之后就一直埋头在各种手册中。气象室的工作流程，各台设备的技术规格……“哪一本，长官？”

“《拉兹科斯吉基地管理条例》。”

迈尔斯拼命回忆着自己有没有见过这标题的书籍盘：“我想安中尉大概给过我一份……前天晚上。”实际上，安当时是把一整箱子的书籍盘倒在了迈尔斯宿舍里的床上。他说自己正在提前收拾行李，希望迈尔斯接收他的藏书。迈尔斯那天夜里睡觉之前读完了两张气象学书盘。而安，显然是回他自己的小屋里来了场小小的提前庆祝。第二天早上迈尔斯就驾车出去了……

“而你还没看？”

“没有，长官。”

“为什么没有？”

因为我被算计了。迈尔斯在心中狂吼。他能感觉得到米特佐夫的文书助理还没走，正站在他身后的门边上，饶有兴趣地旁观。这就把这次斥责变成了公开的，而不是私下的。可如果他看过了那本该死的手册，停车场上那两个杂种还能算计得了他吗？无论是不是有意的，这个问题上他应该自我检讨。“我没有借口，长官。”

“好吧，少尉。在《拉兹科斯吉基地管理条例》的第三章里你可以找到对永冻区各种地形的全面描述。还有回避其中风险的守则。你可能可以去看看，等你能从……喝茶的工夫里抽出点空的时候。”

“好的，长官。”迈尔斯的脸板得像块玻璃。将军如果乐意的话，有权用振动刀剥了他的皮——但要在私下里。迈尔斯的身体缺陷让他成了贝拉亚源远流长、根深蒂固的传统偏见的攻击目标，身上的制服带给他的权威也抵挡不住这种偏见。一次人前公开的羞辱更加会损害这种权威，尤其还是在他也有权指挥的人面前，这非常近乎蓄意破坏。是精心设计，还是无意为之？

将军刚才还只是热身："军方可能在帝国司令部里还在给多余的弗氏公子哥儿们提供仓储空间，可在外头现实的世界里，在需要真刀真枪干仗的地方，我们可不养公蜂（译者注：公蜂不从事生产，职责只是跟蜂后交配。和前文呼应，暗讽迈尔斯他们只会讨好女人）。听着，我的军阶是一步步杀上来的。在你出生之前，我就亲眼见过死伤，在弗·达瑞安觊觎王位期间——"

我就是弗·达瑞安觊觎王位的受害者，在我出生之前。迈尔斯心中的怒火烧得越来越旺。差点杀死当时怀着他的母亲并把迈尔斯变成现在这副样子的索托辛毒气（译者注：作者虚构的化学武器名。从词根和毒气的效果来推测，意思当为"溶胶毒气"。这段故事详见《贝拉亚》）就是专门的军用毒气。

"——我还镇压过科玛的叛乱。你们这些近一二十年刚长大的年轻人完全不识干戈。这种持续的和平岁月削弱了帝国军队。如果再这样下去，下次危机来临时，真有过面对危机经验的人恐怕一个都不剩了。"

迈尔斯心中的怒火让他的眼睛都要忍不住挤到一块去了。那是不是皇帝陛下该每五年来一场战争，好让他的军官们有机会加官晋爵啊？他的思维在"真有过经验"这个词的含义上略微盘旋了一下。这位威风堂堂的军官为什么会被踢到基里尔岛来，也许迈尔斯总算有线索了。

米特佐夫越说越起劲儿，越发漫无边际："在实战中，战士的装备生死攸关，能决定成败。一个丢失了装备的男人也就失去了他的有效战斗力。在一场高技术战争中，一个没有武器装备的男人可能就像一个女人一样，毫无用处！而你却把自己的装备搞没了！”

迈尔斯恼火地想着，那么这位将军是否会同意，在高科技战争中一位有武器装备的女人也可能跟男人一样……不，多半不会。他这一辈的贝拉亚人是不会同意这观点的。

米特佐夫的调门又低了下去，话题从军事哲学转到了眼下的实际问题。迈尔斯松了口气。“通常把史考特猫陷进沼泽里的人要受的惩罚是得自己把车子挖出来。用手。我知道这次不行，因为你把你的车子沉到的深度创造了营地（译者注：俏皮话。“营地”的另一个意思是“运动会”）新纪录。尽管如此，十四点整你还是要去向工程部的波恩中尉报到，看看他要不要你帮忙。”

好吧，这相当公平，而且也很有些教育意义。迈尔斯祈祷着，希望这次会面快点平息。下面该说“解散”了吧？但将军陷入了沉默，眯起眼睛琢磨着什么。

“至于你对气象站所造成的破坏。”米特佐夫缓缓开口，然后他的身子挺得更直了——迈尔斯几乎敢发誓，他的眼睛里闪出了一线微弱的红光，他一直绷紧的嘴角往上翘了起来，“为此你要负责底层杂务。一周。每天四小时。在你正常勤务之外。每天五点整向后勤部的纳夫中士报到。”

仍然站在迈尔斯身后的军士那边有声音。像是吸了口气，稍微有些噎着了。迈尔斯无法判断其中的意味。好笑？恐惧？

但……这不公平！他从安那里学习技术实务的宝贵时间本来就所剩无几了，这样又会减少相当大的一部分：“长官，我对气象站造成的破坏跟史考特猫的事情不同，那不是一件愚蠢的事故！为了我能活下来，那是必要的。”

米特佐夫将军用格外冷酷的眼神盯着他：“一天六个小时，弗·科西根少尉。”

迈尔斯的话一个字一个字地迸出来，仿佛是被钳子从牙缝里扯出来的："长官，是不是比起现在跟我这样交谈，你更乐意看到我让自己被冻成冰块？"

一阵死寂降临，并且膨胀开来，仿佛一只被车撞死的动物在炎热太阳的曝晒下肿胀。

"你可以走了，少尉。"米特佐夫最后轻声说道。他的眼睛眯成一条缝，眼神闪烁。

迈尔斯敬了个礼，向后转，大步走了出去。姿势僵硬得像根古代枪炮用的通条，或者是块木板，或者是具僵尸。他的耳朵充血，突突直跳；下巴高高扬起。那位下士在边上立正，惟妙惟肖地模仿着一尊蜡像。迈尔斯从他身边走过，走出房门，走出外面的房门。最终走到了行政楼底层的走廊里。周围只有他一个人。

他默默地咒骂着自己，然后骂出了声来。他真的应该努力培养起更加得体的面对高级军官的态度。他清楚这麻烦的根源在于他那见鬼的成长过程。这么多年里，他在弗·科西根宅邸里时常撞见成群结队的将军，以及其他高级军官。午餐的时候，晚餐的时候，所有的时候。很多时候他都安静地坐在一旁，像只小老鼠，培养着自己的隐身能力。他被允许旁听那些人异常坦率地在成百上千个问题上争吵、辩论。这样的时间太久了。他看待他们的方式，大概就跟他们之间看待对方一样。当一位普通的少尉看着自己的指挥官时，他应该如见神祇，而不是把对方视为一个，一个……未来的下属。毕竟，新科少尉应该是低人一等的存在。

话说回来……米特佐夫这人是怎么回事儿？迈尔斯之前就见过其他类似的人物。他们分属不同的政治派别，许多人都是令人愉快的、有能力的军人——只要他们远离政治的话。自从二十年前，对惨遭失败的埃斯科巴入侵负有责任的军官团伙在腥风血雨中垮台之后，军中的保守主义者作为一个集体已经失势。但迈尔斯知道，在他父亲心目中有种危险始终是相当有现实可能的：某些极右的军人，或迟或早会组成一个小集团，发动一场政变，好从皇帝自己的政府手中“拯救”皇帝。

那么，让迈尔斯后颈汗毛直竖的是不是米特佐夫身上散发的某种微妙的政治氛围呢？肯定不是。一个真懂得微妙政治技巧的人会试图利用迈尔斯，而不是羞辱他。或者说你生气只是因为他指派你去做丢人的清洁工？并不持有极端政治立场的人也可能从将这种低贱的杂事指派给一名真正的弗氏贵族当中获得某种施虐的快感。可能米特佐夫以前自己曾经被某个高傲的弗氏爵爷耍弄过。政治的，社会的，遗传的……可能的原因无穷无尽。

迈尔斯把这些念头从脑中抛开，一瘸一拐地回去，换上了黑色工作服，在地图上找出基地工程部的位置。事已至此，无法挽救。他陷得比他的车还深。他只有在今后的六个月里尽可能地避开米特佐夫。安能做得好的事情，迈尔斯也一定能。

波恩中尉准备探测一下那辆史考特猫的位置。这位工程兵中尉是个瘦小的男人，二十八岁到三十岁，脸上满是皱纹和痘疮，灰黄色的皮肤在这天气被冻得有些发红。他褐色的眼睛透着精明，双手的样子一看就很灵巧。他带着种嘲讽的神色，不过迈尔斯感觉他大概总这样，并非特别针对自己。波恩和迈尔斯走在沼泽上，脚下嘎吱作响；两名工程部的技术员身穿黑色防寒服坐在他们的重型悬浮起重车顶上，此刻车子正稳稳当当地停在附近一块凸起的岩石上。阳光暗淡，又湿又冷的风一刻也不停息。

“试试那儿，长官。”迈尔斯试着估计了一下他只在黄昏时分看了下的停车方位和角度，伸出手指着那边建议道，“我想应该至少要探下去两米深。”

波恩中尉不高兴地看了他一眼，将长长的金属探杆竖了起来，然后用力插进沼泽。它几乎立刻就顿住了。迈尔斯迷惑地皱起眉头。史考特猫总不能往上浮起来了吧……

波恩看起来毫不动容。他把全身的重量压在探杆上，转动着杆子。它开始往下钻去。

“你撞上什么了？”迈尔斯问道。

“冰。”波恩嘟哝道，“眼下看来大约三厘米厚。我们正站在冰层上。就在表面上这层污物下头。跟结冰的湖很像，只不过下面不是水，是泥。”

迈尔斯试探着用脚跺了跺地面。潮湿，但很结实。他在上面扎营时也一样。

看着他跺完脚，波恩又说道：“冰的厚度随着天气而变。最少几厘米，最多可以一直冻到底。隆冬的时候你可以把运输飞机停在这片沼泽上。夏天到来时，冰就变薄了。温度适宜时，看上去很坚实的冰层融化成液体只要几个小时。反之亦然。”

“我……我想我了解了。”

“压。”波恩下了个简短的命令。迈尔斯用双手抓住探杆，帮着往下压。他能听到探杆穿过冰层时发出的咔嚓声。要是他陷下去的那天夜里温度再降低一点，泥浆重新封冻起来的话，他能冲破冰封吗？他心里打了个寒战，然后把套在黑色工作服外面的风衣拉链拉上了一半。

“冷吗？”波恩问道。

“我在思考。”

“很好。要养成思考的习惯。”波恩按下一个控制进按钮a，探杆上的声呐探头开始发出一阵令人牙疼的高频声波。探测结果显示出在几米下方有个明亮的泪珠形物体。“在这里了。”波恩看着显示中的读数，“沉得可真深啊，不是吗？我本该让你用汤勺把它给挖出来，少尉。但我觉得那样的话冬天来了你都干不完。”他叹了口气，盯着迈尔斯，仿佛在想象那幅情景。

迈尔斯也想象得出那幅景象。“是的，长官。”他小心翼翼地说。

他们把探杆抽了出来。冰冷的泥浆从他们手套底下滴落。波恩标记出这个地点，然后朝他手下的技术员们挥手："这儿，小子们！"他们也挥了挥手，从车顶上跳下，一转身溜进了车里。波恩和迈尔斯吃力地爬上靠近气象站那边的岩石，让开了道。

悬浮起重车呼啸着飞到空中，停到沼泽上方。它上面的大功率宇航级牵引光束往下冲去。泥浆、植物的组织和碎冰发出一声巨响，喷向四面八方。几分钟之后，这道光束就在地上制造出了一个泥火山口，底部一颗珍珠闪闪发光。边缘的泥巴随即开始向内垮塌，但悬浮起重车操作员收窄了射束的范围，掉转了它的方向。史考特猫向上升起，吱嘎怪响着甩脱了黏着它的基底。残破的球形帐篷吊在链子下晃动着，样子有些恶心。悬浮车把吸起的载荷小心地放在岩石区域，然后在旁边降落。

波恩和迈尔斯并肩走过去，看着那堆湿漉漉的帐篷残骸："你当时不在这帐篷里吧，少尉。是不是？"波恩边说边用脚尖踢了踢它。

"在的，长官，我在。等着天亮。我……睡着了。"

"但它沉下去之前你就出来了。"

"呃，没有。我醒来的时候，它已经完全沉到下面去了。"

波恩扬起了弯弯的眉毛："沉了多深？"

迈尔斯用手在平齐下巴的位置比了一下。

波恩显得大为吃惊："你怎么挣脱吸力的？"

"相当费劲。我想还多亏了肾上腺素的作用。我从我的靴子和裤子里钻了出来。说到这儿，我能花点时间找一下我的靴子吗，长官？"

波恩摆了摆手。迈尔斯回头向着沼泽跋涉，绕着牵引射束打出来的烂泥圈走，以便与现在已经灌满了水的大坑保持安全距离。他找到了一只沾满泥巴的靴子，但没找到另一只。该不该留着这只，以防万一哪天他会有条腿被截肢？可也许被截掉的就是这条呢。他叹了口气，爬回到波恩身边。

波恩皱着眉头看着他手中晃悠着的破靴子。“你可能会死在那天夜里。”他用恍然大悟的语气说道。

“有三次机会。可能在帐篷里窒息，可能被卡在沼泽里，也可能在等待救援时冻死。”

波恩用锐利的目光盯了迈尔斯一眼。“确实是。”他漫不经心地从瘪了的帐篷旁走开，仿佛要找个视野更开阔的地方。迈尔斯跟了上去。他们走到两名技术员听不到的地方之后，波恩停了下来，打量着那片沼泽。他主动开口说道：“我听到消息——非正式的——说，有个叫帕塔斯的停车场技术员对他的一名同事吹牛说，是他设计坑你的。还说你太蠢了，甚至没意识到自己在被坑。吹这种牛实在不怎么聪明。要是你死了……”

“如果我死了，那他吹不吹牛都无所谓了。”迈尔斯耸耸肩，“就算他会逃过军方的调查，我敢保证帝国安全部也绝对会查出来。”

“你知道你被设计陷害了？”波恩似乎在研究地平线。

“是的。”

“那么我就很惊讶了。你居然没叫帝国安全部的人过来。”

“噢？我想过，长官。”

波恩的目光回到了迈尔斯身上，仿佛在端详着他身上那些恶心的缺陷：“你的话让我无法置信，弗·科西根。他们为什么会让你参军？”

“你觉得是为什么？”

“弗氏贵族的特权。”

“一语中的。”

“那你为什么在这儿？特权应该把你送到司令部。”

“一年中的这个时候，弗·贝拉苏丹娜格外美丽。”迈尔斯表示赞同。他表兄伊凡在那里该是多么享受啊。“但我希望能上飞船当班。”

“而你无法把自己安排上去？”波恩怀疑地问道。

“他们要我自己努力挣得机会。我在这里就是为了这个。证明我能适应军队。或者……不能。到这里才一周就叫来一帮如狼似虎的帝国安全部职员，把基地和所有人查个底朝天，调查暗杀阴谋——我觉得根本不存在这种阴谋——可不会让我离我的目标更近。尽管那么做可能会很有趣。”到时候，他的陈述和那两个人的会形成交叉控告——即便迈尔斯让他们对此事进行正式调查，动用吐真剂（译者注：原文为作者虚构的一种化学药剂名，作用相当于地球上的吐真剂，但更加神奇。从词根推测，这个化学药剂名可能是“即效戊巴比妥”）证明他是正确的，长远来看这场骚乱对他带来的伤害也会远大于那两个坑害他的家伙。不。任何报复都不值得让他冒失去“赛格王子号”的风险。

“停车场是工程部的下属单位。如果帝国安全局参与调查这件事，他们也会让我参与调查（译者注：这里原文又在玩俏皮话。“参与调查××”和“让××参与调查”故意用了同一个词组表示不同意思）。”

“长官，随你心意。调查谁都没问题。不过，如果你有接收非官方信息的渠道，那么必然你也有发送非官方信息的办法（译者注：他在暗示波恩私下传话让那两人放心……以下二人的几句对话都是双关语）。说到底，发生的一切你听到的都只是我的说法而已。”迈尔斯举起自己那只形单影只的靴子，把它扔回了沼泽里。

波恩若有所思地看着它划出一道弧线，啪啦一声掉进一潭褐色的冰水中。“一个弗氏爵爷的话？”

“在这个堕落的年代，什么都不顶。”迈尔斯似笑非笑地咧了咧嘴，“问谁都是这么说。”

“哼。”波恩摇摇头，把目光转回到悬浮车那边。

第二天早上，迈尔斯到后勤部的工棚报到，准备为史考特猫完成后半截恢复工作：把所有被泥巴糊住的设备弄干净。明亮的太阳已经升起几个小时了，但迈尔斯的生物钟知道，现在才五点整。他提前一个小时开始工作，热了热身，感觉好多了。他开始习惯这种节奏了。

六点三十分，冷面中尉波恩到了，还给迈尔斯带了两个帮手。

“嗨，奥尔尼下士，帕塔斯技术员。我们又见面了。”迈尔斯快乐地冷笑道。那两人不安地面面相觑。迈尔斯一副泰然自若的样子。

然后他让每个人都迅速行动起来。他自己带头。他们之间的对话似乎是自动就自我限制在简短、拘谨的技术性对话上。等迈尔斯要离开工棚，去安中尉那里报到的时候，史考特猫和大部分设备都已经被修复了，状态比迈尔斯之前拿到时还好。

临走时迈尔斯殷切地朝自己的那两位助手道了一声日安。对未来毫无把握的局面已经让他们近乎恐慌了。嗯，如果他们现在还没搞清楚状况的话，他们就笨得无可救药了。迈尔斯伤心地想到一个问题：为什么看起来他跟波恩那样的聪明人建立关系的时候运气就好得多呢？塞西尔是对的：如果迈尔斯不能把如何指挥笨人的问题也给搞清楚，他就永远也成不了一个合格的军队指挥官。至少在永冻营不行。

接下来的那天，按正式说法该算是他被处罚的七天里的第三天的早上，迈尔斯让自己出现在纳夫中士面前。中士则反过来让他看到了：一辆满载设备的史考特猫，一张装有相关设备手册的磁盘，还有一张为拉兹科斯吉基地的下水管道和涵洞进行维护的日程表。显然，这又是一堂新的学习实践。迈尔斯有些好奇这项任务是不是米特佐夫亲自安排的。他希望不是。

事情也有好的一面。他那两个帮手又回来了。这项不同寻常的市政工程任务显然以前从没落到过奥尔尼或者帕塔斯头上，所以他们相对于迈尔斯也没有什么额外的知识优势，没法给他暗地里下绊子。他们一样得先停下来阅读说明手册。迅速研读完工作程序的迈尔斯在指挥操作的时候相当愉悦，甚至近乎兴奋，而他的助手们则郁闷不已。

不过，那些智能下水道清洁装置有种特殊的魅力。让人兴奋。高压冲洗水龙能制造出令人惊讶的效果。有些化学药物的性质完全可以派上军事用场。比如有的可以瞬间溶解任何东西——包括人的血肉。接下来的三天里，迈尔斯对拉兹科斯吉基地的结构有了许多了解，甚至比他自己所想要知道的更多。他甚至推算出了爆破点的位置。如果他想要破坏这地方，只要在那位置来一次精确爆破就能让整个系统结构崩溃。

第六天，迈尔斯和他的小队被派去清理步兵实弹训练场地外头一条堵住了的下水道。堵塞的迹象很明显。一头是一摊银色的积水，漫过了垫高的路面；另一头深沟的底部只有一条涓涓细流蜿蜒流出。

迈尔斯从车子后座上拿下一根长长的伸缩探杆，把它伸进阴暗的水面。被淹没的下水道这头似乎没东西堵着。不过更前面肯定是哪儿被塞住了。他把杆子递给帕塔斯，走到道路另一边，往阴沟里瞧了瞧。他注意到，涵洞的直径半米多一点。“给我个手电筒。”他对奥尔尼说。

他脱下自己的大衣，把它扔进史考特猫，爬进了阴沟里。他把电筒朝洞口处照进去。涵洞显然略有些弯曲。他什么也没看见。迈尔斯叹了口气，比对了一下奥尔尼和帕塔斯的肩宽。还有他自己的。

还有什么工作比这离飞船上的工作更遥远的吗？他只有在去登达立山脉中探险时才遇到过这样的事情。土和水，对火和气。看起来他这里的阴气供应多得惊人；要平衡需要的阳气也会多得让人吃惊（译者注：对四元素说和阴阳学说的综合性神秘学理论认为，土和水属阴，火和气属阳）。

他紧了紧手中的手电筒，用手和膝盖撑地，爬进了下水道。

冰冷的积水浸湿了他黑色工作服的膝头。结果他的腿冻得发麻。水从他的一只手套开口周围漏了下去，感觉就像是手腕上架着一把利刃。

迈尔斯暗自考虑了一下奥尔尼和帕塔斯的事情。在过去的几天里，他们之间发展出了一种冷静、理性、高效的合作关系。迈尔斯并没有因此产生错觉。这种关系只是建立在迈尔斯那善良的守护天使波恩中尉灌输在那两个家伙心中的对上帝的恐惧之上。不过，波恩是怎么达到这种不言自威的效果的？他得把这事弄明白。在新手看来，波恩的工作能力很强，但除此以外呢？

迈尔斯转过弯角，用手电筒朝前面的那团东西照去。他猛地往后一缩，嘴里骂了一声。他停了一小会儿，重新稳住自己的呼吸，更靠近些检查了一下那个堵塞物，然后退了出去。

他在沟底站起来，伸直自己的脊背时脊椎吱吱作响。奥尔尼下士把头伸过路边栏杆，朝下面看过来。“里面有什么，少尉？”

迈尔斯抬头朝他笑了笑，一边喘气一边说道：“一双靴子。”

“就这些？”奥尔尼说。

“还穿在它们主人的脚上。”

第四章

迈尔斯用史考特猫上的通信设备和基地军医官取得了联系，急切地要求他过来，并且带上法医用具、尸体袋和救护车。然后他和他的队友们从旁边空无一人的训练场上强行借来一张塑料指示牌，把下水道的顶端给堵上了，虽然现在迈尔斯已经湿透了，浑身发冷，这样做也于事无补。他爬回了涵洞里，把一根绳子系到那位无名氏穿着靴子的脚踝上。他从洞里出来时，军医官和医务兵已经到了。

军医官是个大块头，有些谢顶。他疑虑地往下水管道里瞅了瞅。“你在里面看到了什么，少尉？怎么回事？”

“我在这头只能看到两条腿，长官。”迈尔斯向他汇报道，“那家伙把自己在里面卡了个严丝合缝。我猜下水道里的脏东西在他身上堆起来，堵住了。我们到时候会看到一堆东西跟他一块出来的。”

“见鬼，他在那儿干什么？”军医官挠了挠自己长着雀斑的头皮。

迈尔斯把手一摊：“这要是自杀看起来可真是非同寻常。就我看来，这种溺死自己的过程太缓慢，而且不确定。”

军医官扬起眉毛，表示赞同。奥尔尼、帕塔斯和医务兵一起上还不够，迈尔斯和军医官不得不把他们自己的体重也加上去，卡在涵洞里的那具僵硬的死尸这才开始磕磕碰碰地移动。

“他卡得可真紧！”医务兵探头看了看，嘟哝着。那具尸体最后终于蹦了出来，一大堆脏水也随之涌出。帕塔斯和奥尔尼站在远处看着；迈尔斯贴在军医官背后瞧着。那具尸体穿着一身湿透了的黑色工作服，皮肤发青、反光。他的领章和口袋里的东西表明他的身份是供给部的一名二等兵。他的身上没有明显的伤口，但肩膀上有瘀血，手部有擦伤。

军医官嘴里飞快地说个不停，录音机记下了一连串的初步判断，全是否定的。没有骨折，没有神经干扰枪烧伤。初步判断死于溺亡或者失温，或者二者的结合。死亡时间在十二小时以内。他关掉了录音机，对背后的迈尔斯补充了一句："等我们把他弄回医务室的床上以后我可以进一步确认。"

"基地里经常发生这种事吗？"迈尔斯轻声问道。

军医官给了他个不快的表情："每年我都要处理一两个这种白痴。把五千个年龄在十八到二十之间的孩子们给聚在一个岛上，然后让他们去玩战争游戏，你觉得结果会怎么样？不过我得承认，这位看起来发现了一种把自己玩完的全新方式。我猜你以前也从没见过吧。"

"那么，你觉得他是自杀？"说来也是。杀掉一个人然后把他塞进那里面，那也太麻烦了。

军医官走到涵洞边上蹲下，盯着里面："看起来是的。啊，你能不能再进去看看，少尉？以防万一。"

"没问题，长官。"迈尔斯希望这是最后一趟了。他从没想到过清洁下水道最后结果会这么……刺激。他在湿滑的管道里从路面底下爬到了在漏水的板子下，一寸不落地检查了所有地方，但只找到了一样东西：死者的电筒。看来，这位二等兵下到水管里显然是有意的。有目的的。目的何在？为什么要在倾盆暴雨中，在漆黑夜色里，爬进涵洞里？迈尔斯转回头从洞里挤出去，把电筒交给军医官。

迈尔斯协助医务兵和军医官把尸体装进袋子，把袋子装上车，然后让奥尔尼和帕塔斯把挡水的板子抬起来，放回到原先的位置。褐色的水流从涵洞底端翻腾喷涌，然后沿着排水阴沟喧闹着远去。军医官和迈尔斯在原地站了一会儿，靠在路边的栏杆上看着水位渐渐低落，汇入下流的小湖。

“觉不觉得那底下可能还会有另一具尸体？”迈尔斯提出了个病态的问题。

“早间的报告里这个家伙是唯一列名在失踪名单里的。”军医官答道，“所以应该没有。”不过他的样子看起来对此并没有十足把握。

水位落下后，唯一出现的东西是那位列兵湿漉漉的大衣。他显然在进入涵洞前把大衣扔在了栏杆上，然后衣服自己掉进了，或者是被风吹进了水里。军医官把大衣也一起拿上了。

迈尔斯从医用运输车后走开，军医官和医务兵驱车离开。这时帕塔斯来了一句：“你可真冷静啊！”

帕塔斯比迈尔斯也大不了几岁。

“你曾经被迫去处理过尸体吗？”

“没有。你难道有？”

“是的。”

“在哪儿？”

迈尔斯迟疑了一下。三年前发生的那些事情在他的回忆中闪过。在那短短的几个月里，他在远离家乡的地方陷入了绝望的战斗，机缘巧合成了一支太空雇佣兵部队的高级军官。这是机密，在这里不能提起，连暗示都不行。帝国的正规军对雇佣兵总是加以藐视——死的活的都一样。但陶·佛得战役（译者注：详见《战争学徒》一书。陶·佛得意为“绿色τ型变星”）真的让他懂得了演习和实战，战争和战争游戏之间的差别。还让他明白了，比起直接动手，致人死亡还可以有微妙得多的方式。

“以前。”迈尔斯情绪低落，“有几次。”

帕塔斯耸耸肩，转过头去。“嗯……”他勉强朝背后说了句，“至少你不怕弄脏自己的手，长官。”

迈尔斯被逗乐了，扬眉一笑。不。我怕的可不是这种事。

迈尔斯在自己的报告板上把这条下水道标记为“清理完毕”，把史考特猫、他们的装备，以及奥尔尼和帕塔斯这对闷闷不乐的搭档交还给维修部的纳夫中士，然后走向军官宿舍。他这辈子从没像现在这样渴望过来次热水浴。

迈尔斯吧嗒吧嗒地沿着走廊朝着自己的房间走去。另一名军官从门口探出头来：“啊，弗·科西根少尉？”

“怎么？”

“刚才有个视频电话找你。我把回电号码发给你了。”

“电话？”迈尔斯停住脚步，“哪儿打来的？”

“弗·贝拉苏丹娜。”

迈尔斯心里一个激灵。家里出了什么变故？“谢谢。”他掉过头，直奔走廊尽头。那儿有个这一层的军官们公用的小亭子，里面有台视频电话终端。

湿漉漉的迈尔斯滑进座位里，调出那条信息。是个他不认得的号码。他输入电话号码、自己的付费密码，然后等待着。终端啾啾响了几声，然后视频板滋地一下亮了。他表兄伊凡那张英俊的面孔出现在上面，朝他微笑。

“啊，迈尔斯。你回来了。”

“伊凡！见鬼的你这是在哪儿？这是怎么回事？”

“噢，我在家里。不是你母亲那儿。我想你可能会想看看我的新套间。”

迈尔斯恍惚之间隐隐觉得，他这通电话不知怎么连到了某个平行宇宙，或者是别的星界位面（译者注：DND一类的奇幻小说用语。大致相当于平行宇宙，但又有所不同）里去了。啊，弗·贝拉苏丹娜。他自己曾在这个帝国的首都居住过，在前世的时候。在若干亿年以前。

伊凡拿起他那边的视频摄像头，让它的朝向四下转动，让迈尔斯一阵头晕。“装修好了的。我从一位被调往科玛的作战部上校那儿接过了租房合约。捡了个大便宜。我昨天刚搬过来。你能看到阳台吗？”

他当然能看到那个阳台。沐浴着将近黄昏时分那温暖的蜜色阳光的阳台。沃巴萨塔楼宇的轮廓矗立在阳光中，仿如一座童话中仙人们的城市，在外面夏日的烟霭中浮沉。栏杆外猩红色的花丛盛放，在均匀的光线中它们显得如此鲜艳，几乎要刺伤迈尔斯的眼睛。迈尔斯觉得自己好像在垂涎三尺，又好像已经黯然落泪。“好美的花。”他哽咽着说。

“是啊，我的女朋友带来的。”

“女朋友？”啊，是的，曾经人类有两个性别。有一种的气息比另一种好闻。好闻得多。“哪个？”

“塔蒂亚。”

“我见过她吗？”迈尔斯努力回忆着。

“没有。她是我新交的女朋友。”

伊凡不再把摄像头四处晃来晃去，重新出现在视频板上。迈尔斯那种加速晕眩感减轻了些。“那么，你那边的天气怎么样？”伊凡凑近些看着他，“你被淋湿了？你刚才干什么去了？”

“法医……通水管。”迈尔斯顿了一下。

“什么？”伊凡皱起了眉头。

“没什么。”迈尔斯打了个喷嚏。

“你看，我很高兴见到老熟人什么的”——确实，他有点，带着痛楚的，奇怪的愉悦感——“但我这边现在正在执勤。”

“我都下班两小时了。”伊凡说道，“我一会儿就要带塔蒂亚出去吃晚饭了。你刚好赶上。所以，快点告诉我吧：你在步兵部队里的生活怎么样？”

“噢，很好。要知道，拉兹科斯吉基地是个真正的军事基地。”

迈尔斯并没有说清它真在哪里，“不像某个……把冗余的弗氏公子哥儿们堆在里面的仓库。比如帝国司令部。”

“我有做工作的！”伊凡的声音听起来有点恼怒，“说真的，你会喜欢我的工作的。我们负责处理信息。一天里作战部会收到大量的信息，多得惊人。感觉仿佛站在世界之巅。会让你非常兴奋的。”

“有趣。我觉得拉兹科斯吉基地倒是很适合你，伊凡。你说他们能不能把给我们的任命换换？”

伊凡摸了摸自己的鼻翼，吃吃地笑了：“我说不好。”他的笑脸严肃起来，流露出一丝真切的关怀，“你，呃，在那里没问题吧，嗯？你看起来状况真的不太好。”

“今天早上比较特别。如果你滚开了，我就可以去洗个澡了。”

“哦。好的。嗯，当心。”

“晚餐愉快。”

“好的。嗯。再见。”

来自另一个宇宙的声音。不过，弗·贝拉苏丹娜离这里其实只有几个小时的路程。乘坐亚轨道航班的话。理论上是这样的。这提醒了迈尔斯，整个世界并没有缩小到只剩基里尔岛那铅灰色地平线之内的范围，让他感到有些宽慰。虽然看起来他的世界就只有这么点。

那天余下的时间里，迈尔斯发现自己很难聚精会神地研究气候。幸运的是，他的指导者看起来也没注意到。自从那次史考特猫沉进沼泽的事情后，安中尉就有种罪恶感，在迈尔斯身边总是不安地沉默着，只有被直接问到专业问题的时候才会开口。等一天的工作结束后，迈尔斯径直朝着医务室走去。

军医官还在他的电脑桌前工作，或者至少是坐在那儿。迈尔斯从门框边探出脑袋：“晚上好，长官。”

军医官抬头看了看：“喔，少尉？什么事？”

迈尔斯把这视为一个有效的邀请，无视了对方那冰冷的语气，溜进门里："我有些好奇，关于我们今早从下水道里拖出来的那家伙，你有什么发现吗？"

军医官耸耸肩："没多少。核实了他的身份。他死于溺水。所有的身体特征和损伤——压力、失温、血肿——都一致显示他死前在那儿被卡了将近半个小时。我已经把这一死亡事件归入意外之列。"

"没错。可是，为什么？"

"为什么？"军医官扬起了眉毛，"是他让自己完蛋的，为什么那你得问他，嗯哼？"

"你不想搞清楚吗？"

"为了什么？"

"嗯……我想，就是为了知道。为了确定你是对的。"

医生给了他一个干巴巴的眼神。

"我不是在质疑您的医学结论，长官。"迈尔斯迅速加上一句，"但这事太奇怪了。你不好奇吗？"

"不。"军医官说道。"我很高兴这不是自杀，也不是谋杀。那么无论细节如何，这最终都是愚蠢所导致的死亡，不是吗？"

迈尔斯有些好奇，如果他当初跟着史考特猫一起沉下去，那么这位军医官最后会不会也给他这么一个墓志铭："我同意，长官。"

迈尔斯站在医务室门外，在潮湿的风中犹豫不决。毕竟，那具尸体并非迈尔斯的个人财产。发现者并不拥有所有权。他应该把情况向相关权威部门报告。现在这事已经与他无关了。可是……

白昼还有几个小时才结束。迈尔斯在这种近乎没完没了的极昼当中怎么也睡不着。他回到自己的宿舍，穿上运动裤、上衣和跑步鞋，出门慢跑。

训练场上空空如也，路上也只有他一个人。太阳在朝着地平线横向爬行。迈尔斯慢跑了一会儿就停下来，开始走，然后放慢速度走。他裤腿里的支撑架擦破了他的腿。他一定要尽快抽空把他腿部那几根脆弱的长骨换成聚合材料的。顺便，择期手术可能还是个让他能半合理地申请离开基里尔岛的办法——如果在六个月期满之前形势变得过于恶劣的话。虽然这看起来近乎欺诈。

他四下看看，试着想象自己周围在雨中，在黑夜里会是什么样子。如果他是那个二等兵，在半夜沿着这条路慢跑，他会看到什么？有什么可能会把那人的注意力吸引到阴沟那边？说到底，见鬼，他为什么会在半夜外出到这里来啊？这条路所通往的地方只有一片障碍跑训练场和一片射击靶场而已。

前面就是那条阴沟……不对，是下一条，还在前面一点。这条加高的笔直堤道有五百米长，沿路有四个涵洞穿越其下。迈尔斯找到了正确的那条阴沟，靠在栏杆上，盯着下面现在只是缓缓流动着的水流。确实无疑，现在这里看上去没有任何吸引人的地方。为什么，为什么，为什么……

迈尔斯从路面高处往下，检查路面、栏杆，还有外面湿漉漉的棕色蕨草。他走到了沟边，掉头回去，又研究了一下对面那边。他又回到这段直道起点处，底端的第一道阴沟那边，一路都没能发现任何能吸引人的有趣发现。

迈尔斯坐到栏杆上，陷入了沉思。好吧，该试着推理一下了。什么样的情绪会让那名二等兵冒着显而易见的风险把自己卡到下水道里？狂怒？他在追赶什么？恐惧？可能有什么在追赶他？失误？迈尔斯知道，人们会犯各式各样的错误。会不会是那个人选错了涵洞？

迈尔斯不假思索地往下，滑到了第一道沟渠里。要么那人是在按部就班地去所有涵洞做什么工作——如果那样，他是从基地外面开始向外，还是反过来从训练场那边往回弄？——要么他是在黑暗和大雨中搞错了自己想去的目标，进入了错误的洞口。迈尔斯自己的话……

如果必需的话他会每个洞都钻一次，但他更希望一次就找对。就算旁边没有别人再看。这里的涵洞直径比第二个，要命的那个要大些。迈尔斯从腰带上抽出自己的手电筒，钻了进去，开始一寸寸检查。

“哈！”在路面当中正下方，他满意地吁了口气。他的收获就在那里，粘在涵洞拱顶下方垂下的胶带上。一个用防水塑料布包着的包裹。多么有趣啊。他溜出涵洞，坐在洞口，毫不在意地面的潮湿，但小心翼翼地让自己躲在来自路面上方的视线之外。

他把包裹放在自己的膝头，饶有兴味地打量着，猜度着里面的内容，仿佛那是件生日礼物。里面会不会是毒品？走私货？机密文件？黑钱？个人而言，迈尔斯希望是机密文件——尽管很难想象在基里尔岛上有人需要对什么保密。除非是绩效报告。要是毒品也不错，但要是发现间谍网，那就真是太好了。他会成为安全局的英雄——他的思绪一路飞奔，已经开始构思他秘密调查行动的下一步了。抓住微小的线索，跟踪这个死者的脚步，最后发现某个间谍头子。他的地位会有多高？戏剧化的逮捕行动，可能西蒙·伊林会亲自给他颁奖……包裹体积挺大的，但有点破了——是塑料膜？

他撕开它的时候心脏怦怦直跳——然后在骤然而来的失望中垂头丧气。他从嘴唇中痛苦地喷出一口气，声音好像在笑，又像是呻吟。

甜点。两打黎希特——一种烤小松饼，面上涂有糖浆，里面填着果脯（译者注：一种英式甜品）。人们通常在仲夏节（译者注：贝拉亚节日。在当地夏至日）的庆典上做这玩意儿。放了一个半月的过期甜品。为这而死真是太……

靠着他对军营生活的了解，迈尔斯很快就在想象中描绘出了剩下的情节。那位二等兵从他的情人或者母亲或者姐妹那里收到了这个包裹，想要让它免遭自己那些饿鬼舍友们的荼毒——那些家伙要不了几秒钟就能把它们狼吞虎咽吃得精光。也许这人思乡情切，准备把这些甜点分成许多份，自己一份份拿来进行漫长的苦行仪式，咬下的每一口都混合着甜蜜和痛苦。或者也许他只是想把它们留待某些特殊事件。

然后连续两天异乎寻常的大雨之后，这人开始担心他的秘密宝藏的，嗯，流动性风险。他出来想要拯救自己的秘密存货，却在黑暗中错过了第一条沟，在水位上涨时抱着坚定的决心进入了第二条。等他意识到自己的错误时，已经太晚了……

真可悲。有点让人不快。但没用。迈尔斯叹了口气，把那些黎希特包了起来，把包裹夹在腋下快步离去。他要回到基地，把这东西交给军医官。

迈尔斯找到了军医官，对他解释了自己的发现。对方唯一的反应是："果然。死于愚蠢。没错。"他漫不经心地朝一块黎希特上咬了一口，嗤之以鼻。

第二天，迈尔斯负责维护部杂务的日子结束了。他在下水道里没再发现任何比那个淹死的男人更有意思的东西。这样大概也不错。再接下来一天，安办公室里的下士休完长假回来了。迈尔斯发现这位在气象室工作了两年多的下士简直是个现成的知识宝库，知道的比迈尔斯过去两周绞尽脑汁学到的还多。不过，他没有安中尉那么好的鼻子。

安离开永冻营时很庆幸，自己走上了运输机的跳板。迈尔斯到停机坪去送他，却不能确定看到这位气象官离去自己是高兴还是难过。不过安看起来很高兴。他一贯郁郁不乐的面容此刻几乎称得上容光焕发。

"那么……脱下军装以后，你去哪儿？"迈尔斯问他。

"赤道上。"

"啊？赤道上的哪里？"

"赤道上随便哪里。"安的回答热情洋溢。

迈尔斯觉得他还是至少该选个脚下有块合适的大陆的地方。

安站在跳板上犹豫了一下，朝下面的迈尔斯看过来："当心米特佐夫。"他终于提出了忠告。这个警告来得明显是太迟了，更不用说还含糊得让人恼火。迈尔斯满脸恼怒地看着安，原本扬起的眉头皱成一团，“我很怀疑他的社交日程表上我的名字会出现几次。”

安不自在地扭了下身子。“我不是那个意思。”

“你的意思是？”

“嗯……我不知道。我曾经见到……”

“什么？”

安摇摇头：“没什么。很久以前的事了。在科玛暴乱的顶峰，发生了很多疯狂的事情。不过你最好别挡他的道。”

“我以前也被迫跟老古板军官们打过交道。”

“噢，其实他并不怎么古板。但他有些……有时候他会变得奇怪而危险。别真的威胁到他，嗯哼？”

“我，威胁米特佐夫？”迈尔斯的脸困惑得拧成了一团。也许安虽然闻起来没啥酒味，但其实并不怎么清醒，“得了，他不至于那么坏的，要不然他们怎么会让他来负责训练新兵呢。”

“指挥大头兵们的并不是他。他们另有自己的指挥系统，跟他们一起来岛上——他们的教官向他们自己的指挥官汇报工作。米特佐夫只是负责基地的固定建筑和设施。弗·科西根啊，你是个爱出风头的小讨厌鬼。千万别……别把他逼到极限，不然你会后悔的。我要说的就这么多了。”安坚决地闭上了自己的嘴巴，朝跳板上走去。

我已经后悔了。迈尔斯想着要不要在他身后喊一嗓子。好吧，对他的惩罚周已经结束了。也许米特佐夫是想用那些杂活来让迈尔斯丢脸，但实际上这事还挺有意思的。要说的话，把他的史考特猫沉到沼泽底下，那才是让人丢脸的事呢。那是他自作自受。安的身影消失在运输飞梭里。迈尔斯朝他最后挥了挥手，耸耸肩，掉头穿过跑道，朝着现在他已不再陌生的行政大楼走去。

迈尔斯的下士助手离开气象室去吃中饭以后，迈尔斯只觉被安的话勾起的好奇心实在心痒难搔。他克制了足足两分钟之后屈服了，登入算讯终端调出了米特佐夫的公开档案。档案中简单地罗列了基地指挥官的各种重要日期、执行过的任务和晋升记录。这些当中的有用信息实在不怎么多，不过从字里行间还是能看出一点过去的历史。

米特佐夫于三十五年前参军。他晋升最快的阶段，毫不意外地，是在大约二十五年前，帝国兼并科玛期间。拥有多个虫洞的科玛恒星系是贝拉亚通往银河系中巨大的虫洞路线网的唯一出口。它在本世纪初就证明自己对贝拉亚具有至关重要的战略意义：当时统治那里的寡头政权被收买了，允许一支西塔甘达的侵攻舰队通过科玛的虫洞突袭贝拉亚。贝拉亚足足花了一代人的时间才把西塔甘达人赶回去。血的教训让贝拉亚在迈尔斯父亲的时代变化巨大。把科玛的门户掌握在贝拉亚手中带来了一个不可避免的副作用，让它从一潭死水的死胡同变成了银河系中一个小但却重要的强国，并且在这种变化带来的后果中苦苦挣扎，至今未休。

二十年前的弗·达瑞安觊觎皇位之战是一次纯粹的贝拉亚式行动。弗·达瑞安想要从当时五岁的格雷果皇帝和他的摄政王手中夺取权力。这次内乱中米特佐夫不知怎么居然站对了边——迈尔斯起初还以为他肯定是站错了边，才会落得如今的下场：这么个显然很有能力的军官被打发到基里尔岛的冰原上，再无出头之日。但其实他的职业前途是骤然止步于科玛暴乱期间，大约十六年前。在这份档案里对原因只字未提，只是提到可参考另一份档案。迈尔斯认出那是一份帝国安全局的秘密档案。到此止步。

或许未必。迈尔斯思考的时候抿紧了嘴唇。他向算讯终端中输入了另一串代码。

“作战部，乔立夫准将办公室。”伊凡的脸在算讯终端的视频板上浮现出来。他开口时是一副公事公办的语气，但随后就成了：“噢，哈喽，迈尔斯。咋了？”

“我在做一点调研。心想你也许能帮我个忙。”

“我早该知道。你打电话到司令部找我肯定不是为了交际。那么，你想要了解什么？”

“哦……办公室里现在只有你一个人吗？”

“是啊。老头子忙着开会去了。出了个小小的乱子——一艘贝拉亚籍的货船在海根枢纽的沃维太空站（译者注：海根枢纽是一个没有宜居行星的恒星系，由几个虫洞和虫洞附近归属各异的人造太空站组成）被扣押了。被指控有间谍活动嫌疑。”

“我们能插手吗？扬言说要发起救援之类的？”

“无法通过波尔。任何贝拉亚的军用船只都不得通过他们的虫洞跃迁，句号。”

“我还以为我们跟波尔人是朋友。”

“的确是。但沃维人近来一直在威胁要跟波尔断绝外交关系。所以波尔人现在格外谨慎。这事有个地方特别滑稽，货船上根本没有我们真正的特工。指控似乎完全是捏造的。”

虫洞通路政治学。跃迁飞船战术学。迈尔斯在帝国军事学院里的课程不就是培养他去面对这种挑战的吗？还有，现在飞船和太空站里面多半很暖和。迈尔斯羡慕地叹了口气。

伊凡这会儿终于起了疑心，眯起了眼睛：“你为什么要问我是不是一个人？”

“我希望你给我弄份文件。陈年历史，不是近来的事情。”迈尔斯安抚道。然后他把那串文件编号发了过去。

“啊。”伊凡动手开始输入编号，然后停了下来，“你疯了吗？这是一份帝国安全局的档案。绝对不行！”

“你肯定可以的。你不已经登进去了吗？”

伊凡得意地摇摇头：“到此为止。帝国安全局的整个文件系统被打造得毫无漏洞。你没法把里面的数据传出来，除非通过一根加密的滤波线，你还必须要把线物理连接上去。为了拿到那根线，我得签字申请，我得说明需要它的理由，并且出示授权书。你有授权书吗？哈，我想你没有。”

迈尔斯懊恼地皱了皱眉：“你肯定可以在内部系统上调用它吧。”

“在内部系统上可以。我办不到的是把内部系统和任何外部系统连接起来，进行数据转存。所以，你的运气不够好。”

“在你办公室里有连接内部系统的算讯终端吧？”

“当然有。”

“那好。”迈尔斯急切地说，“把文件调出来，把你的桌子转个面，让两个屏幕面对面。这你总可以做到吧？”

伊凡挠了挠头：“这能行吗？”

“试试啊！”迈尔斯不耐烦地用指头敲打着桌面，看着伊凡把桌子拖过去，转了个面，然后调整摄像头的焦距。图像质量下降了，但字还能读得出来，“瞧，我就知道。请帮我往上翻一下，可以吗？”

有意思。很有意思。这档案是一系列秘密报告的汇总，报告来自帝国安全部对米特佐夫管理下的一名囚犯的神秘死亡事件进行的调查。那个科玛叛乱者杀死了自己的看守，然后自己在试图逃跑时被杀。帝国安全局索要那个科玛人的尸体以供解剖时，米特佐夫交出来的是业已火化的骨灰和一句道歉，说：如果早几个小时让他知道那具尸体还有用就好了之类的。负责调查的军官暗示怀疑他非法使用酷刑——可能是为给死去的士兵复仇？——但无法获得足够的证据来获得对目击证人使用吐真剂审讯的授权。那些证人当中就包括一名技术兵少尉，姓安。调查官对他上司了结此案的决定提出了正式抗议，记录在案。事情到此结束。至少表面上是这样的。如果这件事还有更多的发展，那也只会保存在西蒙·伊林那非凡的头脑中。迈尔斯可不打算试着从那里调阅档案。不过米特佐夫的职业前途从此断绝。他被在字面意义上“冻结”了。

“迈尔斯。”伊凡第四次插话，“我真的觉得我们不该这么做。

光是打开，不用读就会被扣上割喉的罪罚。”

“如果我们不该这么做，那我们就应该不能这么做。你要快速下载还是只能通过连线。没有哪个真正的间谍会蠢到坐在帝国司令部里，花几个小时用手一页页翻看档案，等着被抓住枪毙。”

“我受够啦。”伊凡伸手一拍，关掉了那份安全局的档案。他重新把桌子拉回原位时，视频图像剧烈晃动着；然后他用靴子使劲把地毯上的印迹给碾平，发出一阵阵刮擦声：“我什么都没干。听到了没有？”

“我不是说你。是说我们不是间谍。”迈尔斯闷闷不乐地瘫坐下去，“不过……我想该有人告诉伊林，安全局的管理上有这么个小漏洞被他们疏忽了。”

“我可不去！”

“为什么不呢？把它作为一个机智的假说提出来。也许你会获得嘉奖呢。当然，别告诉他们我们真的干了。要不就跟他们说，我们只是为了检验一下你的假说？”

“你。”伊凡严肃地说，“是毁人前程的毒药。永远不许再折腾我的显示屏。当然了，家里除外。”

迈尔斯咧嘴一笑，放过了他的表兄。他在办公室里坐了一会儿，注视着彩色气象全息图闪动变化，思考着他的基地司令，还有那些不服管教的囚犯身上可能会发生的事情。

算了，那都是很久以前的事了。米特佐夫本人再过五年也多半就要退役了，作为一名服役四十年的老兵，拿着一份养老金混入一群郁郁寡欢的老人们当中。这基本不是一个亟待解决的问题，而是一个会自然消失的问题。至少迈尔斯等得起。迈尔斯提醒自己，他到拉兹科斯吉基地来的最终目的是要能无声无息地离开拉兹科斯吉基地，像一缕青烟。过段时间米特佐夫就会被他抛在脑后了。

接下来的几个星期里，迈尔斯的日子过得还可以。首先，那些大头兵们来了。一共有五千人。迈尔斯的地位在他们的衬托下提高了，达到了近乎人类的程度。白昼渐渐缩短，拉兹科斯吉基地迎来了这个季节的第一次大雪，还来了一场不算太猛烈，但持续了足足半天的“哇-哇”风。这二者都被迈尔斯成功地准确预测到了。

更令迈尔斯高兴的是，他已经不再是岛上最著名的白痴了（因为史考特猫的沉陷，他获得了这个让人厌恶的恶名）：有天晚上一群新兵点着了他们自己放出的屁，制造出一团团火球引燃了他们的兵营，于是取代了他的地位。第二天，迈尔斯在军官们的消防安全会议上提出了一个战略建议，认为他们可以通过打击敌人的后勤燃料补给来解决这个问题，也就是说，从菜单中删除炖红豆（译者注：豆子吃多了以后人更容易释放可燃性气体甲烷）。但这项提议被米特佐夫将军用一道冰冷的凝视给驳回了。不过之后，来自军械部的一名上尉在走廊里叫住了迈尔斯，为那个提议对他表示真诚的感谢。

为帝国军队的荣誉他已经尽力了。迈尔斯开始独自长时间待在气象室里，研究混沌理论、他的读数，以及房间的墙壁。三个月过去了。还有三个月。天色正变得越来越阴暗。

第五章

迈尔斯下了床，衣服穿了一半，这时他睡得迷迷糊糊的大脑才反应过来：正响着的高音电喇叭不是“哇-哇”风警报。他手里拿着一只靴子呆在了原地。也不是火灾或者敌军攻击警报。那么，不管是什么都跟他的部门无关。回荡着的喇叭响声停了。俗话说得好，安静最为可贵。

他看了看时间。夜光数字钟显示现在才半夜。他只睡了大约两小时。之前他冒着暴风雪长途驱车前往基里尔岛北面，去修复被大风损坏的十一号气象站，回来之后精疲力竭，一头就栽到了床上。他床头通话器上的红色来电指示灯没闪，说明没有什么需要他去执行的突发任务。他可以上床睡觉。

外面安静得让人困惑。

他穿上第二只靴子，把头探到门外。有几个别的军官已经这么做了。他们正互相议论，揣测着警报的原因。波恩中尉从他的宿舍里走出来，沿着走廊大步向前，边走边把大衣扯到自己身上。他绷着脸，看起来又是担心又是恼火。

迈尔斯抓起自己的大衣，飞快地追了上去：“中尉，要帮忙吗？”

波恩低头瞥了他一眼，噘了下嘴：“我也许是需要。”

迈尔斯放慢速度，跟他并肩而行，心里暗暗为波恩隐晦地承认了他也许确实能帮上忙而感到高兴：“嗯，出什么事了？”

“一个存放有毒物品的地库出事了。如果是我想的那个，我们可能要有大麻烦了。”

他们离开军官宿舍装着双门的保暖门厅，走进外面滴水成冰的黑夜。细雪在迈尔斯的皮靴下嘎吱作响，在微微的东风里飘洒到旁边的地上。他们头顶上的星光明亮之极，与基地的灯光交相辉映。两个男人敏捷地钻进波恩的史考特猫里以后，嘴里还在吐出一股股白雾，直到车顶的除霜器打开。波恩迅速提高车速，朝着基地西面驶去。

开过最后一个训练场一两公里后，一排顶上覆盖着草皮的小土丘凸显在雪地上。在其中一个地库的旁边停着一大堆车子——两三辆史考特猫，包括基地消防队长的那辆，还有救护车。手电光束在车辆中晃动。波恩把车子转向，冲进车群停下，猛地推开车门。迈尔斯跟在他身后，飞快地踏过被踩实了的冰面。

基地的军医正在朝两个医务兵发号施令。他们正把一个被一层薄毯子裹着的人形和一名裹得严严实实、浑身发抖、咳个不停的士兵弄上救护车。“所有人，等到了门口就把身上所有衣物丢进废物箱准备销毁。”他在他们身后喊道，“毯子，床单，夹板，所有东西。你们都得去进行一次全面消毒淋浴，然后再去开始操心他的断腿。止痛药会让他坚持到那时候的。如果不行也别管他，继续搓你们的澡。我随后也去。”他颤抖了一下，转过身，沮丧地打了个呼哨。

波恩朝地库门口走去。“别开门！”军医和消防队长异口同声地叫道。“里面已经没人了。”军医补充道，“已经都撤离了。”

“究竟发生了什么事？”波恩用一只戴手套的手擦了擦门上结霜的小窗，想看看里面。

“几个家伙在搬动库存，想给明天要送到的一船货腾出空间。”消防队长亚斯基立刻回答了他的问题，“他们把抬着的东西弄翻了，其中一个被压在下面，断了一条腿。”

“这可真是……有创造性。”波恩说话的时候显然在脑子里想象着搬运时的情景。

“他们肯定是边干活边闹着玩。”军医烦躁地说，“可这还不是最糟的。他们还打翻了几罐菲泰因（译者注：作者虚构的化学武器，成分不明。旧版译为沸酞，但英文酞类的后缀和原文单词不符）。而且至少有两个罐子破裂了。那东西在里面到处都是。我们尽最大努力把地库密封起来了。清理——”军医叹了口气，“是你们的事了。我走了。”他看起来似乎想扒掉自己的衣服，还有自己的皮肤。他挥挥手，朝着自己的史考特猫快步走去，好跟着他手下的医务兵和病人一起去进行消毒。

“菲泰因！”迈尔斯震惊地叫道。波恩已经飞快地从门口退开了。菲泰因是一种基因诱变毒剂，发明它是用来作为威慑武器的，但就迈尔斯所知还从未使用过：“我还以为那玩意儿已经废弃了。被放弃了。”他在学院里上的化学和生物学几乎从没提到过这东西。

“是废弃了。”波恩冷冷地说，“二十年没生产了。就我所知，这是贝拉亚最后一批库存了。该死的，那些储存罐不该破啊。即便是把它们从飞梭上丢下去都应该不会破。”

“这么说，那些储存罐也至少是二十年前的了。”消防队长指出，“被腐蚀了？”

“这样的话，”波恩伸长脖子，“其他的罐子呢？”

“正是。”亚斯基点点头。

“菲泰因不是可以加热销毁吗？”迈尔斯紧张地问道。他看了看周围，确定他们是站在地库的上风头讨论，“受热会分解成无害的化学物质。我听说是这样。”

“呃，也不是完全无害。”亚斯基中尉说，“但至少不会把你蛋蛋里的DNA给搅得一塌糊涂。”

“里面存有爆炸品吗，波恩中尉？”迈尔斯问道。

“没有。里面的危险品只有菲泰因。”

“如果往门里丢几枚等离子炸弹，在屋顶熔化垮塌之前里面的菲泰因会全部被化学降解掉吗？”

“你不会想让屋顶熔化垮塌的。地面也是。如果那东西释放到整个永冻营当中……不过如果你设置好炸弹，让它的热量释放得慢些，同时把几公斤的中性等离子封胶一起丢进去，也许地库可以被自动封死。”波恩嚅动嘴唇，在心中计算了一下，“……是的。行得通。实际上，这可能是处理这些垃圾的最安全的办法了。特别是如果其他的罐子也已经开始出现破损的情况下。”

“要看风往哪边刮。”亚斯基中尉插了一句。他扭头看了看基地，然后望着迈尔斯。

“明天早上七点整之前预期都会是微弱的东风，同时气温下降。”迈尔斯见状答道，“然后风向转北，风力加大。明天晚上六点左右，气象条件开始有形成‘哇-哇’风的可能。”

“那么，如果要干的话，最好今晚就干。”亚斯基说。

“好。”波恩果断地说道，“我去召集我的人，你去召集你的。我会把地库的设计图调出来，计算一下炸弹释放热量的合适速度，然后一个小时内到行政大楼和你，还有军械部主管碰头。”

波恩把消防队长的助理军士留下来看守，让所有人都远离地库。这是个讨厌的差事，但目前的条件下并非不可忍受。而且临近午夜，温度更低的时候他还可以撤进自己的车里。迈尔斯搭波恩的车回到了基地行政楼，去气象室再核实一遍自己所做的风向预报。

迈尔斯在气象预报计算机上浏览了一遍最新的数据，准备拿给波恩，向他提供未来贝拉亚一天二十六点七小时内尽可能准确的风向预报。但他还没能把结果打印出来，就从窗户里看到波恩和亚斯基出现在楼下。他们匆匆离开行政楼，消失在茫茫夜色中。也许他们是要去别处跟军械部主管碰头？迈尔斯考虑要不要跟上去。但新的预报跟老的没啥显著差别。他真的需要去看着他们处理那些有毒废弃物吗？可能会很有意思——从学习的角度来说——但另一方面，现在他去那儿其实也派不上什么用场。作为他父母的独子——以及，很可能是未来的某个弗·科西根伯爵的父亲——他是否有权仅仅出于好奇心就把自己置身于这种恶性诱变剂的威胁之下，这是个问题。看起来基地并不会遭到立即的威胁，至少在风向变化之前。或者，也许这些考虑是伪装成逻辑思考的怯懦？谨慎是种美德。他曾经听人这么说。

现在他已经彻底清醒了，心中慌乱，甚至无法想象自己能再睡着。他在气象室里四下走动，沿路翻阅着上午为了那趟修理之旅先放在一边的日常文件。他不断查漏补缺，足足忙了一个小时，甚至那些几乎谈不上是工作的事情也干完了。当他发现自己正在不由自主地动手给设备和架子除尘的时候，他觉得是时候回床上去了。不管能不能睡着。但就在这时，一束灯光从窗户外闪过，吸引了他的目光。一辆史考特猫正在大楼门口停下。

啊，波恩和亚斯基，回来了。结束了？这也太快了。或者是他们还没开始？迈尔斯把打印着新的风向数据的塑料纸扯下来，朝着楼下走廊尽头的基地工程部办公室走去。

波恩的办公室里是黑的。但从基地司令办公室里有光透出来，照在走廊上。透出来的不只有灯光，还有怒气冲冲的说话声，时大时小。迈尔斯握紧塑料纸，靠近那边。

里边办公室的门开着。米特佐夫坐在他的桌上电脑前，一只攥成拳头的手放在它闪动着的彩色屏幕上。波恩和亚斯基紧张地站在他面前。迈尔斯小心翼翼地抖动了一下手中的塑料纸，告诉他们自己来了。

亚斯基扭过头来，一眼看到了迈尔斯："派弗·科西根去，反正他已经基因变异了，不是吗？"

迈尔斯朝他们随手敬了个军礼，然后立刻说："抱歉，长官，然而不，我不是的。我上次遭遇军用毒剂是造成了致畸性损伤，但并非遗传性的。我未来的孩子应该会跟别人的一样健康。啊，刚才说派我去哪儿，长官？"

米特佐夫愤怒地横了迈尔斯一眼，但并没有继续亚斯基那个令人不安的提议。迈尔斯默默把那张纸递给波恩；后者苦着脸瞥了它一眼，随手把它塞进了自己的裤兜里。

“当然，我是要让他们穿防护服的。”米特佐夫继续对波恩说话的时候显得颇为恼怒，“我又不是疯子。”

“我明白，长官。但那些人即使穿上了防化装备也拒绝进入地库。”波恩用平稳的声调报告道，“我不能责怪他们。标准的防护措施对菲泰因并不适合。由于它的分子量小，那东西有极强的穿透力。能直接透过去。”

“你不能责怪他们？”米特佐夫吃惊地重复了一遍，“中尉，你下命令啊。或者说，你本该下命令。”

“我下了，但是——”

“但是——你让他们感觉到了你自己的犹豫。你的虚弱。该死的，你下命令的时候必须直截了当，不能拖泥带水。”

“我们为什么一定要把这些东西抢救出来？”亚斯基抱怨道。

“对这个问题的讨论先前就结束了。这是我们的责任。”米特佐夫对他咕哝着说，“那是我们接到的命令。你自己不服从命令，也就不能让别人服从。”

什么？盲目服从？“研发部肯定还有配方。”迈尔斯插嘴道。他觉得自己终于搞清了这场令人不安的争论要点所在，“如果真有需要，他们可以配制出更多的菲泰因。还更新鲜呢。”

“闭嘴，弗·科西根。”波恩焦急地从嘴角挤出一句。同时米特佐夫已经怒气冲冲地叫了起来：“今晚你再敢张嘴卖弄一次你的幽默感，少尉，我就把你送上法庭。”

迈尔斯紧闭双唇，露出一个僵硬呆滞的笑容。服从。别忘了“赛格王子号”，他提醒自己。米特佐夫就算自己去把菲泰因喝了，迈尔斯也不在乎。反正那也不是他惹出来的。还记得吗，“不惹是生非”。

“中尉，以前在战场上有个很好的惯例：不听你命令的人就枪毙。你没听说过吗？”米特佐夫继续对波恩说道。

“我……我想我无法做出那种威胁，长官。”波恩硬邦邦地说。

更何况，迈尔斯心想，我们也不是在战场上啊。不是吗？

“你们这些技术人员啊！”米特佐夫用厌恶的口吻说道，“我没说威胁。我是说枪毙。杀鸡儆猴，剩下的就学乖了。”

迈尔斯觉得，自己也不怎么喜欢米特佐夫式的幽默。或者，这位将军的话是认真的？

“长官，菲泰因是种剧毒诱变剂。”波恩固执地说。“不管怎么威胁，我想其他人都未必会乖乖听令。这是个非理性的问题。我自己……对这事都有些不理性。”

“好，我明白了。”米特佐夫冷冷地盯着他。然后又转向盯着亚斯基。亚斯基咽了口唾沫，站得更直了。他的脊背挺得笔直，纹丝不动。迈尔斯努力让自己变成一个隐形人。

“如果你们还想要继续扮演军官的角色，你们这些技术人员需要好好地上一堂课，学会如何让你们的部下服从。”米特佐夫做出了决定，“你们两个，去把各自的部下召集起来，二十分钟内在行政大楼前集合。我们得来一次小小的老式军纪训练。”

“你不会是——真的想要枪毙人吧？是不是？”亚斯基中尉惊恐地问道。

米特佐夫露出一个愠怒的笑容：“我怀疑我不得不那么干。”他看向迈尔斯：“气象官，现在外面的温度是多少？”

“零下五摄氏度，长官。”迈尔斯答道。他现在谨小慎微，只有被问到时才会开口。

“风呢？”

“东风，风速每小时九公里，长官。”

“很好。”米特佐夫的眼中闪动着残忍的光，“解散，先生们。

看看这次你们能不能好好执行命令。”

米特佐夫将军戴着厚厚的手套，身上裹着大衣，站在行政楼前没挂旗子的金属旗杆旁，盯着下面昏暗的路面。他在看什么？迈尔斯很好奇。现在已经将近午夜了。亚斯基和波恩正在把他们手下的技术人员排成检阅队形。一共十五个男人，都穿着保暖工作服，还裹着大衣。

迈尔斯在颤抖，并且不仅仅是因为寒冷。米特佐夫那张绷紧的脸看起来很生气。而且疲惫。而且苍老。而且恐怖。他让迈尔斯感觉有点像自己的祖父生气时的样子。尽管米特佐夫实际上比迈尔斯的父亲还年轻。迈尔斯出生前后，他父亲正当中年时，时局发生了重大转变。他的祖父，那位老将军皮欧特伯爵，有些时候看上去就像是个来自另一个世纪的难民。哎。真正的老式军纪检阅中可能会用到一些里面衬铅的橡皮棍。米特佐夫的思维还停留在贝拉亚多久之前的年代里？

米特佐夫在笑。掩饰心中怒火的笑。路上有什么动静，于是他转过头看了看。然后他用一种热情得可怕的声音朝迈尔斯倾诉道：“你知道吧，少尉。在古老的地球上，他们会在军种间精心培育对抗意识。这背后是有秘密的。当发生兵变时，当他们不再能自我约束的时候，你就可以说服陆军去打海军，反之亦然。对于我军这样一支诸军种混编的部队来说，这里存在隐藏的劣势。”

“兵变！”迈尔斯震惊得忘了自己只有被问到才开口的决心，“我觉得这只是个接触毒物的问题。”

“曾经是。不幸的是，由于波恩处理不当，现在是个纪律问题了。”米特佐夫的下巴上有块肌肉跳动了一下，“这种事迟早会发生的。在新军中。在软弱的军队中。”

典型的旧军队口气。那些老人们一个劲儿胡吹大气，竞相标榜自己在过去的日子里有多强硬。“纪律，长官，什么纪律？这只是废弃物处理问题啊。”迈尔斯说不下去了。

“是集体直接拒绝服从命令，少尉。任何一个军法官都会把这种行为判定为兵变。幸运的是，这种问题很容易纠正。只要趁着它规模还小，还处于混乱之中迅速采取行动。”

路上在动的原来是一个排的受训步兵。他们身穿白色的冬季伪装服，在基地一名军士的指挥下列队行进。迈尔斯认得那个军士。他是米特佐夫个人势力网中的一员，是一个早在科玛暴乱时期就在米特佐夫麾下服役的老兵，一直跟着他的主子调动。

迈尔斯注意到，那些步兵们都带着致命的神经干扰枪。这是种纯粹的对人用便携武器。在他们学习使用武器的整个期间，即便是眼前这种优秀的受训者也很少有机会把手放到加满能量的致命武器上。迈尔斯从这边都能感觉到他们既紧张又兴奋的情绪。

那位军士让步兵们包围了那些直挺挺站在那儿的技术人员，就交叉攻击位置，然后大声发令。他们举起自己的武器，瞄准那些技术人员。银色的铃形枪口在行政大楼里散落而出的灯光下闪闪发亮。波恩的部下队伍中出现了一阵不安的涟漪。波恩脸色惨白，眼睛像煤精一样闪闪发亮。

“脱。”米特佐夫咬牙切齿地命令道。

疑惑，迷茫；只有一两个技术人员领会了听到的命令，开始脱衣服。其他人不知所措地张望了一阵，也跟着照做起来。

“谁要是重新准备好服从命令，”米特佐夫用检阅时喊话的调门继续说话，好让每一个人都听得清楚，“就可以穿上衣服去工作了。自己决定。”他向后退开，对他手下的军士点点头，然后用稍息姿势站定。“这会让他们冷静下来的。”他自言自语的声音很小，迈尔斯差点就没听见。米特佐夫看上去似乎很有把握，要不了五分钟就能离开他：心里也许都已经想到温暖的宿舍和热乎乎的饮料了。

迈尔斯注意到，奥尔尼和帕塔斯也在那些技术人员之列。还有早先曾让迈尔斯很不好过的说希腊语的几名干部，也多半在里面。其他的人迈尔斯有的遇见过，有些在私下调查那个溺死者的背景时有过交谈，还有的他基本不认识。十五个赤裸的男人开始剧烈地颤抖起来，粉状干雪在他们的脚踝周围沙沙作响。十五张迷茫的脸上开始出现恐惧。目光时不时朝着列队瞄准他们的神经干扰枪游移。放弃吧。迈尔斯无声地催促着。这不值得。但不止一双眼睛的目光在他脸上掠过——然后眼睛都坚决地闭上了。

迈尔斯默默地咒骂着那位不知名的科学家。这个聪明人发明了作为一种威慑武器的菲泰因的聪明人，不是靠着他的化学知识，而是靠着他对贝拉亚人心理的洞察。菲泰因完全可以永远不被使用，永远也不能被使用。任何试图想要这么做的组织一定会因为道德上的冲击感而自动反抗这个决定，自动土崩瓦解。

亚斯基站得离自己的部下远远的，看起来完全被吓倒了。波恩气得脸发黑，加上一副冷硬的表情，看起来跟黑曜石似的（译者注：原文后一个形容是双关语，文字游戏。“冷硬”的另一个意思是“脆”，黑曜石的特征就是黑、脆硬）。他开始脱下自己的手套和大衣。

不，不，不！迈尔斯心中尖叫。如果你加入他们，那他们就绝不会打退堂鼓了。他们会知道他们是对的。严重的错误，太严重了……波恩把身上剩下的衣物在地上丢作一堆，大步向前走进队列，向后转，然后死死地盯着米特佐夫的眼睛。米特佐夫越发愤怒了，眼睛眯成了一条线。“好啊。”他从牙缝里挤出话来，“是你自己判罚自己的。那就站那儿挨冻吧。”

事态的发展怎么会这么糟糕，这么迅速？现在最好能想起在气象室里有什么要做的工作，然后离开这该死的地方。要是那些浑身颤抖的浑蛋们打退堂鼓就好了，迈尔斯今夜就可以安然度过，记录上不留下半点痕迹。他没有义务待在这里，他待在这里也无能为力……

米特佐夫的目光落到了迈尔斯身上：“弗·科西根，你要么拿起一把武器做点事，要么就自己走人。”

他可以离开。他真的能离开吗？见迈尔斯站在原地没动，那位军士走过来，把一把神经干扰枪塞进他手里。迈尔斯接过武器，仍然挣扎着用他忽然之间已经乱成一锅粥的大脑思考着。他找回些理智，确定保险栓是关着的，这才把枪口大致朝向那些快被冻僵的人们。

没有什么兵变。将要发生的是一场屠杀。

一个拿着武器的步兵发出神经质的咯咯笑声。他们来之前知道自己要干什么吗？他们现在以为自己在干什么？十八九岁的年轻人——他们连什么命令是违背基本道德的都无法分辨吧？如果他们能分辨，又明白该怎么办吗？

迈尔斯自己呢？

问题在于，现在的局势模棱两可，现成的界定并不完全适用。迈尔斯知道什么命令是道德不允许的；学院里出来的每个人都懂。他父亲每年年中都会亲自来校，给即将毕业的学员作一天的主题报告。他还是摄政王的时候就以帝国谕令的形式规定，每个毕业生都要知晓：什么样的命令会确实构成道德上不可接受的错误，在什么时候应该拒绝服从这种命令，以及应该如何行动。他的报告中有视频证据，包括历史上的各种判例和错误的例子。其中包括那场发生在将军本人指挥下的政治灾难——索尔斯提斯大屠杀。放到那部分视频的时候，总会有一个甚至更多学员要离开讲堂，出去呕吐。

其他教官们很讨厌这个“弗·科西根日”。他们自己随后几周的课程都会隐隐受到扰乱。弗·科西根将军不肯等到晚些时候再作这个报告的原因之一也与此有关：他几乎每年都不得不在几周后再度拜访校园，跟某些心烦意乱的学员谈话，让他们放弃在学业接近完成的时候放弃学业的念头。据迈尔斯所知，只有帝国军事学院里的学生们会听到这堂讲座，尽管他的父亲曾提过要把它录制成全息视频，然后作为基础训练的一部分向全军推广。讲座中的部分内容连迈尔斯在听讲座之前都不知道。

但现在……如果这些技术人员是平民，那米特佐夫显然是错了。如果是在战时，正受到敌军的袭扰，那米特佐夫也许有权这样做，甚至是必须这样做。现在的局面介于二者之间。士兵拒绝服从命令，但只是消极拒绝。他们没见到敌人。甚至连任何威胁到基地人员生命安全（除了他们自己的）的客观势态也完全不存在。虽然风向变化的话这点也许会发生改变。我没准备好面对这种情况。现在还没。这太早了。怎么做才对?

我的前途……一股幽闭恐惧感在迈尔斯的胸中升起，让他感觉自己仿佛变成了那个脑袋卡在下水道里的人。神经干扰枪在他的手中微微晃动。迈尔斯能看到在抛物面反光镜前方的波恩。他呆站在原地，现在已经冻得无力争辩了。他们的耳朵开始发白，手指和脚也是。有个人瘫倒在地，缩成一团瑟瑟发抖，但没有任何要屈服的表示。米特佐夫那僵化的脑袋里有没有出现一点动摇和怀疑?

有那么疯狂的一刻，迈尔斯想象着自己扣下扳机，射杀米特佐夫的情景。然后呢？朝那些新兵们开枪？他不可能把他们全打倒，在那之前他们就会把他干掉的。

这里三十岁以下的军人当中可能我是唯一一个曾经杀死过敌人的。不论是不是在战斗中。那些步兵们可能会因为无知而开火，也可能纯粹因为好奇而开火。他们懂得太少，不会不开火。接下来半个小时里我们的所作所为将会在我们的有生之年一直萦绕在我们脑海中。

他也可以试着什么都不做。仅仅服从命令。仅仅服从命令的话，对他又能有多麻烦呢？指挥过他的所有人一致认为，他需要学会更好地服从命令。以为你会享受到去飞船上当差的乐趣，弗·科西根少尉，伴着你那帮冻死鬼？至少你永远不会孤独了……

迈尔斯手中依然握着那把神经干扰枪，往后退去，退出了步兵们的视线，退出了米特佐夫眼角的余光。泪水盈眶，模糊了他的视野。是因为寒冷，毫无疑问。

他坐到地上。扯下自己的手套和靴子。丢下自己的大衣和衬衫。长裤和保暖内衣落在衣物堆的顶端，然后神经干扰枪被轻轻地搁在它们上面。他朝前走去。他的腿部支架感觉就像是几根贴在小腿上的冰凌。

我讨厌消极抵抗。我真的，真的讨厌这样。

“见鬼！你知道自己在干什么吗，少尉？”迈尔斯一瘸一拐地从米特佐夫身边走过时，他咆哮起来。

“停手吧，长官。”迈尔斯平静地答道。就算是现在，还有一些浑身颤抖的技术人员在往后缩，远离他，仿佛他的畸形可能有传染性似的。不过帕塔斯没躲开。波恩也没有。

“波恩试过用这来吓唬我了。他现在后悔了。你这样也行不通的，弗·科西根。”米特佐夫的声音也在颤抖，但并不是因为寒冷。

你应该说“少尉”啊。忘了这个姓氏意味着什么？迈尔斯能看得出来，这一刻在那些新兵们当中出现了一波惊慌的骚动。是的，波恩这样做是没有用的。迈尔斯大概是这里唯一一个能用这种个人行为成功干预局势的人。到底行不行取决于米特佐夫现在疯到了什么程度。

迈尔斯接下来的话既是说给米特佐夫的，也是说给那些大头兵们的：“波恩中尉和他的部下如果死了，军事安全局是有可能——极小的可能——不会来进行调查。如果你篡改记录，声称那是事故的话。但我保证，如果我死了，帝国安全部一定会来调查。”

米特佐夫怪笑了一下：“如果没有目击者活着提供证据呢？”

米特佐夫的军士看上去跟他主子一样顽固。迈尔斯想起了安。醉鬼安，沉默的安。很久以前，当某些疯狂的事情发生在科玛上时，安看到了什么？他是哪种活下来的目击者？可能，是个有罪的？“抱、抱、抱歉，长官，但我看到了起码十个目击者。拿着神经干扰枪的。”银色的抛物面——从这个新的角度看去，它们显得好巨大，跟大餐盘差不多。视角的改变对厘清真相有惊人的效果。现在的局势不再模棱两可了。

迈尔斯继续说道：“或者你打算把你这些行刑队全部处决，然后再打死你自己？帝国安全部会用吐真剂调查每个在场者。你无法堵住我的嘴。我总会做证的，无论是活着还是死去，差别只是通过自己的口还是你的——或者他们的。”迈尔斯浑身都颤抖起来。真惊人啊，在这种温度下，只要这么些微的东风就能制造出这样的效果。他挣扎着让自己的声音不发抖，免得别人把寒冷误认为恐惧。

“我得说，少尉，如果你——啊哈——乐意让自己被冻死的话，这也算是个小小的安慰了。”米特佐夫强烈的挖苦刺痛着迈尔斯的神经。这个男人仍然觉得他会赢。他疯了。

迈尔斯的赤脚现在奇怪地觉得暖和了。他的眼睫毛被冰冻硬了。他被冻死的进程正迅速赶上其他人。毫无疑问是因为他的质量更小。他的身体正变得青一块紫一块的。

白雪覆盖的基地万籁俱静。他几乎能听到一颗颗雪粒在冰面上擦过的声音。他能听到周围每个人身上骨头颤抖的声音，能分辨出那些新兵们在恐惧中发出的沉重喘息。时间仿佛被拉长了。

他可以隐晦地提起科玛，以此打破米特佐夫的自满，威胁他：真相将会暴露。他可以下定决心，利用自己父亲的军阶和地位。他可以……该死的。米特佐夫不管有多疯狂，也肯定意识到了自己已经过线了。他用“军纪检阅”吓唬人的把戏没成功，现在他是骑虎难下，顽固地宁死也要维护自己的权威。有时候他会变得奇怪而危险，如果你真的威胁到他……很难透过他的虐待狂面具看到下面的恐惧。但他肯定是恐惧的，隐藏在心底而已。施压不管用。米特佐夫实际上是在惊恐中本能地对抗压力。那么，诱导呢？

“但请您想想，长官。”迈尔斯用令人信服的声调艰难地说道，“想想现在住手对您自己的好处吧。你现在有了清晰的证据证明有兵变，呃，阴谋。你可以把我们全部逮捕，把我们丢进监狱。这种复仇更好些。因为你得到了这一切，却没有任何损失。我失去了我的职业前途，会被丢脸地退役，也许还会进监狱——那样的话你不觉得会让我比死还难受吗？军事安全局会替你惩罚其他人的。你通杀全赢。”

迈尔斯的话让将军上钩了；迈尔斯能看得出这点。米特佐夫眯缝着的眼里血光渐渐消退，僵直死硬的脖子微微弯曲。迈尔斯只需要把线放出去就好。不要急着拉钩，那样会重新激起他狂乱的反抗，要等……

米特佐夫朝他走来。他的身影在昏暗的灯光下显得格外巨大；呼出的气被冻结，在他周围形成了一圈光环。他放低声音，只让迈尔斯一个人听到：“典型的软弱的弗·科西根式答案。你的父亲当年对科玛渣滓们就软弱了。代价是我们的生命。把将军家的小男孩送上军事法庭——这或许能打击到那个假仁假义的基佬（译者注：一直有传闻，阿罗有贝拉亚文化中被鄙视的同性恋行为。详见《荣誉碎片》《贝拉亚》和尚无中文版的《乔尔先生和红桃皇后》），是吗？”

迈尔斯把一口冰冷的唾沫咽了下去。那些不懂得自己过去历史的人，他的思绪飞转，注定要一次次重蹈覆辙。呜呼，懂得的人似乎也还是如此。“把那些撒出来的该死的菲泰因加热。”他嘶声低语，“然后等着瞧。”

“你们全都被逮捕了。”米特佐夫突然耸起肩膀，大声吼道，“穿上衣服。”

其他人看上去被惊呆了，然后松了口气。他们疑虑地看了一眼那些神经干扰枪，便冲向自己的衣服，用冻僵的双手慌忙穿上。而迈尔斯早在六十秒前就从米特佐夫的眼中看出会是这样了。这让他想起了他父亲的一个定义。武器是一种用来让你的敌人改变思维的工具。思维是最初，也是最终的战场；其他在这两个战场之间的东西只不过是干扰。

迈尔斯赤身裸体冲到舞台中央，吸引了众人注意力，给亚斯基中尉提供了一个机会。他抓住这个机会，悄悄地退入行政楼，慌忙打了好几个电话。结果教导队指挥官、基地军医和米特佐夫的副手都来了。他们本打算劝说米特佐夫，或者是给他来一针镇静剂，把他关起来。但等他们到了的时候，迈尔斯、波恩，和技术人员们已经穿好了衣服，正在踉踉跄跄地朝着基地的地堡监狱走去。神经干扰枪的枪口像阿尔戈斯的眼睛一样监视着他们。

“我是不是应——应该为这个感——感谢你？”波恩牙关打战地朝迈尔斯问道。他们的手脚像是瘫痪了的肿块般晃动着；他靠在迈尔斯身上，迈尔斯挂在他身上，两人一起在路上蹒跚前行。

“我们达到了目的，对吧？在早晨风向转变之前，他会把现场的菲泰因用离子弹处理掉的。没人死。没人的小蛋蛋被搞坏。我们赢了。我觉得是。”迈尔斯从麻木的双唇中吐出一串吓人的咯咯笑声。

“我从没想到，”波恩喘着粗气说，“会遇到个比米特佐夫还疯狂的人。”

“我做的事情都是你做过的。”迈尔斯抗议道，“只不过我成功了。某种程度上的成功。不论如何，明天早上，一切都会不同的。”

“是啊。会变得更糟。”波恩闷闷不乐地预言道。

禁闭室的门“吱”的一声开了，折叠床上的迈尔斯从不安的瞌睡中惊坐起来。他们把波恩送回来了。他放松身子，躺到自己的小床上，痛苦地哼了一声。

迈尔斯揉了揉自己没刮胡子的脸：“外头到什么时间了，中尉？”

“黎明。”在迈尔斯看来，波恩脸色苍白，胡子拉碴，情绪低落得可怕。

“发生什么事了？”

“到处都是军事安全局的人。他们从大陆空运过来一名上尉，刚到，看起来是负责人。我想米特佐夫正忙着给他吹耳边风呢。目前为止他们只是在收集证词。”

“他们把菲泰因处理好了吧？”

“是啊。”波恩阴郁地冷笑一声，“他们刚让我去检查了一下，签字确认工作完成。那个地库现在成了个很棒的小火炉，没事了。”

“弗·科西根少尉，叫你了。”刚才把波恩送回来的那个安全局卫兵说道，“跟我来吧。”

迈尔斯站起来的时候身上嘎吱作响。他艰难地朝囚室门口走去：“回头见，中尉。”

“好的。如果你在外面看到有谁那儿有早餐的话，你可以用你的政治影响力给我也弄一份送过来吗？”

迈尔斯不抱希望地笑笑：“我会试试看的。”

迈尔斯跟着卫兵走进基地监牢小小的走廊。拉兹科斯吉基地的监牢并不完全是人们所说的那种戒备森严的设施，几乎就是个普通的地堡宿舍，但门锁只能从外面开关，而且没有窗户。这里的天气作为卫兵的效果通常比任何军事警备还好——更不必说岛周围还有一片五百公里宽的冰海“护壕”了。

今天早上的基地安保办公室格外繁忙。两个表情严肃的陌生人正站在门口等着。一个是中尉，另一个是个身材高大的军士，他们挺括的制服上戴着帝国安全部的荷鲁斯之眼（译者注：又称真知之眼，古埃及的神符。有多重含义，如辨别善恶、守卫君权、正义之怒、无所不知等）徽章。帝国安全部。不是军事安全局。迈尔斯自己的安全部。在他父亲的整个政治生涯中，他全家都由这些人保护。迈尔斯把他们当作自己人，看到他们心情就愉快了些。

基地的安全助理显得有些忙乱，他桌上终端的灯亮了，不停闪烁着：“弗·科西根少尉，长官，请在上面按上掌印。”

“好的。按这个是要？”

“为了办通行证，长官。”

“什么？啊……”迈尔斯顿了一下，举起戴着塑料连指手套的手，“哪一只？”

“我想右边那只就好，长官。”

迈尔斯吃力地用不灵活的左手摘掉了右手手套。他手上涂满了据说是治疗冻伤的药膏，闪闪发亮。他的手上到处都是红肿的，看着简直像被碾子碾过，但那药膏肯定还是有用的。现在他所有的手指都已经能打弯了。他把手掌按在身份识别板上。试了三次以后算讯终端才识别出来。

“现在该你了，长官。”助理朝那位安全部的中尉点点头。安全部的那人把手掌往识别板上一放，算讯终端就哔的一声识别好了。他抬起手，疑惑地看了看那些发亮的黏糊糊的玩意儿，四下张望着想找条毛巾，可没能找到。最后他悄悄把手伸到自己精美的枪套后面，在裤子上擦了擦。助理紧张地用自己的制服袖管抹了抹识别板，然后按动自己的操作界面。

“我真高兴见到你们。”迈尔斯对这位帝国安全部的军官说道，“真希望你们昨晚就在这里。”

中尉并没有报以笑容：“我只是个信使，少尉。我无权谈论你的案子。”

米特佐夫将军从里面办公室的门中猛地钻了出来，手里拿着一张塑料纸，身旁跟着一名军事安全局的上尉。那人朝帝国安全部派来的同行谨慎地点了点头。

将军几乎是微笑着说：“早上好，弗·科西根少尉。”他瞧见了帝国安全部军官，可一点也不惊慌。该死的，帝国安全部应该会让这个几乎杀了人的家伙双脚打战才对啊。“看起来这起案子当中有个连我之前都没意识到的小问题。当一位弗氏爵爷卷入军中的兵变时，他就会自动被控犯有叛国之罪。”

“什么？”迈尔斯吞了口唾沫，控制住自己的嗓门，“中尉，我不是被帝国安全部逮捕了吧？是不是？”

中尉拿出一副手铐走上前，把迈尔斯跟那个大个子军士铐在了一起。那人的胸牌上写着他的名字："欧佛霍尔特"。迈尔斯心里默默地把这名字改成了"欧佛基尔"——"过剩武力"。他只要抬起自己的胳膊，迈尔斯就得像只小猫一样在空中晃荡。

"你被拘留了，等待进一步的调查。"中尉照本宣科地念道。

"多久？"

"不确定。"

中尉朝门口走去，军士紧随其后，迈尔斯也被迫跟上。"去哪儿？"迈尔斯焦急地问道。

"帝国安全部总部。"

"我得去拿上我的东西——"

"你的宿舍已经清理过了。"

"我还会回来吗？"

"不知道，少尉。"

一辆史考特猫将他们送到了停机坪。迟来的晨光给永冻营抹上了一道道灰黄色的光亮。帝国安全部的亚轨道速运飞梭停在冰封的水泥地上，恍如一只意外被放进了鸽子笼的猛禽。光亮，黑色，致命。它停在那里看上去就仿佛要突破音障。驾驶员已经做好准备，引擎已经事先发动，随时可以起飞。

迈尔斯跟在欧佛霍尔特军士身后，艰难地沿着跳板蹒跚而上。手铐在他手腕上冰冷地晃动着。细小的冰晶在东北风中舞动。今天上午的温度应该比较稳定。他从自己鼻窦感受到的相对湿度就能判断出来：空气格外干燥，咬得他发疼。敬爱的上帝啊，我早该离开这个岛了。

迈尔斯最后深深地吸了一口气。舱门发出蛇一般的嘶嘶响声，在他们身后关上。铺着软垫的机舱里一片深沉的寂静，连引擎的轰鸣声也只是隐约可闻。

至少这里还比较暖和。

第六章

秋天是弗·贝拉苏丹娜城一年中最美好的季节，而今天就是一个范例。天空湛蓝，秋高气爽，就连工业雾霾的刺鼻气味闻起来也感觉不错了。秋季的花朵还没有被霜剑摧残，但从地球引进的树木已经变了颜色。迈尔斯被推搡着走出安全部的押运车，从帝国安全部巨大、坚实的总部大楼的一道后门进去时，他瞥到了一棵这样的树——一棵地球枫树，有着红玛瑙般的树叶和银灰色的树干，就在街对面。然后门关上了。迈尔斯用思维中的眼睛追忆着那棵树的影像，努力记下来，以防万一自己再也看不到了。

安全部那位中尉出示了通行证，让迈尔斯和欧佛霍尔特直接从门卫身边走过，然后带领他们走进迷宫般的走廊，最后来到一对电梯前。他们进入了上行电梯，而不是下行的。如此看来，迈尔斯不是被直接带到楼底下保安措施超级严密的监狱区去。他想明白了这意味着什么，然后他开始希望他们搭上的是下行电梯了。非常想。

他们被领进了楼上的一间办公室，从一名安全部上尉面前走过，进入里间。一个男人正坐在他那格外巨大的算讯终端桌前，研究着一段视频。瘦小，沉稳，身穿便服，棕色的头发在太阳穴附近有些花白。他抬起头看了看迈尔斯的押送员："谢谢你们，中尉，军士。你们可以走了。"

欧佛霍尔特把迈尔斯从自己手腕上解了下来，中尉则问道：

“呃，长官，您的安全没问题吧？”

“我想是的。”那人干巴巴地说道。

没错。可我的安全呢？迈尔斯在心中哀号。那两名军人离开了，留下迈尔斯一个人，站在地毯上接受审讯（译者注：原文是双关语，同时表达这两个意思）。他没洗漱，没刮胡子，穿的还是之前匆匆扯到身上的那套黑色工作服——昨晚穿上的？——都已经略微发臭了。他的脸饱经风霜，红肿的手脚依然套在医用塑料套里——他的脚趾此刻正在黏糊糊的套子内部扭动。没穿靴子。他在两小时的飞梭航程中时不时就感觉精疲力竭，忽睡忽醒，精神一直没什么起色。他的喉咙火辣辣地疼，他的鼻子仿佛被塞进了一坨坨棉花，他的胸口只要一呼吸就疼。

西蒙·伊林，贝拉亚帝国安全部部长，把双臂抱在胸前，从头到脚慢慢地打量了迈尔斯一通，然后又从脚到头重复一遍。这让迈尔斯有种既视感——可恶。

尽管贝拉亚很少有人见过这个人，但实际上每个人都对他的名字望而生畏。这种效果是伊林自己精心制造出来的，部分——也只是部分——是建立在他那令人生畏的前任，传奇式的安全部部长奈格里的遗留影响上。伊林接手后，他和他领导的部门在迈尔斯父亲二十年的执政生涯中为他提供安全保障，仅仅失手过一次。在那个臭名昭著的索托辛毒气袭击之夜。顺带一提，据迈尔斯所知，伊林谁都不怕，唯独怕迈尔斯的母亲。他有次问自己的父亲，那是不是因为索托辛毒气事件带来的内疚感。弗·科西根伯爵却说，不是的。那只是他跟你妈妈令人印象深刻的初次见面留下的后遗症。多年来迈尔斯一直喊伊林“西蒙叔叔”，但在参军后就改口叫他“长官”了。

此时此刻，看着伊林的脸，迈尔斯觉得自己终于完全明白了“恼怒”和“极为恼怒”之间的差别何在。

伊林结束了他的审视。他摇了摇头，喟然叹息：“很好。真是太好了。”

迈尔斯清了清嗓子。“长官，我是真的被逮捕了吗？”

“我们这次会面就是要决定这件事。”伊林叹了口气，朝后靠到椅背上，“凌晨两点我就被这件不轨行为闹起来了。军队里流言满天飞，借着网络迅速蔓延。事实真相看起来每四十分钟就会突变一次，跟细菌似的。我不知道你是不是还能找到别的更离谱的公开自我毁灭的方式？比如在皇帝诞辰节（译者注：贝拉亚把皇帝生日作为国庆日。真正的君主制国家常见的做法）的阅兵典礼上掏出你的口袋里的折叠刀刺杀他？或者在高峰时期跑到广场上去强奸绵羊？”他挖苦的语调柔和下来，话语中包含着发自内心的痛苦，“他对你寄予了多少厚望啊。你怎么能这样背叛他呢？”

用不着问“他”是谁。当然是那位弗·科西根大人。“我……并不觉得我背叛了他，长官。我不明白。”

伊林算讯终端上的一个指示灯闪烁起来。他吸了一口气，狠狠瞪了迈尔斯一眼，揿下一个按钮。他办公室的第二道门，伪装成他办公桌右侧墙壁一部分的门滑开了。两个身穿绿色军装的人钻了进来。

帝国首相，将军，阿罗·弗·科西根伯爵穿着这身军装，就像一只动物披着自己的毛皮一样自然。这男人的身高中等偏下，粗壮结实，头发花白，下巴厚实，伤痕累累，看上去几乎像是个匪徒，可他那双灰色眼睛的目光却具有迈尔斯生平仅见的强大洞察力。他的助理，一位高个子的金发中尉，乔尔，紧跟在他身侧。迈尔斯上次回家时见过乔尔。看哪，一位完美的军官，英勇而又机敏——他曾在太空中服役，因为在一次可怕的飞船事故中，表现出无畏的勇气和敏捷的思维，而受到过表彰。他为养伤回到了司令部，然后被对新秀独具慧眼的首相迅速抓到了自己手下充当军务秘书。并且，他还英俊得令人咂舌。他真该去拍摄电视征兵广告。每次遇到他的时候，迈尔斯都会带着绝望的嫉妒之情黯然叹息。乔尔对他来说比伊林更可恶，后者虽然也英俊得可憎，但至少从没在他心中被控机敏过度。

“谢谢，乔尔。”弗·科西根伯爵轻声对自己的助理说话的时候，眼睛一直看着迈尔斯，“待会儿办公室见。”

“是，长官。”乔尔听命离开。他钻出去之前用忧虑的目光又看了一眼迈尔斯和他的上司。门在他身后嗞地一下关上了。

伊林的手仍然摁在办公桌上的一个按钮上：“您是因公而来吗？”他向弗·科西根伯爵问道。

“不是。”

伊林把什么东西关上了——迈尔斯意识到，应该是录音设备。“很好。”他说，语声中夹杂着几分审慎的怀疑。

迈尔斯给父亲敬了一个礼。他父亲没有理睬敬礼，而是默默地大力拥抱了他一下，然后在房间里仅有的另一张椅子上坐下，双臂交叉抱在胸前，穿着靴子的双脚也在脚踝处交叉。然后他说：“继续吧，西蒙。”

迈尔斯估计，伊林刚才正在编织一套可以载入史册的长篇大论，却被拦腰打断了。现在他沮丧地咬着自己的嘴唇：“先不管那些流言吧。”伊林对迈尔斯说，“昨天晚上在那该死的岛上究竟发生了什么？”

迈尔斯尽量用最公允、最简明的语言描述了头天晚上发生的事情。从打翻的菲泰因讲起，说到他被捕或者被拘留——到底是哪样要由帝国安全部来决定——结束。在他讲述的整个过程中，他父亲一言未发，但手里一直拿着一根光笔。他心不在焉地来回转动着它，时而停下来拿它点点自己的膝盖，然后又继续转动。

迈尔斯讲完后，办公室里一片寂静。那支光笔让迈尔斯的注意力不由自主地分散过去。他真希望他父亲能把那该死的玩意儿收起来，或者扔掉，或者……别在那儿转来转去就好。

他父亲把光笔轻轻地放回胸前口袋里——谢天谢地——向后仰靠在椅子里，双手指尖相对，皱起了眉头：“我直奔要点吧。你说米特佐夫越过指挥链，并且暴力强迫那些新兵当他的行刑队？”

“十个新兵。我不知道他们是不是自愿的；召集他们的时候我不在场。”

“新兵。”弗·科西根伯爵的脸色很不好看，“一群男孩。”

“他嘀咕了些怪话，说这就像在古老的地球上，陆军与海军的对立之类的。”

“哈？”伊林说。

“我认为，自从在科玛暴乱中惹出了麻烦，被流放到基里尔岛以后，米特佐夫的状态就不太稳定。他琢磨了十五年，也没能理解自己的问题出在哪里。”迈尔斯犹豫了一下，“米特佐夫将军会不会因他的行为受到讯问，长官？”

“米特佐夫将军，按照你的说法，”弗·科西根将军说，“把一排十八岁的孩子拖进了一场险些就变成大规模虐杀的事件中。”

迈尔斯点头的时候又想起了当时的情景。他的身体各处受到的伤害仍在阵阵作痛。

“犯下此等罪孽，无论多深的地洞，在吾之怒火面前也不能供他藏身（译者注：阿罗在模仿《旧约·约伯记》的句式，以上帝的口吻说话……）。没问题，米特佐夫会被处分。”弗·科西根伯爵严厉地说。

“迈尔斯和那些参与兵变的人呢？”伊林问道。

“我觉得，我们恐怕必须把这当作另一件事分开处理。”

“或者是当作另两件事分开处理。”伊林话里有话。

“嗯。那么，迈尔斯，给我说说被枪瞄准的那些人的情况。”

“大部分是技术人员，长官。一群希腊裔。”

伊林倒吸了一口冷气：“仁慈的上帝啊，那家伙连一点政治警惕性都没有吗？”

“我是没看出他有。我也想到那确实会造成麻烦。”嗯，他之后确实想到了这个问题。在医务人员离开后，他醒着躺在囚室里的床上时，他考虑过可能发生的更多政治后果。那些在慢慢被冻死的技术人员中有一半是说希腊语的少数族裔。如果发生了屠杀，希腊裔分离主义者一定会走上街头发动暴乱，肯定会指责米特佐夫将军下令让那些希腊人去清理毒剂是种族清洗。随后会不会有更多的死亡，混乱随着时间不断扩大，就像是索尔斯提斯大屠杀之后那样？“当时……我偶然想到，如果我和他们一道死了，至少就能清楚地表明，那不是您的政府或贵族寡头们的阴谋。那么，如果我活下来，我就赢了；而如果我死了，我也会赢。或者说至少履行了我的职责。算是种战略吧。”

本世纪贝拉亚最伟大的战略家揉了揉太阳穴，仿佛感觉头疼：“呃……算是吧。”

“那么——”迈尔斯咽了口唾沫，“——接下来呢，长官们？我会被指控犯有叛国罪吗？”

“四年中第二次？”伊林说，“见鬼的，不。我才不要再来那么一趟（译者注：详见《战争学徒》。迈尔斯父子当时被弗·焦兹达和海斯曼诬陷犯有阴谋叛国罪）。我会让你销声匿迹，直到风头过去。至于去哪里，我还没完全想好。反正不是基里尔岛。”

“听到这话我很高兴。”迈尔斯眯起眼睛，“其他人会怎么样？”

“那些参训的新兵？”伊林说。

“那些技术人员。我的……兵变同谋们。”

听到这个说法，伊林的脸抽搐了一下。

“如果我靠着贵族特权提供的救命绳溜掉了，却把他们留在那儿受指控，那实在是太不公平了。”迈尔斯补充道。

“对你进行的审判会成为公众丑闻，伤害你父亲的中间派联盟。你道德上的良心不安也许值得钦佩，迈尔斯，但我恐怕不能接受这种结果。”

迈尔斯死死地盯着首相弗·科西根伯爵：“长官？”

弗·科西根伯爵若有所思地咬着下唇。“是的，我可以用帝国谕令撤销对他们的指控。不过，那得付出另一个代价。”他的身子前倾，专注地看着迈尔斯，仿佛要看到他的心里去，“你永远也不能再参军服役。即便你没有被审判，也会谣言四起。今后，没有哪个指挥官愿意要你了。谁也不会相信你，不会相信你能成为一名真正的军官，而不是一个靠特权保护的活宝。我总不能让别人在指挥你的时候还得一直缩头缩脑吧。”

迈尔斯深深地吸了口气：“我有一种奇怪的感觉，好像他们是我的部下似的。就这样吧。撤销指控。”

“那么，你愿意退役吗？”伊林问道。

迈尔斯觉得头晕，恶心，发冷：“愿意。”他的语声微弱。

伊林有些茫然地看着他的算讯终端，总觉得忘掉了什么事情。然后他突然抬起头来：“迈尔斯，你是怎么知道米特佐夫将军在科玛暴乱期间那些可疑行为的？那份档案是安全部的机密。”

“啊……伊凡没有告诉过你帝国安全部的档案管理中存在一个小漏洞吗，长官？”

“什么？”

该死的伊凡。“我可以坐下来吗，长官？”迈尔斯轻声说。房间在摇晃，他的脑袋嗖嗖直跳。没等得到允许，他便一屁股坐在地毯上，盘起腿，眨巴着眼睛。他父亲担忧地起身想要去扶他，随即又控制住了自己。“因为听安中尉说了些话，我就去查了查米特佐夫的背景。顺便说一句，如果你要调查米特佐夫的话，我强烈建议你首先对安使用吐真剂。他有很多知道的事情没说。我想你们可以在赤道区域的某个地方找到他。”

“我的档案，迈尔斯。”

“呃，是的。嗯，如果你把一台保密终端的显示器跟一台连接外网的终端屏幕面对面，你就可以在网络上任何地方读取保密文件。当然，你必须在司令部里有人，他能够并且愿意把两台终端面对面，并且为你把文件调出来。而且无法高速下载。不过，呃，我以为你已经知道了，长官。”

“完美的保密措施。”弗·科西根伯爵上气不接下气地说道。迈尔斯惊奇地意识到，他是在咯咯直笑。

伊林的表情看上去像是嘴里咬着一大颗柠檬。“你怎么……”伊林刚开口又停了下来，瞧了瞧伯爵后重新开口，“你怎么想出来这办法的？”

“这是显而易见的啊。”

“无懈可击的安全措施。”弗·科西根伯爵咕哝道。他终于无法自抑地哈哈大笑起来，“迄今为止我们制造的最昂贵的系统。可以抵御最聪明的病毒、最先进的监听装置的侵袭。而两个少尉不费吹灰之力就把它攻破了？”

伊林被刺激到了，恼火地叫道：“我可没有保证过我的安全措施能抵御白痴的侵袭！”

弗·科西根伯爵擦了擦眼泪，叹了口气：“啊，人的因素。我们会纠正这个缺陷的，迈尔斯。谢谢你。”

“该死的，你就是一门失控的大炮，小家伙，朝着四面八方乱轰。”伊林对着迈尔斯大声吼道。他伸长脖子，让视线越过桌面瞪着在地上瘫坐着的迈尔斯，“你早先就和那些可恶的雇佣军一起行为不轨，现在又加上了这个。变本加厉啊——家中禁足是不够的。我要不把你反绑起来，关进牢房里，我今晚都没法睡觉了。”

迈尔斯原以为接下来他可以等着好好地睡上一觉了。现在他只好耸耸肩。也许可以劝说伊林让他迅速前往那间安静舒适的囚室当中。

弗·科西根伯爵这会儿不说话了，眼神中有种奇怪的沉思之色。伊林也注意到了伯爵的表情，停下了怒吼。

“西蒙。”弗·科西根伯爵说，“毫无疑问，帝国安全部将来必须持续监视迈尔斯。为他好，也是为我。”

“还有为了皇帝，”伊林冷冷地说，“以及为了贝拉亚。还有无辜的国人们。”

“但要说监视他，还有比让他到帝国安全部里工作更好、更直接、更有效的方法吗？”

“什么？”伊林和迈尔斯异口同声地说。两人的声音里都带着极度的恐惧。“你不是当真吧？”伊林继续说道。迈尔斯也补充说：“我的优先选择岗位列表里从来都没有安全部。”

“不是选择。是天资。我记得塞西尔少校有次和我谈过这事。不过，正如迈尔斯所说，安全部不在他的选择列表之内。”

到北极当气象员也不在他的选择列表之内啊。迈尔斯想。

“你一开始那话没错。”伊林说，“现在军中没有哪个指挥官会要他。我自己也不例外。”

“从道义上来说，我也不能再要求任何人接受他。你例外。我一直都——”弗·科西根伯爵脸上闪过一抹奇特的微笑——“对你多有仰仗，西蒙。”伊林显得有点吃惊，就像是一名刚开始意识到自己中计了的顶尖谋士。

“这样可以一举多得。”弗·科西根伯爵用温和的口气继续劝说，“我们可以说这是一次非正式的内部流放，不名誉的降级。那样可以安抚我的政敌，否则，他们会试图把这事搞大，乱中取利。同时，这还能冲淡我们赦免兵变人员的公众影响。否则的话这种影响会是任何军队都无法承担的。”

“这仍然是真正的流放。”迈尔斯说，“即使是非正式的，内部的。”

“噢，是的。”伯爵轻声赞同，“但是，嗯——不是真正的不名誉。”

“他靠得住吗？”伊林疑惑地说。

“当然。”伯爵的笑容犹如刀锋上的反光，“安全部可以利用他的才能。安全部比其他任何部门都更需要他的才能。”

“好发现那些显而易见的问题？”

“以及那些不那么显而易见的。皇帝的生命或许有许多军官足以托付，但他的荣誉只有少数人。”

伊林不情愿地做了个手势，模模糊糊表示默认。大概是为谨慎起见吧，弗·科西根伯爵没有逼他的安全部部长做出更加热情的表示。他转向迈尔斯说道：“你似乎需要去医院。”

“我只需要一张床。”

“一张医院里的病床如何？”

迈尔斯咳嗽起来，疲惫地眨了眨眼：“好的，那也不错。”

“走吧，咱们去找一张。”

迈尔斯站起身来，扶着他父亲的胳膊一瘸一拐地走出去，他的脚在塑料脚套里弄出咯吱咯吱的响声。

“除了那件事以外，你在基里尔岛过得怎么样，弗·科西根少尉？”伯爵问道，“你母亲说，你没怎么跟家里联系。”

“我很忙。没自己的房子。气候恶劣，地形凶险，那儿三分之一的人，包括我的顶头上司，大多数时候都喝得烂醉如泥。人们的平均智商值跟平均西氏温度（译者注：原文如此。可能是作者虚构的温标体系，也可能是她假设摄氏温度在贝拉亚被如此讹称……或者是印刷错误）一样，方圆五百公里没有一个女性。还有，基地司令是个会杀人的精神变态。除此之外，那地方挺好的。”

“听起来这二十五年那地方丝毫变化都没有嘛。”

“你去过那儿？”迈尔斯眯起眼睛，“那你还让我被派到那里？”

“我在等候‘弗·卡夫特将军号’巡洋舰舰长任命的时候，曾经在拉兹科斯吉基地当过五个月的司令。在那期间……可以这么说吧，我的政治生涯正在走下坡路。”

可以那么说。“你觉得那儿怎么样？”

“我不太记得了。大多数时候我都喝醉了。人人都有自己的应付永冻营生活的办法。我想说，你做得比我好多了。”

“我发现您那之后的生活……令人鼓舞，长官。”

“我知道你会这么想。这就是我为什么提到它的原因。要不然的话，我可不会拿那段经历来炫耀。”

迈尔斯抬头看看他父亲：“我做得对吗，长官？昨天晚上？”

“是的。”伯爵直截了当地说，“做得对。也许不是在所有正确选择中最好的。再过三天，你可能就会想出个更聪明的战术。但当时你在现场。我会尽量不对我的现场指挥官们放马后炮。”

自从离开基里尔岛之后，迈尔斯疼痛不已的胸腔中那颗心第一次感到了轻松。他满意地点了点头。

迈尔斯本以为父亲会带他去离这里几公里外，城市另一头他熟悉的帝国军队医院大楼。但是他们找了一家更近的医院，就在帝国安全司令部里面，往下三层楼。这家医院麻雀虽小五脏俱全：有几间诊察室，有几间单人病房，有几间给俘虏和受保护的证人用的专门治疗室，有一间手术室。还有一个关着门的房间，上面挂着个让人不寒而栗的标牌：审讯化学实验室。伊林肯定事先给下面打过电话，因为一名医护兵正在那儿徘徊，等着接待他们。安全部的一名军医很快就到了，嘴里还在轻声喘息。他扯了扯身上的制服，一丝不苟地向弗·科西根伯爵敬了个礼，这才转向迈尔斯。

迈尔斯认为，这位医生应该习惯于让别人紧张，而不是因为别人而紧张，所以面对这种角色的颠倒有些手足无措。这么多年他父亲身上仍然带着一层来自过去的光环——暴力？权力？历史？或者是某种个人独有的领袖魅力，能让那些原本强势的男人们像怯懦的小狗一样驯服？迈尔斯能非常清晰地感觉到他父亲身上放射出的那种热力，但他自己似乎没有受到这种影响。

也许是他适应了吧。前摄政王是个每天都习惯花两小时用午餐的男人。每到这个时间，哪怕是在危机时刻，只要不发生战争，他都会隐匿在自己的宅邸中。只有迈尔斯知道这种时候屋内的景象。这个穿着绿色军装的大人物会在五分钟内吞下一个三明治，然后把剩下的一个半小时用来跪在地板上，跟他不能行走的儿子玩耍、交谈、念书。有时候，迈尔斯会拒绝使用某些令人痛苦的新疗法，陷入歇斯底里的反抗状态，逼得他的母亲甚至伯沙瑞军士都想要妥协。这时候唯有他父亲会坚定不移地坚持，要求他再来十次痛苦难耐的腿部拉伸，要求他彬彬有礼地忍受无针注射，忍受新一轮外科手术，忍受那些让他的血管灼痛的冰冷的化学药品。“你是个弗氏贵族。你一定不可以用这种失去自控的表现来让你忠诚的臣民们感到害怕。”这个诊所里刺鼻的气味和这位紧张的医生让迈尔斯几乎被回忆的潮水淹没。迈尔斯这时才明白，怪不得自己始终不怎么害怕米特佐夫。当弗·科西根伯爵离开后，整个诊所看起来忽然就空旷了许多。

这个星期帝国安全部司令部似乎都没什么事。医院里安静得毫无生气，只有司令部里总会有工作人员下楼来找这里好说话的医护兵拿些头痛药，或者感冒药，又或者是解酒药。有天晚上，几个技术人员为一件紧急工作在实验室里忙了三个小时，然后匆匆离去。医生及时治好了迈尔斯的初期肺炎，没让它发展蔓延。迈尔斯思考着，等待着为期六天的抗生素疗程结束，心里盘算着在出院后肯定要回弗·贝拉苏丹娜休假，琢磨着种种细节安排。

“我为什么不能回家？”他母亲第二次来探望他时，迈尔斯抱怨道，“谁也不跟我说什么。如果我不是被捕了，我为什么不能回家休息？如果我被捕了，门为什么不锁起来？我觉得自己好像陷在了灵薄狱（译者注：中世纪基督教神话，认为部分有原罪但无辜的人类灵魂死后不会下地狱也不能上天堂，而是在地狱边缘区域长久徘徊，这个区域就以拉丁文的“边缘”命名为“灵薄狱”）里。”

考迪利亚·弗·科西根伯爵夫人一点都不淑女地哼了一声：“你

确实陷在了灵薄狱里，孩子。”尽管她语带嘲讽，那一口低沉的贝塔口音仍然让迈尔斯听得大感亲切。她把头往后一甩——今天，她那犹如栗色烈马鬃毛的红头发用发卡别在脑后，在她的背上披散开来，闪闪发亮。头发下面是镶着银色刺绣的深秋褐色（译者注：深/秋褐色。秋褐色是将褐色细分的颜色之一……一般只有女性才会分这么细）外套，还有一件样式时下在弗氏妇女们中正当行的短裙。她长着一双迷人的灰色眼睛，苍白的脸颊上时常闪出智慧的火花，显得生气勃勃，让人们几乎注意不到她其实并不漂亮。二十一年来，她一直作为一名贵族的妻子，紧随在她伟大的丈夫身后，但她似乎仍然像从前一样，对贝拉亚的等级制度毫不在意——然而，迈尔斯想着，并不是对贝拉亚的创伤无动于衷。

那么，我为什么从来没有就像我母亲生我之前那样成为一名飞船船长的雄心壮志？贝塔巡天测量局的考迪利亚·内史密斯船长一直在从事扩大虫洞网络跃迁范围的危险工作，通过虫洞进行盲目跃迁。为了人类，为了纯粹的求知欲，为了贝塔殖民地的经济发展，为了——当年到底是什么力量驱动着她？她曾经指挥过一艘六十人的勘测船，远离家乡，孤立无援——要说的是，她早年这种职业生涯也肯定有些方面值得羡慕。比如指挥链问题。在那么遥远的地方，指挥链肯定只是个合法化的幌子而已。贝塔总部所能做的只是投机下注罢了。

现在，她波澜不兴地生活在贝拉亚社会里，只有最亲近的人才能看出她和这个社会有多么格格不入。她谁也不怕，就连可怕的伊林也不例外；她不受任何人的控制，甚至不受将军本人的。迈尔斯认为，他母亲正是因为如此才会让人不安。指挥将军的船长追随她的步伐会如履炭火。

“外面情况怎么样？”迈尔斯问道，“你知道吗，在这里的乐趣就跟关单人禁闭一样少。他们到底有没有把我那件事定为兵变？”

“我想没有吧。”伯爵夫人说，“他们让其他人退役了——你那位波恩中尉和其他人——并非完全地不名誉退役，但不给他们年金和养老金，也没有赋予他们帝国臣民的身份，这对于贝拉亚人来说似乎非常重要——”

“把这想成某种有趣的预备役状态。”迈尔斯考虑了一下，“米特佐夫和那些大头兵呢？”

“米特佐夫也同样退役了。他损失最大，我认为。”

“他们就这么把他放过了？”迈尔斯皱起眉头。

弗·科西根伯爵夫人耸了耸肩：“因为没有人员死亡，阿罗也只得承认自己没法让军事法庭对他做出更严厉的处罚。他们决定不对新兵提出任何指控。”

“唔。我觉得，我很高兴。还有，呃……我呢？”

“你仍然正式列在帝国安全部的扣押名单上。无限期的。”

“灵薄狱确实是个刑期无限的地方。”他用手拉拉床单。他的指关节还肿着呢，“要多久？”

“多久要看什么时候能产生预期的心理效果。”

“什么效果？把我逼疯？那再有三天就够了。”

她的嘴角翘了起来：“久到足以让贝拉亚的军国主义分子相信，你为你的，呃，罪行受到了应有的惩罚。只要你被关在这幢颇为阴森可怕的大楼里，他们就会想象着你在这里被……他们想象中的种种刑罚折磨。如果允许你在城里到处寻欢作乐，让他们继续幻想你被倒吊在地下室墙上就困难得多了。”

“这一切似乎都是那么……不真实。”他蜷起身子靠回枕头上，“我只是想为国效力。”

她咧开嘴笑了，但随即马上收起了笑容：“准备考虑其他的工作了吗，宝贝儿？”

“作为贵族，这不仅仅是工作的问题。”

“是的，是一种病态。强迫型妄想症。外面有个老大的银河系呢，迈尔斯。为国效劳的方式多得很，也还有比‘国’更大的……效劳对象。”

“那你为什么待在这里？”他反击道。

“啊。”这一击让她露出一个惨淡的笑容，“有人需要我。这种束缚力比武力更强大。”

“说到老爸，他回来了吗？”

“呃，没有。告诉你，他准备回避一段时间，以免给人造成他在给你的兵变行为背书的印象。他打算公开对你表示愤怒。”

“他真的生我的气吗？”

“当然不。不过……在他的社会政治改革方案中，他本来都开始为你制订长期计划了，前提是你能圆满地完成服役……他甚至认为有办法用你的先天不足来为贝拉亚服务。”

“是的，我懂。”

“嗯，别担心。毫无疑问，他会想办法利用现在的局势的。”

迈尔斯忧伤地叹了口气：“我想有事做。我想穿回我的制服。”

他母亲噘起嘴，无奈地摇了摇头。

那天晚上，他试着给伊凡打了个电话。

“你在哪里？”伊凡怀疑地问道。

“被关在灵薄狱里。”

“哦，我可不想沾上这种事情！”伊凡粗暴地说。然后他猛地挂断了电话。

第七章

第二天上午，迈尔斯被搬到了另外一个房间。他的向导只把他往下带了一层楼，粉碎了迈尔斯再度看见天空的希望。那位军官用钥匙打开一间套间的房门，这种有安保措施的套间通常是给受保护的证人住的。以及，迈尔斯心想，某些政坛中没有存在感的人。生活在灵薄狱中是不是会让他产生变色龙效应，渐渐变得透明？

“我要在这里待多久？”迈尔斯朝那名军官问道。

“我不知道，少尉。”那人答完就离开了。

他那塞满衣服的行李袋和一个草草打包的箱子放在套房正中央的地板上。他从基里尔岛带来的所有身外之物都在里面，闻起来有股霉味，让人想起极北兵营那潮湿的冷气。迈尔斯检查了一遍——所有东西好像都在，包括他的气象资料——然后巡视了一番他的新居所。这是个单间小公寓，里面的简陋装修还是二十年前的式样。有几把舒适的椅子，一张床，一个简单的小厨房，碗橱、书架和壁橱里都是空的。没有丢下的衣服或物品或残存物，无从推测前任居住者的身份——如果有的话。

房间里肯定有监听装置。任何反光的表面下都可能隐藏着摄像头，甚至房间外面都可能安有窃听器。但这些设备都打开了吗？或者，伊林也许根本懒得使用这些东西？那对他反而更加是种侮辱了。

外面过道里有一名警卫进行巡视，还有遥控监视器对走道来回扫描，不过，迈尔斯目前似乎并没有邻居。他发现他可以离开外面的走道，在大楼里寥寥无几的几个非顶级警戒区域里走动。但大楼门口的警卫显然被通报过他的身份，礼貌而坚决地把他挡了回去。他想象着自己从屋顶上垂下根绳子，试着逃下去——他多半会被击毙，外加毁掉某个可怜的警卫的前程。

一名安全部的官员发现迈尔斯在漫无目的地徘徊，便把他带回了他的房间，给了他一大把大楼里自助餐厅的餐券，同时强烈暗示他，除了吃饭之外的时间他最好待在房间里。他离开后，迈尔斯突发奇想数了数餐券，想预估一下自己要在这里待多久。正好一百张。迈尔斯不寒而栗。

他打开自己的行李箱和行李袋，挑出所有需要放进声波洗衣机清洗的东西，好把最后那点从永冻营传过来的怪味消灭掉。他把自己的制服挂起来，擦亮了自己的靴子，把他的财物整齐地摆放在几个架子上，洗了个澡，换上了干净的绿色军常服。

才过了一个小时。还有多少个小时要度过？

他想看看书，但无法集中注意力。最后，他坐在房间里最舒适的椅子上，闭上自己的眼睛，假装这个没有窗户的密封小间是宇宙飞船里的一间舱房。飞船出港升空。

两个晚上之后，他坐在同一把椅子上，吃着从自助餐厅取回来的黑暗料理当晚餐。此时门铃响了。

迈尔斯被吓了一跳。他吃力地爬起来，一瘸一拐地前去应门。应该不会是行刑队。不过谁知道呢。

他看见两名身穿绿军装的帝国安全部军官，板着脸站在门口等着。他几乎要改变自己先前“不会是行刑队”的猜想了。“对不起，弗·科西根少尉。”其中一个人公事公办地念了一句，就从他身边挤了进去，开始对他的房间进行全面扫描。迈尔斯眨巴了几下眼睛，然后看到了走道里在他们身后还站着另一个人。他“啊”的一声明白了。手拿扫描仪的那个人看了迈尔斯一眼，他立刻乖乖地张开手臂，转过去让这位军官检查。

“安全，长官。”那人报告道。迈尔斯就知道肯定是这样。这些家伙做事从来就不会偷工减料，一次也不会，哪怕是在帝国安全部本身的心脏地带。

“谢谢。请让我们单独相处。你们可以在外面等着。”第三个人说道。帝国安全部的两名军官点点头，然后在迈尔斯的房门两旁呈稍息站姿。

由于他们两人都穿着军官的绿色军常服，因此迈尔斯和那第三个人相互敬了个礼：虽然这位来访者的军装上没有军衔，也没有任何部门的标志。他身材瘦削，比常人略高，长着一头黑发，睁着一双淡褐色的大眼睛。他那张年轻的脸上表情严肃，没有一丝笑容。他不自然地笑了笑。

“陛下。”迈尔斯循规蹈矩地说道。

格雷果·弗·贝拉皇帝头一甩，迈尔斯便关上门，把那两个安全部军官关在门外。这位瘦削的年轻人稍稍放松了一点，“嗨，迈尔斯。”

“你好。呃……”迈尔斯朝扶手椅比画了一下，“欢迎光临寒舍。监听装置在工作吗？”

“我让他们不要开。不过如果伊林‘为了我好’而不服从我的命令，我也不会感到惊讶。”格雷果做了个鬼脸，跟在迈尔斯身后。他左手上拎着一个塑料袋，晃荡时里面发出轻轻的碰撞声。他倒在那把大一点的，迈尔斯刚才坐过的那张椅子里，靠到椅背上，抬起一条腿架在椅子扶手上，然后疲惫地叹了口气，那样子仿佛他身体里所有的气息都被一吐而光。他举起袋子：“喏，高雅的麻醉剂。”

迈尔斯拿过袋子，朝里面看了一眼。两瓶葡萄酒，上帝啊，还是冰镇好的。“上帝保佑你，小伙子。我这些天可一直希望自己能喝个烂醉。你怎么知道我想喝酒的？而且你怎么进来的？我觉得我是在被单独禁闭啊。”迈尔斯拿出一瓶酒，把第二瓶放进冰箱，找出两个杯子，把里面的灰吹掉。

格雷果耸了耸肩：“他们没法不让我进来。你也知道吧，我正越来越擅长坚持自己的意见。不过伊林要确保我的私下探访纯粹是私人性质的。这不用我说你也肯定想得到。另外，我只能待到二十五点。”格雷果的肩膀耷拉下去。被每分钟都排得满满当当的日程表压的吧，“此外，你母亲的宗教信仰中认为探访病人或者囚犯是造作善业。而我听说你现在集这二者于一身。”

啊，原来是母亲说动了格雷果。他早该从酒瓶上贴着的弗·科西根自有品牌标签猜到这点了——天啊，她送来的可是真正的好东西。他不再不经意地捏着瓶颈任凭它荡来荡去，而是更加崇敬地握着它。迈尔斯现在已经孤独得太久了，所以对这种充满母爱的干预更多的是觉得感激，而不是窘迫。他打开瓶子，斟上酒，按照贝拉亚人的礼仪先啜了一小口。真是仙酿啊。他让自己倒进另一张椅子，摆出和格雷果相同的姿势。“无论如何，很高兴见到你。”

迈尔斯凝视着自己的童年玩伴。如果他和格雷果的年龄差距更小一些的话，他们之间的关系可能会更接近于乳兄弟；自从弗·达瑞安觊觎皇位，引发了一系列的动乱和流血事件后，弗·科西根伯爵和伯爵夫人就一直是格雷果的法定监护人。迈尔斯、伊凡还有埃蕾娜这几个年龄相仿的孩子被归为一类，视为“安全的”玩伴；当年就有些过于严肃的格雷果也能够容忍那些比他的喜好更幼稚一些的游戏。

格雷果拿起自己的酒杯，抿了一口：“很抱歉，没能帮你把事情解决好。”他说话的声音低沉沙哑。

迈尔斯偏了偏脑袋：“身材短小的军人，时间短暂的军旅生涯。”

他喝了一大口酒：“我曾希望能飞到行星之外。到飞船上工作。”

在迈尔斯进入帝国军事学院之前两年，格雷果就从那儿毕业了。他眉头一扬，表示赞同：“谁不是呢。”

“你有过一年的太空经验。”迈尔斯指出。

“大部分时间是在环球轨道上。被安全部的飞梭包围着，假装在巡逻。一段时间后，那种装模作样会让人感到很痛苦。假装我是一名军官，假装我是在工作，而不是到哪儿就会让其他所有人的工作变得更困难……你至少经历了真正的冒险。”

“大部分都是意外遭遇。我可以向你保证。”

“我越来越相信，那才是成功的秘密。”格雷果继续说道，“你父亲，我父亲，还有我们俩的祖父，他们都曾从真正的沙场考验中生还。是那种经历让他们成为真正的军官，而不是我这种……学习。”他空着的那只手向下做了一个砍劈的动作。

“他们是陷入沙场。”迈尔斯不同意他的话，“我父亲的军人生涯正式始于疯皇尤里的暗杀队闯入他家，把他大多数家人都炸死的那一天——我记得他当时才十一岁上下。我宁可一死也不想经历那种开局。凡是大脑正常的人都不会选择那边的。”

“嗯。”格雷果闷闷不乐地安静了下来。这真是个压抑的夜晚啊。迈尔斯想道。格雷果的心情由于他那已经成为传说的父亲赛格王子而低落，就像迈尔斯自己由于依然活着的弗·科西根伯爵一样。迈尔斯的思绪一时间飘向了他所知道的“两个赛格”。一个——格雷果大概只知道这个版本的——是死去的英雄，英勇地牺牲在战场上，或者至少可以说，在飞行轨道上粉身碎骨。另外一个赛格被从各种记录中删除：那个歇斯底里的指挥官和施虐狂，他在注定失败的埃斯科巴侵攻战中早早地就死了，这也许是有史以来贝拉亚在政治上撞到的最大一次飞来横福……他的多重人格问题一直以来似乎一点儿风声都没有透到格雷果耳朵里？凡是认识赛格的人都不谈论他，尤其是弗·科西根伯爵。迈尔斯曾经见到过赛格的一个受害者（译者注：指伯沙瑞军士。关于赛格王子的故事详见尚无中文版的《荣誉碎片》）。他希望格雷果永远别遇见那种人。

迈尔斯决定换个话题：“现在我的情况咱们都清楚了，那么，你这三个月又在干什么？我很抱歉没能去参加你最近一次生日宴会。在基里尔岛，大家庆祝你生日这天的方法是喝个酩酊大醉，结果实际上跟其他日子没有什么区别。”

格雷果笑了笑，然后叹了口气：“典礼太多了。站着的时间太长了——我觉得，我一半的职能可以由一个真人大小的塑料模型来代替，而且大家谁都不会发现的。我还有很多时间都花在回避我那帮顾问们要我结婚的各种暗示上。”

“实际上，他们是有道理的。”迈尔斯必须对顾问们表示赞同，“如果你……明天被茶具车撞死了，继承问题马上就会发展成大规模的争夺战。我现在立即就可以想出至少六个会争辩说自己有权继承帝位的候选者，到时候还会有更多的人不知从哪个角落里蹦出来。还有些没有个人野心的人也会参加杀戮，目的是阻止某个特定的对手得到王位。这完全都是因为你至今都没有指定的继承人。”

格雷果偏了偏头：“你自己也是备选的继承者之一。你知道的。”

“以我这样的身体？”迈尔斯嗤之以鼻，“他们必须……对某人真的恨之入骨，才会找到我。到那时候，那就是我真该离家出逃的时候了。赶紧逃得远远的。行行好吧。赶快结婚，安定下来，然后快快生出六个小弗·贝拉来。”

格雷果看上去更加郁闷了：“这个主意不错：离家出逃。我有些好奇，我在被伊林抓到前能逃出去多远？”

他们俩同时不由自主地向上看去，虽然实际上迈尔斯至今也都不知道房间里的监听装置究竟在哪儿。“最好希望伊林能在别人抓到你之前成功。”上帝啊，这次谈话变得越来越可怕了。

“我记不太清了——中国是不是有个皇帝，最后是在什么地方拿着把扫帚扫地（译者注：显然这是在说做园丁的溥仪。但这并不是因为他逃亡成功）？还有成百上千地位不那么高的流亡者——诸如开餐馆的伯爵夫人之类的（译者注：俄国十月革命后有大量失去政权的白俄贵族流亡国外，从事各行各业工作，其中不少贵妇跑去开了餐馆。

格雷果举的例子实在很糟糕）——逃跑确实是可能的。”

“逃避自己的弗氏出身？这就好像试图逃避自己的影子一样。”有些时候，在没有光亮的地方，这种努力看起来似乎会取得成功，但随后——迈尔斯摇摇头，检查了一下依然胀鼓鼓的袋子。“啊！你带来了一副战术棋（译者注：作者虚构的一种棋类。从名称上看可能跟围棋有一定关系）。”他一点也不想玩战术棋：十四岁的时候他就厌倦了。但下棋也比再这么说下去好。他把棋子拿出来，在两人之间摆好，做出一副高兴的样子。“回到旧日好时光。”荒谬的想法。

格雷果振作起精神，先手开局落着。他装出很有兴趣的样子，想让迈尔斯高兴，而迈尔斯同样也在装着高兴，想让装着有兴趣的格雷果高兴……由于分神，迈尔斯第一轮过快地击败了格雷果，于是他开始更加用心。第二轮，他让战局基本接近，然后他的努力得到了报酬：真的出现了一点点兴趣——幸福的忘我的兴趣，仅限于格雷果方面。他们打开了第二瓶酒。这时候，迈尔斯开始感觉酒力上涌，舌头打结，睡意汹汹，头脑不清；格雷果几乎没费什么功夫就在下一轮比赛中获胜了。

“我印象中，在你十四岁以后我下棋就没有赢过你。”格雷果叹了口气，竭力掩饰住最后一轮悬殊的战果让他心中暗藏的喜悦，“该死的，你真该当个军官。”

“战术棋并不是很好的战争模拟游戏——我爸这么说的。”迈尔斯评论道，“其中没有足够的随机因素和无法控制的意外来模拟现实。我喜欢那样。”下棋几乎是一种放松，一种无须动脑的惯性思维。攻击和反击，连环着法，几乎总是存在完美的选择。

“是啊，你应该知道现实战争的滋味。”格雷果抬头看了他一眼，“我仍然不明白他们为什么把你派到基里尔岛去。你曾指挥过一支真正的太空舰队啊。哪怕那些人仅仅是一帮卑贱的雇佣军。”

“嘘。在我的服役档案中，那一段经历的记录是不存在的。幸亏如此。我的上司不会喜欢那段记录的。我当时是在指挥舰队，而不是服从命令。话说回来，与其说我在指挥登达立雇佣军，还不如说我在催眠他们更确切。要不是董舰长（译者注：旧译腾格。原文是董的粤语发音音译。这段故事详见《战争学徒》）为了他自己的目的决定帮我维持假象的话，事情的结果会很糟糕的。而且会更早结束。”

“我一直觉得伊林应该在那之后更多地利用那支军队。”格雷果说，“尽管是无心之举，你当时毕竟是悄悄地将一整支雇佣军队引入了贝拉亚麾下啊。”

“是啊，甚至连他们自己都没有意识到。说到底，那个是秘密。别想了。把他们分到伊林的部门只是个为了让他们合法化的幌子，人人都知道。”那么，他本人被分配到伊林的部门其实也是个合法化的幌子吗？“伊林太谨慎了，不愿意被卷入台面下的星际军事冒险。我恐怕他对登达立雇佣军的兴趣只有一点：让他们尽可能地离得远远的。雇佣兵的发达是靠别人的混乱。

“此外，他们的规模也小得可笑——还不到一打飞船，三四千人马——他们没有你手下那种最基本的六人隐形秘密行动小队，尽管他们可以调人组建，可总数太少，无法应对行星表面的战斗。他们是空基部队，不是地面部队。封锁虫洞是他们的专长。他们的军械安全、简单，主要用来欺凌手无寸铁的平民——我就是在那种情况第一次遇到了他们的，当时我们的运输船在他们的封锁线上被拦住了，然后他们欺人太甚了。当时的危险情景我简直不敢回忆。虽然我也常常疑惑，如果我知道的像现在这么多，是不是可以……”迈尔斯停了下来，摇摇头，“也许这就像站在高处。最好不要往下看。一看，就会被吓呆，然后就摔下去了。”迈尔斯不喜欢站在高处。

“作为一段军旅经验，和拉兹科斯吉基地相比怎么样？”格雷果问道。

“哦，两者之间有某些相同之处。”迈尔斯承认，“两个工作都是我没有学过的，都具有潜在的致命威胁，而我都安全地摆脱了，虽然——负了伤。登达立雇佣军的那段经历要……更糟糕。我失去了伯沙瑞军士。在某种意义上我也失去了埃蕾娜。在永冻营我至少成功地没有损失任何人。”

“也许是你越来越厉害了。”格雷果表示赞赏。

迈尔斯摇摇头，继续喝酒。他应该放点音乐的。他们的谈话一停下来，房间里沉闷的静寂就令人感到压抑。天花板上应该没有安装液压装置，不会在他睡着的时候压下来把他碾碎；安全部对顽抗的囚犯有清洁得多的处理方式。天花板只是看上去好像在向他压下来。呃，我身材短小。也许它压不到我。

“我想，下面的请求也许不太合适，”迈尔斯迟疑着开口说道，“我想请你把我从这里弄出去。请求皇帝施恩似乎总是让人相当尴尬。就像是在作弊之类的。”

“怎么？你请求帝国安全部的一个囚犯解救另一个？”格雷果黑色眉毛下的那双褐色眼睛露出嘲讽的神色，“让我去突破绝对不可侵犯的《帝国法典》给我划定的权限？这可有点尴尬啊。你父亲和伊林就像一对括弧，一左一右夹着我。”他将双手做成杯状，然后做了个合拢的动作。

这个房间有种潜移默化地让人变得阴郁的功能。迈尔斯觉得，格雷果也感觉到这点了。

“如果能做到的话，我会救你出去的。”格雷果带着歉意加了一句，“但伊林已经把话说得非常清楚了。他希望你销声匿迹。至少一段时间内。”

“时间。”迈尔斯咽下杯中最后一口酒，决定最好还是不要再来一杯了。据说酒精是种镇静剂，会让人更消沉。“多久？该死的，如果我不能很快有事可做的话，我就会成为本地网上人类自燃的第一起案例记录啦。”他朝着天花板粗鲁地竖起中指，“我不需要——甚至不必让我离开这个大楼，但至少他们总可以给我些事情做。文书工作，保洁工作——我清理下水道可厉害啦——任何工作都行。老爸和伊林谈过要把我分配到安全部——剩下的唯一愿意接收我的部门——他脑子里肯定有个好主意，不会让我仅仅做个吉，吉，吉祥物的。”他又倒了一杯酒开始喝，好停下滔滔不绝的话语。他说得太多了。这些该死的酒。这些该死的牢骚（译者注：原文酒和牢骚是同音词。这个文字游戏无法翻译）。

格雷果这会儿工夫已经用战术棋子堆起了一座小塔。他伸出一根手指推倒了它。“噢，如果你能得到这份工作，做个吉祥物也不算很糟糕。”他慢慢拨弄着那堆棋子，“我会看看我能做什么。但什么都不保证。”

迈尔斯不知道起作用的是皇帝呢，还是那些监听器，抑或是官僚机构的巨大齿轮本来就已经在转动（或者说缓慢磨合)。总之，两天后，他得知自己被安排去担任大楼保安科长的行政助理。这是份坐在算讯终端前的工作：做做计划书，工资单，更新电子文档。这份工作第一个星期还挺有意思，这当中他还在学习，但之后就乏味得让人头脑麻木了。一个月下来，无聊和平庸的感觉已经开始咬噬他的神经了。他这样做是忠诚，还是愚蠢？迈尔斯现在才意识到，保安也必须一天到晚待在监狱里。真的，作为一名保安，他现在的任务之一就是把自己关在这里。该死的，伊林真聪明；如果他现在决心要逃跑的话，其他人谁也拦不住的。有一次他确实发现了一扇窗户，并朝外看了看。天上下着雨夹雪。

他能在冬节（译者注：作者虚构的贝拉亚星球上的传统节日。时间大致在冬至日。传说那天寒霜老人会给小孩子送去礼物）之前离开这鬼地方吗？说到底，这世界要过多长时间才能忘了他的事？如果他自杀的话，他会不会被官方列入试图逃跑时遭保安击毙的人员名单？伊林是在想把他逼疯吗？还是仅仅想把他逼出自己的部门？

又一个月过去了。他决定去严格按照字母顺序看完军事资料馆里的每一段训练视频带，当作一种思维体操，以此充实他的业余时间。那些视频各式各样，真的让人大开眼界。有一段三十分钟长的视频（H字母开头部分下的“保健”分类）特别令他困惑不解。里面的内容是讲解如何洗淋浴——呃，也对，可能有些边远地区来的新兵的确需要这种讲解。几个星期下来，他已经看到了字母L开头部分的《D-67型激光步枪；动力单元回路，维护和修理》。这时一个电话中断了他的观看。电话里命令他到伊林的办公室去报到。

自从迈尔斯对伊林办公室上次那令他不堪回首的到访之后，这间屋子几乎没有什么变化——没有窗户的内室依然一派斯巴达风格，一张摆放着电脑的桌子占据着其中大部分空间。那台电脑看上去似乎性能足以用来给跃迁飞船进行导航——不过屋里现在有两张椅子了。其中一张看样子是空着的。也许这一回迈尔斯最后不用“坐地聆讯”了？另一张椅子上坐着一名身穿绿色军常服的人，领子上有上尉衔章和帝国安全部的荷鲁斯之眼徽章。

有趣的家伙。在与伊林互致正式军礼的同时，迈尔斯用自己的眼角余光打量了一下那名上尉。他大约三十五岁，面部长相和伊林具有相同的特征：都是那种很容易被遗忘的平凡相貌。不过他长得比伊林粗壮结实些。脸色苍白。他可能很容易就会被看作一个无足轻重的小官僚，一个总坐着不动的宅男。但是那种样子也可能是长期被关在太空飞船里形成的。

“弗·科西根少尉，这是恩加利上尉。恩加利上尉是我手下的一名星际特工。他已有十年为本部门收集情报的经验。他的特长是军情评估。”

恩加利似乎在对伊林的介绍表示认同，恩赐给迈尔斯一个礼貌性的点头。他目光平视着迈尔斯，也反过来把他打量了一番。迈尔斯不知道这位间谍对站在他面前的这位侏儒军人会有什么样的评价，于是努力站得更直了。恩加利没有对迈尔斯做出什么明显的反应。

伊林向后一仰，靠到自己的旋转椅背上：“那么，告诉我，少尉，最近你从登达立雇佣军那边收到了什么消息吗？”

“长官？”迈尔斯趔趄了一下。这种奇峰突起可真是出乎他的预料，“我……最近，什么消息都没有。大约一年前，我收到过埃蕾娜·伯沙瑞的来信——呃，应该是埃蕾娜·伯沙瑞·杰萨克。不过，那是封纯粹的私信，呃，是生日问候。”

“我知道。”伊林点点头。

你居然知道！你这杂种。

“——那之后，什么消息也没有？”

“没有，长官。”

“唔。”伊林朝那张空着的椅子挥挥手，“坐吧，迈尔斯。”他的声音变得更快、更公事公办了。终于到正题了？“咱们先来看一下天文图。常言道，地理学是战略之母嘛。”伊林摆弄着算讯终端桌上的一个控制器。

全息投影板上方出现了一个明亮的三维虫洞联结线路图。它看上去很像是一个由彩光构成的某种奇怪的有机分子的球棍模型。球代表位于正常空间的交汇点，棍代表交汇点之间的虫洞空间跃迁线路；这是个结构图，给出精简的信息，没有按照比例尺绘制。伊林把镜头推近，放大其中一个区域。在一个原本空荡荡的球体中闪现出了红色和蓝色的火花；球体外侧四根棍子以怪异的角度向外延伸，通往远处更复杂的球体。看上去就像是些扭曲变形的凯尔特十字架（译者注：竖比横长的十字架）。“看着眼熟吗？”

“中间的那个是海根枢纽，是不是，长官？”

“很好。”伊林把手中的控制器递给迈尔斯，“给我作一个关于海根枢纽的战略综述，少尉。”

迈尔斯清了清嗓子：“那是一个双星系，没有可居住的行星，有几个空间站和动力卫星，没有理由在那儿逗留。和许多联结交汇点一样，那里主要是通路，而不是地点，其价值来自周边的空间。在这个联结交汇点周围有四块与之相联的空间中有住人的行星。”迈尔斯一边说一边把提到的那部分图像加亮显示，以示强调。

“阿斯伦德。阿斯伦德跟贝拉亚一样，位于一个死胡同内；海根是它通向更广阔的银河网络的唯一门户。海根枢纽之于阿斯伦德的重要性相当于科玛之于我们。

“杰克逊·霍尔（译者注：该行星的名字是作者玩的又一个文字游戏。美国著名旅游景点“杰克逊·霍尔”山谷盆地的同音词，和原名只差一个字母w——虫洞的首字母。地球上的霍尔的意思即为“洞穴”，因从周围山上俯视，盆地犹如地面上的洞穴而得名。而这个杰克逊·霍尔星球周围则有多个“虫洞”）。海根枢纽只是杰克逊周围空间通往外界的五个门户之一；银河已知的部分有一半都可以从杰克逊·霍尔通达。

“沃维。沃维有两个出口；一个通向海根枢纽，另一个通向由西塔甘达帝国控制的联结区。

“第四个当然是我们的友好邻邦波尔共和国，或者说波尔行星。他们使用的虫洞通道和我们自己的多通道联结点科玛相通。我们还可以从科玛直接跳到西塔甘达星区去。自从我们征服科玛之后，通过那条路径和西塔甘达之间的交通就一直要么是被严格管制，要么是被彻底封锁。”迈尔斯看了伊林一眼，看他是否赞同。他希望自己没有跑题。伊林瞥了恩加利一眼，恩加利微微扬了扬眉毛。那是什么意思？

“虫洞战略。邪恶的翻花绳比赛（译者注：英美的翻花绳比赛可以多人合作竞技）。”伊林用编辑点评式的语气低声说道。他眯起眼看了看眼前闪亮的结构图，“四个玩家，一个游戏。应该要简单……”

“不管怎么说——”伊林伸手要过控制器，叹了口气，向后一靠，“——海根枢纽对于四个相连的星系来说，不仅仅是一个潜在的咽喉要道。我们自己百分之二十五的商业运输都要经由波尔通过海根枢纽。尽管沃维不允许西塔甘达的军用船只通过，就像波尔不允许我们的军用船只通过一样，西塔甘达人从同一个通道运输大量的民用物资，然后经过杰克逊·霍尔运出。任何封锁海根枢纽的行为——比如一场战争——都会对西塔甘达和对我们造成几乎同样大的损害。

“然而，在经历了多年平静的冷静合作、完全中立之后，这个空白地区突然活跃起来。发生的事情让我只能称之为一场军备竞赛。四个邻邦似乎都对海根枢纽生出了军事上的兴趣。波尔一直在增加它通往海根枢纽的全部六个跃迁点空间站上的军事力量——甚至从和我们相邻的这一翼抽调军力。这让我很有点惊讶，因为自从我们占领科玛以后，波尔对我们就极为警惕。杰克逊·霍尔联邦也采取了同样的行动。沃维租用了一支名叫兰道尔游骑兵的雇佣军舰队。

“所有这些行动让阿斯伦德出现了低度恐慌。他们对自己在海根枢纽的利益是最为关切的，个中原因非常明显。他们把今年一半的军备预算投入到建造一个主要的跃迁站上——那根本就是个浮空堡垒——为了填补完成之前的军力缺口，他们也雇用了外来武装。你也许对他们很熟悉。他们以前被称作登达立自由雇佣舰队。”伊林停了下来，抬起一边眉毛，观察着迈尔斯的反应。

话题终于连上了——或者还没有？迈尔斯吐了一口气：“他们是封锁虫洞的专家，曾经是。我觉得这很合理。啊……过去被称作登达立？最近他们改名字了？”

“似乎他们最近又恢复到原来的名称了，叫欧瑟佣兵团。”

“奇怪。为什么？”

“是啊，为什么？”伊林抿紧双唇，“这是许多疑问之一，不过这还不是最紧要的。最令我烦恼的是西塔甘达的连接部位——或者说丢失这个连接部位的可能。该地区发生混乱对西塔甘达和我们会同样造成损害。但是，等到混乱过后，如果西塔甘达最终能够设法控制海根枢纽的话——哈！到时候他们就能封锁或控制贝拉亚的交通，就像我们现在通过科玛封锁或控制他们的交通一样。是啊，设想一下，如果另一边的科玛—西塔甘达跃迁点也落入他们的控制，到时候他们就可以截断我们附近四条主要星际通路中的两条。事情复杂得像个迷宫，迂回曲折——一股西塔甘达式行动的味道。不知我能不能抓到他们在幕后扯线的肮脏黑手。他们肯定在那里，尽管我现在还看不见他们……”伊林陷入沉思，摇了摇头，“如果杰克逊·霍尔那边的跃迁路线被切断的话，所有人都不得不改变路线，通过西塔甘达帝国……会产生很大收益。”

“也可以通过我们这里。”迈尔斯指出，“西塔甘达为什么要帮我们这个忙呢？”

“我想到了一种可能性。实际上，我想到了九种可能性，但这个可能性和你有关，迈尔斯。占领一个跃迁点的最佳方法是什么？”

“同时从两头进攻。”迈尔斯不假思索地答道。

“这就是波尔始终小心翼翼，从来不让我们在海根枢纽聚集军事存在的原因。但是让我们假设一下，假如波尔有某人偶尔听说了我费了很大劲儿才平息的那个恶心的谣言——登达立雇佣军是贝拉亚某个弗氏公子的私人军队？他们会怎么想？”

“他们会认为我们在准备突袭他们。”迈尔斯说，“他们也许会产生怀疑——恐慌——甚至试图跟别国形成一个临时同盟，比如说，跟西塔甘达？”

“很好。”伊林点点头。

恩加利上尉专注而耐心地听着。看样子他事先就知道这些了。他瞥了迈尔斯一眼，似乎是略示鼓励。然后他又点了点头，进一步证实了这一可能。

“不过，即使作为一支独立的军队，”伊林继续说道，“登达立舰队也是增加该地区不稳定的一个因素。整个形势很令人不安——日益紧张，虽然没有看得到的原因。只要再有那么一点点影响——一个误会，一次致命的事故——就会引发骚乱，然后是大混乱，真正的战争，无法阻止。原因何在，迈尔斯！我需要情报。”

伊林通常都是这样：他对情报有狂热的需求，就像一个毒瘾发作、东倒西歪的瘾君子渴求注射器一般。说罢，他转向恩加利：“你觉得怎么样，上尉？他行吗？”恩加利迟疑了一下：“他的外形比我之前以为的更显眼。”

“作为伪装，那并不一定是缺点。跟他在一起的话，你应该几乎会被人们视而不见。躲在羊后面的猎人（译者注：文字游戏。原本的俗语是“躲在马后面的猎人”，指打猎时猎人站在马侧面，横向接近猎物，用马遮挡自己避免引起猎物的警惕。用以比喻各种类似的障眼法。但迈尔斯的个子比一般人矮小许多，当不了“马”，只能当“羊”）。”

“也许吧。但他拿得动那些东西吗？我可没那么多时间给他当保姆。”恩加利的声音是那种城里人的男中音，显然是一个受过现代教育的军官。不过他没有佩戴军事学院的胸针。

“司令似乎是这么认为的。要不我去和他争论一下？”

恩加利看了迈尔斯一眼：“你能肯定司令的判断没有受到……个人期望的影响？”

你是想说一厢情愿的想法吧，迈尔斯在心中猜测着恩加利那微妙的踌躇。

“如果是那样的话，这是第一次。”伊林耸了耸肩。空气之中仿佛无声地回荡着另一句话：什么事情都会有第一次。伊林又转向迈尔斯，十分严肃地看着他，“迈尔斯，你认为自己能够——在有必要的时候——再次扮演内史密斯将军的角色吗？时间不长。”

他就知道会是这句话。但听到这些话说出来依然让他有种冰凉的战栗感。再次激活那被压抑的人格……那不只是个角色，伊林。“我可以再次扮演内史密斯，没问题。我害怕的是停止扮演内史密斯。”

伊林给了他一个冷漠的笑容，只当那是玩笑话。迈尔斯也笑了，笑得有点病态。你不知道，你不知道那样的感觉。七分是骗术和演技，还有三分……是别的东西。禅？格式塔？幻象？他能再来一次吗？也许他现在知道得太多了。你首先会被吓呆，然后就会掉下去。

也许这次，那真的会仅仅是角色扮演而已。

伊林向后一仰，合起双掌，然后放下，摆成一个舒服的姿势：“很好，恩加利上尉。他就全交给你了。随你任用，以你觉得合适的方式。你的任务，首先是收集有关海根枢纽目前危机的情报；第二，如有可能，利用弗·科西根少尉让登达立雇佣军退出这个舞台。如果你决定用假合同把他们从枢纽引出来，你可以从作战部的秘密账号上取钱，给他们一笔有说服力的订金。你知道我需要什么样的结果。很抱歉，我没法给出更加具体的命令了，至少在你给我新的情报前不能。那些情报则是你本人必须弄到的。”

“我不在意，长官。”恩加利微笑着说道。

“唔。享受你短暂的自由吧，趁着它还在的时候。犯下一个错误，它就立刻结束。”伊林口中讥讽，但看着恩加利的眼神充满信心。等他转向迈尔斯时，眼神就变了，“迈尔斯，你将以‘内史密斯将军’的身份上路，如果可能的话，回到登达立舰队中去。如果恩加利上尉决定让你扮演内史密斯的角色，他将扮作你的保镖，以便能够始终控制局势。要求恩加利同时负责这次任务和你的安全，也许担子太重了点，因此，你还会有一名真正的保镖。这样的安排可以让恩加利上尉有超常的行动自由，为此我们还让你拥有一艘私人飞船——我们弄到了一个跃迁飞行员和一艘高速飞船，从——别管是从哪儿弄来的了，反正跟贝拉亚没任何联系。飞船是在杰克逊·霍尔登记注册的，正好跟内史密斯将军的神秘背景相符。一看就知道这是个伪装，所以也就没人会再想到其下还有第二层，呃，伪装。”伊林停顿了一下，“当然，你将服从恩加利上尉的命令。这一点毋庸置疑。”伊林直挺挺地望着迈尔斯，目光像基里尔岛上的午夜一样冰冷。

迈尔斯恭敬地笑了笑，表示自己明白了伊林的暗示。我会表现出色的，长官——让我飞离行星吧！从影子员工变成幌子羊——这算是提拔吧？

第八章

维克托·罗萨，销售代理。听起来像是个拉皮条的。迈尔斯在舱里用怀疑的眼神看着他的新模样出现在视频板上，跟自己面面相觑。说到底，为什么不装一面简简单单的镜子？伊林是从什么地方找来这艘飞船的？贝塔出品，船上塞了一堆贝塔式的华而不实的小玩意儿。迈尔斯自娱自乐地想象着：一旦那精致的声波洁牙器程序出了问题，那会出现何等恐怖的场面啊……

为了与他伪装的身份相称，“罗萨”穿着一身没什么特色的衣服。迈尔斯坚决抛弃了给他准备的一件贝塔纱笼（译者注：用一块长布围在腰或者胸以下的衣着。多见于东南亚。穿这个的话女性胸部以上或者男性腰部以上是裸露的）；波尔六号空间站的温度离能穿上它还差得远。不过他还是把这玩意儿用上了：拿贝塔纱笼的系绳当作腿上那条宽松的绿色裤子的腰带。他脚上则穿着一双贝塔风的凉鞋。上身的绿色衬衫是埃斯科巴产的廉价化纤仿绸制品，外面松松垮垮的乳白色上衣风格类似，但价格要贵些。这种兼收并蓄的搭配风格确实像是某个出身贝塔殖民地，在银河中晃荡了好久，时起时落的人的。非常好。他无所事事地在这间精美的船主舱内晃悠着，时而小声自言自语着重新熟悉了的荒废已久的贝塔口音。

一天前，他们无惊无险在波尔六号太空站着陆了。从贝拉亚出发后三周的旅程中也一路平安。恩加利似乎很满意能这么顺利。这位帝国安全部的上尉一路上大部分时间都在数东西，拍照，然后又数东西；飞船、部队、民间保安和军方保安人员都是他侦查的对象。波尔和海根枢纽之间沿途有六个跃迁中继太空站，他们设法找到借口在其中四个站上停留，期间恩加利一直在数数、测量、透视、摆弄电脑，以及计算。现在他们到了波尔的最后一个（或者说第一个，这取决于你的旅行方向）前哨基地，它在海根枢纽中的立足点。

曾经有一段时间，波尔六号站的作用仅仅是在太空中标识出跃迁点的位置，顶多是作为一个紧急停靠站和信息转运的联结点。迄今为止，还没有人能解决如何不靠跃迁飞船运送实体信件，而直接通过虫洞传递信息的问题。在星际交通网最繁华的地区，通信飞船每小时都在跃迁，有时甚至更加频繁。它们将压缩信息光包以光速发送到附近空间的下一个跃迁点，信息在那边被接收到以后再依次向外分发。这是目前可以实现的最高速的信息流通渠道。在不那么发达的地区，人们只能等待偶然经过的飞船——有时候要等上几周甚至几个月——指望他们会记得把你的邮件丢下来。

而现在，波尔六号太空站不再仅仅是标识，而显然兼具防御功能。恩加利激动地咂了一下舌头，开始辨认集结在新建筑周围地区的波尔海军船只，点算总数。他们设法沿着一条螺旋航道进入码头，沿路把六号站的四周全都看得清清楚楚，所有停泊和航行的船只也历历在目。

“你在这儿的主要任务是，”恩加利曾告诉迈尔斯，“给每个看着我们的人一个更有意思的目标，而不要让他们看着我。四处走动。我估计你不必特别花什么力气就能引人注目。用你的表面身份开展生意——运气好的话，你或者能发展出一两个值得进一步研究的关系。虽然我想你不会撞到什么马上就会有很大价值的东西——没这么好的事。”

此刻迈尔斯把他的样品箱放在床上，又打开检查了一遍。这就是我，区区旅行推销员一名。一打卸掉了能源匣的手持武器用邪恶的闪光回应他。一排视讯盘，里面展示了一些更大、更有趣的武器系统。还有一些更加有趣——甚至可以说，有趣得会惊动警察的——迷你盘，封在迈尔斯上衣中的隐藏口袋里。死神啊。我可以给你做批发代理商。

迈尔斯的保镖在对接舱口与他碰面。上帝啊，伊林为什么派“过度杀伤”军士来执行这项任务？毫无疑问，和把他派到基里尔岛去是同一个理由：伊林信任他。但和一个逮捕过自己的人一道工作，让迈尔斯感到有点儿尴尬。现在欧佛霍尔特眼里迈尔斯又是什么样的人呢？令人高兴的是，这位大个子是个沉默寡言的人。

欧佛霍尔特和迈尔斯一样，穿着一身随意搭配的休闲装，只不过脚上是安全靴而不是凉鞋。他看上去完完全全就是一个在努力打扮成旅游者的保镖。这正是维克托·罗萨这样一位贩卖小型武器的军火商会合乎逻辑地雇用的那种人。既有实际作用，又可以充门面，打得猛，跑得快，杀得凶……迈尔斯或者欧佛霍尔特单独一个人就令人难忘。两人在一起的话，嗯……恩加利说得对。他们完全不用担心会被人忽视。

迈尔斯走在前面，穿过对接管，进入波尔六号太空站。这里的对接管围成一圈，像车轮辐条似的汇聚在中心的海关区。在那里，迈尔斯和他带的样品箱被仔细检查了一番，欧佛霍尔特还必须出示他的击晕枪（译者注：一种幻想中的非致命性武器。和神经干扰枪一样直接攻击目标神经，但功率较小，只会打晕或者麻痹目标，而且麻痹期过后没有后遗症，不像神经干扰枪会造成永久性伤害。但对患有某些疾病的特定人群还是可能造成严重伤害）登记证。之后他们被允许在转运站各处自由走动，只是有些过道被人把守着不让他们进去。显然那头是军事禁区。恩加利已经明确说过，那些地区由他处理，跟迈尔斯无关。

离跟第一个人约定的时间还早，于是迈尔斯慢悠悠地闲逛着，尽情享受在太空站上的感觉。在这里他还不能像在贝塔殖民地那样随心所欲，但毫无疑问，他此刻正置身于银河系的主流技术文化中。而不是可怜的半开化星球贝拉亚。这里脆弱的人造环境本身带着几分危险感，这种感觉似乎随时可以瞬间膨胀成幽闭恐惧症——一旦遇到突然的失压事故。他走到了一个大厅。这里周围遍布着商店、旅馆和各类用餐场所，形成一个中心集会区。

一个古怪的三人组从熙熙攘攘的大厅对面晃晃悠悠迎面走来。其中一个大个子不安地扫视着四周。他穿着一身极适合隐藏武器的宽松衣服。毫无疑问，他和“过度杀伤”军士肯定是同行。他和欧佛霍尔特都看见了对方，彼此冷冷地对望一眼，然后就小心翼翼地装作没看见对方。他保护着一男一女，那个男人平平无奇，在陪着他的女人身边几乎要变成一个透明人了。

她个子矮小，但散发着惊人的活力：身材瘦削，漂成淡金色的头发被剪到贴近头皮，让她看上去像个奇特的小精灵。她身上黑色的紧身连衣裤仿佛是沿着她肌肤流动的水波，上面一朵朵电火花在跃动不休。现在是白昼期，她却穿着晚礼服。脚下那双黑色的细高跟鞋让她的个子看起来高了几厘米——然而还是很矮。她的嘴唇涂成了血红的胭脂色，跟闪闪发亮的围巾很相称。围巾从她的双肩垂下，横过她雪白细腻的锁骨，在胸前拢成一圈。她看起来……很奢华。

她的目光捕捉到了迈尔斯神魂颠倒的凝视。她抬起下巴，冷冷地反瞪过来。

“维克托·罗萨？”迈尔斯身旁传来的声音把他吓了一跳。

“啊……里加先生？”迈尔斯边转身边试探着回应道。那人肤色苍白，脸长得像只兔子，嘴唇外突，头发倒是乌黑的：这就是那个声称希望给自己的小行星矿业公司的保安们改善装备的人。肯定没错。恩加利是怎么——从哪里——捡到这废物点心的？迈尔斯有些犹豫自己要不要知道。

“我订了个包间，咱们可以单独谈一谈。”里加笑了笑，头朝旁边一家小旅店的入口方向一偏，“啊哦。”他又加了一句，“看来今天上午人人都忙着做生意啊。”里加冲大厅那头的三人组点了点头。三人组现在已经变成了四人小队，正在离开大厅。披肩在那个步履如飞的金发女郎带起的风中飘起，像旗子一样啪啦啦地舞动着。

“那个女人是谁？”迈尔斯问道。

“不认识。”里加说，“不过他们跟着的那个男人是你在这里的主要竞争对手。杰克逊联邦的费尔家族专精武器制造，而他是他们的代理商。”那人看上去更像一个中年商人，至少从背后看是这样。“波尔让杰克逊人在这儿活动？”迈尔斯问道。“我原以为现在形势已经很紧张了。”

“波尔、阿斯伦德以及沃维之间的关系是很紧张，”里加说，“但杰克逊联邦一直在大力宣称中立。他们想左右逢源。不过在这里谈论政治不合适吧。咱们走吧，嗯？”

里加把他们带到了小旅店一间客房里——显然是为此特意租下的。这正合迈尔斯的意。他开始讲述那套背好的推销词，依次介绍那些手持武器，被问到库存数量和交货日期的时候就用一大堆含糊话搪塞。

“我原指望，”里加说，“看到些更加……可靠的东西。”

“我的飞船上还有一些样品。”迈尔斯解释道，“我不想把它们拿来，免得给波尔海关添麻烦。不过我可以用视频让你有个大致了解。”

迈尔斯用炫耀式的动作调出了重武器说明：“当然，这些视频完全是出于教育目的。在波尔这边，个人拥有这种等级的武器是非法的。”

“在波尔的地盘上，是的。”里加表示赞同，“但波尔的法律在海根枢纽是无效的。那，你只需要离开波尔六号太空站，到一万公里交通管制范围外的地方，就随你想进行什么交易都行，完全合法。问题是怎么把货物带进波尔。”

“解决交货困难问题是我的专长之一。”迈尔斯向他保证道。

“当然，需要一笔小小的附加费。”

“是吗。很好……”里加飞快地浏览着目录，“嗯，这些重型等离子弧光炮……和攻城炮级的神经扰乱器相比怎么样？”

迈尔斯耸了耸肩：“这完全取决于你是只想杀伤人员，还是想把人员和财产都毁掉。神经扰乱器我可以给你出个好价钱。”他给了个数字，后面加上波尔的货币单位。

“最近，有人要卖给我同样功率的武器，报价比你这个要更优惠。”里加漫不经心地提了一句。

“我绝对相信。”迈尔斯咧嘴一笑，“毒药卖一块；解毒剂卖一百。”

“这话什么意思？”里加疑惑地问道。

迈尔斯把衣服翻领摊开，用大拇指往下面一抹，拿出一张微型视讯盘。“看看这个。”他把盘插进显示器里。屏幕上出现了一个快速旋转着的人形。它穿着一件网状的衣服，从头到手指和脚趾尖都包在里面，闪闪发光。

“作为长内衣，这也太透风了点吧？”里加怀疑地说。

迈尔斯对他露出一个失望的笑容：“你所看到的是银河系中每一支军队都意图染指的东西。改进型单人神经干扰枪防护网。贝塔殖民地最新技术成果。”

里加睁大了眼睛：“我头一次听说市场上有这种东西。”

“公开市场上没有。这些是，可以算是，私下预售吧。”贝塔殖民地只会对外公开它的第二、第三手技术；在研发方面保持领先其他任何人几步，已经成了在这冷酷的世界上生存的人们的惯用手段。几代人以前就是如此。贝塔殖民地会在一段时间后向全银河市场推销它的新产品，而在此期间……

里加舔舔自己突出的下唇：“我们经常使用神经干扰枪。”

给保安们用？是啊，当然是。“我手上防护网的数量有限。先到先得。”

“价钱呢？”

迈尔斯又说了个数字。还是贝塔货币单位。

“太离谱了！”里加在浮椅里往后一仰。

迈尔斯耸了耸肩：“想想吧。如果你们的组织不能率先更新你们的防具，那将会让你们的处境相当不利。我相信你能想象得到。”

“我……得了解一下。能不能让我把那张盘拿给我的，呃，上司看一下？”

迈尔斯抿起双唇：“别带着这东西被逮住了。”

“肯定不会。”里加把演示视频又放了一遍，入迷地看着那个浑身闪亮的战士图像，然后把盘放进了口袋。

好啦。鱼钩已经挂好鱼饵，抛向了漆黑的水中。等着看咬钩的是什么吧。会是只能作饵的小鱼？还是硕大无朋的利维坦？这肯定会非常有趣。迈尔斯觉得，里加只能算是条发育不良的吸盘鱼（译者注：原文此处为ramora，不可解。应为remora之误。比喻里加依附于更大的势力）。不过，千里之行，始于足下嘛。

回到大厅里，迈尔斯担心地对欧佛霍尔特低声问道：“我干得还行吧？”

“很顺利，长官。”欧佛霍尔特告诉他。

嗯，也许是吧。这种事事一如计划的感觉不错。他几乎能感觉到自己正在变成那个谄媚小人维克托·罗萨。

该吃午饭了。迈尔斯带欧佛霍尔特来到一家小餐馆，找了个面朝外头大厅的座位，好方便人们观察他们——而不是去看恩加利。他大口咀嚼着夹着工业化生产蛋白质的三明治，让自己紧张的神经稍稍松弛一下。这次行动没问题的。不至于过度惊险刺激，就像——

“内史密斯将军！”

迈尔斯差点被嘴里嚼到一半的三明治噎住。他猛地四下转头，寻找这个令人惊讶的声音的来源。欧佛霍尔特已经瞬间进入了完全戒备状态，不过他控制住了自己，没有过早把自己的手伸向暗藏的武器。

两个男人在他的桌旁停了下来。其中一个迈尔斯不认识。另一个……该死的！他认识那张脸。方下巴，褐色的皮肤。尽管他身穿波尔平民的衣服，但他的样子太干净利落了，谁都能看得出他只能是个军人。他的名字，他的名字……对了！他是董舰长手下的突击队员之一，是一支进行太空接舷战的小队的指挥官。迈尔斯最后一次见到他时，他们正一起在“胜利号”的军械库里穿上宇航服，准备参加强行登船战。他的名字是……克莱夫·乔达克。

“对不起，你认错人了。”迈尔斯完全不假思索地加以否认。“我的名字叫维克托·罗萨。”

乔达克眨了眨眼睛：“什么？噢！对不起。你看上去很像我以前认识的一个人。”他打量了一下欧佛霍尔特，然后飞快地朝迈尔斯打了个询问的眼色，“唔，可以一块儿坐吗？”

“不！”迈尔斯在惊慌中大声叫道。不，等等。他不该放弃任何可能的接触机会。他早该预料到可能会遇到这种复杂状况的。但是，在没有恩加利的命令之前，过早地激活内史密斯的身份的话……“至少在这里不行。”他迅速更正道。

“我……明白了，长官。”乔达克轻轻点了点头，随即就往后退了一步，拖着他那个显得有点不情愿的伙伴走开了。他只回头看了一眼。迈尔斯按捺住自己想撕咬餐巾纸的冲动。那两个人消失在大厅的人群中之前在急促地比画着手势。可以看得出来，他们发生了争执。

“这也算顺利？”迈尔斯悲哀地问道。

欧佛霍尔特看上去有点沮丧：“不算很顺利吧。”他皱着眉头朝大厅里那两个人消失的方向望去。

仅仅一个小时后，乔达克就找到了迈尔斯停在港口的贝塔飞船。

恩加利还没回来。

“他说他想和你谈谈。”欧佛霍尔特说。他和迈尔斯看着对接舱口的监视器，乔达克正站在那儿，不耐烦地左右晃动着身子：“你觉得他到底想干什么？”

“多半就是跟我谈谈。”迈尔斯说，“该死的，我也一样想和他谈谈啊。”

“你对他了解多少？”欧佛霍尔特盯着乔达克的身影，疑虑地问道。

“了解不多。”迈尔斯承认道，“他似乎是个能干的军士。熟悉自己的装备，能让他的部下不停干活，被攻击时能坚守阵地。”回想起来，迈尔斯和这人的接触实际上很短暂，而且都是公事……但其中有些时刻，是在船上战局不稳的情况下的关键时刻。迈尔斯靠着直觉就判断一个将近四年未见面的人是安全的，这合适吗？“当然，要对他进行安全扫描。不过之后就让他进来，看他想说些什么。”

“如果你下命令的话，长官。”欧佛霍尔特不置可否地说。

“是的，这是命令。”

乔达克似乎对被扫描检查并不反感。他只带了一把注册登记了的击晕枪。不过迈尔斯记得，他还是一名徒手搏击高手——谁也没收不了这种武器。欧佛霍尔特带他来到这艘小飞船上的公共活动室兼餐厅——贝塔人管这个房间叫娱乐室。

“罗萨先生，”乔达克点点头，“我，呃……希望我们能在这里单独谈谈。”他怀疑地看看欧佛霍尔特。“抑或是这位先生取代了伯沙瑞军士的位置（译者注：伯沙瑞军士生前几乎跟迈尔斯形影不离）？”

“没人能取代他。”迈尔斯示意欧佛霍尔特跟他来到走廊里，直到身后的门发出关闭的轻响才说话。“我想，你待在那儿可能碍事，军士。在外面等一会儿不介意吧？”迈尔斯没有指明欧佛霍尔特碍谁的事，“当然，你可以监听。”

“糟糕的主意。”欧佛霍尔特皱起眉头，“假如他袭击你怎么办？”

迈尔斯的手指紧张地在裤缝上弹动："有这种可能。但是，我们下一站要到阿斯伦德去。恩加利说过，登达立军驻扎在那里。他也许能提供些有用的情报。"

"如果他说真话的话。"

"即使谎言也会透露一些信息。"抛出这个令人怀疑的论点后，迈尔斯丢下欧佛霍尔特，抽身回到了活动室。

他朝已经在桌旁坐下的来访者点点头："乔达克下士。"

乔达克脸色一亮："你记得我。"

"噢，是的。嗯，你还在登达立里面吗？"

"是的，长官。我现在是乔达克中士了。"

"很好。我并不感到惊讶。"

"还有，唔……我们现在又改叫欧瑟雇佣军了。"

"我知道。这是好是坏，还很难说。"

"你现在是扮演什么角色，长官？"

"维克托·罗萨，是个军火商。"

"这个掩护身份不错。"乔达克识时务地点了点头。

迈尔斯倒了两杯咖啡，想让自己接下来的话能显得是漫不经心的："你在波尔六号太空站干什么？我还以为登——舰队被阿斯伦德雇去干活了。"

"在阿斯伦德太空站。就在海根枢纽这边。"乔达克更正道，"离阿斯伦德很近，只在星系间飞几天就行。到目前为止就是这样。跟政府签的合同。"他摇摇头。

"进度滞后并且超支了？"

"你说对了。"他毫不犹豫地接过咖啡，用双手捧住，喝了一口。"我不能待太久。"他转手把杯子放在桌子上说道，"长官，我想，我也许无意间给你带来了麻烦。我看见你在那儿非常吃惊……不管怎么说，我是想……想提醒你，我觉得。你是回舰队去吗？"

“我恐怕不能谈论我的计划。即使和你也不行。”

乔达克用那双深杏黄色的眼睛深深地凝视着他：“你的花样总是这么多。”

“作为一名经验丰富的战士，你更喜欢正面攻击？”

“绝不，长官！”乔达克轻轻笑了笑。

“你不用说话。我认为你是舰队的情报特工——或者是散布在海根枢纽的特工之一。情报特工应该不止一个，除非我不在的期间军团已经可悲地分崩离析了。”实际上，考虑到现在这场博弈中的潜在玩家数目，此刻待在波尔六号太空站上的所有人当中大概有一半都在某种程度上是间谍。更不用说还有双重间谍了——他们是不是该被计算两次？

“你为什么离开了那么长时间，长官？”乔达克的语调几乎是在控诉。

“我也不想的。”迈尔斯敷衍道，“有一段时间，我成了囚犯，在一个……我不想再提起的地方。三个月前我才逃出来。”嗯，这是基里尔岛那段生活的另一种描述方式。

“你被囚禁！长官！我们本可以去救——”

“不，你们不能。”迈尔斯马上说道，“那边的情况极其微妙。最后的解决我很满意。但是，当时我面对着……大量的清理任务。在登达立舰队之外我负责的别的区域。隔得很远。对不起，但你们不是我唯一关心的人。不过，我还是很关心你们。我从杰萨克准将那边收到的信息显得太少了。”是的，这不正常。

“杰萨克准将不再是指挥官了。大约一年前，船主委员会和欧瑟将军对财政和指挥系统进行了重组。欧瑟将军牵头的。”

“杰萨克现在在哪里？”

“他被贬为舰队机械师。”

这很令人不安，但迈尔斯能理解：“这并不一定是坏事。杰萨克从来没那么有进取心，不像，嗯，不像董那样。说到这儿，董呢？”

乔达克摇摇头：“他从参谋长的职位上被贬为人事官。一个无所事事的职位。”

“这真是……太浪费了。”

“欧瑟不信任董。董也不喜欢欧瑟。欧瑟这一年来一直在设法把董赶走，但董坚持下来了，尽管饱受羞辱……嗯。要把他赶走不是件容易的事。欧瑟也承担不起把他的人都清除掉的代价——现在还承担不起。太多关键人物对董都很忠诚。”

迈尔斯眉头一抬：“包括你自己？”

乔达克淡淡地答道：“他能把事情做好。我认为他是个优秀的军官。”

“我也这么认为。”

乔达克点了点头：“长官……有个问题……刚才在餐馆里和我一起的那个人是我在这儿的上司。他是欧瑟的人。除非杀了他，我想不出任何别的办法来阻止他向欧瑟报告我们遇见了你。”

“我可一点都不想在我自己的指挥系统里挑起一场内战。”迈尔斯温和地说道。至少现在还不想。“我想，最重要的是不要让他怀疑你和我私下交谈过。让他报告好了。我以前和欧瑟将军达成过协议——对我们双方都有利。”

“我不敢肯定欧瑟也那么想，长官。我认为，他觉得自己被勒索了。”

迈尔斯发出一阵恰如其分的笑声：“什么啊。在陶·佛得战争中，我让舰队的规模扩大了一倍。即使是作为第三号人物，他最后指挥的人马也比他之前指挥的要多。”

“但是，最初跟他签订合约，雇用我们的那一方输了。”

“不能这么算。双方都从我们强制达成的停火协议中得到了好处。那是个双赢的结果，只是有点丢面子而已。怎么，欧瑟难道觉得，只有别人输了他才算赢？”

乔达克看上去愁眉不展：“长官，我想也许正是如此。他说——我亲耳听到他说——你用骗局诳了我们。你从来就不是将军，甚至从来就不是什么军官。要不是董背叛了他，他肯定早就背后一脚把你踹进地狱去了。”乔达克若有所思地看着迈尔斯，“你到底是什么人？”

迈尔斯温和地笑了笑：“我是胜利者。记得吗？”

乔达克鼻子一哼，似乎有点被逗笑了：“是啊。”

“别让可怜的欧瑟那套修正史学弄昏你的头脑。你当时在场的。”

乔达克感伤地摇了摇头：“你其实并不需要我的警告，对吧？”他站起身来。

“什么事都别想当然。还有，哦……多保重。我是说，小心背后。我会记住你的，回头见。”

“是，长官。”乔达克点点头。以帝国军人般的保镖姿态在走廊里等了半天的欧佛霍尔特紧紧跟着他，一直走到飞船舱口。

迈尔斯坐在活动室里，不紧不慢地小口啜饮着他的咖啡，心里考虑着一个问题：一支独立雇佣兵舰队指挥系统的重建过程跟贝拉亚贵族之间自相残杀的战争，二者之间惊人地相似。雇佣军也许可以被视为真实军队的缩影？简化版？或者说模拟真实的实验室版？弗·达瑞安觊觎皇位期间，欧瑟应该是在的，他应该目睹过当时那些大人物们是怎么干的。不过，迈尔斯觉得，最好还是不要低估目前局势潜在的危险性和复杂性。一次小冲突让他死掉的可能性并不低于大战争。

该死的，什么死不死的？说到底，他与登达立，或者说欧瑟军团有什么关系？欧瑟是对的，那确实是一场骗局；唯一的疑问是，他到底花了多长时间才领悟这个真相。迈尔斯压根儿看不出自己目前有什么必要再次跟登达立军团搅在一起。事实上，他完全可以离那边危险的政治困境远远的。让欧瑟率领那些人好了；毕竟，他们当初本来就是他的手下嘛。

在那个舰队中，有三个向我宣誓效忠了的臣民。我自己的属民（译者注：埃蕾娜夫妻和阿狄·梅休。详见《战争学徒》）。

放纵自己扮演内史密斯是多么轻松……

不管怎么说，启不启用内史密斯的身份不是迈尔斯所能决定的事。是恩加利上尉决定的。

恩加利第一个点破这个问题。他之后回来了，在听取了欧佛霍尔特的汇报后就开炮了。他是一个自控能力很强的人，他的愤怒只从一些微妙的迹象上流露出来：声音变得尖厉了些，眼角和嘴边绷紧的细纹加深了些。“你破坏了自己的掩护身份。你绝不应该暴露自己的。这是这一行的首要生存原则。”

“长官，请允许我恭敬地说一声，我没有揭开自己的掩护身份。”迈尔斯平静地回答道，“是乔达克揭开的。他似乎也意识到了这样不该——他不傻。他已经尽力向我表示抱歉了。”的确，乔达克也许比他给人的第一印象要聪明些。从他的话可以推断，登达立的指挥系统现在分成了两派，他在两边都吃得开，不论现在占上风的是哪一派。这是精心策划还是运气？乔达克要么是够聪明，要么是运气好；不管是哪种，他都可以成为迈尔斯这边一个用得上的助力……呃，哪一方？出了这事以后，恩加利绝不会让我再靠近登达立的人了。

恩加利朝着视频板皱了皱眉头。那上面刚刚重放了迈尔斯和那位雇佣兵见面的录像。“我越听越觉得，启用内史密斯的身份根本就太危险了。伊林原来还幻想着你能直接给登达立人发号施令，让他们掉头转向；但如果你那位欧瑟真像这家伙所说的那样来了次小小的宫廷政变，这套想法就已经直接出局了。我早就觉得那听起来未免太容易了。”恩加利在活动室里来回踱步，时不时用右手拳头敲打左手的掌心。“不过，我们也许还是可以利用一下维克托·罗萨。虽然我很想把你关在船舱里——”

真奇怪，那么多他的上司都这么说。

“——里加今天晚上还想和罗萨见一面。也许是想下单订购些我们虚构出来的货物。设法拖延——我希望你能绕过他，接触他组织的更高一层。他的上司，或者他上司的上司。”

“里加是哪一方的人，你有想法吗？”

恩加利不再踱步，两手一摊：“西塔甘达？杰克逊·霍尔？半打其他势力中的任何一个？帝国安全部在这里的势力很小。但如果能够证明里加的犯罪组织是西塔甘达的傀儡，那就值得派一个全职特工渗透到他们的队伍中去。所以，去弄清楚！暗示你夹袋里还有更多好东西。行贿受贿。打成一片。把这事办下去。我在这里的任务差不多结束了，伊林现在特别想知道阿斯伦德的太空站什么时候能够作为一个防御基地完全投入使用。”

迈尔斯摁响旅馆房间的门铃。他下意识地抬起下巴，清清嗓子，挺直双肩。欧佛霍尔特左右打量着空荡荡的走廊。

门“哧”的一声打开了。迈尔斯惊讶得眨了几下自己的眼睛。

“啊，是罗萨先生。”这清冷轻柔的声音属于头天上午他在大厅里惊鸿一瞥的那位金发女郎。她现在还是穿着件紧身连衣裤，低开领，红色丝绸的，颈后竖起一圈闪闪发亮的红色皱领，簇拥着她那线条柔美的螓首，脚上则是一双红色仿麂皮高跟靴。她对迈尔斯露出一个十万伏特电力的笑容。

“对不起。”迈尔斯脱口而出，“我一定是走错地方了。”

“没走错。”一只纤细的手打开，做出个友善的欢迎手势，“你很准时。”

“我跟一位名叫里加的先生约好了见面。就在这里。”

“是的，我替他来跟你见面。请进吧。我的名字叫丽维亚·努。”

好吧，她身上根本不可能暗藏武器。迈尔斯走进房间，毫不吃惊地发现她的保镖正无所事事地站在房间一角。那人朝欧佛霍尔特点点头，欧佛霍尔特也朝他点了点头，两人那样子就好像两只机警的猫。还有第三个人吗？显然这里没有了。

她走到一张有靠背的充水沙发旁，安坐其上。

“你是，呃，里加先生的上司？”迈尔斯问道。不，里加说过不知道她是谁……

她稍微有点犹豫：“某种意义上，算是吧。”

他们两人中有一个在撒谎——不，也未必。如果她在里加所属的组织中身居高位，里加有可能故意不告诉罗萨她的身份。该死的。

“——不过，你也许可以把我看作一名负责采购的特工。”

上帝啊。波尔六号站简直是被间谍的汪洋大海淹没了半截啊。

“为谁工作？”

“啊，”她笑了，“和小供应商打交道的好处之一就是他们‘不问任何问题’的守则。为数不多的好处之一。”

“我没搞错的话，‘不问任何问题’是费尔家族的口号。他们有个优势，拥有一个安全的固定基地。我已经学会了把武器卖给那些在不久的将来有可能对我开枪的人时要小心谨慎。”

她瞪大了蓝色的眼睛：“谁会想对你开枪？”

“被误导的人。”迈尔斯随口说道。老天爷啊（译者注：原文是17世纪出现的“我的上帝啊”的变体。可能是为了避免亵渎之嫌。这个不寻常的用词变化显示他真的很吃惊……）！他居然没有掌握谈话的主动权。他不安地和欧佛霍尔特交换了一下眼色。后者的气势也正在被他的对手压制。

“我们得好好聊聊。”她发出邀请，拍了拍身旁的坐垫，“请坐吧，维克托。啊——”她朝她的保镖点点头，“——你为什么不到外面去等会儿呢。”

迈尔斯在沙发边缘坐下，试着估计这女人的年龄。她的皮肤光滑白洁。只是眼睑松弛，微微起皱。迈尔斯想起了恩加利的命令——收受贿赂，打成一片……“或许你也该到外面去等着。”他对欧佛霍尔特说。

欧佛霍尔特看上去有些左右为难。不过二者择一，他显然更想盯住那个全副武装的大块头。他点点头，表面上是表示服从，实际上是表示许可，然后跟在女人的保镖身后出去了。

迈尔斯笑了笑，希望自己的笑容够友善。她看上去真是非常迷人。迈尔斯在坐垫上故作无心地向后挪了挪，试着装出容易被引诱的样子。梦幻般的间谍之间的邂逅成了现实，恩加利跟他说过绝不会发生这种事的。也许只是恩加利自己从来没有遇到过呢？哎呀，你的牙齿到底有多锋利呢，小姐。

她的手伸进乳沟——这姿态可真是引人入胜——然后抽出一张小小的很眼熟的视讯盘。她身子前倾，把盘插进放在他们面前矮几上的视讯播放器里。迈尔斯花了好一阵子才把注意力转移到视频上。那个闪闪发亮的小小军人再度出现了，把那套程式化的动作再做了一遍。啊哈。她真是里加的上司。很好；他终于有所进展了。

“这真是非同凡响啊，维克托。你怎么弄到的？”

“交了好运。”

“你能供应多少？”

“数量相当有限。比方说，五十。我不是生产商。里加提过价钱吗？”

“我觉得太高了。”

“如果你能找到另外的供货商能用更低的价格卖给你这些东西，我很愿意降到和他同样的价钱，再打九折。”迈尔斯成功地坐在原地鞠了个躬。

她被逗乐了，从嗓子底发出一声轻笑：“供货量太小了。”

“只要能抢先入市，即使量这么小，你也有好几种办法可以盈利。比如，向感兴趣的政府出售工作模型。我希望在市场饱和、价格下跌之前就从中获利。当然你也会。”

“那你为什么不去干？像你说的，直接把它们卖给政府。”

“你为什么会以为我没干？”迈尔斯笑了，“但是——想想我离开这个地区的路线。我进来时经过贝拉亚和波尔。我离开时只能通过杰克逊联邦或西塔甘达帝国。遗憾的是，无论走哪条路线，我都要冒上这批特殊的货物被没收的风险，而且得不到任何补偿。”说到这事，贝拉亚是从哪儿弄到这种防护服的实用模型的？真有一个叫维克托·罗萨的人吗？他现在在哪儿？伊林到底是从哪儿弄到他们那艘飞船的？

“那么，你把那些货带在身上了？”

“我没这么说。”

“嗯。”她笑了，“你今晚能送一份来吗？”

“什么尺寸的？”

“小号的。”一根留着长长指甲的手指在她的身体上划过，从胸口往下一直划到大腿，确切地表明了有多“小”。

迈尔斯哀叹一声：“不幸的是，我这批货都是给中到大码的战士穿的。把它们改小一号，在技术上是个相当大的挑战——实际上，这是个我本人身上也亟待解决的问题。”

“制造商考虑得太不周到了。”

“完全同意，努女士。”

她越发仔细地看着他。她的微笑是不是变得略微真诚点了？

“不管怎么说，我更愿意以批发形式出售。如果你们的组织拿不出这么多钱——”

“也许还是可以签个意向协议。”

“我想那得赶快。我很快就要走了。”

她心不在焉地低语着：“也许不……”然后抬起头来，眉头一皱：“你下一站去哪里？”

反正恩加利的飞行计划必须上报备案的：“阿斯伦德。”

“哦……是的，我们必须作一些安排。绝对的。”

那双闪动着的蓝色眼眸就是所谓的销魂媚眼吗？它让人安静，甚至快要将人催眠。我终于遇见了一个几乎没比我高的女人，可我甚至还不知道她是哪边的人。在所有男人中，他是最不应该把矮小误以为软弱无力的。

“我能见见你上司吗？”

“谁？”她低眉垂目。

“今天上午我看见和你们俩在一起的那个人。”

“……噢。这样的话，你已经看见过他了。”

“安排个见面机会，我们好好谈谈。以贝塔元计价，记住。”

“工作之前先来点娱乐，那是当然的吧。”她的气息扑到他耳朵上。一阵带有香味的薄雾。

她是想要软化他吗？为了什么？恩加利说过，别暴露身份。当然，维克托·罗萨的性格是尽可能地多捞好处。额外再捞百分之十。“你用不着这么做。”他磕磕巴巴地说出了一句话。他的心脏跳得实在太快了。

“我并不是做什么都是为了生意。”她的声音像一只在惬意地打着呼噜的猫咪。

说到底，她犯得着勾引这么一个卑劣的小矮个武器商吗？她从中能得到什么乐趣？除了乐趣还能得到什么？也许她喜欢我。迈尔斯皱起眉头，想象着自己在这样对恩加利解释。她的胳膊搂住了他的脖子。他的手不由自主地抬了起来，抚摸着她头上美丽的发肤。一次极为美妙的触觉经验，和他预想的一模一样……

她的手紧了紧。迈尔斯完全是条件反射式地跳了起来。

然后他站在那儿，感觉自己像个白痴。那是爱抚，不是要下手勒杀。角度完全不对，无法利用杠杆作用攻击喉咙。

她在座位上往后一仰，两条纤细的胳膊伸展开来，搭在靠背顶上。“维克托！”她似乎觉得好笑，眉毛弯成了弓形，“我不是要咬断你的脖子。”

他的脸在发烧：“我——得——走了。马上。”迈尔斯清了清嗓子，把声音放低了些，回到正常的状态。他伸手从播放器里取出视讯盘。丽维亚的手猛地伸出来，但又慵懒地垂下了，假装不感兴趣。迈尔斯摁了一下门铃。

滑动门开了，欧佛霍尔特立刻出现在门口。迈尔斯放心了。如果他的保镖不见了，迈尔斯就可以马上明白这是一个圈套。当然，肯定为时已晚。

“也许以后吧。”迈尔斯急促地说，“等你收到我送出的货物后。我们可以聚一下。”送出一批不存在的货？他在说什么呀？

她难以置信地摇摇头。她的笑声沿着走廊一路跟随在他身后。声音中带着几分隐约的怒气。

房间里的灯亮起时，迈尔斯猛地惊醒了。穿戴整齐的恩加利站在房门口。他身后是他们的跃迁飞行员，身上只穿着内衣，一副睡得迷迷糊糊的样子，手足无措。

“回头再穿衣服。”恩加利对飞行员大声吼道，“快送我们离港，逃到一万公里边界以外。我一会儿就来帮助制定航线。”他半是自言自语地补充了一句：“一旦我知道我们要去哪儿。行动。”

飞行员仓皇而去。恩加利大步走到迈尔斯床边：“弗·科西根，见鬼的，在那间旅馆的房间里到底发生了什么？”

灯光耀眼，恩加利怒气逼人。迈尔斯眯起自己的眼睛，克制住自己躲进被窝里的冲动：“啊？”刚睡醒的他感到口干舌燥。

“我刚刚收到一份预警——提前几分钟的预警——波尔六号站民事安全部正在签发逮捕维克托·罗萨的命令。”

“可我根本没碰那位女士！”迈尔斯晕头转向地抗议道。

“在你们见面的房间里发现了里加的尸体。”

“什么！”

“安全部实验室刚刚确定谋杀的时间——大约是在你们见面的时候。即将见面的时候。逮捕令几分钟后就会出现在网上，到时候我们都得被扣押在这里。”

“可我没干。我根本没见到里加，只见到了他的上司，丽维亚·努。我是说——如果我干了这种事的话，我会立刻向你报告的，长官！”

“谢谢。”恩加利干巴巴地说，“我很高兴听到你这么说。”他的声音越发严厉了：“当然，你被别人构陷了。”

“谁——”是的。丽维亚肯定有另一种办法，更可怕的办法从里加那里弄到那张绝密视讯盘。但是如果她不是里加的上司，甚至根本不是他那个波尔犯罪集团的成员的话，她到底是谁呢？“我们需要了解更多的情况，长官！这也许只是个开端。”

“这完全可能是我们任务的结束。该死的！现在我们没法从波尔撤回贝拉亚了。路线被切断了。下一步该去哪儿？”恩加利来回踱步，显然是在边想边说，“我想到阿斯伦德去。他们和波尔签订的引渡条约现在已经无效了，但是……那边还有你的雇佣军这个麻烦。他们已经把罗萨和内史密斯联系起来了。多亏了你的一时马虎。”

“依乔达克所说的，我认为他们绝不会张开双臂欢迎内史密斯将军回去的。”迈尔斯不情愿地表示同意。

“杰克逊·霍尔联邦的太空站跟任何方面都没有引渡条约。你现在的掩护身份已经彻底没用了。罗萨和内史密斯，两个都没用了。只能去杰克逊联邦。我得把这艘飞船赶快在那边降落，转入地下，然后我自己掉头折回阿斯伦德。”

“那我呢，长官？”

“你和欧佛霍尔特必须分开，绕远路回家。”

回家。不光彩地回家。“长官……逃跑看起来并不是个好选择。如果我们坚持立场，澄清罗萨身上的罪名呢？我们的路线就不会再被切断了，罗萨就仍然是一个有用的掩护身份。也许有人就是故意想让我们在慌乱中丢下一切，断尾逃跑。”

“我看不出怎么能有人预先知道了我在波尔民事安全部里的消息来源。要不是有这个预警，我想本来我们是会被扣在码头上的。”恩加利再次用右拳击了一下左手掌，这回是做出决定的表示。“就是杰克逊联邦了。”他一个转身走了出去，靴子重重地踩在地板上。振动节奏和气压发生的变化和几声沉闷的碰撞声让迈尔斯知道，他们的飞船正在脱离波尔六号空间站。

迈尔斯朝空荡荡的房间大声说道：“但是，如果他们对两种情况都做好了计划？是我的话，就会那样。”他怀疑地摇摇头，爬起来穿好衣服，去找恩加利。

第九章

迈尔斯觉得，杰克逊联邦的跃迁点太空站和波尔同类站点的最大不同之处在于这里的商人们提供出售的货物种类。这里的中央大厅跟波尔六号站的大厅很相似，而他此刻就站在这大厅中的一台图书盘自动售货机前，飞快地在屏幕上翻看着一部体积巨大的淫秽制品目录。嗯，大部分时间是飞快翻看；只是偶尔会停下来——有时因为觉得好笑，有时因为感到震惊。他矜持地抵制住自己的好奇心，搜索着军事史相关资料。但他只找到了少得可怜的几个书名。

他把自己的信用卡插进去，售货机吐出三个小圆片。他对《弥诺斯四世战争中的三方战略概论》一书其实并不怎么感兴趣，只是回家的路途必将漫长而枯燥，而欧佛霍尔特军士也不可能是个多有趣的旅行伙伴。迈尔斯把盘放进口袋，叹了口气。这次任务真是浪费时间，浪费精力，白白期待了。

恩加利已安排好了，要把维克托·罗萨的飞船、驾驶员和机械师都“出售”给一个提供掩护的人，他最终将把这些给送回贝拉亚帝国安全部。迈尔斯正向他的上司诚恳地提出建议，提及如何更多地利用罗萨、内史密斯，甚至弗·科西根少尉，但这时帝国安全部的一封绝密电报打断了他。只供恩加利过目的电报。恩加利退出房间把电报解密，然后半小时后回来时嘴唇周围一片死白。

然后他提前了动身时间，一小时内就要乘一艘商用飞船前往阿斯伦德站。独自一人。他拒绝向迈尔斯甚至拒绝向欧佛霍尔特军士透露电报的内容；拒绝带迈尔斯一道去；拒绝了迈尔斯至少让他继续对杰克逊联邦的军事情报进行独立观察的请求。

恩加利把欧佛霍尔特交给了迈尔斯，或者也可以反过来说。留下的这两人中谁是负责的有点不好说。欧佛霍尔特的行为不太像是一名下级，倒更像是一位全职保姆。他叫迈尔斯不要想着去杰克逊联邦四下打探，坚持要他待在安全的旅馆房间里。现在他们在这里等一趟埃斯科巴人的商业航班抵达，然后坐上去，直达埃斯科巴。到那以后，他们就去贝拉亚大使馆报到。毫无疑问，大使馆一定会把他们送回家的。两手空空地回家。

迈尔斯看了看计时器。离登船还有二十分钟。也许他们只要坐着等待就好。迈尔斯烦躁地看了一眼身后如影随形的欧佛霍尔特，艰难地朝大厅中走去。欧佛霍尔特跟在后面，皱着眉头，明显不赞成他这样。

迈尔斯脑子里想着丽维亚·努。迈尔斯在她发出的色欲邀请面前落荒而逃，肯定是错过了自己短暂一生中难得的一次奇妙历险。不过，她脸上当时那并不是爱的表情。无论如何，一个对维克托·罗萨一见钟情，立刻陷入热恋的女人都让他不能安心。她眼中的神采更像是一名美食家，正凝视着侍者刚端上来的一盘非同寻常的餐前小点。迈尔斯有种感觉，自己耳朵眼里当时仿佛正伸出了半截香芹。

她也许穿得像个交际花，行为举止像个交际花，但她身上丝毫没有交际花急于取悦金主的热情，也没有丝毫奴性。在软弱无力的外包装下是强有力的姿态。这令人不安。

可如此美丽。

交际花，罪犯，间谍。她到底是干什么的？最重要的是，她属于哪边？她是里加的上司，还是他的对手？抑或是里加的劫数？她是不是亲手杀了那个兔子般的人？不论她还有没有别的身份，迈尔斯越来越相信，她是海根枢纽这个拼图中关键的一片。他们应该跟踪她，而不是逃离她。他失去的机会并不只是一次性爱的。跟丽维亚·努的这次会面将让他烦恼许久。

迈尔斯抬起头来，看见自己的路被拦住了。两名联邦打手——应该说两个民事保安官。他在心中讽刺着更正了叫法。他停下，双脚站定，抬起下巴。接下来该怎么办？

“什么事，先生们？”

对面的大块头朝他的巨人搭档看去。后者清了清自己的嗓子：“维克托·罗萨先生？”

“如果我是的话，又怎么样？”

“有人悬赏通缉捉拿你。通缉令上指控你谋杀了一个名叫西德尼·里加的人。你想出更高的价钱吗？”

“大概吧。”迈尔斯气得嘴都歪了，这发展可真是，“谁在出价要逮捕我？”

“卡维罗。”

迈尔斯摇了摇头：“根本不认识这人。我猜一下，他也许是波尔民事保安部的？”

对面的保安官查看了一下自己的报告板：“不是。”他顺口加了一句，“波尔人几乎从来不和我们做生意。他们觉得我们应该免费把罪犯交给他们。搞得好像我们也想从他们那边引渡罪犯过来似的！”

“哈。这就是你们这儿的供需关系啊。”迈尔斯呼了一口气。伊林不会对他的开销账号上的这笔钱感到震惊的，“那个叫卡维罗的人出多少钱逮捕我？”

保安官又查看了一下他的报告板。他扬起了眉毛：“两万贝塔元。他一定非常想抓到你。”

迈尔斯轻轻吹了声口哨：“我身上没带那么多钱。”

保安官抽出他的拘役棍（译者注：一种连着手铐的棍棒。可以打人也可以用来把人牵着走）。“嗯。那么……”

“我得去筹措一下。”

“你得到拘留所去筹措了，先生。”

“但那样我就赶不上我的飞船了！”

“恐怕你说对了。”保安表示赞同，“考虑到剩下的时间和其他因素。”

“假设一下——如果这就是那个叫卡维罗的家伙的目的——他得逞之后撤回自己的出价呢？”

“他会损失一笔可观的存款。”

杰克逊联邦的正义女神真是瞎的（译者注：西方正义女神形象为蒙眼或者盲眼，象征不被表象迷惑。此处则反其意而用之）。可以被他们任意出卖给任何人。“嗯，我能跟我的助理说句话吗？”

保安官抿起嘴唇，疑心重重地打量了欧佛霍尔特一番：“快一点。”

“你怎么想，军士？”迈尔斯转向欧佛霍尔特，低声问道，“他们好像没有收到逮捕你的订单……”

欧佛霍尔特看上去很紧张。他烦闷地抿紧嘴唇，眼神近乎恐慌：“如果我们能够登上飞船的话……”

剩下的话不言自明。埃斯科巴人和波尔人一样，不认同杰克逊联邦的法律。只要一上了航班，迈尔斯就算到了埃斯科巴的“领土”上；机长是不会主动把他交出去的。卡维罗愿意出、出得起足够的钱把整个埃斯科巴航班扣留下来吗？所需要的钱将是一个天文数字。

“试试看吧。”

迈尔斯转过身子面对着那两名联邦官员，微笑着伸出手表示投降。欧佛霍尔特则暴起发难。

军士第一脚就把那名巨人打手的拘役棍踢飞了。他就势旋身，举起双手朝着另一个家伙的脑袋用力砸下去。迈尔斯也已经动了起来。他躲过凶狠的一抓，使出全身力气朝大厅中央蹦去。这时，他看见了第三个打手——穿着便衣的。迈尔斯能看出他的身份是因为他把一个闪闪发亮的缠绊场发生器（译者注：本系列小说中作者假想了一种“缠绊场”，其原理不明，陷入其中的生物会受到类似高压电的攻击。这种力场在羁押、屏障等多个方面的多种设备上得到应用）扔到了迈尔斯因为过度运动打着战的双腿前。迈尔斯向前一扑，想就地滚开，保护自己脆弱的骨头。见此情景，那人轻蔑地大笑起来。嗡的一声闷响，迈尔斯撞到了大厅地板上，几乎背过气去。他紧咬牙关，吸了一口气，没有叫出声来，一时不知胸口的疼痛和脚踝上缠绊场造成的灼痛哪个更疼。他在地上扭动着，掉头望着先前所在的方向。

个子稍微小一点的那个打手正弯腰站在那儿，双手捧着脑袋，晃晃悠悠。另一个人正在重新拾起自己先前滚出老远的拘役棍。根据排除法，路面上那昏过去的一大坨肯定是欧佛霍尔特军士。

手拿棍棒的那个打手盯着欧佛霍尔特看了一会儿，晃晃脑袋，然后跨过他，朝迈尔斯走来。那个头昏眼花的打手抽出自己的棍子，对着倒在地上的欧佛霍尔特的头打了一下，然后头也不回地跟了过来。显然，没人想为欧佛霍尔特付钱。

“拒捕要加罚百分之十。”那个做主的打手冷冷地对倒在地上的迈尔斯说道。迈尔斯眯着眼睛看着上方他那闪亮的靴筒。电击棍（译者注：原文如此。这里忽然变了种说法。可能杰克逊联邦的拘役棍有电击功能）像大棒似的落了下来。

被连电带抽地打到第三下时，迈尔斯开始尖叫起来。第七下时，他昏了过去。

他清醒过来。醒得太早了点。此刻那两个身穿制服的人正拖着他往前走。他浑身抖得无法控制。呼吸也被搅乱了，不规律的浅呼吸让他得不到足够的氧气。他神经系统出现一阵阵刺麻感。周围的一切仿佛成了个旋转不休的万花筒。他隐隐约约知道自己进了电梯，经过走廊，然后又是几道光秃秃的功能性走廊。最后他们突然停了下来。那两个打手一松开他的胳膊，他就四肢着地，然后整个人瘫倒在地上。

另一名民事保安官从放着通信控制台的桌子后边朝他看过来。一只手抓住迈尔斯的头发，向后使劲一扯；网膜扫描仪的红光让他陷入了短暂的失明状态。他的眼睛对强光似乎特别敏感。他发抖的双手被死死摁在一块某种识别板上；被放开后，他又倒下了，蜷成一团。他的口袋全被翻开了：击晕枪（译者注：原文如此……虽然前文并没有提到他身上有枪），各种证件，票据和现金等统统被塞进一个塑料袋里。然后他们把迈尔斯身上的白色夹克扒下来，也塞进了那个袋子里——连同夹克里那些各有妙用的小秘密。迈尔斯沮丧地发出一声含糊不清的喊叫。他的拇指被拉上去在袋口的指纹锁上按了一下，锁上了袋子。

拘留所的保安官伸长脖子："他想出更高的价吗？"

"呃……"迈尔斯的脑袋又被拽了起来。他努力想挤出一个回答。

"他说他想。"拽着他的那个打手替他代劳了。

拘留所军官摇摇头："我们得等到电击效果过去再说。伙计们，我觉得你们做得太过分了。他只是个小矮子啊。"

"是的。但他身边有个大个子，给我们制造了不少麻烦。这小变种人看起来是管事的，所以我们让他替他们两人受罚了。"

"很公平。"拘留所的保安官表示认可，"嗯，看来等他恢复还要一会儿。把他丢进号子（译者注：原文为"牢房"的俚语）里去，直到他抖得没这么厉害，能说话为止。"

"你确定这样好吗？这小崽子看上去虽然很滑稽，但他也许还想捣鬼。也许他还有能力把自己赎出去。"

"唔。"拘留所的保安官审慎研究了一下迈尔斯，"那就把他丢进候审室吧。跟马尔达的技工们关在一起。他们是些老实人，会把他自个儿晾着的。而且他们很快就要走了。"

迈尔斯又被拖出去了——他的腿一点都不听指挥，只是痉挛似的抖动着。可能是支撑托架增强了电击在腿部产生的效果，又或者是电击跟绊网产生了联合作用。他眼前晃过了一个长长的房间。跟军营类似，两侧墙边各有一排小床。两个打手把他拉到人稍微少点的那一头，放到一张空床上——动作还算轻柔。那个年纪大一点的打手略微费了点时间给他整理了一下，在他仍然无法自控地扭动着的身体上盖了一条薄毯子。然后他们俩离开了。

时间过了一小会儿。没人打搅他，他沉浸于对自己身体上新的感觉阵列饶有兴味的鉴赏中。他原以为自己已经尝遍了世上的各种疼痛，但那两个打手的电击棍在他身上找出了许多神经纤维、神经突触、神经节——他之前都从不知道自己身上还有这么多会疼的地方。聚精会神关注自己身体上的痛点似乎并不是一种痛苦。实际上这让他体验到一种唯我论（译者注：哲学观点，认为除了主体之外的一切都是没有意义的甚至是不存在的）的感觉。这看起来倒让他感觉轻松了许多——要是他的身子能别再那么跟发羊痫风似的抽搐就好了，这实在太累人了……

一张脸晃进了他的视野中，一张熟悉的脸。

“格雷果！见到你我真高兴。”迈尔斯呆愣愣地嘟囔道。然后他下意识地瞪大了还在酸痛的眼睛。他飞快地伸出双手抓住格雷果的上衣。那是件浅蓝色的囚服。“见鬼的，你在这干什么？”

“说来话长。”

“啊！啊！”迈尔斯挣扎着用胳膊肘撑起身子，疯狂地四下张望着看有没有暗杀者，有没有幻觉的迹象，有没有……他也不知道自己在找什么。“上帝啊！这是——”

格雷果用一只手按在他胸口，让他重新躺下。“冷静点。”他轻声道，“还有，闭嘴！……你最好休息一下。你现在看起来状态不太好。”

格雷果在迈尔斯的床边坐下。实际上他自己看上去也不怎么样。他的脸色苍白、疲倦，满脸胡子楂。平时剪成军人式样、精心梳理过的黑发现在乱成了鸟窝。那双棕色的眼睛显得很紧张。迈尔斯把自己的慌张情绪咽了回去。

“我的名字叫格雷格·布里克曼（译者注：皇帝给自己编的假姓氏意为“无望的人”“阴郁的人”。格雷格是格雷果的昵称，但绝大部分情况下没人会用这个名字称呼他）。”皇帝急切地告诉迈尔斯。

“我想不起我这会儿叫什么了。”迈尔斯结结巴巴地说，“噢——对了。维克托·罗萨。我想是这个名字。但是，你是怎么从——”

格雷果顾左右而言他：“我觉得，这里大概隔墙有耳？”

“是的，也许。”迈尔斯稍稍平静了点。隔壁床上的人摇摇头，一副“上帝啊救救我，这些贱人吵死人了”的表情。他背过身去，把自己的枕头蒙到脑袋上。

“但是，呃……你来这里是，嗯，是你自己要来的吗？”

“不幸的是，全是我自己干的好事。你还记得上次我们开玩笑，说要逃家吗？”

“记得。怎么？”

“呃——”格雷果吸了口气，“——结果证明那是个馊主意。”

“你事先居然没能想到这个结果？”

“我——”格雷果停住话头，朝长长的房间那头望去。一个卫兵从门口伸进头来，咆哮着：“还有五分钟！”

“噢，该死。”

“什么？什么？”

“他们要来带我们走了。”

“谁来带走谁？见鬼的这到底是怎么回事，格雷果——不，格雷格？”

“我以为我在一艘运输船里找到了一份工作，可到了这里后他们就把我赶下来了。还没给报酬。”格雷果飞快地解释道，“把我耍了。我身上连半个马克都没有。我想在一艘离港的船上找份差事，但还没等我找到，就以流浪罪（译者注：历史上部分国家在一定时期有禁止流浪的法律。最著名的例子就是英国工业革命前后的《反流浪法》）被逮捕了。杰克逊联邦的法律根本毫无理智。”他若有所思地加了一句。

“这我有体会。然后呢？”

“他们显然是在仔细扫荡，像强抓壮丁似的。好像某个承包商正在把受过技术培训的工人成批地卖给阿斯伦德人，到他们在海根枢纽的空间站上工作。那儿的工程进度滞后了。”

迈尔斯眨巴着眼睛：“奴隶劳工？”

“差不多。好处是，等刑期结束后，我们会在阿斯伦德枢纽站被就地释放。这里多数人好像不太介意。没有报酬，但我们——他们——将有吃有住，逃离杰克逊联邦保安部。归根结底，他们最后不会比开始的时候差——没工作，身无分文。他们大多数人似乎都觉得，最终总能够找到份工作，离开阿斯伦德。在那边没有钱并不是什么十恶不赦的罪过。”

迈尔斯的脑袋突突地疼：“他们要把你带走？”

紧张情绪聚集在格雷果的眼睛里，越积越多，但没有扩散到他僵硬脸部的其他部分：“我想是的。马上就来了。”

“上帝啊！我不能让——”

“不过，你是怎么发现我在这里——”格雷果刚开口就停下来了，然后沮丧地朝房间那头看去。一群身穿蓝色囚服的男男女女正在边发牢骚边站起身来。“你是来这里——”

迈尔斯迅速朝四周张望了一下。他隔壁床上那个穿蓝衣服的人此刻正侧身躺在那儿，不耐烦地瞪着他们。他的个子并不是太高……

“你！”迈尔斯爬过去，趴在那人身边的地上，“你不想参加这次旅行，对吗？”

那人看上去没刚才那么烦躁了：“怎么？”

“交换衣服。交换证件。你我交换一下位子。”

那人看上去有些怀疑：“这里有什么圈套？”

“没有。我的信用很好的。我过会儿就要付钱买回自己的自由，离开这里。”迈尔斯停顿了一下，“虽然由于我拒捕，我得多付一份罚款。”

“啊。”那人觉得确实探明了一个圈套所在，显得略为有兴趣了些。

“拜托了！我必须跟——跟我朋友一起走。马上。”那些技工们正在房间另一头的出口处集合，嘈杂声越来越大。格雷果在那人的床后面来回踱步。

那人噘起嘴：“不要。”他做出了决定，“也许你那边的事情比这更麻烦呢。我不想跟你扯上半点干系。”他猛地一下子坐了起来，准备站起来，加入到队列中去。

迈尔斯依旧趴在地上。他抬起双手哀求道：“求求你——”

格雷果现在处于完美的出击位置。他猛扑过去，抓住那人的脖子，一个干净利落的锁喉，然后把他推下床边，从其他人的视野中消失。感谢上帝，幸亏贝拉亚贵族们仍然坚持对子弟进行军事训练的传统。迈尔斯摇摇晃晃地站起身来，好模糊房间那头人们的视线。地上传来一阵轻轻的击打声。不一会儿，一件囚犯的蓝色衣服从床底下滑过来，停在了迈尔斯脚上的拖鞋旁。迈尔斯蹲下去，把衣服套在自己绿色的丝绸衣服上——幸运的是，囚服的尺码比他稍微大一点儿——然后又费劲地穿上随后滑过来的宽松长裤。一阵推拉的声音后，那人失去意识的身体被推到床下看不见了。格雷果站起身来，微微喘息，脸色煞白。

“我系不上这该死的裤带绳。”迈尔斯说。绳子从他颤抖的手中散落下去。

格雷果给迈尔斯系好裤子，又卷起过长的裤腿：“你需要他的证件，否则你就得不到食物，也不能登记工作成绩。”格雷果从嘴角小声挤出这些话的同时，身体摆出一副悠闲的姿态，仪态优雅地靠在床头。

迈尔斯在口袋里搜了下，找到了一张标准的算讯终端卡片：“搞定了。”他站在格雷果身旁，笑得龇牙咧嘴：“我都快晕过去了。”

格雷果用手捏了捏迈尔斯的胳膊肘：“别这样。会引来注意的。”

他们走到房间那一头，悄悄站到那列踱步向前、抱怨不断的蓝色队伍末尾。门口一个满脸倦色的卫兵在对他们做出门检查，其实就是拿个扫描仪扫一下他们的证件。

“……二十三、二十四、二十五。齐了。把他们带走。”

他们被交给了另一批卫兵。那些人身上穿着的不是杰克逊联邦的制服，而是联邦中某个小家族的金黑两色工作服。被带出拘留所时，迈尔斯一直低着头。全靠格雷果用手扶着他，他才没倒下去。他们经过了一条走廊，又一条走廊，走进升降梯——下降时迈尔斯差点儿吐出来——然后又是一道走廊。这张身份证件上要是有定位装置会怎么样？迈尔斯突然想到。在下一次乘升降梯时，他把证件给扔了；那张小小的卡片一闪一闪地渐渐消失在昏暗的远方，无声无息，无人注意。进入停泊区，进入舱门。在对接软管中暂时失重。然后他们登上了飞船。欧佛霍尔特军士，你现在在哪儿？

很显然，这是一艘星系内运输船，而不是一艘跃迁飞船，因此不是很大。男人们和女人们被分隔开来，被分别引向走廊的两头。走廊两边排列着许多舱门，每个后面都是一间四人小舱。囚犯们散开来，各自选择舱室。卫兵们没有进行明显的干涉。

迈尔斯飞快地点了一下舱门数，又做了下乘法。“如果我们努把力，可以争取两人住一个舱位。”他急切地低声对格雷果说道。他钻进最近的一个舱门，然后他们飞快地揿下控制关门的按钮。另一个囚犯想跟进来，但迎头被他们两人同声怒叱：“滚开！”那人急忙退了出去。门没有再打开。

船舱里很脏，家具和设施也不全，比如床垫上就没有床单。不过上下水管倒是都工作正常。迈尔斯倒了杯温水给自己喝。他听见外面传来舱门关上的声音，也感觉到了震动。飞船出港了。他们暂时安全了。能安全多久？

“你觉得被你掐晕过去的那家伙什么时候会醒过来？”迈尔斯问坐在一张床边上的格雷果。

“说不准。我以前从来没有把人掐昏过。”格雷果看上去不太舒服，“当时我手上有种奇怪的感觉。我恐怕把他的脖子给弄断了。”

“他还有气。”迈尔斯说。他走到对面那张矮一点的床边，探了探。好像没有臭虫。他战战兢兢地坐了下来。他虽然还在颤抖，但抖得没那么厉害了，可依然感觉双腿软弱无力：“他醒来后——只要他们一发现他，不管他是不是醒了——他们用不了多久就会明白我到哪儿去了。我真应该就等一下，然后跟上来，再把你赎回来。如果我能先把自己赎出去。像现在这样干真是个愚蠢的办法。你为什么没制止我？”

格雷果瞪着他：“我以为你知道自己在干什么呢。不是伊林派你来的？”

“就我所知不是。”

“我以为你如今在伊林的部门里呢。我以为你是被派来找我的。这……真不是某种奇怪的营救方式？”

“不是！”迈尔斯摇摇头，然后马上后悔做出这个动作了，“也许你最好从头把这事讲一下。”

“我当时到科玛有一个星期了。住在穹顶下面（译者注：科玛行星的大气不能供人类呼吸。在那里的居民们都住在封闭的穹顶下面，呼吸处理过的空气。详见《科玛》）。就虫洞路线条约问题高峰会谈——我们仍然在设法让埃斯科巴人允许我们的军用飞船从他们那边通过。有人提出我们的飞船经过他们那儿时，可以由他们的监视小组把我们的武器封存起来。我们的总参谋部认为这太过了，而他们的则认为还差得远。我签署了几份协议——部长会议堆到我面前我就签字——”

“老爸肯定会让你把这些协议读完的。”

“噢，是的。不管怎么说，那天下午举行了一次阅兵式。晚上有一次国宴，但宴会很早就结束了——有几个谈判者要去赶飞船。我回到了我的住处，那是某个寡头政治家以前住的联排别墅。是在穹顶边缘，一栋很大的房子，靠近太空梭港。我住的套间在这栋房子的顶层。我走出阳台门，站在露台上——基本没用。在穹顶下还是有种幽闭恐惧症的感觉。”

“而科玛人则不喜欢露天。”迈尔斯公正地点评道，“我知道有个人——每当他不得不外出的时候，他都会感到呼吸困难。完全是心因性的。”

格雷果耸耸肩，凝视着自己的鞋子：“不管怎么说，我注意到……周围没有卫兵。和以往不同、我不知道为什么会出现这个漏洞；先前那儿是有个人的。我猜，他们以为我睡着了吧。那时已经过了午夜了。我睡不着。我倚在阳台上，心里想着，要是我从这里摔下去……”格雷果踌躇了。

“会很快的。”迈尔斯冷冰冰地接了下去。他了解那种想法。噢，是的。

格雷果抬头瞥了他一眼，自嘲地笑笑：“是的。我当时有点醉了。”

“你当时醉得很厉害。”

“很快，是的。摔烂脑袋。会很痛，但不会太久。也许根本都不会有多痛。也许就是瞬间感觉一热。”

迈尔斯不寒而栗，但他用电击棍造成的颤抖掩饰过去了。

“我爬过阳台——我抓住这些（译者注：和下文的这个等都是原文如此……格雷果此时说话有点颠三倒四）植物。然后，我意识到我可以爬下去，跟向上爬一样容易。不，更容易些。我感到自由了，就好像我已经死掉了。我开始散步。没人制止我。我一直期望有人制止我。

“最后，我走到了太空梭港里的货运停机坪那头。走进一家酒吧。我告诉这个家伙，这个自由商人，我是一名普通空间（译者注：和虫洞空间相对）领航员。我在飞船上执行任务时曾经做过那种事。说我的身份证丢了，害怕贝拉亚安全部的人会揍我；他相信了我那些话——或者说相信了别的什么。总之，他给了我一个铺位。那天早上我们就离开了近行星轨道——当时我的勤务兵大概都还没进房叫我起床。”

迈尔斯啃着自己的指节：“那么，从帝国安全部的角度看来，你从一个戒备森严的房间里蒸发了。没有留言，也没有痕迹——而且是在科玛上。”

“那艘飞船直接从科玛飞到了波尔——我待在上面——然后没作停留就到了杰克逊联邦。起初，我在货运飞船上干得不是很好。但我还以为自己在进步。估计其实没有。可是我觉得，无论如何。伊林多半都会在我后面跟着的。”

“科玛。”迈尔斯揉了揉太阳穴，“你意识到那边会发生什么没有？伊林会相信那是一次有政治目的的绑架。我敢打赌，他会调动安全部的所有行动人员和半数军队，再把那些穹顶一片片地拆开来寻找你。你领先他们很多。他们不会到科玛以外的地方找你，直到……”迈尔斯扳扳手指，数了下天数：“不过，伊林应该已经向他在外面各处的所有特工发出了警报……在差不多一个星期以前。哈！我敢打赌，就是那个信息把恩加利赶上天的。就在他仓皇离去之前收到的那个消息。发给恩加利，不发给我。”不发给我。都没人把我算进去。“可是这消息各处的新闻里都应该有了——”

“是有了个消息。”格雷果提供了信息，“一个简明通告，说我病了，回到弗·科西根萨尔洛静养去了。他们在隐瞒真相。”

迈尔斯完全可以想象得出来那幅情景：“格雷果，你怎么能这样做呢！他们在家里会发疯的！”

“对不起。”格雷果生硬地说，“我知道那样做不对……几乎立刻就意识到了。甚至在隔天的宿醉开始之前。”

“那你为什么不在波尔下船，到贝拉亚大使馆去？”

“我想我也许仍然……该死的！”他爆发了，“为什么这些人要跟着（译者注：双关语。既有“效忠，跟从”的意思，也有“控制，支配”的意思）我？”

“幼稚，哗众取宠。”迈尔斯紧咬着牙关说道。

格雷果愤怒地抬起头来，但什么话都没说。

这时，迈尔斯才开始完全意识到自己现在处于什么位置。我是这宇宙中唯一知道贝拉亚的皇帝现在身处何方的人。如果格雷果有个三长两短的话，我可能成为他的继承人。实际上，格雷果要是有个三长两短的话，很多人都会认为是我……

而如果海根枢纽知道了格雷果的真实身份，随之而来的便会是一场规模空前的大混战。杰克逊人会单纯为了赎金而抓捕他；阿斯伦德，波尔，沃维，任何人，所有人都可能会想要参加这场权力游戏；西塔甘达人最想——如果他们能够秘密地把格雷果弄到手，天晓得他们会把什么精妙的心理编程术用在他身上；如果他们是公开抓到他，那又会发出什么样的威胁？而迈尔斯和格雷果两人现在身陷一艘不受控制的飞船之中——迈尔斯还随时都有可能被杰克逊联邦的打手抓走，甚至更糟——

迈尔斯现在是帝国安全部的军官。无论他级别多低，受到何种侮辱都是。而帝国安全部发誓要履行的天职就是保证皇帝的安全。皇帝，将贝拉亚联成一体的偶像。格雷果，不情不愿地被压进那个模子里的肉身。偶像和肉身，迈尔斯到底应该效忠于何者？两者。他是我的责任所在。一个逃跑中的囚犯，被老天才晓得是什么样的敌人在追踪，他抑郁得要自杀。他的安危全都是我的责任。

迈尔斯强行把一阵疯狂的怪笑咽回了肚子里。

第十章

迈尔斯现在能稍微深入思考了。可能是因为现在电击棍的余韵正在渐渐消失吧。他意识到自己必须躲藏起来。而格雷果，身为一个签订了合同的奴工，会一路吃得饱，穿得暖，平平安安到达阿斯伦德太空站——只要迈尔斯不给他带来危险。大概。迈尔斯在自己的生命教训清单中加了一条。就叫它27B号规则吧：处于被电击后的抽搐状态中时，绝不要做出任何重大战术决定。

第一步先查看铺位所在的隔间。这艘船不是一艘监狱飞船；船舱最初的设计用途是廉价运输，而不是作为坚固的囚室。两张床架子下面空着的储物柜太大，太显眼了。把一块地板掀起来，下面是甲板之间的控制器、冷却管和能源管线，还有引力隔栅——长长的、窄窄的、扁扁的……过道里传来的嘈杂声逼着迈尔斯做出了决定。他挤进那窄小的空间，脸朝上，两手紧紧地放在身侧，长出了口气。

“你从来都很会捉迷藏。”格雷果羡慕地说。他把地板按了下去。

“我那时候更瘦小些。”迈尔斯嘟囔着。他的脸颊都被挤扁了。管子和线路箱勒进了他的背部和臀部。格雷果把卡扣重新安好，接下来有好一阵子都是一片寂静的漆黑。像一口棺材。像一朵被压平的花。确切地说，某种生物标本。被装进罐头的少尉。

门嘶的一声开了；脚步从迈尔斯的身上走过，把他压得更紧了。他们会注意到这块地板下发出的含混回声吗？

“站起来。技工。”一个卫兵的声音。对着格雷果的方向。乒乒乓乓的声音。是床垫被掀起来，柜门被拽开的响动。没错，他早就猜到藏在储物柜里是不行的。

“他在哪里，技工？”通过鞋子在地板上的摩擦声移动的方向，迈尔斯判断格雷果现在的位置在墙边。也许一只胳膊正被反拧在背后。

“谁在哪里？”格雷果说话的声音含含糊糊。确定了，他面对着墙。

“你那个小个子变种人哥们儿。”

“跟着我进来的那个小个子怪人？他不是我哥们儿。他走了。”

又是一阵脚步摩擦声——“哎哟！”迈尔斯估计，皇帝那条胳膊又被抬高了五厘米。

“他去哪儿了？”

“我不知道！他看上去不太舒服。有人用电击棍把他击倒过。不久前。我不想牵连进去。我们起飞前几分钟他又走了。”

好样的格雷果；也许沮丧，但不傻。迈尔斯抿住嘴唇。他的头偏着，一边脸贴着上面的地板，另一边的感觉像是贴在奶酪刨丝器上。

一阵拳打脚踢的声音。“真的！他走了！别打我了！”

卫兵们无法辨识的吼叫声，电击棍的噼啪声，骤然急促的吸气声，然后是一个沉闷的声响，似乎是一个人蜷曲着倒在下铺上。

另一个卫兵的声音，听起来有点犹豫：“他一定是在我们起飞前又掉头回到联邦去了。”

“很好，那就是他们的问题了。不过，我们最好把飞船搜个遍，保证万无一失。拘留所那边听起来要为这事大发雷霆。”

“冲别人？还是被别人？”

“哈哈！这我可说不好。”

穿靴子的脚——迈尔斯估计有四个人——大步朝舱门口走去。门哐的一声关上了。又是一片寂静。

迈尔斯觉得，等格雷果终于能打开盖子时，他的身体恐怕已经是伤痕累累了。他的肺部每搏动一次，他只能吸到半口气。他想小便了。快来啊，格雷果……

等他们到达阿斯伦德的太空站以后，他必须尽快解除格雷果的奴工契约。这一类契约劳工干的必定是最脏最危险的工作，接触辐射最多，生命保障体系又不可靠，工作时间长，令人疲惫不堪，更容易导致事故。不过——确实——这种隐姓埋名的方法任何敌人都不会很快看穿。一旦可以自由行动，他们就必须去找恩加利，他有信用卡和联系方式；之后——嗯，那之后格雷果这个麻烦就是恩加利的啦，不是吗？是的，一切都很简单，只要找对人走对路（译者注：原文是一句黄色俚语……）而已。完全没必要惊慌。

他们是不是把格雷果带走了？要是他敢揭开自己的身份，冒险——

脚步移动声；盖子被掀开了，一道光线照进来，由窄渐宽。“他们走了。”格雷果小声道。迈尔斯忍着疼痛一厘米一厘米地把自己从“模具”里弄出来，爬到地板上。这儿很适合中途休息一下。他要不了多久就会试着站起来。

格雷果一只手摸着脸上的一块红斑。他有些难为情地把手放了下来：“他们用电击棍轻轻打了我一下。感觉……没我以为的那么厉害。”他似乎甚至感到有些自豪。

“他们用的是低威力档。”迈尔斯怒气冲冲地抬头对他低声说道。格雷果脸上的表情更加收敛了。他向迈尔斯伸出一只手。迈尔斯拉住那只手，咕哝着站了起来，然后重重地坐在床上。他对格雷果说了自己去找恩加利的计划。

格雷果耸了耸肩，惆怅地表示认可：“很好。比我的计划要快。”

“你的计划？”

“我本来准备与贝拉亚驻阿斯伦德领事馆取得联系。”

“噢。好啊。”迈尔斯沉静了些，“这么说起来，我想其实你并不真的需要我来救你。”

“我本来完全可以自己联系上他们的。我能做到的。但是……然后我想到了另一个计划。”

“哦？”

“不和贝拉亚领事馆联系……也许你来得正是时候。”格雷果躺到自己床上，茫然地向上看着，“有一点是肯定的，这样的机会再也不会有了。”

“逃跑的机会？你知不知道在国内，为了你获得自由，有多少人会死掉？”

格雷果抿起嘴：“假设弗·达瑞安觊觎皇位事件可以作为宫廷政变的典型的话——大概七千或八千人吧。”

“你还没算上科玛的。”

“啊。是的。加上科玛的话，那个数字会进一步膨胀。”格雷果承认道。他露出一个奇怪的扭曲笑容，其中绝无半分幽默：“别担心，我不是认真的。我只是……想知道。我靠自己也能行。你不觉得吗？”

“当然！可问题不在这儿。”

“对我来说在。”

“格雷果，”迈尔斯颓然地用手指敲打着膝盖，“你是自我的。你拥有实权。整个摄政期间，我老爸一直在努力保证这一点。你该更果断些！”

“那么，少尉，如果我，你的最高指挥官，命令你在阿斯伦德太空站离开这艘飞船，并忘记你曾经见过我的话，你会服从吗？”

迈尔斯咽下一口气：“塞西尔少校说过，我在服从性上有所欠缺。”

格雷果差点笑出声来：“老好人塞西尔。我记得他。”他收起了笑脸，又变得面无表情。他翻了个身，用一只胳膊撑着身子：“但如果我连一个位卑身短的少尉都控制不了的话，我对一支军队或一个政府的控制力又能有多少？权力并不是问题。我听过你老爸所有关于权力、权力的幻象和用途的讲座。不论我想不想要，我迟早会拥有权力的。但我真有掌控它的能力吗？想想四年前我在弗·焦兹达和海斯曼的阴谋中的拙劣表现吧。”

“你还会犯那样的错误吗？相信一个马屁精？”

“不。不会再犯那种错了。”

“那不就得了。”

“但我必须做得更好。否则，对贝拉亚来说有我这个皇帝跟没有可能一样糟糕。”

从阳台上失足摔下去的念头中有多少是无意的成分？迈尔斯咬咬牙：“我回答你问题——关于命令的问题——的时候并不是以一个少尉的身份。我是以弗·科西根勋爵的身份回答你的。也是以一个朋友的身份。”

“啊。”

“听着，你并不需要我营救你。事实就是这样。也许需要伊林，但不是我。不过，能做点事，我会感到好过些。”

“觉得自己有用总是一件令人愉快的事。”格雷果表示赞同。他们面对着面，渐渐绽放笑容。格雷果的笑容里没有了苦涩的味道：“而且……有个伴儿真好。”

迈尔斯点点头：“是的，确实。”

接下来的两天里，迈尔斯很多时间都是在甲板下被挤得扁扁的，或者蜷缩在储藏柜里。不过，他们的舱室只被搜查过一次，就是早先那次。其他囚犯到他们那里逛过两次，和格雷果聊天。按照迈尔斯的建议，格雷格回访过一次。迈尔斯觉得格雷果干得确实很漂亮。格雷果主动把自己的食物分给了迈尔斯一半，毫无怨言，甚至什么都没说。而且他还不愿意享用多余的那一半，尽管迈尔斯硬要塞给他。

飞船在阿斯伦德太空站入港后，格雷果和其他的劳工们很快就一并被赶了下去。迈尔斯紧张地等待着，想尽量多等一会儿，等到飞船上安静下来，等到船员们放松警惕。但他也不能等得太久，以防万一他还在上面的时候飞船就离开港口，扬长而去了。

迈尔斯小心翼翼地探出头去，发现过道里一片漆黑，空无一人。这一侧的对接舱口没人守卫。迈尔斯仍然把那套蓝色的囚衣囚裤套在其他衣服外面。因为他考虑到万一被人看到的风险。那些劳工会被当作信得过的人，可以自由在太空站中行动。至少从远处看过去，他应该可以蒙混过关。

他步伐坚定地走出舱门，但当他看见一个身穿金黑两色家族制服的人在出口处来回游荡时，差点儿惊慌失措。那人的击晕枪插在枪套里；他的双手正捧着一个水汽升腾的塑料杯。他眯起发红的眼睛漠不关心地看着迈尔斯。迈尔斯朝他稍微笑了笑，没有停下脚步。那卫兵还以一个没好气的怪脸。显而易见，他的任务是防止陌生人上船，而不是离开。

穿过对接舱，进入太空站。前方的货运港区一头有六个身穿连衣工作服的维修人员正在默默地工作着。迈尔斯深吸了一口气，若无其事地走进港口，目不旁顾，似乎他知道自己要上哪儿去似的。看上去只是个给人跑腿的小子。没人理会他。

迈尔斯放下心来，随便找了个方向大步向前。一条宽阔的坡道通往一间大屋子，里面一片喧闹，穿着各式各样的机械人员正在忙碌着搭建新装置——从安装了一半的设备来看，那是一个战斗飞船的加油和维修区。正是会让恩加利感兴趣的那种地方。迈尔斯简直不敢想象，要是他有那么走运……没有。那些机械人员中，没有乔装改扮的恩加利的身影。其中有些男男女女身穿深蓝色阿斯伦德军装，但他们看上去更像是一群聚精会神、辛劳过度的工程师，而不是疑心重重的卫兵。迈尔斯丝毫没放慢轻快的脚步，离开这里走进了前面的走道。

他找到了一个出口，外面透明的有机玻璃凸出，让过路的人向外看时能有广角视野。他一只脚踩在玻璃泡边上，将身子小心地向外探出去。远方几公里外闪烁的是商业转运站。现在正有一艘船在那儿进港。那军用站显然是作为一个单独设施设计的，或者说，至少现在还没有跟那边连接起来。怪不得这些蓝罩袍们可以四处随意走动。迈尔斯有些沮丧地凝望着两站之间的天堑。好吧，他得先在这里找到恩加利，其他的以后再说。要怎么找呢。他转过身，刚起步——

“嘿，你！小技工！”

迈尔斯僵住了。他控制住下意识地撒腿就跑的冲动——逃跑战术上次就失败了——转过身去，试着做出一副礼貌地问讯的表情。叫他的那人个头很大，但身上没带武器，穿着棕黄色的监工连衣工作服。他看上去有些苦恼。“什么事，长官？”迈尔斯说道。

“你正是我现在所需的人。”那人的手重重地落在迈尔斯的肩膀上，“跟我来。”

迈尔斯只得跟在他后面，尽量保持冷静，间或表现出一点被打扰后的烦躁。

“你的专长是什么？”那人问道。

“清理下水道。”迈尔斯一本正经地说道。

“好极了！”

迈尔斯沮丧地跟着那人，走到了两个未完工的过道交叉的地方。一座拱门顶部敞开着，尽管预制顶部就在边上，随时可以安装，却并没装上去。

这位监工朝两面墙之间一块狭小的空间指指：“看见那管子了吗？”

从灰色的标识色来看，这是排污管，利用空气和引力抽出污物。管道尽头消失在黑暗中。“是的。怎么？”

“这边走廊墙背后的什么地方漏了。爬进去看看哪儿漏，那样我们就用不着把这些刚刚支好的镶板全给拆下来了。”

“有手电筒吗？”

那人在连衣工作服的口袋里摸了摸，找出一个手电筒。

“好的。”迈尔斯叹了口气，“管道装好了没有？”

“快了。这该死的东西没能通过最后的加压测试。”

这里会渗漏出来的只有空气。迈尔斯稍稍开心了一点。也许他正在转运呢。

他钻进管道，沿着光滑的弧形曲面一边慢慢向前移动，一边听着声音，感受着周围。在往里大约七米的地方，他发现了泄漏处：一股冷风从他双手下的一处裂缝里冒出来，很明显。他摇摇头，想在狭小的空间里掉个头，然后他的脚就把镶板蹬穿了。

他大吃一惊，从蹬出来的洞口探出脑袋，惊奇地上下打量了下过道。他从管道壁上拧下一块镶板，拿在手中，翻来覆去看了看。

走道里有两个人正在安装灯具，手里的工具闪着光。他们转过头来盯着迈尔斯：“见鬼的，你在干什么？”身穿棕黄色连衣工作服的那人听上去怒气冲冲。

“质量控制检查。”迈尔斯流利地说道，“对了，伙计，你有麻烦了。”

迈尔斯考虑了下要不要把洞再踢大些，然后从走道里走回出发点去。但他还是掉过头去，一点点往回爬。他出来时，监工正在焦急地等待着。

“泄漏的地方在第六段。”迈尔斯报告说。他把拧下来的那块镶板递给那人：“如果一个准备用来抵御敌人炮火的军事设施上，安装着一堆用易燃硬纸板而不是二氧化硅纤板做的镶板，那应该是雇了个很烂的设计师。如果没有这么个设计师——那我建议你带几个能打的大块头，甩着电击棍去拜访一下你的供应商。”

监工咒骂了一声。他紧闭双唇，抓住靠自己最近的一块镶板朝外的一边使劲儿一拧。拳头大小的一块镶板啪的一声断了，被他扯了下来。“太赞了。这玩意儿已经有多少块被装上去了？”

“很多。”迈尔斯快乐地表示。他转身溜掉了。监工还在那对着镶板碎片发愁，嘴里低声嘟囔着，似乎又想到了什么麻烦事。迈尔斯满脸通红，浑身淌汗，步履如飞，直到转过第二个转角才放松下来。

他从两个身穿灰白两色制服、全副武装的人身边走过。其中一个人转头看了他一眼。迈尔斯用牙咬住自己的下嘴唇，继续朝前走，没有回头看。

登达立人军团的人！或者说，是欧瑟军团的人！就在这个太空站上——有多少？都在哪里？那两个人是他在这里头一次见到他们。他们不是应该在外面什么地方巡逻吗？他真希望自己能钻回墙壁里头，就像老鼠躲到护墙装饰板里面。

可是，虽说在这里的大多数雇佣军对他来说是危险的，但也有例外。真正的登达立军团人，而不是欧瑟军团的人——他们也许对他有用。如果他能联系上他们的话。如果他敢和他们联系的话。埃蕾娜……他可以去找埃蕾娜……他的想象力开始信马由缰。

四年前迈尔斯离开时，埃蕾娜嫁给了巴兹·杰萨克，在董手下当军事学徒，和在他身边时一样安全。但自从欧瑟夺取指挥权以来，他再也没有从巴兹那边收到任何消息——可能是都被欧瑟截下了？现在巴兹被降职，董显然也已遭贬黜——埃蕾娜现在在雇佣军舰队里处于什么位置？

在他的心中呢？非常可疑。他停下了思绪。他狂热地爱过她。曾经。她也曾经比任何人都更加了解他。但他心中对她的朝思暮想已然不再，就像对她死去的父亲伯沙瑞的悲悼一样，在他繁忙的新生活中渐渐褪色了。不过，他偶尔也会感到一阵痛苦，就像骨折旧伤复发似的。他想再见到她，又不想再见。想再和她讲话，又不想。想再抚摸她，又……

不过还是更实际点吧。她会认得出格雷果的；他们小时候一直是童年玩伴。可以作为皇帝的第二道安全防线？重新与埃蕾娜取得联系，在感情上也许会让人尴尬——好吧，感情上会很痛苦。但总比这样徒劳地四处冒险游荡要好。既然他已经侦察到了整个布防，他必须设法进入阵地，让自己的资源发挥作用。内史密斯将军的信用还能让多少人效力？这是个有趣的问题。

他必须找个能够观察别人而自己不会被发现的地方。有许多种办法能让人对你视而不见，比如他现在穿着的这身蓝色工作服就可以。但他那不同寻常的身材——呃，他的矮小身材——让他不放心单靠衣服作为掩护。他还需要——哈！——工具，例如那个身穿棕黄色连裤衣的人刚刚冲进厕所前放在过道上的那个箱子。迈尔斯拿起那个箱子，一眨眼就拐过转角离开了。

在几层楼外他发现了一条通往自助餐厅的走道。唔，人人都要吃饭；那么，人人迟早都要经过这里。食物的气味吊起了他的胃口，他的肚子开始咕咕叫，为过去三天里一直只能吃到半份或者更少向他抗议。他不予理会。他从墙上拽下一块镶板，从工具箱里拿出一副护目镜戴上，算是稍稍伪装一下面容；爬进墙里，把自己的身高部分隐藏起来。然后他手里装模作样地拿着扫描分析仪，开始假装在修理一个控制箱和边上的管道。从这个位置往走道上看去，视野绝佳。

按照飘过来的香气，他判断那边正在供应的人造牛肉质量好得异乎寻常，不过他们的蔬菜弄得非常糟糕。他一边观察过往行人，一边努力不让自己把口水滴到他手中的微型激光焊机发出的热射束里。很少有人穿着平民的衣服；罗萨那身打扮在这里显然会比蓝色工装要可疑得多。很多人都穿着用颜色标识身份的连裤工作服，或者是蓝色工装，还有些穿着类似的绿色工装；不少人穿着阿斯伦德的蓝军装，但他们大多数军衔都较低。这里的登达立雇佣兵——欧瑟雇佣兵——在别的什么地方用餐吗？他正在考虑放弃这个哨位——再修下去这控制盒都快被他给修坏了——这时两个身穿灰白两色衣服的人从他面前走过去了。两张脸他都不认识。他没作声，任他们走过去了。

他怏怏不乐地考虑了一下概率问题。目前，在阿斯伦德的虫洞跃迁站周围有几千名雇佣兵，其中他能认得的有几百个，能叫出名字来的就更少。雇佣军舰队的飞船只有一部分停泊在这个建了一半的军事站上。这部分人中他认得的部分，又有多少是他能完全信赖的呢？五个？他又放过去了四个身穿灰白两色制服的人，尽管其中有个年长些的金发女子，他敢肯定是“胜利号”上的一名工程技师，曾经对董很忠诚。曾经。他越来越饥饿难耐了。

但在下一对经过过道的身着灰白衣服的军士中，走在头前的那张暗黄色的脸让迈尔斯忘记了肚子饿。是乔达克军士。他转运了——也许。只有他自己的话，他会去冒险，但是，还有格雷果……现在已经没选择了；乔达克也已经看见了迈尔斯。军士惊奇地睁大双眼，然后迅速变回面无表情。

“哦，军士，”迈尔斯敲了敲一个控制箱，欢快地说道，“您能帮忙看看这个吗？”

“我一会儿就来。”乔达克朝他的同伴挥挥手，那人穿着一件阿斯伦德士兵的军装。

他们两人背对着过道，把头凑到一起。乔达克低声说道：“你是不是疯了？你在这儿干什么？”他忘了习惯性地称呼“长官”，这说明他现在相当焦虑。

“说来话长。现在我需要你的帮助。”

“但你是怎么进到这里来的？欧瑟将军派人把守住了整个转运站，就是为了防备你。连个沙蚤都别想溜进来。”

迈尔斯露出了一个富有说服力的假笑：“我自有办法。”

而他本来还打算下一步就悄悄地溜到那个转运站去。上帝保佑傻子和疯子，这话真不假。“目前，我亟须跟指挥官埃蕾娜·伯沙瑞·杰萨克取得联系。或者，找不到她的话，和工程部的杰萨克准将联系也可以。她在这里吗？”

“应该在。‘胜利号’进港了。据我所知，杰萨克准将和维修工们一起出去了。”

“嗯，如果找不到埃蕾娜，那就找董。再不然就找阿狄·梅休。或者艾里·奎恩上尉。不过，我更希望是埃蕾娜。告诉她——但别人的话就不说——我和我们的老朋友格雷格在一起。告诉她，一个小时内到契约劳工宿舍去和我见面，在格雷格·布里克曼的房间。没问题吧？”

“没问题，长官。”乔达克匆匆地走了。他看起来很不安。迈尔斯把惨遭他虐待的墙面补上，把镶板放回去，拿起自己的工具箱，然后若无其事地走开了。他尽量不去想象自己头顶上有个红灯一闪一闪的感觉。他仍然戴着护目镜，低着头，顺着沿途人员来往最少的过道走。他的肚子开始咕咕叫了。埃蕾娜会喂饱你的，他坚定地对肚子说，等会儿。穿蓝色和绿色工作服的人越来越多，这让迈尔斯知道自己正在靠近契约工们的宿舍。

那儿有个电子索引。他犹豫了一下，然后输入了“G .布里克曼”。B单元，8号房间。他找到了B单元，看了看表——现在格雷果应该已经下班了——然后动手敲门。门轻轻打开了，迈尔斯溜了进去。格雷果在里面。他正满面倦容地坐在床上。这是一个单人小间，可以有自己的隐私，尽管里面的空间小得几乎难以转身。从心理角度来说，隐私是一种比空间更大的享受。即使是奴工你也应该让他们有最起码的快乐；因为他们具有潜在的巨大破坏力，不能冒把他们逼到忍无可忍的风险。

“我们得救了。”迈尔斯宣布，“我刚才联系到了埃蕾娜。”他一屁股在床头坐了下来。终于到了安全的地方，紧张情绪的突然释放让他变得有些虚弱。

“埃蕾娜在这里？”格雷果用一只手捋了一下头发，“我还以为你想找你那位恩加利上尉。”

“找到埃蕾娜是找到恩加利的第一步；要是找不到恩加利，埃蕾娜也会把我们从这里偷偷送出去。要不是恩加利那么坚持保密，说什么不能让左手知道右手在干什么之类的，事情会简单得多。不过，这样应该能行。”他不安地端详着格雷果，“你没事吧？”

“装几个小时的灯具还不至于累坏我。请放心吧。”格雷果干巴巴地说道。

“他们就叫你干那活儿？跟我想象的那些不一样……”

不管怎么说，格雷果看上去一切正常。事实上，他作为奴工干活的这段时间好像还感觉挺开心的。格雷果的快乐发生大概遵循着某种乖戾的法则。或许我们应该每年把他送到盐矿去干两个月，好让他能高兴些，乖乖做好他的正常工作。迈尔斯放松了点。

“很难想象埃蕾娜·伯沙瑞成了个雇佣军。”格雷果若有所思地加了一句。

“别小看她。”迈尔斯掩饰住自己一瞬间产生的疑虑。将近四年了。他知道自己四年里发生的变化。但是，埃蕾娜呢？她这四年里一定也跟他一样忙碌。时代变迁，人们也随之而变……不。怀疑埃蕾娜，就等于怀疑自己。

迈尔斯等待着自己的手表指针移动到约定的那一刻。这半个小时真是个糟糕的时间间隔：长得足以让他的那股紧张劲头松懈下来，让他感到疲惫，却又不足以让他休息或恢复体力。他痛苦地意识到自己的集中力正在减弱，意识到自己迫切需要提高警惕，可他的警觉和清晰的思维正像掌中的沙粒一样不断消失。他又看了看表。说一个小时太含糊了。他应该精确到分钟的。但谁知道埃蕾娜那边会遇到什么样的困难或延误呢？

迈尔斯使劲眨巴着眼睛。他混乱不清、断断续续的思维意识到，他正在坐着陷入睡眠。门嘶的一声开了。不是格雷果打开了门锁。

“人在这里，伙计们！”

半个班身穿灰白两色制服的雇佣兵们挤满了门口和边上的过道。用不着看他们手中的电击棍和击晕枪，单看他们目标清晰，直奔他来的架势，迈尔斯就知道这帮没教养的家伙不是埃蕾娜的人。肾上腺素的紧急分泌也没能使他疲劳的大脑清醒过来。我现在该伪装成什么身份呢？一个移动靶？他瘫在墙边，懒得费事反抗了。格雷果倒是猛地站起来，在这狭小的空间中做出了勇敢的尝试：一记精确的空手道上踢，把一名正在逼近的雇佣兵手中的击晕枪踢飞了。结果是两个人扑了过来，将格雷果狠狠撞到了墙上。迈尔斯皱起眉头。

然后迈尔斯自己被从床上拽了起来，被一张缠绊网给罩住了。他被迫弯下身子，紧紧缩成一团。网上的电场让他浑身灼痛。他们用的功率足够放倒一匹狂奔的野马。你们把我当成什么了，小子们？

班长激动地朝着腕上的报话机喊道："他让我抓到了，长官！"

迈尔斯讥讽地抬了抬眼。那班长满脸通红，挺直身体，手抖动了一下，抑制住自己没朝他敬礼。迈尔斯轻轻一笑。那班长紧闭双唇。哈。差点我就让你敬礼了，不是吗？

"把他们带走。"班长命令道。

迈尔斯被两个人抬着出了房门。他的双脚滑稽地悬在地板上方几英寸高的位置荡来荡去。格雷果呻吟着在他后面被拖了出来。他们经过一个交叉口时，迈尔斯从眼角瞥见了紧绷着脸、站在阴暗处的乔达克。

然后他咒骂着自己的决定。你以为自己善于读出别人的心思。那是你可以炫耀的天分。是啊，真是不错。本该……本该……本该……他的脑海中不停回响着嘲弄声，就像是一只卑劣的食腐鸟，在为一具尸体惊喜地聒噪着（译者注：作者可能在玩《庄子》梗。《庄子·秋水·惠子相梁》："鸱得腐鼠……仰而视之曰：'吓'"）。

他们被一路拖着，穿过一个大大的码头，钻过一个小小的人用对接舱。迈尔斯立刻明白自己来到了什么地方。"胜利号"。这艘袖珍型无畏舰以前就曾作为舰队的旗舰。它现在再度担当起了这一职责。目前状况不明的董曾经在陶·佛得之战前担任过"胜利号"的舰长。那时欧瑟更喜欢把他自己的"游隼号"当作旗舰——这是一种有意为之的政治宣言？飞船走道里有一种奇怪的、让人难受的、强烈的熟悉氛围。人类，金属和机械的气味。那些歪歪扭扭的拱顶回廊——迈尔斯第一次遭遇“胜利号”时那次疯狂的撞击在它身上留下的痕迹——仍然没被修平。我以为我不会记得这么多的。

他们被驱赶着迅速向前。班里的两名士兵在前面清道，把可能的目击者赶开，保持秘密。那么，看来这是一次非常私密的谈话。很好，这正适合迈尔斯。虽然他更想要完全躲开欧瑟，但如果他们非得再次见面的话，他就必须要找出办法来化害为利。他命令自己进入角色，就好像整理一下袖口般容易——迈尔斯·内史密斯，太空雇佣军，神秘的企业家，到海根枢纽来为了……为了什么？当然，还有他忧郁但忠诚的伙伴格雷果——他得为格雷果想一个特别好的身份出来才行。

他们沿着过道向前，脚踏在地板上铿锵作响。他们走过战术室——这里是“胜利号”的战斗神经中枢——走到了对面两间情报室中较小的那一间。闪亮的会议桌中央的全息板是黑的，没声音。欧瑟将军坐在桌首，同样黑着脸，不吱声。他旁边坐着一个漂白金发的男人，迈尔斯猜测那是他的一名忠实副官。房间里没有任何迈尔斯以前认识的人。迈尔斯和格雷果被摁到两张椅子上坐下，椅子被拖到了离桌子有一段距离的位置，好让他们无法隐藏起自己手脚的动作。欧瑟让其他人到外面的走廊里等着，只留下了一个卫兵。

迈尔斯觉得，欧瑟的外貌在四年里没有多大的变化。还是那么瘦，还是一张鹰隼似的脸，只是满头黑发在太阳穴旁似乎有点发灰。迈尔斯以前以为他的个子好像要比米特佐夫高一些，但实际上他要矮一点。欧瑟不知怎么就使迈尔斯联想起了米特佐夫将军。是他的年龄，还是他的身材？是敌意的怒视，还是眼中那带着杀意、令人不寒而栗的红光？

“迈尔斯，”格雷果从嘴角轻声说道，“你做了什么惹怒这家伙的事情吗？”

“什么也没有！”迈尔斯以戏剧化的方式放低声音（译者注：

原文为意大利语“放低声音”，常用于剧本等场合表示强调之类的效果。例如伽利略在宗教裁判所低声说“地球确实在转动”）抗议道，“反正没有故意做过什么。”

格雷果看上去不怎么相信的样子。

欧瑟把双掌按在桌子上，向前倾过身子，以猛兽捕食般的气势盯着迈尔斯。迈尔斯在心中幻想着欧瑟有条尾巴的样子。那现在那条尾巴尖肯定在前后晃动呢。“你来这里干什么？”欧瑟开门见山地直接问道。

你把我带到这里来的，你自己不知道吗？不，现在不是抖机灵的时候。迈尔斯非常清楚，他的样子现在看起来实在称不上好看。但内史密斯将军不会在意的，他的注意力太集中于自己的目标了；如果有必要的话，他可以把和目标无关的一切都给一个个“注释标蓝”（译者注：用C语言等编写程序时可以把不需要的语句改成“注释”状态，则该语句不再被执行，同时显示为蓝色）。他同样直截了当地给出了回答：“我是受雇来海根枢纽做军事情势评估的。雇主是一个对此感兴趣的非交战方，他们有飞船经过这里。”瞧，真相就摆在这里了，但其他人肯定不会相信。“因为他们不愿进行长途救援行动，所以他们希望能够尽早得到预报，在敌对行动开始之前将他们的公民撤离。表面上我是来做点军火小买卖的。这个掩护身份本身能顺便赚点钱。”

欧瑟的眼睛眯细了：“不是贝拉亚吧……”

“贝拉亚有它自己的间谍。”

“西塔甘达也有……阿斯伦德害怕西塔甘达的野心。”

“他们的担心有道理。”

“贝拉亚也一样值得担心。”

“以我专业的眼光——”迈尔斯奋力顶着缠绊网力场站起来，向欧瑟微微鞠了个躬，然后坐下——欧瑟差点儿也朝迈尔斯点点头，但他忍住了没那样做。“这一二十年内贝拉亚人对阿斯伦德不会构成威胁。要想控制海根枢纽，贝拉亚必须先控制波尔。贝拉亚正在对他们的第二块大陆进行地球化改造，再加上还在开发塞格亚行星，他们目前的边疆已经太多了。另外，还有压制难以掌控的科玛的问题。再对波尔采取军事行动的话，以贝拉亚现有的人力资源，会形成严重的过度扩张。保持友好关系或者至少让波尔保持中立要便宜得多。”

“阿斯伦德还害怕波尔。”

“他们不太可能先挑起战争，除非受到了攻击。与波尔和平共处成本低，容易做到。什么也别做就行了。”

“沃维呢？”

“我还没有对沃维做出评估。那是我下一步要做的事。”

“是吗？”欧瑟向后靠在椅子里，双臂交叉抱在胸前。那可不是放松的姿势。“我可以把你作为间谍枪毙掉。”

“但我不是敌人的间谍。”迈尔斯装出很轻松的样子回答道，“我背后是一个友好的中立盟友——或者是潜在的盟友。谁知道呢？”

“你为什么对我的舰队感兴趣？”

“我对登达立——对雇佣军的兴趣是纯粹学术性的。我向你保证。你们只是整个大局中的一部分。告诉我，你们和阿斯伦德签的是什么样的合同？”迈尔斯头一偏，谈起他们的本行来。

欧瑟差点儿就回答他了，但他及时生气地闭紧了嘴。这位老雇佣兵的注意力完全被迈尔斯吸引过去了，仿佛他就是一颗嘀嗒作响的定时炸弹。

“噢，别这样。”在沉默持续了许久之后，迈尔斯嘲讽道，“我能把你怎么样？除了我自己就一个人。”

“我还记得上一次的情形。你进入陶·佛得的空域时只带着四个手下。四个月后，你就在那里颐指气使，发号施令了。这回你又打算干什么？”

“你高估了我的影响力。我仅仅是在人们实现自己想要的目标时帮助他们。这么说吧，我只是个促进者。”

“对我来说可不是。我花了三年时间才收回我失去的地盘。在我自己的舰队里！”

“很难让每个人都高兴。”迈尔斯瞥见了沉默的格雷果脸上恐惧的表情，把口气放软了些。想想看，格雷果以前从来没有见过内史密斯将军，不是吗？“就算是你，也没有受到严重伤害。”

欧瑟的下巴收得更紧了。“他又是谁？”他忽然翘起一只拇指朝格雷果一指。

“格雷格？他不过是我的勤务兵。”格雷果刚张开嘴就被迈尔斯横里打断了。

“他看上去不像个勤务兵。他看样子像名军官。”

听到这句来自中立方的赞扬，格雷果傻乎乎地露出了高兴的样子。

“不能以貌取人。董准将看上去还像个摔跤运动员呢。”

欧瑟的目光突然变得冰冷：“的确如此。你和董舰长联系有多久了？”

迈尔斯的腹部一阵抽搐，他难受地意识到提起董是个严重的错误。他脸上尽力保持着冷淡的讽刺表情，不让心中的不安流露出来。“如果我跟董保持着联系的话，我就犯不着亲自来对阿斯伦德站进行评估了。”

欧瑟胳膊肘撑在桌子上，两手握拳，默默地注视着迈尔斯整整一分钟。最后，他松开一只手，指向专心地笔直站在那边的卫兵。“把他们丢进太空。”欧瑟命令道。

“什么？！”迈尔斯失声尖叫。

“你——”欧瑟把那根指头移向他沉默不语的副官。“——跟他们一起去。看着他们把事办完。就用左边的太空闸门，那儿最近。如果他——”他指指迈尔斯，“——开口讲话，立刻割了他的舌头。那是他最危险的器官。”

卫兵解开迈尔斯腿上的缠绊链，然后把他拽了起来。

“你甚至不打算对我进行药物审讯？”迈尔斯问道。他的处境急转直下，快得让他头晕。

“审讯你，然后让你污染我的审讯官？我最不喜欢的就是让你自由讲话，和任何人讲话。我想不出还有什么比我自己的情报部门开始被不忠的疫病腐蚀更致命了。不管你想说什么，没了空气的话也就没用了。连我都差点儿被你说服。”欧瑟打了半个冷战。

是啊，我们本来相处得那么融洽……“但我——”他们把格雷果也拽了起来。“但你用不着——”

迈尔斯和格雷果一被推出门外，两个等在那儿的卫兵立即冲了过来。他们被反剪双臂往前推着，飞快地朝过道里走去。“可是——！”情报室的门关上了。

“情况看来不妙啊，迈尔斯。”格雷果评论道。他苍白的脸上是种怪异的表情：冷漠、愤怒和沮丧混杂，“还有什么机灵点子吗？”

“在科玛你不是想体验一下无翼飞行吗？砰地一下直摔到地。现在这样子难道比那还糟糕吗？”

“那是我自己控制的——”气闸室跃入眼帘，格雷果开始拒绝向前，挣扎起来，“而不是由于——”现在要三个士兵才能对付得了他，“——一堆该死的乡巴佬突发奇想！”

迈尔斯真的要发疯了，见鬼的伪装。“你们知道吗，”他大声叫喊道，“你们这些人正要把一大笔赎金扔到气闸外面去！”

两个卫兵仍在和格雷果搏斗，但第三名卫兵停住了：“多大一笔？”

“数额巨大。”迈尔斯说，“足够买下你们这支舰队。”

金发副官不管格雷果了。他逼近迈尔斯，抽出一把振动匕首。直到他想抓住迈尔斯的舌头时，迈尔斯这才意识到，副官对先前那个命令的理解是完全字面化的。副官几乎就成功了——匕首在迈尔斯的鼻子下面忽远忽近，那不祥的虫鸣声随之忽高忽低，最近的时候只有几厘米的距离。迈尔斯一口咬住副官伸过来的粗大手指，使劲扭动着，想从抓住他的卫兵手里挣脱出来。将迈尔斯的双手反捆在背后的缠绊链发出怪响声，但仍牢不可破。迈尔斯向后一撞，顶到身后那人的胯部。他被缠绊链上的电场打得一声惨叫，松开了抓住迈尔斯的手。迈尔斯跌倒在地，滚过去撞到了副官的膝盖。这个动作算不上真正的柔道招式，副官的跌倒一多半是被迈尔斯绊到了。

振动匕首即将主演凶残血腥的一幕，迈尔斯徒劳地拼命挣扎。这一切让格雷果的两个对手注意力被吸引住了。他们没有看见那个暗黄脸庞的人从走廊交叉口走出来，举起击晕枪，瞄准目标，然后开火。攻击嗡嗡响着击中了他们的背部，他们弓起身子，四肢扭曲地瘫倒在甲板上。先前抓着迈尔斯的那个人这时本想重新抓住迈尔斯。他做了个不成功的鱼跃闪避动作，飞到空中刚好用自己的脸准确拦截到了下一发攻击。

迈尔斯一下子扑到金发副官的头上，把他摁在甲板上——只在一瞬间。他扭动着身子，想把缠绊链顶到那人脸上。副官大骂着把他举起来丢了出去。副官曲起一条腿爬了起来，准备发动攻击，转动着脑袋寻找目标。此时格雷果一下子跳了过去，一脚踢中他的下巴。又一发击晕枪击中了副官的后脑勺。他倒了下去。

“你可来得真够慢的。不过这武装突袭可真漂亮。（译者注：原文是双关语，同时有这两重意思。迈尔斯又在说俏皮话）”周围突然安静下来。迈尔斯喘着粗气对乔达克军士说。“我想他们恐怕都大感意外，甚至不知道是被什么打中了（译者注：同样是双关语）。”那么，我对他的第一印象还是正确的。到头来我并没丢掉识人的本事。上帝保佑你，军士。

“你们俩干得也不错。作为双手都被捆在背后的人而言。”乔达克摇摇头，带着几分烦恼，几分好玩。然后他大步走来，给他们解开缠绊链。

“好一支优秀团队。”迈尔斯说道。

第十一章

一连串靴子踏在甲板上的声音沿着过道由远及近。迈尔斯朝那边看过去。他倒吸了一口气，半天都没呼出来，呆呆地站在原地：埃蕾娜。

她身穿一套雇佣军军官的常服制服：灰白两色，带口袋的上装；长裤；大长腿下踏着一双锃亮的齐踝短靴。还是那么高挑，还是那么苗条，还是那么洁白无瑕的皮肤，还是那双褐色琥珀般的眼睛，还是那个带着弧度的贵族式鼻子，还是那个雕塑般的尖长下巴。她把头发剪了。迈尔斯傻呆呆地一动不动，心里想着。原本垂到她腰部的那乌黑闪亮的直发一去无踪。现在她的头发被齐耳剪掉了，只有几根黑发优雅地点缀在她高高的颧骨和前额上，还有一根从她的脖颈处优雅地探出头来——严肃，实际，精明。军人作风。

她大步走过来，目光扫过迈尔斯、格雷果和那四名欧瑟的手下。“干得漂亮，乔达克。”她在最近的那名欧瑟手下身边单膝跪下，探了探他的脖子，看还有没有脉搏。

“他们死了吗？”

“没有，只是被打晕了。”迈尔斯说。

她有点遗憾地看了看气闸室敞着的内门：“我想我们不能把他们扔进太空。”

“他们倒是想把我们扔进太空。不过的确我们不能这么做。但我们逃跑的时候，多半应该把他们藏到别人看不见的地方。”迈尔斯说。

“没错。”埃蕾娜站起来，对乔达克点了点头。乔达克开始动手帮格雷果把那些被打昏的家伙拖进气闸室里。她看着脚前头后被拖进去的金发副官，皱了皱眉头：“就算到了太空，有些人也是本性难移啊。”

“你能帮我们找一个藏身之所吗？”

“我们就是为这来的。”她转向身后。有三个人小心翼翼地从她来的方向走了出来。第四个人站在最近的走道岔口放哨。“看起来我们运气不错。”埃蕾娜告诉他们，“去前面侦察一下，保证我们撤离路线上的过道安全——机灵点。然后就消失。你们没来过这里，什么也没看见。”

那几个人点点头，离开了。迈尔斯听到他们私下议论的声音，渐行渐远。“他就是那个人吗？”“没错……”

迈尔斯、格雷果、埃蕾娜和那些家伙一起进入气闸室，暂时关上了内门。乔达克在外面放哨。里面还不算很挤。埃蕾娜帮格雷果扯下和他身材最接近的那个欧瑟士兵的靴子，迈尔斯则扒掉自己身上的蓝色囚徒外套，站在那儿，露出了维克托·罗萨那身皱巴巴的衣服。那些衣服本来质地就不好；连续穿了四天，睡觉和出汗时都穿着，情况就更糟了。迈尔斯希望能有双靴子把脚上那双不结实的拖鞋换掉，但这里没有哪双靴子的尺码跟他的接近。

格雷果和埃蕾娜互相小心地看了看，两人都颇感惊奇。格雷果使劲把那套灰白相间的制服扯上身，然后把自己的脚塞进靴子里。

“真的是你。”埃蕾娜苦恼地摇摇头，“你在这干什么？”

“因为某些事情出了差错。”格雷果说。

“不许撒谎。是谁的错？”

“恐怕是我的错。”迈尔斯说。格雷果没否定这话，让迈尔斯有点恼火。

埃蕾娜的嘴唇第一次弯曲了。她露出了一丝奇特的微笑。迈尔斯决定还是不要求她解释原因的好。迈尔斯曾在脑子里几十次地排演过跟埃蕾娜重逢时他们之间的对话，但现在这匆匆忙忙、就事论事的交流跟那些想象完全没有任何相似之处。

“这些家伙没有按时回去报告，几分钟内就会开始搜查了。”迈尔斯紧张地说道。他拿起两把击晕枪，缠绊链和那把振动匕首，把它们别在腰带上。他想了想，又飞快地从那四名欧瑟的手下身上掏出他们的信用卡、通行单、身份证件以及所有的现金，塞进他自己跟格雷果的口袋里，然后确认了一下格雷果已经把之前被囚时领到的可追踪身份证件丢掉了。他还发现了一根吃了一半的能量棒（译者注：一种应急食品。通常由巧克力和燕麦粉、奶制品、调味添加剂等混合制成。起初是军用食品），这让他暗自高兴，并且立刻就啃了一口。埃蕾娜领着他们退出密封舱的同时，他还在边走边嚼。他还很有良心地请格雷果也咬一口，但格雷果摇了摇头。格雷果多半已经在那个自助食堂里吃过了。

乔达克匆匆给格雷果整了整制服，然后他们一起出发。迈尔斯走在中间，半是为了把他藏起来，半是为了保护他。还没等迈尔斯对自己太过显眼的担心发展成妄想症，他们已经到了一个滑降管（译者注：类似消防队内用来从楼上滑降的杆子的管状结构）前。他们往下冲过了好几层甲板，最后出现在一个大型货船的船坞前。船坞里停着一辆穿梭机。埃蕾娜的侦察小队中有个人正慵懒地靠在墙上，朝他们点了点头。乔达克向埃蕾娜敬了个三指半礼（译者注：拇指和小指指尖相扣，另外三指伸直，掌心向外，和肩膀齐平的敬礼方式。来自童子军组织），离开了。迈尔斯和格雷果跟着埃蕾娜穿过穿梭机上的软性对接管，进入了这架“胜利号”上的舰载穿梭机里一个空着的货舱中。骤然离开母船上的人造重力场让他们陷入了自由落体的晕眩感中。他们朝前飘去，进入了驾驶舱。埃蕾娜关上身后的舱门，焦急地比了个手势，示意格雷果坐到工程/通信工作站的空座位上。

主驾驶和副驾驶的位子上已经有人了。阿狄·梅休（译者注：原星际货运飞船驾驶员，后加入登达立雇佣兵团。故事详见前作《战争学徒》）扭过头来，朝迈尔斯愉快地咧嘴一笑，挥手敬礼表示问候。另一个人还没转过来，迈尔斯就认出了他那圆圆的光头。

“你好，孩子。”凯·董（译者注：“凯”原文为一个缩写，可能原本是“楷英”之类，但无从查证）的笑容里更多的是讥讽而不是快乐，“欢迎你回来。享受够了美好时光了？”董双手交叉抱在胸前，没有敬礼。

“你好，凯。”迈尔斯朝这位欧亚混血儿点点头。董看上去没什么变化。依然看上去有些像四十岁，又有些像六十岁；依然结实得像一辆老式坦克；依然看起来一副观察多、说话少，会被良心上的愧疚感苦苦折磨的样子。

正驾驶员梅休对着报话机说道：“交通管制台，我已经查明仪表板上的警报红灯问题来源了。是压力读数错误。已经全部修复。我们可以起飞了。”

“准备，C-2。”一个不见人影的声音答道，“准许起飞。”

主驾驶员敏捷的双手按下了对接舱封闭钮，校准了姿态控制喷口。嘶嘶几声又咣当了几下之后，航天飞机脱离了母船，开始在自己的轨道上飞行。梅休关掉报话机，长长地舒了口气：“安全了。至少现在安全了。”

埃蕾娜从过道里挤到迈尔斯身后，盘起她修长的双腿。梅休正在慢慢加速；迈尔斯用一只胳膊勾住一个扶手，定住身体：“但愿你是对的。”迈尔斯说，“但你为什么这么认为？”

“他的意思是，可以安全地讲话了。”埃蕾娜说，“没有更宽泛的意思了。这是一次按时进行的例行航班，只不过是带了我们这几个没列入名单的乘客。我们知道，他们还没有发现你失踪了，否则交通管制台不会让我们起飞。欧瑟会首先在‘胜利号’上和军用太空站里搜查你。等他开始扩大搜索范围，往别的地方搜索的时候，我们甚至可以再把你偷渡回‘胜利号’上。”

“这是第二套方案，”董转过身来侧脸对着迈尔斯解释道，“也许该算是第三套。第一套方案是，假设营救你时闹出了很大动静。那我们就立刻逃往现在停靠在检查站上的‘羚羊号’，宣布起义。我很高兴有机会不需要那么做，呃，随机应变。”

迈尔斯噎住了：“上帝啊！那会比上次更糟糕。”这样他会陷入一连串他无法控制的连锁反应后续事件中，被推为雇佣军军事哗变的“旗手”（译者注：中世纪意大利城邦时代的城邦共和国首脑。常无实际权力），被强制站到队伍最前头，能发挥的自由意志跟被戳在矛尖上的脑袋差不多……“不。不要什么随机应变的搞法。谢了。绝对不要。”

“那么——”董竖起一根粗大的手指，“——你的计划又是什么？”

“我的什么？”

“计划。”董把这词念得十分慎重，反而像是在嘲讽了，“换句话说，你来这里干什么？”

“欧瑟也问过我同样的问题。”迈尔斯叹了口气，“你相信吗？我是意外来到这里的。欧瑟不相信。你恐怕也不会知道他为什么不相信吧，是不是？”

董啜起嘴唇：“意外？也许……我曾经发现，你的‘意外’总能让你的敌人陷入困境，效果好得简直让成熟谨慎的战略家们要嫉妒得脸色发青。总这样，一直如此，这不可能是巧合；我认为你那是下意识的决策。如果你愿意跟我在一起，小伙子，有些话我们可以私下……不过也许你只是个出类拔萃的投机者。要是那样的话，我想提醒你注意现在摆在你面前的机会：你可以夺回登达立雇佣兵团。”

“你没有回答我的问题。”迈尔斯指出。

“你也没有回答我的。”董反驳道。

“我不想要登达立雇佣军。”

“我想要。”

“噢。”迈尔斯顿了一下，“那你为什么不和忠于你的那些人另立门庭，建立你自己的军队？有人这样做过。”

“你让我们游过太空吗？”董用摆动的手指模仿着鱼鳍，鼓起腮帮子吹气，“欧瑟控制着所有设备。包括我的飞船。‘胜利号’是我三十五年的职业生涯里积累起来的一切。你的诡计让我失去了它。得有人赔我一艘。如果欧瑟不赔，那……”董意味深长地打住了，咄咄逼人地瞪着迈尔斯。

“作为交换，我曾经给了你一支舰队。”不胜其扰的迈尔斯说道，“你怎么失去了它的控制权呢？你这个——老战略家？”

董用一根手指敲了敲左胸，表示迈尔斯说得一针见血：“我们离开陶·佛得之后，起初一年，不，一年半的时间里，一切都很顺利。连续拿到了两个驶往伊斯特尼特方向的很美味的小合同——小规模的突击行动，稳赢的。呃，其实也不是太稳当——我们不得不始终全力以赴。但我们圆满成功了。”

迈尔斯瞥了一眼埃蕾娜：“是的。这些事我听说过。”

“第三个合同让我们遇上了麻烦。巴兹·杰萨克把精力越来越多地投入到了设备和维修工作中——我要表扬一句，他是个很棒的工程师——我是战术司令官，欧瑟就接过了行政管理的摊子——我本以为这是自然而然地，但现在看起来是他早有预谋。大家各尽所长，本来一切都会很顺利的——要是欧瑟和我们同心同德，而不是与我们作对的话。要是我，这种情况下会派出刺客。而欧瑟则用会计们打了场游击战。”

“我们做完第三个合同，略有损失。巴兹完全沉浸在他的工程和维修工作中了。等到我从病号舱里出来的时候，欧瑟已经安排好了下一步的任务——虫洞警戒工作。长期合同。他擅长的非战斗类任务。当时看起来好像是个好主意。但那份合同让他取得了优势。由于没有发生实际战斗，我——”董干咳了两下，“——我感到厌烦，心不在焉了。等我意识到欧瑟正在发动战争的时候，他已经把我包抄了。他让我们来了次财务重组——”

“在那之前六个月，我就叫你不要信任他，”埃蕾娜皱着眉头插话道，“在他企图勾引我之后。”

董尴尬地耸了耸肩。“那次诱惑似乎是可以理解的。”

“想上他司令的老婆（译者注：在前作中，迈尔斯离开前委任巴兹·杰萨克为司令官）可以理解？”埃蕾娜眼中怒火燃烧，“还是说想上别人的老婆都可以理解？从那时起，我就知道他不诚实。如果说我的誓言对他来说轻如鸿毛，那他自己的誓言又如何？”

“你说过，你拒绝以后他就放弃了。”董为自己辩护道，“要是他继续骚扰你，我会很乐意干预的。我觉得，有人向你纠缠献媚的话，你应该无视他，继续走自己的路。”

“你这个建议有个隐含的判断：我这人就是活该被人纠缠。多谢你啊。”埃蕾娜怒气冲冲地说。

迈尔斯悄悄地使劲咬了咬指关节，总算想起自己想说什么了：“那可能只是他权力游戏的早期行动之一。”他插话道，“探测他敌人防御上的弱点。不过这次他一无所获就是了。”

“嗯。”这个观点似乎让埃蕾娜略微好受了些。“总之，凯一点忙都不帮，我也厌烦了充当卡珊德拉（译者注：《荷马史诗》中的特洛伊公主。拥有预言能力，预言了特洛伊将会遭难。但她被阿波罗诅咒，所说预言必定不被相信）的角色。当然，我不能对巴兹讲。不过欧瑟做出两面三刀的事情并非对我们所有人都是意外。”

董沮丧地蹙起额头：“有他本来部下的那些幸存飞船作为核心，他只需搞到其他一半的船长的赞成票就行。奥森投了他的票。我真该绞死那杂种。”

“是你自己总唠叨‘胜利号’的事情，让自己失去了奥森的支持。”埃蕾娜说话的语气依然很尖刻。“他认为你威胁到了他作为‘胜利号’的船长的地位。”

董耸耸肩：“只要我是战术总监，实际掌管着战斗指挥，我觉得他就不可能对我的船怎么样。我可以满足于让‘胜利号’作为舰队集体财产的现状。我可以等待——等到你回来——”他黑色的眼睛看着迈尔斯，闪闪发亮，“然后我们走着瞧。但是，你再也没有回来。”

“国王会卷土重来的，是吗？”格雷果喃喃道。他在旁边都听得入神了。他朝迈尔斯扬起一边眉毛。

“请把这当作供你学习的教训。”迈尔斯咬紧牙关，也喃喃回道。格雷果自感没趣地不吱声了。

迈尔斯转向董：“埃蕾娜肯定告诉过你，应该打消我很快会回来的期望。”

“我试过。”埃蕾娜嘟囔道，“可是……我想，我自己也忍不住希望那样。也许，你确实应该……放弃你另外那个计划，回到我们这儿来。”

嗯，如果我被学校退学的话？“那计划我不能放弃，除非我死。”

“现在我知道了。”

“最多还有五分钟。”阿狄·梅休插嘴了，“我必须要么跟转运站的交通管制台联系进港，要么直接到‘羚羊号’上去。去哪边，伙计们？”

“只要一句话，我就可以叫来一百个忠诚的官兵们支持你。”董对迈尔斯说，“四艘飞船。”

“为什么不是叫他们来支持你自己？”

“要是能的话，我早就那样做了。但我不想让舰队分裂，除非我有把握能让它重新合而为一。整个舰队。不过有你当头儿的话，以你的声望——在口耳相传中你的声望日益高涨——”

“头儿？还是傀儡？”迈尔斯心中又冒出了那根长矛的图像。

董不置可否，只把两手一摊："随你怎么想吧。大部分军官干部们都会站在胜利者一边。这意味着，如果我们采取行动的话，我们必须表现出能很快取胜的样子。欧瑟那边也有一百来个忠心于他的人。如果他坚持抵抗的话，我们必须实打实地击败他们——所以我有个想法：一次时机适当的暗杀能拯救很多生命。"

"开什么玩笑。我想你一定是和欧瑟在一起共事太久了，凯。你的想法都开始跟他一样了。再说一遍：我到这里来不是要夺取一支雇佣军舰队的指挥权的。我有别的更重要的事情。"他抑制住自己朝格雷果投去一瞥的冲动。

"什么更重要的事？"

"比如说，阻止一场行星内战？也许是一场星际战争。"

"我对这个没有职业兴趣。"这听起来几乎完全像是个笑话。

说到底，贝拉亚遭灾跟董又有什么关系？"如果你是要失败、要毁灭的一方，你就会有兴趣了。作为佣兵只有胜利你才会得到报酬；只有活着，你才能消费得到的报酬。"

董那双眯缝眼眯得更细了："你知道些什么我不知道的情况？我们是不是会成为失败的一方？毁灭的一方？"

是。如果我不能把格雷果带回去的话。迈尔斯摇摇头。"抱歉。我不能说。我必须前往——"波尔已经对他关上了大门，杰克逊联邦太空站被封锁了，现在连阿斯伦德都越来越危险。"——沃维。"他朝埃蕾娜望去，"把我们俩送到沃维去。"

"你在为沃维人工作？"董问道。

"不。"

"那在为谁干？"董急切的好奇心让他双手用力绞在一起，仿佛想用手使劲把真相挤出来似的。

埃蕾娜也注意到了这个下意识的动作。"凯，放弃吧。"她直接说道，"如果迈尔斯想去沃维，那就送他去沃维。"

董看看埃蕾娜，又看看梅休："你们支持他，还是支持我？"

埃蕾娜下巴一抬："我们两人都对迈尔斯宣誓效忠。还有巴兹也是。"

"你还怀疑我为什么需要你吗？"董指着埃蕾娜和梅休，愤怒地对迈尔斯说道，"现在这状况到底是怎么回事？你们所有人好像都一清二楚，而我却一无所知。"

"我什么都不知道。"梅休轻声说道，"我只是听埃蕾娜的。"

"这算什么？指挥链？还是盲从链？"

"有什么区别吗？"迈尔斯咧嘴一笑。

"你来这儿一趟，让我们都暴露了。"董争辩道，"你想想看！我们帮了你，你离开了，我们被丢下，毫无遮掩地面对欧瑟的怒火。有太多目击者了。胜利者才有可能获得安全。做事半吊子是不行的。"

迈尔斯难过地看着埃蕾娜。在他不久前的亲身经历的基础上。他脑海中描绘出了一幅栩栩如生的图像：假如她被几个可恶的愚蠢打手从气闸室丢进太空……董满意地注意到他的辩词在迈尔斯身上产生了效果，得意地向后一靠。埃蕾娜怒视着他。

格雷果不安地动了动："我想，如果因为我们的行为，让你们不得不出逃的话，"（迈尔斯注意到，埃蕾娜跟他一样也听出了'我们'这个词上格雷果加重了语调——写出来的话首字母应该大写。而董和梅休当然听不出（译者注：这个词的语气特殊是因为原文此处该词是特殊用法，为古代领主、大主教、国王等的自称，相当于"孤""朕"之类）"我们可以保证你们不受损失。至少在经济上。"

埃蕾娜点点头，表示理解和接受。董朝埃蕾娜倾过身子，大拇指朝格雷果一翘："好吧，这家伙又是谁？"埃蕾娜沉默地摇了摇头。

董轻轻吁了口气："小伙子，你们没办法给我们提供实际的支援。如果我们因为你们的行为变成了尸体要怎么办？"

埃蕾娜说："我们为比这要小得多的事情也冒过成为尸体的危险。"

“这到底是什么事？”董厉声问道。

梅休的眼睛朝远处瞟了一下，摸了摸耳朵上的通信耳塞：“要做出决定了，伙计们。”

“这架太空梭能够作跨恒星系飞行吗？”迈尔斯问道。

“不行，没加那么多燃料。”梅休耸耸肩，表示抱歉。

“而且飞得不够快，也没相应装备。”董说。

“那你们就必须把我们用商船偷渡，通过阿斯伦德的安全检查。”迈尔斯不开心地说。

董环顾了一下这个不受他控制的迷你委员会，叹了口气：“他们对进来的飞船检查比出去的要严格得多。我想这事办得到。带我们入港吧，阿狄。”

梅休将这架货运穿梭机停在阿斯伦德转运站指定的装卸位后，迈尔斯、格雷果和埃蕾娜都藏在上锁的驾驶舱里。董和梅休则离开了，用董的话说是“去看看我们能做些什么”。迈尔斯觉得这话有些轻俏。他坐在那儿，紧张地啃着自己的指关节。装卸机器人正在把雇佣军的给养物资装进穿梭机后头，每一声轰隆、当啷或者刺啦声都吓得迈尔斯要努力控制住自己才能不被吓得跳起来。他有几分嫉妒地注意到，埃蕾娜安然不动，那些噪声对她毫无影响。我曾经爱过她。她现在是什么样的人？

有谁能不再度爱上这个面貌一新的人吗？只要有机会的话……她看上去更坚强了，更愿意说出自己的想法了——这很好——但她的想法有种愤世嫉俗的感觉。这不好。让他心痛。

“你这段时间还好吧？”他犹犹豫豫地问道，“我是说，除了指挥体系当中的那些破事儿外。董对你好吗？他应该是你的导师。你在工作中学习，而我坐在教室里……”

“噢，他是个好导师。军事情报、战术、历史……他一个劲儿往我大脑里塞。现在，战斗空降侦察任务的每一个步骤我都能玩转：后勤、地图绘制、突袭、撤退，甚至太空梭紧急起降——只要你不介意稍微颠簸了点。我已经快真的配得上肩上这个假军衔了——至少在舰队装备这方面。他好为人师。”

“和他在一起的时候，你看起来有点儿紧张。”

她甩了甩头：“现在这个当口，什么都很紧张。要把指挥体系里这档乱子‘除开’是不可能的。谢谢你。虽然……我想我还没有完全原谅董在这个问题上居然犯下大错。当初我还以为他是永远不会犯错的呢。”

“呃，是啊，最近犯下了许多错误。”迈尔斯不安地说道，“嗯……巴兹怎么样？”你丈夫待你好吗？他想问这句话，但没问出口。

“他很好。”她回答的时候看起来并不快乐，“但有些灰心。这种权力斗争他感觉很陌生，我觉得，他甚至觉得厌恶。他本质上是个技术人员，看见有需要做的工作，就去完成而已。董曾经暗示说如果巴兹不是埋头在工程部当中的话，他也许能够预见——防止——反击欧瑟的颠覆活动。但我觉得正好相反。他不可能让自己堕落到跟欧瑟一样，搞那种背后捅刀子的事。所以他退出了，依然恪守着自己诚信的准则……多支持了一小段时间。这次分裂影响到了人们精神的方方面面。”

“我很抱歉。”迈尔斯说。

“你是应该感到抱歉。”她的声音一下哑了，然后稳定下来，坚定起来，“巴兹觉得他辜负了你，但是你先辜负了我们。你一直也没有回来。你不能期望我们能永远维持住幻象。”

“幻象？”迈尔斯说，“我知道事情会不容易，但我以为你们会成长起来，成为你们所扮演的角色。把雇佣军变成你们自己的。”

“对于董来说，有雇佣军也许就够了。我也那样想过，直到我们真的投入杀戮……我恨贝拉亚。但是为贝拉亚效力总比什么都不为或只为了个人要我去杀人要好。”

“欧瑟又是为了什么？”格雷果问道。埃蕾娜这番对他们祖国褒贬难分的议论让他好奇地扬起了眉毛。

“欧瑟为欧瑟效力。‘我为舰队效力’，他嘴上这么说，但实际上呢，舰队为欧瑟效力。于是这成了一个闭环。”埃蕾娜说，“舰队不是祖国。这里没有建筑，没有孩子……什么也不产出。不过我倒不介意帮助阿斯伦德人：他们需要帮助。他们只有一颗贫穷的行星，而且他们被吓坏了。”

“你和巴兹——还有阿狄——可以离开的。去干你们自己的事业……”迈尔斯开口说道。

“怎么可能？”埃蕾娜打断了他，“你把登达立军团交给了我们负责。巴兹当过一次逃兵了。再也不想当第二次了。”

是啊，都是我的错。迈尔斯想。太棒了。

埃蕾娜转向格雷果。听到她指责迈尔斯离弃了他们的时候，格雷果脸上出现了一种奇特的表情，似乎在警戒着什么。“你一直都还没说过你来这里干什么呢。光惹出了一堆麻烦。这难不成是什么秘密的外交行动吗？”

“你来解释吧。”迈尔斯对格雷果说，好不容易才没让自己咬牙切齿。那，告诉她发生在阳台上的事吧？

格雷果耸了耸肩，眼睛转向边上，避开埃蕾娜直视的目光：“和巴兹一样，我也是个逃兵。和巴兹一样，我发现随后的发展不是我想要的。”

“你明白了为什么要尽快把格雷果送回国了吧。”迈尔斯加入了对话。“他们以为他失踪了。也许被绑架了。”迈尔斯对埃蕾娜简单讲述了他们在杰克逊联邦拘留所里偶遇的情况。略加了些修饰。

“上帝啊！”埃蕾娜噘起了嘴唇，“我明白你为什么那么急着把他从手里送出去了。如果他在你的陪护下发生了什么三长两短，十五个派别都会大呼‘叛国阴谋’！”

“是啊，我当时也这么想。”迈尔斯闷声说道。

“你父亲的稳健派联盟政府会第一个垮台。”埃蕾娜继续说道，“我想，军队里的右派会支持弗·里尼斯伯爵，准备跟反中央集权的自由派死磕。说法语的人们会想要支持弗·维尔，说俄语的就想找弗·图加洛夫——还是他已经死了？”

“声称要炸掉虫洞的极右孤立主义狂人们则会支持弗·特里福拉尼伯爵，来对抗‘走向银河’派，他们希望制定一部成文宪法，反对整个弗氏制度（译者注：贝拉亚行星曾长期和银河系其他部分隔绝，那段时间被称为“孤立时代”。贝拉亚带有封建军国主义色彩的贵族政治体系“弗氏制度”就是在此期间形成的）。”迈尔斯闷闷不乐地补充道，“我想，他们真会打起来的。”

“弗·特里福拉尼伯爵让我很害怕。”埃蕾娜不寒而栗，“我听过他的演讲。”

“他擦去嘴上唾沫星子的样子多么温和啊。”迈尔斯说，“说希腊语的少数族裔会抓住这一千载难逢的时机试图独立——”

“别说了！”格雷果把自己的脑袋埋在掌心，藏在自己的胳膊后面叫道。

“我觉得这是你的天职。”埃蕾娜辛辣地讽刺道。格雷果抬起头来，凄凉地望着她。埃蕾娜嘴角抽动了一下，语气温和了些：“真不幸，我没法让你在舰队里工作。以前受过训练的军官我们总是可以派上用场：实在没什么别的事可做，还可以让他们培训其他人。”

“雇佣兵？”格雷果说，“我还以为……”

“噢，当然。我们有很多人以前都是正规军里的军人。有一些甚至是正常退伍了的。”

格雷果显然有点高兴，他的眼神亮了，闪现出一丝憧憬。他低头看看自己灰白两色上衣的袖子：“这儿要是由你负责就好了。是不是，迈尔斯？”

“不！”迈尔斯大喊道。他都快背过气去了。

格雷果眼中的亮光消失了：“开个玩笑而已。”

“不好笑。”迈尔斯小心翼翼地稳住自己的气息，心中祈祷着格雷果千万别想到他可以直接发布这么个御令。“不管怎么说，我们现在先想办法把这个情况通知沃维太空站上的贝拉亚领事馆。希望领事馆还在。我有好些天没听到那儿的消息了——沃维那边形势如何？”

“就我所知，那儿一切如常，只是他们的妄想症越发严重了。”埃蕾娜说道，“沃维正把他们的资源用于建造船只，而不是太空站——”

“很合理。他们要保卫的虫洞不止一个。”迈尔斯表示赞同。

“但这让阿斯伦德人把沃维人当作了潜在的侵略者。阿斯伦德有一部分人甚至主张，在沃维的新舰队组建完成之前就来个先下手为强。幸运的是，到目前为止，主张防卫战略的人还占上风。为以防万一，欧瑟在合同里把让我们出动袭击的费用定得非常之高。他不傻，他知道阿斯伦德人是无力支援我们的。沃维也雇了一支雇佣军舰队以为权宜之计——事实上，阿斯伦德之所以想到雇用我们，正是由于沃维这一举动。那支雇佣军被称为兰道尔游骑兵。不过我了解到，兰道尔这人已经不在了。”

“我们应该避开他们。”迈尔斯热心地说道。

“我听说他们新来的副司令是个贝拉亚人。你们也许可以争取从他那边得到一些帮助。”

格雷果扬起眉头，揣度起来：“是伊林的密探？听起来像是他干的那种事。”

恩加利会不会就是去了那里？“不管怎么说，行动时要谨慎。”迈尔斯同意道。

“这话来得真是时候。早些天又没人说。”格雷果的声音小得几乎听不清。

“游骑兵现任指挥官的名字是卡维罗——”

“什么？”迈尔斯大叫一声。

埃蕾娜的蛾眉扬起：“就叫卡维罗。似乎没人知道那是姓还是名——”

“卡维罗就是那个在杰克逊的太空站上企图出钱抓捕我——或者说维克多·罗萨的人。出价两万贝塔元。”

埃蕾娜的眉毛一直没放下：“为什么？”

“我不知道是为什么。”迈尔斯又想了想他们应该去哪里。波尔、杰克逊联邦、阿斯伦德……不，还是只有去沃维。“但我们无疑必须避开沃维的雇佣军。下了飞船就直接去领事馆，躲在里面不吱声，直到伊林的人前来把我们带回家，回去见妈妈。就这样。”

格雷果叹了口气：“就这样吧。”

秘密特工游戏到此为止吧。他尽了最大努力，结果却是差一点让格雷果被杀。迈尔斯觉得，该试试少努力一点了。

“想想还真奇怪。”格雷果看着埃蕾娜——迈尔斯猜测，他是看着现在这个全新的埃蕾娜——说道，“你现在的战斗经验比我们俩都多。”

“比你们俩加起来还多。”埃蕾娜冷冰冰地纠正道，“是的，嗯……真实的战斗……比我以前想象的要愚蠢得多。双方为了能在战场上相遇厮杀能付出惊人的努力，为什么却不肯拿出十分之一的努力来谈判呢？不过，在游击战争中就不是这么回事了。”埃蕾娜沉思着继续往下说，“游击队这种敌人不遵守游戏规则。这种做法我觉得在他们来说倒是很合理。既然当坏蛋，干吗不坏彻底呢？我们那第三个合同——下一回如果再卷入游击战的话，我希望我是游击的一方。”

“两个彻底的坏蛋之间会更难达成和平。”迈尔斯反驳道，“战争到最后为的并不是战争本身——除非在某些悲惨的情况下，战争最终滑向完全的破灭。人们想要的是和平。比战前更美好的和平。”

“谁更坏得彻底，而且坚持的时间最长，谁就能赢？”格雷果提出一个论断。

“我认为，从历史上看并非如此。如果你在战争中的行为堕落得太没底线，之后的和平就会比战前更糟糕……”迈尔斯一句话刚讲到一半，货舱那边忽然传来了人声。他吓坏了，一动不动。不过，来的是返回的董和梅休。

“快点。”董催促道，“如果梅休不能按时起飞，他会引来别人注意的。”

他们钻进货舱，梅休手里捏着根控制绳，绳子上拴着个飘浮货盘，货盘上固定着几个塑料包装箱。“你朋友可以装作舰队里的士兵混过去。”董告诉迈尔斯，“至于你嘛，我给你找了个箱子。其实更古典的做法是用一张毯子把你卷在里头，不过有鉴于那艘运输船的船长也是个男人，我恐怕这种历史经验并无参考价值（译者注：埃及艳后梗……）。”

迈尔斯疑虑地打量了一下那个箱子。它上面好像没有透气孔。“你要把我带到哪儿去？”

“我们经常会做出一些非常规的飞行安排，好让舰队的情报官悄悄溜出去或者溜回来。这位恒星系内运输船船长是一名独立船主——他是沃维人，但是已经在我们这里领了三次工资了。他会带你过去，把你送过沃维海关。这以后，就得靠你自己了。”

“这种安排对你们大家有多大危险？”迈尔斯有些担心。

“综合考虑的话，没多大。”董说，“他会以为自己又是在运送雇佣军间谍。拿钱办事，他自然就会闭紧嘴巴。要过好几天他再回来时才可能被讯问。这一切都是我一个人安排的——埃蕾娜和阿狄根本没露面，所以他没法出卖他们。”

“谢谢你。”迈尔斯低声说道。

董点点头，然后叹了口气：“你要是当初和我们待在一起多好啊。过去的三年里，我会把你培养成一名多么优秀的战士啊。”

“如果你发现由于帮助了我们导致你找不到工作的话。”格雷果这时插话道，“埃蕾娜知道怎么帮你联系。”

董做了个鬼脸：“呃？联系谁？”

“最好不要知道。”埃蕾娜一边说，一边帮迈尔斯钻进包装箱里。

“好吧。”董嘟囔了一声，“但是……好吧。”

迈尔斯面对面看着埃蕾娜。马上就要分开了——下次见面会是什么时候？她拥抱了他一下，可随后也给了格雷果一个同样的拥抱。姐妹般的拥抱。“代我问候你母亲。”她告诉迈尔斯，“我常常想念她。”

“好的。呃……请代我向巴兹问好。告诉他，没事的。人身安全第一，你的，他的。登达立只是，只是，过去的……”他就是无法让自己说出“不重要的”，或者说“天真的梦”，或者说“幻想”。虽然最后那个形容是最贴切的。“……很好的尝试。”他最后说的话连自己也不相信。

她看着他的眼神冷静、锐利、意义不明——不，恐怕十分明白。那代表着：白痴。或者是别的情绪更加强烈的词。他坐了下来，把头枕到膝盖上，让梅休封上盖子。他觉得自己就像是一个动物标本，正被人装箱准备运往实验室。

转运很顺利。迈尔斯和格雷果发现他们被安排到了一个很小但条件不错的船舱里。船上偶尔会需要押运员，那个船舱就是为他们设计的。他们上船大约三小时后，飞船离港，飞离了阿斯伦德太空站。现在他们没有被发现的危险了。没有欧瑟的人来，没有喧嚣……迈尔斯必须承认，董现在做事还是很漂亮。

迈尔斯终于得以冲了个澡，把剩下的衣服清洗了，吃上了一顿像样的饭，又睡了个安稳觉。为此他对董非常感激。船上为数不多的船员们似乎对他们那个过道异常反感；迈尔斯和格雷果完全是被独自留在那里。三天平安度过了。他再次坐着飞船嗖嗖飞过了海根枢纽，再度以另一个身份。下一站就是贝拉亚在沃维太空站上的领事馆了。

噢，上帝啊，到那儿以后，他肯定必须得写一份报告，汇报事情的种种经过。要完全属实，还得按照帝国安全部标准的官方格式（从他读过的范文来看，那会枯燥得跟沙尘一样）。如果恩加利也经历这样一次旅行的话，他一定能搞出一栏栏坚实可靠、客观中立的数据，等着别人用六种方法对这些数据进行重新解析。迈尔斯能提供什么数据？一个也没有，我被关在箱子里呢。他实在没什么可写的，只有根据他和那些打手们捉迷藏的过程中看见的那点儿有限情况，靠直觉进行一些猜测。似乎这里每个安保系统的打手他都见过了。呃，也许他应该围绕这些安保部队来写报告？从一个少尉的视角。总参谋部一定会印象深刻。

那么，到目前为止，他有什么观点？嗯，波尔看起来目前并不是海根枢纽的麻烦根源；他们是被动反应，不是主动行动。杰克逊联邦看起来对军事冒险丝毫没有兴趣；弱得连内部鱼龙混杂的杰克逊人都能战而胜之的只有阿斯伦德，可征服阿斯伦德几乎无利可图——那是一个地球化改造都还刚起步的农业行星。阿斯伦德人患有严重的受迫害妄想症，足以造成危险，但它还没有做好充分的准备。他们的国防力量倚靠一支雇佣军，而这支雇佣军只要有个适当的导火索就会自己分裂成两个相互敌对的派别。时间稍长他们就不形成威胁。由排除法可知，导致目前这种不稳定局面的动力和行动只能是来自沃维，或者是通过沃维而来。怎样能搞清……不。他已经发誓不再搞间谍活动了。沃维的麻烦是别人的事。

迈尔斯无精打采地想到，他能不能说服格雷果给他个皇帝特赦，免了这份写报告的差事。如果可以的话，不知道伊林是否会接受这份特赦令。多半不行。

格雷果很安静。迈尔斯岔开双腿躺在床上，双手枕在头下，用微笑掩饰着心中的不安。格雷果——迈尔斯总觉得他有些后悔的样子——把偷来的登达立制服丢在一边，穿上了阿狄·梅休提供的一套平民服装。破旧的长裤、衬衫和上衣穿在瘦高的格雷果身上显得有些太短，又松松垮垮的；穿着这一身，加上深陷的眼窝，他看上去像个穷困潦倒的流浪汉。迈尔斯暗暗下定决心，下船后一定不能让他靠近高雅场所。

格雷果也看了看迈尔斯："你知道吗？你充当内史密斯将军的时候样子很怪。几乎完全像是另一个人。"

迈尔斯耸了耸肩，用一只胳膊肘撑起身子："我想，内史密斯就是我，只是没有刹车，不受束缚。他不需要做一个乖乖的弗氏子弟。不用做任何形式的贵族。他没有不服从上级的问题；他根本就没有任何上级。"

"我注意到了。"格雷果按贝拉亚制服的标准叠法把登达立制服叠了起来，"不得不放弃登达立，你后悔吗？"

"是的……不……我不知道。"非常后悔。指挥链似乎在中间环节被向两边拉扯。拉得太厉害的话，那一环肯定会扭曲然后断裂……"我想，逃出来，不当契约奴工，你总不会后悔吧。"

"不后悔……事情跟我原来幻想的不一样。不过，在密封舱发生的那次打斗，相当怪异。几个完全的陌生人，甚至连我是谁都不知道就想要杀死我。完全的陌生人想杀贝拉亚的皇帝，那我能理解。可这……我得好好琢磨琢磨。"

迈尔斯让自己的嘴巴弯了弯，微微一笑："就跟人家没拿你当皇帝，爱上了你这个人一样。只是稍有差别。"

格雷果瞪了他一眼："再次看见埃蕾娜的感觉也很奇怪。那个伯沙瑞的乖乖女……她变了。"

"我故意让她改变的。"迈尔斯承认。

"她看上去很依恋她那个逃兵丈夫。"

“是的。”迈尔斯简短地说。

“那也是你故意的？”

“那不由我选择啊。只是……符合逻辑的自然发展。以她的性格特征，我也许早该料到会这样了。她对忠诚的信念刚刚救了我们俩的命，所以我几乎不……不可能埋怨他们，嗯哼？”

格雷果扬眉眨眼，扬扬得意地斜睇着迈尔斯。

迈尔斯强咽下恼怒：“不管怎么说，我唯愿她没事。欧瑟已经证明了自己有多危险。埃蕾娜和巴兹能得到的保护似乎只有董嘴里那点权力基础——他那些被日渐侵蚀的忠心部下。”

“我很惊讶你没有接受董的开价。”格雷果跟迈尔斯先前一样略微弯了弯嘴，“一步就可以当上将军啊。跳过了贝拉亚所有那些冗长枯燥的中间环节。”

“董的开价？”迈尔斯嗤之以鼻，“你没听到他说的话吗？我记得你说过，我爸让你看完了所有那些条约文本的。董呢？他不是给我指挥权，他是让我投入战斗，胜率一赔五的战斗。他是在找一个盟友，一个站在前台的傀儡，或者是炮灰。而不是一个上司。”

“噢。嗯。”格雷果躺回了床上，“原来如此。不过，我还是很好奇，如果没和我在一起的话，你会不会做出别的选择，而不是这种谨慎的撤退。”他垂下眼睑，盖住自己尖锐的目光。

迈尔斯想象着那样的情景，一时失声。如果把伊林那句模模糊糊的命令——“利用弗·科西根少尉把登达立佣兵集团从海根枢纽弄走”——有效利用起来，加以自由发挥……不。“不。如果我没恰巧遇到你，我就跟我那位军士保姆欧佛霍尔特一起到埃斯科巴去了。至于你，我想，恐怕现在还在继续干装电灯的活。”当然，那也要取决于神秘的卡维罗——也许该叫他卡维罗司令？——准备从杰克逊联邦的拘留所里提走迈尔斯后如何处置他。

那么，欧佛霍尔特现在人在何方？他向司令部报告了吗？他设法和恩加利联系了吗？还是被卡维罗截住了？或者在追踪迈尔斯？真糟糕，迈尔斯没办法跟在欧佛霍尔特后面找到恩加利——不，这是循环论证。这些事太离奇古怪了。幸好他们已经逃出来了。

“幸好我们逃出来了。”迈尔斯对格雷果表示。

格雷果揉了揉他脸上一块浅灰色的痕迹。那是他跟电击棍的遭遇留下的印记，正在渐渐消退：“是啊，也许。不过当时那样也有好处。我装电灯的水平见长。”

马上就结束了，迈尔斯心想。他和格雷果跟着货船船长钻过对接管，走进沃维太空站里的卸货区。呃，也许没那么接近结束。那位沃维船长有些惶恐，点头哈腰的，明显很紧张。不过，如果像这样偷渡间谍的事情这人以前已经做过三次了，他应该很清楚自己现在在做什么。

灯光刺眼的卸货区感觉就像是个普通山洞一样，阴冷，有回音。里面是呆板的适合机器人口味的棋盘式布局，而不是人类更喜欢的曲线。实际上，这里面现在没有人，机器也都静悄悄的。迈尔斯想，已经有人在前面为他们清过道了。不过如果是他来做这件事的话，他会选择这里最忙最乱的时候——正在装货或者卸货的时候——来进行偷渡。

船长的目光从一个墙角扫到另一个墙角。迈尔斯忍不住也跟着他的目光看来看去。他们在一个没人的控制室旁停了下来。

“我们在这里等。”船长说，“会有人来把你们带过剩下那段路的。”他往控制室小亭的墙上一靠，用一只鞋跟轻轻地踢着墙面。那节奏就好像是闲得没事的人在不由自主地跺脚。踢了好几分钟后，他停了下来，站直身体，扭过头去。

脚步声。六个人从不远处的一条过道里走了出来。迈尔斯的身子绷紧了。那些人都穿着制服，从他们的神态上看，其中有一个军官。但他们穿的不是沃维平民或者军方的保安制服。是种他没见过的短袖棕色制服，上面有黑色镶边和饰物，脚上是黑色短靴。他们带着击晕枪，握在手中，打开了保险。如果这伙人走路像是来抓人的，说话像是来抓人的，嘎嘎乱叫的也像……（译者注：文字游戏，戏仿西方谚语“如果一个东西看起来像只鸭子，走路像只鸭子，叫声像只鸭子——那它一定是只鸭子”）

“迈尔斯。”格雷果也看出了同样的问题。他疑惑地小声问道：“这是计划好的吗？”此刻，击晕枪已经对准他们了。

“他已经成功地干过三次了。”迈尔斯毫无说服力地安慰道，“为什么就不能再第四次成功呢？”

船长冷笑了一下，从控制室墙边走开，离开了被击晕枪瞄准的区域。“我成功过两次。”他告诉迈尔斯和格雷果，“第三次的时候，我被抓住了。”

迈尔斯的手抽搐了一下。他把粗话吞回了肚子里，小心翼翼地不让自己双手靠到身体两侧。格雷果也慢慢抬起手来，脸上令人惊奇地面无表情。格雷果得一分，因为他一如既往的自控。这显然是他在受约束的生活中培养出的美德。

董设计了这一切。独自一人。董知道会这样吗？我们被出卖了，被董？不……“董还说你很可靠。”迈尔斯对运输船船长咬牙切齿地说道。

“董是我什么人？”那人反吼过来，“我有家人的，先生。”

在被击晕枪瞄准的情况下，两个——上帝啊，又是打手！——用击晕枪指着他们，朝前走来，把迈尔斯和格雷果的双手往后摁在墙上，然后把他们身上彻底搜了个遍，把他们好不容易从欧瑟的人那儿赢得的武器、装备和各种证件都搜走了。那军官检查了一下装他们东西的收纳盒。“是的，他们是欧瑟的人，没错。”他对着手腕上的报话机说，“我们抓到他们了。”

“继续。”一个细小的声音回话了，“我们马上就来。卡维罗通话完毕。”

那么显然他们是兰道尔游骑兵了。难怪这身制服没见过。但为什么这里一个沃维人都看不到？“请原谅。”迈尔斯轻声对那军官说，“但你们的行动是不是建立在认为我们是阿斯伦德特工的认识上？这是个误会。”

军官俯视着他，轻蔑地哼了一声。

“我怀疑现在并不是亮出我们真实身份的时候。”格雷果有些犹豫地低声对迈尔斯说。

“真有趣。左右为难的困境。”迈尔斯用嘴角小声回话，“我们最好先弄清他们会不会枪决间谍。”

一阵清脆的靴子声预告着新一批来者。脚步声来到拐角旁的时候，那帮人全都绷紧了身子。格雷果下意识地按照军中礼仪，一个立正站好。他笔直的站姿配上身上穿着的那套阿狄·梅休的衣服，样子显得相当古怪。毫无疑问，此刻看上去最不像军人的就是迈尔斯了：他惊讶得嘴巴都合不拢了。他赶在某些东西流到，呃，他的脚上之类的地方前把嘴巴闭上了。

五英尺的身高，靠着鞋跟比普通式样稍高一点的一双黑靴子似乎又挺拔了一些。犹如精美雕像的头上是一头金色短发，犹如蒲公英的花冠，闪闪发光。挺括的棕黑两色制服上面挂着镀金的军衔章，跟她的一举一动显得完美贴合，相得益彰。她是丽维亚·努。

那军官向她敬了个礼：“司令卡维罗女士。”

“很好，中尉……”她看见了迈尔斯的一刹那，明显是真的大吃一惊，那双蓝眼睛都骤然瞪大了。但她立刻掩藏住了自己的惊讶。“怎么，维克托？亲爱的——”她的声音甜得像蜜糖，带着夸张的喜悦，兴味盎然，“竟然会在这儿见到你。还在向那帮蠢货们兜售你的神奇服装？”

迈尔斯摊开自己空空如也的双手：“现在我全部的家当都在这里啦。你当初能买的时候就该买下来。”

“我怀疑。”她若有所思，脸上挂着相当不自然的笑容。迈尔斯发现她那双眼睛里闪动着令人不安的光芒。格雷果一言不发。他看上去十分困惑。

那么，你的名字不叫丽维亚·努，而且你也不是采购代理。那么，沃维的雇佣军司令官究竟为什么要隐藏身份，跑到波尔的太空站去与杰克逊联邦最强大的家族的代表见面呢？那绝不只是为了军火交易，亲爱的。

卡维罗/丽维亚·努将腕上的报话机放到嘴边。“库林之手号保健室。这里是卡维罗。我送两个俘虏过来让你审讯。这次我可能也要在场。”她关掉了报话机。

运输船船长朝她走去。他的态度有几分害怕，但又带着几分挑衅：“我的老婆和儿子。现在该你向我证明他们已经安全了。”

卡维罗审慎地打量了一番船长：“你也许还可以再跑一趟。好吧。”她朝一个士兵一挥手，“把他带到库林之手号的禁闭室去，让他看看监视器。然后再把他带回来。你是个运气不错的叛徒，船长。我又有个任务要你去完成，完成了这个任务，你也许就能为他们赢得——”

“自由？”船长说。

被中途打断的卡维罗微微皱起眉头：“我为什么要给你额外加薪？多活一个星期的权利。”

船长跟着那个士兵走了。他愤怒地攥着拳头，牙齿咬得咯吱作响。

这什么鬼名堂？迈尔斯心想。他对沃维不太了解，但他非常清楚，就算是他们的军事管制法也没有规定说：可以把尚未定罪的叛徒无辜的亲属扣作人质，以惩罚他们的良好表现。

船长走后，卡维罗又摁开了她手腕上的报话机：“库林之手保安部吗？啊，很好。我把我可爱的双料间谍给你送过来。把我们上星期在第六牢房拍的录像放给他，好提高他的积极性，嗯？别让他知道那不是实时的……是的。卡维罗，通话完毕。”

那么，船长的家人是自由了？已经死了？被关押在其他地方？他们要在这儿做什么？转弯处传来更多的靴子声，重重的正规军的脚步声。卡维罗笑得满脸不快。但她一边转身去迎接新来的人，一边让脸上的表情变得甜美了许多。

“斯坦尼斯，亲爱的。来看看这回我们网住了什么。是那个在波尔站试图把偷来的军火卖给我的小个子贝塔叛徒。看起来，他总是不能单独一人行动呢。”

迈尔斯病态地注意到，棕黑两色的兰道尔游骑兵制服穿在米特佐夫将军身上看起来也非常帅气。现在如果他能眼睛一翻就地昏倒，那就再好不过了。只要他有那个本领。

米特佐夫将军和迈尔斯一样，站在原地纹丝不动。他铁灰色的眼睛里骤然燃起了邪恶的激情：“他不是贝塔人，卡维（译者注：卡维罗的昵称）。”

第十二章

“他是贝拉亚人。而且不是个普通贝拉亚人。我们必须把他藏起来。要快。”米特佐夫继续说道。

“那么，是谁派他来的呢？”卡维罗重新打量着迈尔斯，疑惑地噘起嘴唇。

“上帝。”米特佐夫热情洋溢地宣称，“是上帝把他送到了我的手里。”米特佐夫居然会如此欢乐，这可真是个非同寻常、令人担忧的景象。连卡维罗都扬起了眉毛。

米特佐夫这时才终于朝格雷果瞥了一眼：“我们要带走他，还有他的——我想，是保镖吧……”他说话的速度慢了下来。

那些布告牌上的照片已经过时好几年了，看起来格雷果其实不太像；但是皇帝常常出现在视讯广播中——当然，不是穿着现在这身衣服……迈尔斯几乎可以看见米特佐夫现在的想法：这张脸很熟悉，但我就是对不上名字……也许他认不出格雷果。也许他不敢相信。

格雷果敛容改色，用庄严掩饰住心中的沮丧。他第一次开口说话了：“这又是你的哪位老朋友么，迈尔斯？”

他从容不迫、富于教养的声音触发了联想。米特佐夫那因激动而涨红的脸一下子血色全无。他情不自禁地环顾四周——迈尔斯估计他是在寻找伊林的身影。

“唔，这位是斯坦尼斯·米特佐夫将军。”迈尔斯解释道。

“基里尔岛那位米特佐夫？”

“是的。”

“噢。”格雷果依然保持着高深莫测的矜持，脸上几乎毫无表情。

“你的警卫在哪里，大人？”米特佐夫朝格雷果问道。他刺耳的声音中带着竭力掩藏起来的恐惧。

你这不是正看着他的警卫么。迈尔斯暗自哀叹。

“我想，就在后面不远。”格雷果试图虚张声势。酷啊。“让我们走自己的路，他们就不会来打搅你。”

“这家伙是谁？”卡维罗不耐烦地用一只脚轻踩着地面。

“你，”迈尔斯忍不住问米特佐夫，“你在这干什么？”

米特佐夫一下子阴沉起来：“一个像我这样年龄的人，被剥夺了他的那份帝国养老金——他一辈子的积蓄——要怎么生活呢？你希望我会坐下来静静地饿死？我才不会呢。”

迈尔斯意识到，自己勾起了米特佐夫心头的怨恨。这可真不是时候。“这里……看上去比基里尔岛要好多了。”迈尔斯抱着一线希望提示道。他脑子里依然有几分懵懂。米特佐夫居然在女人手下工作？这个指挥链的内部机制一定很有趣。亲爱的斯坦尼斯？

米特佐夫看上去并没开心起来。

“他们是什么人？”卡维罗再度问道。

“权力。金钱。战略影响。超乎你的想象。”米特佐夫答道。

“麻烦。”迈尔斯插嘴道，“超乎你的想象。”

“你是另一回事，变种人。”米特佐夫说。

“将军，此事恕不苟同。”格雷果以最优雅的帝国语调说道。他很好地掩饰住了心中的困惑，试探着想要踏入这场飘忽不定的谈话中。

“我们必须立刻把他们带到库林之手去。不能被别人看见。”米特佐夫对卡维罗说道。他看了看逮捕迈尔斯他们的那队人：“也不能被听见。接下来的事情要悄悄干。”

在巡逻兵的护送下，他们出发。迈尔斯觉得米特佐夫的目光一直像刀子似的在他后背上戳来戳去，探来探去。他们穿过了几个空荡荡的码头之后来到了一个大码头。有艘飞船正在使用这里。从哨兵们的人数和严谨的出入程序来看，这是艘指挥舰。

“把他们带到医疗室去审讯。”卡维罗朝押送他们的那队人马命令道。他们在那位带头军官的率领下正准备进入一个人用对接舱。

“等等。”米特佐夫说，他几乎是紧张不安地环视了一下走廊的岔道口，“你们这儿有又聋又哑的卫兵吗？”

“没有！”卡维罗愤怒地瞪着她这位神秘的焦虑不安的部下，“那就带到禁闭室去吧。”

“不。”米特佐夫猛地大叫一声。迈尔斯意识到，看来他对把皇帝投入囚室颇感踌躇。米特佐夫转向格雷果，无比认真地说道：“我能请您发下誓约么，陛下——大人（译者注：原文这两个词谐音。米特佐夫先是习惯性地叫出口，然后改口）？”

“什么？”卡维罗叫道，“你脑筋脱线了么，斯坦尼斯？”

“誓约。”格雷果严肃地说道，“是两个有自己荣誉的敌人之间许下的诺言。我愿意相信你是有自己的荣誉的。然则你是要宣布自己是朕（译者注：格雷果此时用的也是跟“我们”字面相同的表述……所以迈尔斯下面有那么一句）的敌人吗？”

这双关语用得可真是棒极了。迈尔斯在心中默默赞道。

米特佐夫的目光落在迈尔斯身上。他抿紧了嘴唇：“也许不是你的敌人。但你选择亲信很糟糕。更不用说顾问了。”

格雷果此刻的表情十分难以捉摸：“有些熟人并不由我选择。还有些顾问也是。”

“到我的房间去。”卡维罗正要开口表示反对，米特佐夫抬起一只手制止了她，“暂时先这样。我们先谈谈。不要其他目击者，关上安保录像。完了之后我们再做决定，卡维罗。”

卡维罗眯起眼睛，闭上了嘴：“好吧，斯塔尼斯。带走。”她嘲讽似的勾了勾手，示意他们往前走。

米特佐夫在他的船舱外安排了两个卫兵放哨，然后让其他人解散。等门关上后，他用一根缠绊绳把迈尔斯捆起来，让他坐在地板上。然后，出于根深蒂固、无可消除的敬畏感，他让格雷果坐在他的电脑桌前那把有垫子的靠背椅上。那是这个斯巴达式的房间里最好的座位了。

卡维罗盘腿坐在床上看着眼前的情形，对米特佐夫办事的逻辑表示反对：“为什么把那个小个子绑起来，却不绑那个大个子？”

“要是你对他不放心的话，一直把你的击晕枪拿在手上就行。”米特佐夫建议道。他喘着粗气站在那儿，两手背在身后，仔细地打量着格雷果。他晃了晃脑袋，仿佛依然不敢相信自己的眼睛。

“为什么不是你自己把枪拿着？”

“我还没决定在他面前要不要拔出武器。”

“现在没别人了，斯坦尼斯。”卡维罗用讽刺的腔调说道，“能请你解释一下你的这种疯狂行为吗？而且你最好能有个好理由。”

“哦，是的。那位——”他指指迈尔斯，“——是迈尔斯·弗·科西根勋爵，贝拉亚首相的儿子。阿罗·弗·科西根将军——我相信，你一定听说过那个人。”

卡维罗眉头一沉：“那他装作贝塔军火走私犯在波尔六号空间站干什么？”

“我不清楚。我最后一次听到他的消息时，说他被帝国安全部逮捕了。当然，谁都不相信他们那话是当真的。”

“确切地说，不是逮捕。”迈尔斯纠正道，“是拘留。”

“而他是——”米特佐夫转手指向格雷果“——贝拉亚的皇帝。格雷果·弗·贝拉。他在这儿干什么，我完全无法想象。”

“你确定？”即使是卡维罗这下也大吃一惊。见米特佐夫坚定地点了点头，她的眼中露出了揣度的神色。她打量着格雷果，仿佛是第一次见到这个人：“真的吗？太有趣了。”

“问题是，他的保镖在哪里？我们必须非常小心行事，卡维。”

“他对他们有什么价值？换句话说，对出价最高的竞标者有什么价值？”

格雷果对她笑笑：“我是弗氏贵族，夫人。在某种意义上，我就代表整个弗氏。参军冒险是我们的天职。如果我是你的话，我不会觉得面前这个人价值连城的。”

格雷果的怨言说出了部分事实。迈尔斯心想：他不当皇帝的话，简直可以说一无是处。但他充当这个皇帝的角色确实做得还不错。

“是个机会，是的。”米特佐夫说，“但是，如果我们招惹出一个自己无法对付的敌人——”

“如果我们把他扣为人质，我们应该可以把他们玩弄于股掌之间。”卡维罗意味深长地说道。

“有另一种更明智的做法，”迈尔斯插嘴说道，“那就是尽快帮我们安全离开，然后你们可以得到一大笔酬劳，还有给你们带来荣誉的谢意。这可谓是一个，嗯，双赢的策略。”

“荣誉？”米特佐夫的眼睛亮了。他陷入了沉默的思考状态，然后低声说：“可是，他们在这儿干吗？伊林那条毒蛇又在哪儿？无论如何，我都想要这个变种人。该死的！要干就要勇敢，不然干脆别干。”他恶狠狠地盯着迈尔斯，“弗·科西根……就是这样。而贝拉亚现在对我来说算什么呢？一支我为它服务了三十年后，在背后捅我一刀的军队（译者注：原文如此。可能是反映了贝拉亚的军国主义性质，让米特佐夫无意中将军队和国家混为一谈）……”他下定决心，直起身子。但迈尔斯注意到，他还是没有在皇帝御前抽出武器。“是的。把他们送到禁闭室吧，卡维。”

“别那么急。”卡维罗说，她看起来有新想法，“如果你想的话，把小个子送到禁闭室去好了。你说过他没用，对吧？”

贝拉亚最有权势的军事领导人的独子闭上嘴，等待着他们话风转向。如果，如果，快说如果……

“相比较而言是这样。”米特佐夫妥协了。看上去他好像突然在担心自己的猎物会被骗走。

“很好。”卡维罗把击晕枪悄然无声地插进套子里。她有好一会儿都没把枪瞄着格雷果了，只是把它拿在手里把玩。她走过去打开门，朝卫兵招招手。“把他——”她指指格雷果，“——关到G甲板9号舱。切断那里的外线通信，锁上门，派一个哨兵拿着击晕枪看守。但在合理范围之内要尽可能给他提供所要求的舒适环境。”她扭头对格雷果补充说明道：“那是库林之手给来访军官提供的最舒适的住所。呃——”

“叫我格雷格。”格雷果叹了口气。

“格雷格。这名字不错。9号舱在我隔壁。等你，呃，洗漱过后，我们很快就继续谈话。也许在吃晚饭的时候。保证把他送到那儿，没问题吧，斯坦尼斯？”她朝两个男人不偏不倚地露出一个闪亮的笑容，而后飘然而去。她的靴子舞动得可真好看。然后她又探进头来，指指迈尔斯，“把他带到禁闭室去。”

第二名卫兵示意迈尔斯跟在卡维罗后面往前走。他示意的方式是挥了挥手中的击晕枪，又拿电击棍戳了一下迈尔斯。上帝保佑，电击棍没有打开。

从他沿途走马看花观察到的情形来看，“库林之手”这艘指挥舰比“胜利号”大得多，可以容纳更多、更强大的战斗部队，用于空降战或者登舰战。不过，相应地，它操纵起来也不那么灵便。船上的禁闭室也更大。迈尔斯很快还发现，这里的警备也更森严。唯一的出口通往一个精心设计的监控哨位，从那里进入是两条死胡同，胡同边上是若干囚室。

出卖他们的那位船长，正准备离开哨位。被指派来押送他的卫兵警惕地盯着他。船长和卡维罗互相看了看，双方都满怀敌意。

“你看见了吧，他们仍然很健康。”卡维罗对他说，“这笔交易中我这边的一半完成了，船长。现在等你继续完成你的那一半。”

让我们看看会发生什么事……“你只看到了一段录像。”迈尔斯飞快地说道，“你得要求见见真人。”

卡维罗咬紧了她雪白的牙齿。但当船长猛地转回身的时候，她脸上恼怒的表情已经消失于无形，换成了一个狐狸般的笑容。“怎么？你……”那男人倔强地站在那儿，“那么，你们谁在撒谎？”

“船长，你能得到的保证就这么多。”卡维罗边说边指指监视器，“你选择了赌博，那你就得赌下去。”

“那么这人——”他指指迈尔斯，“——就是你最后的收获了。我不干了。”

她垂在裤缝边的手微微做了个手势，卫兵立刻警觉起来，抽出击晕枪。“把他带出去！”她命令道。

“不！”

“很好。”她愤怒地瞪大了眼睛，“把他送到六号禁闭室去。锁到里头。”

船长的心被反抗的冲动和对家人的热爱之情撕扯着，转过身去。卡维罗示意那名卫兵朝着他的囚徒隔空开火。他摔倒在地，大惑不解地瞪着眼睛。卡维罗瞥了迈尔斯一眼，露出一个极为恼火的笑容，仿佛在说，好啊，你这自以为聪明的家伙，让你见识下我的厉害。卡维罗打开挂在身体左侧的枪套，动作冷静流畅地抽出一把神经干扰枪，仔细瞄准船长的脑袋，然后一枪正中他的后脑勺。他扭动了一下，然后倒了下去。还没碰到甲板他就已经死透了。

她走过去，若有所思地用靴子尖头踢了踢尸体，然后转头看着张口结舌的迈尔斯：“你下次就会管好自己的嘴巴了，对不对，小男人？”

迈尔斯啪地合上嘴巴。总是要试探一下的……至少现在他知道是谁杀掉了里加了。那个兔子般的波尔人的死，原本对他只是报告中的一则消息，而今忽然变得真实而鲜明起来。卡维罗击毙船长时，脸上掠过的兴奋神情让迈尔斯胆战心惊，但却依然美丽动人。你在枪口准星里看到的究竟是谁的面孔，亲爱的？“好的，女士。”他被这惊人一幕引发了一阵迟来的颤抖；试图掩饰时噎了一下。这该死的舌头。

她走到安保监控站，对那里的技术员——被吓呆了的技术员说：“把过去半小时里米特佐夫将军房间的录像取下来给我。开始录制新的。不，你不要倒放！”她把技术员递过来的录像盘放进胸前的口袋里，小心地扣好口袋盖子。“把这家伙关到十四号房间。”她朝迈尔斯点了点头，“或者，啊——十三号房间吧。如果那边空着的话。”她朝他龇了下牙齿。

卫兵又搜了一遍迈尔斯的身，并进行了全身扫描，给他做了一张身份卡。卡维罗和蔼地告诉他们，输入的名字应该是维克托·罗萨。

迈尔斯站起身来。来了两个佩着医生肩章的人，他们带着一个飘浮托盘，运走了尸体。卡维罗毫无表情地看着这一切，慵懒地对迈尔斯说：“你故意让我的双面间谍失去了作用。如果不是你蓄意破坏的恶作剧，他本该有更好的用途，而不是被作为给一个傻瓜上课的教具。我不会保存没用的废物。我建议你开始想想，你怎么能让自己对我更有用，而不是仅仅作为我逗米特佐夫将军的玩具。”她朝着遥不可及的远方露出一丝微笑，“不过他确实看到你就想扑上去，是不是？我看来有必要了解一下他的动机。”

“那‘亲爱的’斯坦尼斯对你又有什么用？”迈尔斯大胆地问道。他心中的愤怒和内疚感让他执拗地再度挑衅。米特佐夫是她的姘头？令人作呕的想法。

“他是个经验丰富的地面作战指挥官。”

“担任太空虫洞守卫任务的舰队要一个地面指挥官干什么？”

“嗯，好吧——”她甜甜地一笑，“——他让我开心。”

她一开始就应该这样回答才对。“真没品位。”迈尔斯毫无意义地嘀咕了一句，小心翼翼地不让别人听见。他应该提醒她当心米特佐夫吗？转念一想，他应该提醒米特佐夫当心她吗？

他的大脑被这个新出现的两难问题搞得晕头转向。他单人囚室墙上打不开的门关上了，把他禁闭其中。

没过多久迈尔斯就失去了对新宿舍的新鲜感。房间只有两米见方多一点点，屋子里只有两张带垫子的板凳和一个折叠式盥洗室。没有图书阅读器，他那深陷自责泥沼中的思维之轮带来的痛苦无从解脱。

过了若干时间之后，从门上的一个力场覆盖的洞里塞进来一份游骑兵的作战口粮，这玩意儿居然比贝拉亚帝国的食物更让人恶心，让人想起了那种给狗啃的假骨头，生牛皮做的。用口水把它打湿以后，它会稍稍变软一点，如果你的牙口够好，就可以咬下一点黏糊糊的碎屑来。这东西绝非你一下子可以消磨完的，保证你可以吃到下一顿饭送来的时候。营养多半丰富得要命。迈尔斯有些好奇卡维罗是拿什么晚餐招待格雷果。是不是科学地注意了营养的维生素平衡膳食啊？

他们本来离目标已经那么近了。即便现在，贝拉亚领事馆离他们也只隔着几道封锁和几层甲板，距离不足一公里。要是他能从这里到那里去就好了。要是机会来临……另一方面，一旦卡维罗发现无视外交惯例，冲撞领事馆可以得到好处的话，她在行动之前会犹豫多久？迈尔斯猜测，也许就跟她射杀船长前犹豫的时间差不多。现在，她肯定已经下令把领事馆和在沃维空间站上的所有贝拉亚间谍给监视起来了。迈尔斯的牙齿从那块皮革口粮上松开，倒吸了一口气。

密码锁发出哔哔声，提醒迈尔斯有人到访。这么快就提审？他原以为卡维罗会先喝酒，用餐，评估一下格雷果，然后才会回来处理他的事情。或者，只是派个下属来对付他？他咽下嘴里的东西。那团口粮卡得他喉咙好难受。他坐起身子，尽量显出毫不动摇，并不害怕的样子。

门开了，米特佐夫将军现身在门口。他穿着那身棕黑两色的游骑兵制服，看上去依然一副很干练的军人姿态。

“您应该不需要我在这儿吧，长官？”米特佐夫侧身钻进门里的时候，他身旁的卫兵问道。

米特佐夫轻蔑地看了迈尔斯一眼。此刻迈尔斯身穿维克托·罗萨那身软塌塌、脏兮兮的绿色丝绸衬衫，裤子松松垮垮，还光着脚——后来那个卫兵把他的凉鞋没收了。他看上去虚弱无力，丝毫没有军人样：“用不着。他不会袭击我的。”

真直率。迈尔斯懊丧地在心中同意他的看法。

米特佐夫揿下手腕报话机：“我结束后叫你。”

“好的，长官。”门轻轻关上了。禁闭室好像突然显得很小，非常小。迈尔斯缩起腿坐在垫子上，仿佛变成了一个小小的防御球（译者注：潮虫、穿山甲等有甲壳的动物遇敌时会缩成球状形态，这种形态就被称为“防御球”）。米特佐夫惬意地站在那里，凝视着迈尔斯。他心满意足地看了很久，然后在迈尔斯对面的一张板凳上来了个舒服的坐姿。

“哎呀，哎呀。”米特佐夫嘴都笑歪了，“真是风水轮流转啊。”

“我还以为你会跟皇帝一起共用晚餐呢。”迈尔斯说。

“卡维罗司令官毕竟是个女人，她在压力下会变得有点神不守舍。等她重新冷静下来后，她会意识到，在处理贝拉亚的问题上，她需要我的专业知识。”米特佐夫谨慎地说道。

换句话说，没请你去。“你让皇帝和她单独在一起？”格雷果啊，千万小心！

“格雷果没威胁。我恐怕养育他的人（译者注：格雷果的双亲幼年就已丧生，是由迈尔斯的父母养大的。参见《荣誉的碎片》和《贝拉亚》）把他教得太软弱了。”

迈尔斯被噎得说不出话来。

米特佐夫姿态放松地坐在那儿，手指随意地轻轻点着自己的膝盖："告诉我，弗·科西根少尉——如果你还是少尉的话。这世上本来就没什么公正，我相信你是保住了自己的军衔和薪金的。你来这里干什么？和他一起干什么？"

迈尔斯想着要不只供述自己的名字、军衔和军中序号，但这些米特佐夫早已知道了。米特佐夫真的是敌人吗？这里是说，他是不是贝拉亚的敌人——他是迈尔斯个人的敌人，这点毫无疑问。米特佐夫自己心里对这两者有所区分吗？"皇帝和他的安保人员失散了。我们希望通过贝拉亚驻此地的领事馆与他们重新取得联系。"那，这话里没有任何并非显而易见的东西。

"你从哪里来？"

"阿斯伦德。"

"别再装傻了，弗·科西根。我知道阿斯伦德。当初是谁派你到那儿去的？别费事撒谎。我可以去对货船船长做交叉讯问（译者注：以同样或者类似的问题讯问两个或者多个不同的讯问对象，对答案进行交叉比对）。"

"不，你不能。卡维罗把他杀了。"

"噢？"米特佐夫抑制住自己脸上一闪而过的惊讶表情，"真聪明。他是唯一知道你们去过什么地方的目击者。"

卡维罗举起神经干扰枪的时候，她也算到了这点吗？也许吧。但是……船长同时也是唯一知道他们是从哪儿来的可靠证人。也许卡维罗并不像她第一眼看上去那样可畏。

"再问一遍，"米特佐夫耐心地说——迈尔斯看得出来，米特佐夫觉得自己有的是时间——"你是怎么和皇帝走到一起的？"

"你认为呢？"迈尔斯反问过去，好拖延点时间。

"当然是个阴谋。"米特佐夫耸了耸肩。

迈尔斯呻吟了一声："噢，'当然'！"愤怒让他直起了身子。

"在你的想象中，是什么机智的——在这里不如说是疯狂的——一串阴谋，会让我们独自从阿斯伦德来到这里啊？我是说，我知道其实是怎么回事，是我的亲身经历嘛。但是，你怎么看这回事呢？"也就是说，一个职业偏执狂怎么看这件事，"我倒很想听听。"

"嗯……"米特佐夫被引得情不自禁地说出了自己的想法，"你用某种手段把皇帝和他的保卫人员分开了。你肯定要么是在策划一起精心布置的暗杀，要么就是准备实施某种形式的人格控制。"

"啊？你脑子里冒出来的就这些？"迈尔斯失望地叫了一嗓子，重重地往墙上一靠，坐了下去。

"或者，你们也许在进行一项秘密的——因此必定是不名誉的——外交行动。某种卖国行为。"

"如果是这样的话，格雷果的安保人员去哪儿了？"迈尔斯哼哼唧唧地说，"仔细点好不。"

"那么，我的第一个推断就是对的。"

"那样的话，我的保镖呢？"迈尔斯吼道。是啊，在哪呢？

"弗·科西根家族的阴谋——不，也许不是将军的阴谋。他在国内照样控制着格雷果——"

"谢谢你啊。我还正想指出这点呢。"

"一个扭曲变态的头脑产生出一个扭曲变态的阴谋。你梦想着自己当贝拉亚的皇帝吗，变种人？"

"那对我会是一场噩梦，我向你保证。去问格雷果吧。"

"那倒用不着。一旦卡维罗说'干吧'，医务官就会把你心里的秘密全挤出来。在某种意义上，吐真药被发明出来真是太遗憾了。我会很享受把你身上的骨头一根根打断的过程。直到你说话。或者是惨叫。在这里你没法藏到你父亲的——"他怪笑了一下，"——裙子下面，弗·科西根。"他若有所思，"也许我还是该这样做。一天一根骨头，有多少根骨头就打多少天。"

人身上有二百零六根骨头。二百零六天。在二百零六天里，伊林应该能够找到我们了。迈尔斯冷冷地笑了。

不过，米特佐夫看样子是坐得太舒服了，并不想马上站起来把这个计划付诸实施。这场互相试探的谈话根本算不上真正的审问。但是，如果不是为了审问，也不是为了报复折磨，这人到这儿来干什么呢?

他的情人把他赶出来了，所以他感到孤单，独在异地，想找个熟悉的人说说话。即便是个熟悉的敌人也好。奇怪的是，这并不难理解。除了入侵科玛那段时间，米特佐夫这辈子多半从未踏足贝拉亚之外的地方。他一生的大部分时间都在帝国军队那受约束的、井然有序的、事事可以预知的小世界里度过，和外面的大世界隔绝。而现在这个古板的男人四处游荡，面对着多得超乎他想象的自由选择。上帝啊。杀人狂犯思乡病了。领悟到这一点让迈尔斯不寒而栗。

“我开始觉得，我也许不经意倒是帮了你的忙了。”迈尔斯说。要是米特佐夫现在处于愿意讲话的状态，那干吗不鼓励他多说几句?“卡维罗长得肯定比你的前任上司更漂亮。”

“她是很漂亮。”

“薪金也比原来高?”

“谁给钱都比帝国军队大方。”米特佐夫哼了一声。

“而且还不枯燥。在基里尔岛上，日复一日，天天一个样儿。在这里，你连接下来会发生什么都不知道。她信任你吗?”

“我对她的计划很重要。”米特佐夫几乎忍不住要得意地笑了。

“作为一名床上勇士?我想你是个步兵。在这个年龄你改换军种了?”

米特佐夫只是笑笑：“现在你的心思变得越来越好懂了，弗·科西根。”

迈尔斯耸耸肩。这么说的话，我就是这里唯一好懂的东西啦。“我记得你不太看得起女兵。卡维罗似乎让你改变了自己的看法。”

“没有的事。”米特佐夫自鸣得意地靠在椅背上，“我预计，在六个月内兰道尔游骑兵就该归我指挥啦。”

“这间禁闭室有监视录像吗？”迈尔斯目瞪口呆。他倒不太担心米特佐夫的话会给他带来多少麻烦，但毕竟……

“现在没有。”

“卡维罗打算退休了，是吗？”

“有好几种办法可以加快她的退休进程。卡维罗为兰道尔安排的致命事故大概可以被轻松重复。或者，我甚至可以设法来以此指控她，因为她居然蠢到常常在床上吹嘘如何搞暗杀。”

那不是吹嘘，那是警告，笨蛋。迈尔斯想象着米特佐夫和卡维罗之间的枕边私话，两只眼睛几乎挤到了一块：“你们俩肯定有许多共同之处。难怪你们相处得那么好。”

米特佐夫不那么高兴了：“我和那个佣兵婊子没有任何共同之处。我是一名帝国军官。”他愤怒地低吼道，“三十五年。他们一直大材小用。好吧，他们会发现自己的错误的。”

米特佐夫看了看自己的计时器：“我还是不明白你怎么会出现在这里。明天在吐真剂的作用下，你会对卡维罗说出一切的。你确定你现在没有别的什么事要私下里先告诉我了？”

迈尔斯意识到，卡维罗和米特佐夫是在玩审讯工作的老把戏：一个唱红脸，一个唱白脸：只不过他们把暗号搞混了，结果两个人碰巧都扮演了白脸的角色：“如果你真想帮忙的话，就把格雷果送到贝拉亚领事馆去。或者，仅仅传个消息出去，说他在这儿也好。”

“时机成熟时，我们会的。只要条件合适。”米特佐夫眯缝起眼睛，观察着迈尔斯。他莫非被迈尔斯弄糊涂了，就像迈尔斯被他弄糊涂了一样？沉默许久之后，米特佐夫用手腕上的报话机呼叫卫兵，然后离开了。临走时，他并没有再对迈尔斯发出什么暴力威胁，只说了声，“明天见，弗·科西根。”这句话本身的意味就够凶险了。

门嗞地一下关上了，锁哔哔响了一声。迈尔斯在心中默默思考。我也不明白你怎么会出现在这儿啊。显然，对某个星球的地面袭击正处于筹划阶段。兰道尔游骑兵会为沃维侵略军打先锋吗？卡维罗秘密会见了杰克逊联邦的一名高级代表。为什么？为了保证杰克逊联邦在他们即将发起的进攻战中保持中立？这非常合乎情理。但是，沃维人为什么不直接出面跟杰克逊人交易？这样一旦消息提前走漏他们可以不承认卡维罗做出的安排？

目标是谁，或是什么？显然不是杰克逊联邦的太空站，也不是它遥远的母星杰克逊·霍尔。那么剩下的就是阿斯伦德和波尔了。阿斯伦德是个死胡同，在战略上没有吸引力。最好还是先占领波尔，（在杰克逊联邦的合作下）切断阿斯伦德与海根枢纽的联系，之后就可以轻松地荡平这个弱小的星球。但波尔有贝拉亚的支持，而贝拉亚最想要的正是与这个紧张不安的邻国结成联盟，因为那将使它在海根枢纽获得立足之地。公开进攻肯定会迫使波尔投入贝拉亚期待的怀抱。这样一来，就只剩下阿斯伦德了，但是……

这不合逻辑。这个念头令迈尔斯烦躁不安。几乎比想到格雷果毫无戒备地与卡维罗共进晚餐，或者是恐惧于即将到来的化学审讯更甚。我完全想不明白。这不合逻辑。

整个灯光昏暗的“夜晚”时间，海根枢纽一直在他脑海中翻腾。他一直想着那里复杂的战略形势。海根枢纽。然后他脑子里出现了格雷果的图像。卡维罗在给他服用能改变思维的药物吗？给他跟迈尔斯一样吃狗嚼棒？给他吃牛排喝香槟？格雷果在被折磨？还是在被勾引？卡维罗那件引人注目的红色晚礼服浮现在他脑海中。格雷果会享受一段美妙时光吗？迈尔斯记得，格雷果对于女人的经验比他自己也多不了多少，但最近几年他和这位皇帝一直没有联系了；也许格雷果现在已经养了个情妇呢。不，那不可能。要不然伊林肯定会发现蛛丝马迹，然后把皇帝批评一番的。肯定还是长篇大论那种。那种非常老派的思想控制术对格雷果能起多大作用?

白昼一分一秒慢慢过去，迈尔斯一直在等待着他被带出去经历平生第一次吐真剂审讯——他作为被注射吐真剂一方的第一次（译者注：之前他曾经参加过对别人用吐真剂进行的审讯。详见《战争学徒》）。卡维罗和米特佐夫得知真相后，对他和格雷果这趟怪异的长途漂流会作何感想？过了很久很久，又送来了一份狗粮。又是很久，第二份。再过很久，第三份。光线又暗淡了，标志着飞船上又一个夜晚的到来。一日三餐，没有审讯。他们是在忙什么抽不开身？没有噪声，也没有轻微的引力波动，表明飞船没有离港；他们仍然停在沃维太空站。迈尔斯想通过运动让自己疲劳些，于是开始来回踱步：走两步，向后转，走两步，向后转，走两步……但他只是成功地增加了自己身上的异味，让自己头晕眼花。

又一天在痛苦中过去了，又一个光线昏暗的“夜晚”到来了。又一顿早餐送进来，掉落在地板上。他们是不是在人为地拉长或压缩时间，以搅乱他的生物钟。想使他软化下来更容易审讯？可为什么要费这个事?

他开始啃自己的手指甲。然后啃脚指甲。他从衬衫上抽出细细的绿丝线，试着拿它们当牙线剔牙。然后，他试着打出很小很小的线结，弄出绿色的图案。这时他突然灵光一现，想到了可以用线编织出消息。他能不能编织出“救命，我被囚禁了……”的字样，然后靠静电作用把它粘在某人的背上？在还有人过来的前提之下？他成功地摆出了蛛网般细薄的H、E、L三个字母（译者注：英文“救命”的前三个字母），但在他用手搓揉长满胡楂的下巴时，指甲边上的倒起皮碰到了线，结果把他的求救信号变成了一个无法辨认的绿色小坨坨。他抽出另一根线，从头开始。

门锁哔的响了一声，转动起来。迈尔斯猛地惊醒过来。这时他才意识到，在自言自语的孤独中，他进入了类似催眠的状态。时间过去了多久？

来访者是卡维罗，身穿游骑兵制服，英气勃勃。有一名卫兵在门外站岗。门关上了。看来又是一次秘密谈话。迈尔斯挣扎着整理思绪，回想起自己准备说什么。

卡维罗在迈尔斯对面坐下，刚好坐在米特佐夫坐过的位子上，做出某种意义上同样放松的姿态。她身体前倾，双手虚握，放在自己的膝盖上，专注而自信。迈尔斯盘着腿靠墙坐着，明显感到自己处于不利地位。

“弗·科西根勋爵，呃……”她头一歪，自己中断了寒暄，“你气色看上去很糟啊。”

“单身拘禁的生活不适合我。”太久不说话之后他的声音有些沙哑。他不得不停下来清了清嗓子，“也许需要一个图书阅读器——”他大脑中的齿轮开始转动，“——或者，一段做运动的时间，那样会更好。”那样他就可以离开禁闭室，跟那些可以收买的工作人员接触。“我的健康问题迫使我过一种自律的生活，否则健康状况就会恶化，阻碍我的正常生活。我迫切需要运动的时间。不然我会生重病的。”

“嗯。我们会考虑的。”她一只手捋了一下短发，然后重又回到正题上，“那么，弗·科西根勋爵。跟我讲讲你母亲的情况。”

“啊？”对于军事审讯来说，这可真是个令人头晕眼花的急转弯，“为什么？”

她露出一个讨好般的微笑：“格雷果的故事让我很感兴趣。”

格雷果的故事？皇帝已经接受过吐真剂审讯了？

“你想知道什么？”

“嗯……我知道弗·科西根伯爵夫人是外星人。一个贝塔人，嫁到了你们的贵族家庭。”

“弗氏不是贵族，是军人种姓。不过大致没错。”

“上位者们——不管他们怎样称呼自己——对她怎么样？我原来以为贝拉亚人完全是些地方主义者，对外星人有偏见。”

“我们是的。”迈尔斯爽快地承认了，“大多数贝拉亚人——所有阶层都一样——在孤立时代结束，贝拉亚被重新发现之后初次接触的外星人是西塔甘达侵略军。他们给我们留下了很坏的印象。我们把他们赶走已经有三四代人的时间了，但这种印象还在。”

“但是没人质疑过你父亲的选择？”

迈尔斯不解地抬起下巴：“他当时四十多岁了。而且……而且他是弗·科西根勋爵啊（译者注：当时迈尔斯爷爷还在世）。”我现在也是。我怎么就没享受同等待遇？

“她的身世背景没什么关系？”

“她过去是贝塔人。现在还是。她起初是在宇宙勘测局工作，但后来成了一名一线军官。在我们愚蠢地试图入侵埃斯科巴的那场战争中，贝塔殖民地帮助埃斯科巴人把我们打得落花流水。”

“因此，尽管是你们的敌人，但她的军人背景实际上有助于她赢得弗氏们的尊敬和接纳？”

“我想是的。另外，在我出生的那一年，在弗·达瑞安觊觎皇位期间，她再度在当地人心目中树立起了很高的军事威望。当我父亲分身无术时，她好几次统率过忠诚于皇帝的部队。”并且还亲自担负起了为四处躲藏的五岁皇帝提供安全保障的责任。比她儿子迄今为止为二十五岁的格雷果提供保障的努力要成功多了。实际上，说到这儿出现在他脑子里的形容是完全搞砸了。“从那以后，没人再敢惹她。”

“唔。”卡维罗往后一靠，半是自言自语地小声说道，“这么说，有成功先例。那么，是可能成功的。”

什么，什么可能成功？迈尔斯用一只手揉了揉脸，想让自己更清醒些，更集中精神：“格雷果怎么样？”

“挺好玩的。”

“郁郁寡欢者”格雷果陛下“好玩”？不过，卡维罗的幽默感……如果跟她人格的其他部分匹配的话，多半同样是邪恶的：“我是说他的健康。”

“以气色而论，他比你好多了。”

“我相信，他吃得比我好。”

“怎么，真正的军旅生活的滋味对你来说太刺激了么，弗·科西根勋爵？你和我的士兵们吃的是一样的。”

“不可能。”迈尔斯举起一块啃了一半的早餐狗粮，“那样的话，他们早就哗变了。”

“哎，天哪。”她皱起眉头，同情地看着那坨让人恶心的玩意儿。“居然是这东西。我记得早就宣布它们不适食用了啊。怎么还会拿到这儿来？肯定是有人在克扣经费。我给你要一份标准早餐？”

“好的，谢谢。”迈尔斯马上答道，然后他顿住了。她非常巧妙地把他的注意力从格雷果身上转移到了他自己身上。他必须时刻想着皇帝的事情。到现在，格雷果已经吐露出多少有价值的信息了？

“你知道吗，”迈尔斯小心翼翼地说道，“你正在沃维和贝拉亚之间制造一起重大的星际事件。”

“完全不是这么回事。”卡维罗一本正经地说道，“我是格雷格的朋友。我救了他，让他免于落入沃维秘密警察手中。他现在是在我的保护下，时机成熟时便会重新恢复他的合法地位。”

迈尔斯眨了眨眼：“沃维有秘密警察吗？”

“差不多吧。”卡维罗耸耸肩，“当然，贝拉亚肯定是有的。斯坦尼斯好像很害怕他们。其实，帝国安全部那些人出现了如此严重的失职，现在肯定非常尴尬吧。我恐怕他们有些名不副实啊。”

不完全是这样。我就是帝国安全部的。我知道格雷果在哪里。因此，从理论上来说，帝国安全部仍旧对舞台上的剧情发展一清二楚。迈尔斯不知道该笑还是该哭。或者该说，帝国安全部的人员正潜藏在台下。

“如果我们大家是这么好的朋友。”迈尔斯说，“那为什么我还被锁在这小房间里？”

“当然也是为了保护你啊。毕竟，米特佐夫将军曾公开威胁说，呃——怎么说来着——说要打断你体内的每一根骨头。”她叹了口气，“恐怕亲爱的斯坦尼斯很快就要失去他的作用了。”

迈尔斯想起米特佐夫在那次谈话中还讲到的其他事情，脸色一下子苍白了。“因为不忠诚？”

“完全不是。只要控制得当，很多时候不忠也可以变得很有用。但是总的战略形势也许很快就要发生不可思议的急剧变化。我这些时候苦苦栽培他的功夫也全白费了。我希望贝拉亚人不会都像斯坦尼斯那样单调乏味。”她微微一笑，“我真心希望如此。”

她身体前倾，显得更认真了。“格雷果，呃，从国内逃出来，是为了躲避顾问们的压力？他们想让他跟一个自己厌恶的女人结婚？真的吗？”

“他没对我说起过这事。”迈尔斯大吃一惊。且慢——格雷果在外面到底在搞什么？他最好还是小心点，别坏了格雷果的事：“不过，是有……这种关心。如果在不久的将来，如果他死了，却没有留下继承人的话，很多人担心之后会发生派系斗争。”

“他没有继承人？”

“各派系的意见总是不一致。唯一的例外是在格雷果本人的问题上。”

“所以他的顾问们会很高兴看到他结婚。”

“我想他们会高兴得不得了的。唔……”迈尔斯对交谈主题的转变一直觉得有些不安，此刻这种不安骤然化为了一道灵光，仿佛一阵冲击波到来之前爆炸的闪光，“卡维罗司令官——你不会是在设想你能让自己成为贝拉亚的皇后吧？是不是？”

她笑得越发奸诈了：“我当然不能。但格雷格可以啊。”她坐直了身体。显然迈尔斯那副无比震惊的表情让她大为光火：“为什么不呢？我的性别正合适。而且，显然，我的军事背景也正合适。”

“你多大了？”

“弗·科西根勋爵，你这问题真是太无礼了。”她蓝色的眼闪闪发亮，“如果我们站在同一阵线，我们就可以一起工作。”

“卡维罗司令官，我觉得你不了解贝拉亚，或贝拉亚人。”实际上，卡维罗的指挥风格在贝拉亚历史上某些时代会相当适合。比如疯皇尤里的恐怖统治时期。但过去二十年里，贝拉亚人一直在努力摆脱那一切。

“我需要你的合作。”卡维罗说，“或者，更确切地说，我们的合作会非常有用。对我们两人都很有用。你的中立是可以……容忍的。但是，如果你要积极反对，那就有麻烦了。你会有麻烦。不过我想，我们不应该刚刚开始共事就陷入采取否定态度的陷阱。你说呢？”

“那名货船船长的妻子和小孩——或者说，那对寡妇和孤儿——到底怎么样了？”迈尔斯把这个问题从牙缝里一个字一个字挤了出来。

卡维罗稍稍犹豫了一下：“他是个叛徒。最恶劣的那种。为钱出卖了他的星球。他在进行间谍活动时被抓住了。从道德上来说，下达死刑命令和执行死刑命令之间并没有什么区别。”

“我同意。在许多地方的法典中的确如此。但死刑和谋杀之间也没有区别吗？沃维并没有处于战争状态。他的行为也许是非法的，确实可以合法地逮捕、审讯、关押，或者进行反社会人格矫正——审讯这一步被丢到哪儿去了？”

“一个贝拉亚人竟然为法律程序而争辩？真奇怪。”

“他的家人到底怎么样了？”

该死的，她已经获得了一段用于思考的时间：“那些没趣的沃维人要求把他们释放了。当然，我不想让他知道他们已经不在我手中，否则，我会失去从远距离控制他的行为的唯一方法。”

谎言还是真话？不得而知。但她对自己的错误避而不谈。她的反应完全是模式化的：用恐怖手段确立统治地位。因为她的地位尚未稳固。不对，是因为她对自己的地位没有信心。我了解她脸上的那种表情。杀人犯偏执狂的表情对我来说犹如家常便饭。我曾经有这么一个偏执狂作为我的保镖，十七年之久（译者注：指伯沙瑞军士。详情见《荣誉碎片》《贝拉亚》和《战争学徒》）。有那么短暂的一刻，卡维罗虽然危险性丝毫未减，在迈尔斯眼里却似乎显得有几分温馨，有几分熟悉。但他应该努力让自己显现出被说服、没有威胁的样子，哪怕这样会让他恶心。

“不错，”他表示赞同，“下达连自己都不愿执行的命令是极端懦弱的。而我必须承认，司令，你不是个懦弱的人。”就是这个语气。在被说服，但同时又没有过快地改变自己的立场，那样会显得可疑。

她眉头一抬，露出讥讽的神色，仿佛在说：“你有什么资格来评断我？”不过，她还是略微放松了些。她看了看表，站起身来：“我要暂时离开，你可以好好考虑一下我们合作的好处。我希望，你对数学理论中的囚徒困境问题足够熟悉。这将是一次对你智慧的趣味测验，看看你能不能理论联系实际。”

迈尔斯勉强还给她一个怪异的笑容。她的美貌，她的活力，甚至她过度闪耀的自我，的确有其迷人之处。格雷果是不是真的……为卡维罗动心了？毕竟，格雷果没有看见她举起神经干扰枪然后……在格雷果的人身安全面临这样的袭击之际，一名优秀的帝国安全部军人应该怎么做？反过来勾引她？为了皇帝，自己做出牺牲来跟卡维罗来一小段风流韵事？这方案就跟扑到一颗声波手雷上，试图用身体挡住它爆炸的威力一样毫无吸引力。

而且他也很怀疑自己是否有那个能力。门关上了，遮住了她弯刀似的笑容。他抬起手，想提醒她别忘了给他改善伙食的诺言。但为时已晚。

但她还是记住了自己的诺言。一个经验丰富，但表情不丰富的勤务兵用小推车送来了午饭。有五道上等好菜，两杯酒，还有解酒的意式浓缩咖啡。迈尔斯不相信卡维罗的部队也吃得这么好。他想象着一队面带笑容，酒足饭饱，体态痴肥的美食家们快乐地漫步走向战场的景象……那些狗嚼棒会更有助于提高攻击性的。

迈尔斯试着对勤务兵提了点要求，结果送下一车饭来的时候，勤务兵还给他带来了一个包裹，打开后里面有干净的内衣，一套上面没有军衔标志、已经改到适合他的身材的游骑兵制服，一双柔软舒适的拖鞋；还有一管脱毛剂和一套各式洗漱用品。迈尔斯大为鼓舞，利用折叠盥洗室的脸盆把自己的身子一截截擦洗了一遍，并且在穿衣服之前还刮了个脸。他感到自己活得又像个人样了。啊，合作的功效。卡维罗并不是真的那么难以捉摸。

上帝啊，她是从哪儿冒出来的？她是雇佣兵这行的行家里手。她能爬到这么高的位置，哪怕走了些捷径，也一定要花相当一段时间。董也许知道她的底细。我想，她肯定至少会有过一次惨败吧。他真希望董现在就在这儿。见鬼的，他希望伊林此刻就在这儿。

迈尔斯越来越觉得，她的浮夸炫耀是一种有效的手段，是为了让她的部队为之倾倒。就像是画着一脸舞台妆给远处的人看。如果距离适当，这种做法可能会很有效。他祖父时代某个广受爱戴的贝拉亚将军就是这样：随身带着一杆等离子步枪当作轻便手杖使，从而备受关注。迈尔斯私下里听说，那支枪是没上子弹的——那人并不傻。有个弗氏少尉也类似，他会在任何可能的场合佩带一把样式古老的匕首（译者注：迈尔斯在自嘲）。一个标志，一面旗帜。对大众心理的精心计算。不过卡维罗在公众面前的个人形象肯定已经超过了这一战略所需。她自己内心会不会知道自己过分做作了，有些害怕？你想得美啊。

哎，一旦尝到了卡维罗，你脑子里就会老想着卡维罗，不能清晰地进行战术计算。集中思想，少尉。她把维克托·罗萨的事情忘了吗？格雷果有没有编造出些能解释他们在波尔太空站相遇的鬼话？格雷果似乎给卡维罗提供了一些似是而非的事实——真的如此吗？也许真的有那么一个让人讨厌的准新娘子，而格雷果对迈尔斯还不够信任，没对他说。迈尔斯开始后悔了。也许当时不该对格雷果那么尖刻。

他的思绪还在像一只跑轮上兴奋不已的老鼠般漫无目的地飞驰的时候，门上的密码锁又响了起来。是的，他要假装合作，答应任何条件，只要她能给他一个机会核实一下格雷果的情况。

卡维罗出现了，身边还有一个士兵。那人看上去依稀有些面熟——是逮捕他的打手之一？不……

那人把脑袋探进门里，困惑地盯着迈尔斯看了一会儿，然后转向卡维罗。

“是的，就是他，没错。陶·佛得那场外环战争中的内史密斯将军。到哪儿我都认得出他这个小不点的个儿。”他又对迈尔斯说了一句，“你在这里干什么，长官？”

迈尔斯在大脑中把那人身上制服的棕黑两色转换成灰白两色。嗯，是了。有几千名雇佣军都卷入了陶·佛得战争。战争结束后，每个人都得找到新的出路。

“谢谢你。这就行了，军士。”卡维罗抓着那人的胳膊，用力把他拖开。那名军士边走边提出建议：“将军，你应该试试雇用他，他是个军事天才……”传到囚室里的声音越来越小。

过了一会儿，卡维罗又出现了。她站在敞开的房门口，双手放在背后，下巴前突，满脸恼怒和猜疑。“总而言之，你们到底有多少人？”

迈尔斯摊开双手，无力地笑笑。偏偏就在他准备说服她让他走出这个地洞的当口……

“哈。”她一个向后转，气急败坏地跟外面的人说着什么。门关上了，切断了她的语声。

现在怎么办？懊丧的迈尔斯真想一拳砸到墙上。但那样墙面肯定会把力量反弹回来，给他造成更大的伤害。

第十三章

不过，那天下午，三重身份都已暴露的他仍旧获得了锻炼身体的机会。船上的一间小健身房被清了场，专供他一人使用。他花了一个小时的时间，一面试用各种各样的器械，一面用他敏锐的眼光研究着房间设置，估算着通往警卫把守着的出口的距离和冲锋路径。要是伊凡在这儿，迈尔斯可以给他想出好几个打翻一名警卫然后冲出去的办法。但体弱腿短的迈尔斯不行。这一刻，他发现自己真的很希望当初能带上伊凡。

在被押送回13号牢房的路上，迈尔斯和另一名囚犯擦身而过。这位正在门卫那儿安检的男人双眼血红，双腿直打晃，头上的金发被汗水打湿，看起来成了棕色的。迈尔斯震惊于这人的变化居然如此之大——更震惊于他的身份。欧瑟的那位副官。这位冷面杀手可真是大变样了。

他只穿着一条灰色裤子，赤裸着上半身。皮肤上东一道西一道，遍布着电击棍留下的青色伤痕。无痛注射器在他胳膊上留下的那些新鲜的粉红色注射点看起来就像是一排细细的爪印。他嘴边沾着口水，嘴里不停地嘟囔着什么，时不时颤抖着咯咯两声。看起来他刚被审讯过。

迈尔斯太惊讶了，忍不住伸手抓起那人的左手检查了一下——是的，那只手的指关节上还有已经结疤的他自己的牙印。上周，在这个星系那头，在“胜利号”的气闸室内的搏斗留下的纪念。这位沉默的大副现在可一点都不沉默了。

押送迈尔斯的卫兵严厉地示意他继续往前走。迈尔斯边走边扭头往后看，差点摔了一跤。13号囚室的门关上了，他再度陷入了囚禁中。

你在这里干什么？迈尔斯觉得，在海根枢纽，这一定是个问得最多，但回答得最少的问题。当然，他敢打赌欧瑟的副官已经回答了这个问题——卡维罗麾下的反情报部门准是海根枢纽地区最敏锐的。欧瑟的佣兵们是经过多久之后跟踪迈尔斯和格雷果来到这儿的？卡维罗的人发现并抓住他又花了多少时间？他身上的伤痕还是新的，不超过一天。

最重要的问题是，欧瑟的人到沃维站来只是作为广撒网的大搜捕行动的一部分，还是追踪着具体的线索而来——董妥协了？埃蕾娜被捕了？迈尔斯打了个哆嗦，狂乱地彷徨着。我是不是害死了我的朋友？

这么说，欧瑟知道的情况，卡维罗现在也知道了。那些被愚蠢地混在一起的真相和谎言，流言和错误。那么，迈尔斯的“内史密斯将军”这一重身份未必是像迈尔斯最初以为的那样出自格雷果之口。那名在陶·佛得打过仗的老兵显然是被哄过来做一次不带偏见的复核的。如果格雷果在有意对卡维罗隐瞒信息的话，那么，现在她会已经意识到这一点。如果他没有隐瞒任何信息呢。也许他现在正身陷爱河呢。迈尔斯的脑袋突突直跳，感觉都快要炸开了。

半夜时分，几个卫兵来找迈尔斯，叫他穿上衣服。嗯，终于要审问我了？他想起了那个口水直流的欧瑟副官，心中有些畏缩。他坚持先洗漱了一通，又把那身游骑兵制服的袖口和衣缝全都拉平整，直到最后等在一旁的卫兵开始变得不耐烦了，用手指轻点电击棍朝他发出暗示。迈尔斯自己很快也会变成一个直流口水的傻子。另一方面，他在吐真药的作用下不管说出了什么，还会使情况变得更糟吗？在他看来，卡维罗已经知道了一切。他甩开卫兵抓着他的手，绝望地聚集起自己全部的尊严，大踏步从卫兵们中间走过，走向禁闭室外。

他们带着迈尔斯在灯光昏暗的飞船中穿行，搭上一座升降梯，来到了一个标着“底层甲板”的地方。迈尔斯猛地警觉起来。格雷果应该在这附近的什么地方……他们来到一个舱门前。门上除了一个“10A”的号码牌之外一片空白。卫兵摁动号码锁，要求进入。门打开了。

卡维罗坐在一张电脑桌前，在昏暗的房间里有一束灯光，照得她的漂白金发熠熠生辉。他们来到的应该是这位司令官的个人办公室——显然还连着她的宿舍。迈尔斯睁大眼睛，竖起耳朵，搜寻着有没有皇帝来过这里的痕迹。还好，卡维罗身上穿着的制服整整齐齐。迈尔斯觉得对方显得有些疲倦，这让他非常高兴；至少他不是唯一一个这几天睡不好觉的人。她从桌子里拿出一把击晕枪，示威似的放在自己右手随时可以够到的位置，然后让卫兵们退了出去。迈尔斯伸长自己的脖子，到处寻找着无痛注射器的所在。她伸了个懒腰，向后一靠。她身上香水的气味跟她装扮成丽维亚·努时用的香水不同，多了些新鲜青草的味道，也更刺鼻，少了几分麝香味。香气从她白皙的皮肤上蒸发出来，撩动着迈尔斯的鼻子。他咽了口唾沫。

“请坐，弗·科西根勋爵。”

迈尔斯在指定的那张椅子上坐下，等待着。她若有所思地看着他。他的鼻孔里面开始痒得难受了。他坚持一动不动，没有抬起双手。见面后被问到第一个问题的时候他总不好意思去用手指挖鼻孔啊。

“你的皇帝现在遇到了可怕的麻烦，小勋爵。为了救他，你必须回到欧瑟雇佣军那儿去，重新掌握这支部队。等你夺回指挥权后，我们会和你联系，发出下一步的指示的。”

迈尔斯大吃一惊：“哪来的危险？”他噎住了：“你？”

“当然不是！格雷果是我最好的朋友。而且将是我生命中的至爱。我可以为他做任何事情。甚至为他放弃我的事业。”她装作虔诚地假笑着说。迈尔斯厌恶地撇了撇嘴。她咧嘴一笑："如果你不按严格遵照指示去做，而有任何其他的行动，嗯……那就会让格雷果陷入超乎想象的麻烦中。落入更恶毒的敌人手中。"

比你更恶毒？那不可能……是不是？"你为什么希望我掌控登达立雇佣军？"

"我现在不能告诉你。"她瞪大了眼睛，眼光闪动，显然对于专属她自己的讽刺玩笑大为兴奋，"那会是个意外。"

"为这项事业，你给我什么样的支持？"

"把你送到阿斯伦德站。"

"别的呢？部队，枪支，飞船，金钱？"

"我听说，你凭自己的智慧就能成功。我希望看到你怎么成功。"

"欧瑟会杀了我的。他已经试过一次了。"

"我必须冒这个险。"

我好希望那个"我"字是真的，女士。"你是叫我去送死。"迈尔斯推断道，"可要是我没死，反而成功了呢？"他开始流眼泪了，还打了个喷嚏。他快要忍不住去揉揉痒得要发疯的鼻子了。

"小勋爵，制定战略的关键，"她和气地解释道，"不是选择一条通往胜利的道路，而是选择让所有道路都通往胜利的方向。尽善尽美。你的死自有用处；你的成功则是另一种。我要强调的是，任何过早与贝拉亚取得联系的企图都将导致适得其反的结果。完全的。"

一句精辟的战略学格言；他得记住这句话。"那么，让我从我自己的最高指挥官口里听到出发的命令吧。让我和格雷果谈谈。"

"啊。那将是对你成功的奖赏。"

"上一个听到这句话的家伙最后因为自己的轻信被一枪打在了后脑勺上。我们要不省点事吧，你现在直接给我一枪？"他眨了眨眼，吸了吸鼻子：他鼻子里的鼻涕开始往下流了。

"我真没有杀你的意思。"她的眼睫毛冲着迈尔斯忽闪了几下。

然后她坐直身子，皱起眉头，“真的，弗·科西根勋爵，我完全没想到你居然会哭鼻子啊。”

他吸了口气，伸出双手做了个绝望的祈求的姿势。她被惊呆了，真的从胸前口袋里掏出一块手绢扔给了他。一块一股青草香味的手帕。在没有其他东西可用的情况下，他只好把手帕蒙到自己脸上。

“别哭了，你这个懦——”她的呵斥还没说完，迈尔斯就一记震天响的喷嚏打断了她。紧跟着又是一连串喷嚏。

“我不是在哭，你这个婊子。我是对你那该死的香水过敏！”迈尔斯在喷嚏的间隙中上气不接下气地说道。

她一只手放在前额，猛地吃吃娇笑起来——这次是真的笑了，而不是刻意表现出笑容来转变气氛。卡维罗真正的，毫无伪装的面目出现了。他先前的看法是对的，她的幽默感真是很扭曲。“噢，天啊，”她喘了口气，“这让我想到了一个绝妙的点子，可以用在毒气弹上。遗憾的是我将永远……嗯，也许……”

他的鼻翼像定音鼓一样不停地抽动着。她无奈地摇摇头，往自己的通信控制器上键入了些什么。

“我想我最好还是趁你还没爆炸之前，赶紧送你上路。”她对迈尔斯说道。

他在椅子里弓着身子，喘着粗气，透过自己泪水模糊的眼睛盯着脚上棕色的毛毡拖鞋：“为了这趟远行，能不能至少给我双靴子？”

她嘟起嘴，思考了一下，然后做出了决定：“……不行。看着你就以现在这副模样出发执行这次任务会更有趣。”

“穿着这身衣服到阿斯伦德去，我看起来会显得格格不入的。”他提出抗议，“可能会有人一看到我就误射过来。”

“误射……有意思……天啊，你会有一段惊险刺激的经历的。”她打开了门锁。

卫兵进来将他带走时，他还在不停地打着喷嚏、喘息不定。而卡维罗还在大笑。

卡维罗那些有毒香水的劲头过了半个小时才慢慢消失。这时迈尔斯已经被关在一艘星系内飞船的船舱里了。他们是通过“库林之手号”的一个气闸登上这艘船的；他甚至根本没有再次踏上沃维的太空站。毫无逃跑的机会。

他检查了一下这个船舱。床和盥洗室和之前那间禁闭室里的非常相似。太空任务，哈哈。广阔宇宙，前途无量，哈哈。帝国军队的荣光——怎么也哈不起来了。他失去了格雷果……我的个子也许很小，但我闯的祸可不小，因为我是站在巨人们的肩膀上。他使劲砸门，又对着内部通话机狂喊。没人理会。

这也够意外的。

他可以上吊自杀，给他们来个意外。一瞬间这个念头看起来很有吸引力。但是这里高处没有任何可以让他挂皮带的地方。

好吧。这艘信使型的飞船比上次他和格雷果乘坐的那艘笨重的货船要快些。上回他们花了三天时间才穿过整个恒星系。这次会短些，但也不会转瞬即至。他最少可以有一天半时间好好动动脑筋。作为弗·科西根勋爵和内史密斯将军。

这些个意外。上帝啊。

在迈尔斯估计他们快要到达阿斯伦德太空站防卫圈的时候，一名军官和一个卫兵来把他带了出去。但我们还没到港呢。这好像有点过早了。一针肾上腺素让他疲惫的神经系统起了些反应，他吸了一口气，想让自己迷乱的大脑恢复些警觉。不过，他已经够紧张的了，更多的肾上腺素其实对他并没有好处。那名军官领着他走过几条短短的过道，穿过这艘小飞船，来到领航指挥室。

游骑兵的飞船船长正在那儿，俯身看着他的大副操作通信控制器。驾驶员和随船技师们正在各自的岗位上忙碌着。

“如果他们上船的话，准会逮捕他。然后他自然会被送过去了，正符合给我们的命令。”大副说道。

“如果他们逮捕了他，同时也就能逮捕我们。她说把他送过去，头在先还是脚在先无所谓。但她可没有下令让我们自己也被扣押起来。”船长说道。

通话器里传来一个声音：“这里是阿斯伦德海军合同辅助部队的警戒哨卫舰‘羚羊号’，呼叫沃维枢纽站来的C6-WG。停止加速，开放左舷登船口，让我们进行入港前的预检。如果你们拒绝配合预检，阿斯伦德站保留拒绝你们入港的权利。”那人换上了一副喜气洋洋的调子，“而我则会保留开火的权利，如果你们在一分钟之内不停船受检的话。一分钟时间够你们熄火的了，伙计们。”这个说话的声音一旦带上了讽刺意味，突然就显得格外熟悉了。贝尔？

“停止加速。”船长下达命令，同时比了个手势，示意大副关掉通信频道，“嘿，你，罗萨。”他朝迈尔斯叫道：“这边来。”

那么我现在又是“罗萨”了。迈尔斯装出个可亲的笑容，侧身走了过去。他看了看屏幕，竭力掩饰心中汹涌的好奇。“羚羊号”？是的，屏幕上出现的是它，那艘线条优美的巡洋舰，伊利里克（译者注：小说中虚构的一颗行星。以高科技制造业著称）人建造……指挥这艘船的还是贝尔·索恩吗？我怎么才能到那艘船上去？

“别把我在这儿扔下去！”迈尔斯急促地发出抗议，“欧瑟的人正在抓我。我发誓，我不知道那些离子弧光枪有缺陷！”

“什么离子弧光枪？”船长问。

“我是个军火商。我卖给了他们一些离子弧光枪。便宜货。结果证明那些玩意很容易过载锁死，然后把使用者的手给炸飞。可我之前并不知道，我是批发采购的。”

船长似乎感同身受，右手张合了一下，确定自己的手还在。他下意识地在裤子上，他自己的离子弧光枪套后面的地方擦了擦掌心的汗水。他凝视着迈尔斯，厌恶地皱起了眉头：“该把你头冲前扔出去。”停了一会儿之后，他说道，“中尉，你和下士把这小变种带到左舷的客用气闸室去，把他放到救生胶囊里，然后弹出去。我们随后返航。”

“不。”迈尔斯无力地说道。中尉和下士一人抓住他一只胳膊。行了！他蹬着双脚反抗着，同时小心地保证自己不要反抗得太厉害，以免万一伤到骨头：“你们别把我扔到太空里！”“羚羊号”啊，真是太好了……

“哦，那些阿斯伦德的雇佣军会把你捞回去的。”船长说。“大概吧。如果他们不把你当作炸弹，不从他们的战舰上发射等离子炮或者别的什么东西把你在太空引爆的话。”船长想着那幅景象，露出了微笑。他转身对着报话机，用交通管制员式的平板腔调说：“‘羚羊号’，嗯，这里是C6-WG。我们决定，嗯，改变预定飞行计划，回到沃维方太空站去。因此，我们不需要入港前的预检。不过我们，嗯，打算给你们留下一个，嗯，小小的临别礼物。很小。要怎么处理，你们自己看着办。”

领航指挥室的门在他们身后关上了。走过几米长的过道，一个急转弯，迈尔斯和押送他的人就来到了一个人员出舱口。下士抓住还在挣扎的迈尔斯；中尉打开气闸室的门，又展开一个救生胶囊。

救生胶囊是一种廉价的充气救生装置，设计目的是让遇到危险的乘客可以在几秒钟内钻进去，适用于紧急增压或弃船的情况。它们还有个别名，叫作“傻瓜气囊”——操作这种装置不需要任何专门知识，因为这东西里面没有控制系统，只有可持续几小时的空气循环系统和一个方位信号发送器。结构简单，傻瓜都能用。但不适合幽闭恐惧症患者。这种装置是性价比非常高的救生工具——只要有合适的船只及时把人捞上去。

被塞进救生胶囊阴暗、散发着浓重塑料味的内部的一刻，迈尔斯发出一声恰到好处的哀号。拉绳一拉，胶囊封死，开始自动充气。有那么一会儿，迈尔斯的记忆闪回到了在基里尔岛上陷入泥沼中的恐怖一刻。他差点就真的惨叫起来。那两个先前抓着他的家伙把救生胶囊滚进了气闸室里，迈尔斯在里面也跟着一路翻滚。呼的一声，嘭的一下，身子一斜。他开始在一片漆黑中做自由落体运动了。

胶囊充好气后是个直径一米多一点的球体。迈尔斯的身子弯得快要折成两截，胃部和内耳在因为胶囊被猛地弹射出来后的快速旋转而痛苦不已。他伸出双手在黑暗中摸索着。他颤抖的手指终于摸到了一个东西——他估计那应该是根冷光管（译者注：一种一次性照明用品。外壳能透光，有一定弹性，其中装有两种化学药品，用玻璃或者其他易碎物质隔开。用力挤压破坏隔绝层后两种药剂发生反应，在一段时间内持续发出冷光）。他用力一挤，于是四周被一团令人恶心的绿光照亮了。

周围是深邃的寂静，唯有空气循环器微弱的嗞嗞声和他疲惫的喘息声。不过……比上一次他们想把我从气闸室舱里推出去时要好一些。有好几分钟的工夫，他脑子里一直在想象着“羚羊号”除了把他捡回去之外可能采取的各种行动。他刚刚摒弃了飞船向他开火的想法——这念头让人毛骨悚然——转而倾向于自己会在寒冷的黑暗中窒息而死的当口，他和他的救生胶囊猛地被一道牵引光束摄住了。

牵引光束的操纵者显然是个笨手笨脚的废物。但在被甩来甩去好几分钟之后，迈尔斯又感到了引力，也听见了外面传来的声音。他终于可以确信自己已经被平安地装进了一个正在工作中的气闸室。气闸室内门嗖地打开了，传来一阵杂乱的人声。片刻之后，傻瓜气囊又开始滚动了。他大叫一声，把身子缩成一团，好在滚动中保护自己。转动停了下来。他坐起来，深吸一口气，尽力整理了一下身上的制服。

救生胶囊的布料外面传来几声沉闷的响声。

“里面有人吗？”

“有！”迈尔斯大声答道。

“稍等……”

嘎吱几声、叮当几下，然后是一阵刺耳的撕裂声。封口被弄破了。随着空气泄漏，救生胶囊逐渐瘪了下去。迈尔斯挣扎着从塌下来的气囊中钻出来，颤抖着站在地上。那样子仿佛一只刚孵出来的鸡仔，毫无体面和尊严可言。

他是在一个小货舱里。三个身穿灰白双色制服的士兵站在他周围，用击晕枪和神经干扰器瞄着他的脑袋。一个戴着上尉衔章，身材瘦削的军官一只脚踩在弹药箱上，观看了迈尔斯钻出来的全过程。

那名军官衣服整洁，一头柔软的褐色头发，让人看不出眼前的究竟是个秀美的男子还是个格外坚毅的女子。这副不男不女的模样是精心设计的结果：贝尔·索恩是一名贝塔双性人。一个世纪前，贝塔那里进行了一次社会/遗传实验，但结果证明这样的人类不怎么受欢迎。贝尔就是他们为数不多的后代之一。随着迈尔斯慢慢站起来，出现在他面前，索恩脸上的表情渐渐从疑虑变成了震惊。

迈尔斯朝对方：“你好，潘多拉。众神给你送来一件礼物。不过里头有圈套。”

“不是向来如此吗？”索恩满脸喜悦之情，大步走上前来，热情洋溢地一把抓住迈尔斯的手，“迈尔斯！”索恩抓着迈尔斯前后摇了摇，心醉神迷地盯着他的脸：“你来这儿干什么？”

“不知怎么地，我早就觉得你一开口肯定就是这个问题。”迈尔斯叹了口气。

“——还有，你干吗穿着游骑兵的制服？”

“天啊，我真高兴你不是那种先开火后发问的人。”迈尔斯用穿着拖鞋的脚踢开已经完全瘪掉了的救生气囊。那几个士兵多少有些搞不清状况，依然用武器瞄着他，“啊——”迈尔斯指了指他们。

“下去吧，弟兄们。”索恩命令道，“没事了。”

“真没事了就好啦。”迈尔斯说，“贝尔，我们得谈谈。”

索恩在“羚羊号”上的房间和迈尔斯在他的佣兵生涯中遇到的其他事情一样，在其中怪异地混合着“熟悉”和“改变”。“羚羊号”里的景象、声音和气味让迈尔斯的回忆如潮，汹涌而来。现在的船长室里堆满了索恩的私人物品：影像收藏、武器还有战斗纪念品。纪念品中有个半边都被熔坏了的太空服头盔，当初它救了索恩的性命，自己却被打成了废渣，而现在被改造成了一盏灯。此外还有一个小笼子，里面装着一只来自地球的奇特宠物，索恩说那玩意儿叫“仓鼠”。

索恩拿出自己私人珍藏的纯天然茶叶泡了杯茶。迈尔斯一边啜饮茶水一边告诉了索恩现在的状况——内史密斯将军版的。跟他对欧瑟和董所说的基本一样：评估海根枢纽的任务，神秘的雇主，等等。格雷果的名字当然是被隐去了，同时对贝拉亚他也只字未提；迈尔斯·内史密斯讲话时一口纯正的贝塔腔。除了那些不能说的内容，迈尔斯尽可能接近真实地描述了他在游骑兵那边逗留的相关情况。

“这么说，莱克副官被我们的对手俘虏了。”迈尔斯描述到他在“库林之手”禁闭室外遇到那名金发副官时，索恩若有所思地说道，“他遇到这种事是活该，但——我们得再换套密码才好。”

“是的。”迈尔斯放下杯子，向前倾身，“我的雇主授权我，如果可能的话，不仅要观察海根枢纽的局面，而且要阻止战争。”嗯，某种意义上的确如此：“我恐怕现在阻止战争已经不再可能了吧。你的观点如何？”

索恩皱起眉头：“我们上一次入港是五天前。就是那天，阿斯伦德制定了这个入港前要预检的规定。所有小一些的船只都要轮班值勤执行这项任务。随着他们的军用太空站接近完工，我们的雇主变得越来越提心吊胆。他们很担心会有破坏行动——炸弹啊，生物武器啊……”

"这我不反对。呃，舰队内部的情况怎么样？"

"你是说有关你的死亡、生存和复活的传言？传得沸沸扬扬，有十四个版本，全都乱七八糟。我本来一直不在意那些话——你也知道，之前就老有人说看见过你——可是之后，欧瑟突然逮捕了董。"

"什么？"迈尔斯咬着嘴唇，"就董一个人？没逮捕埃蕾娜，梅休，乔达克？"

"就董一个人。"

"这说不通。如果他逮捕了董，他应该会用吐真剂审讯他，然后董就不得不供出埃蕾娜。除非，他刻意留着埃蕾娜在外面，当作诱饵。"

"董被捕之后，形势真的变得非常紧张。一触即发。我觉得如果欧瑟再对埃蕾娜和巴兹采取行动的话，将立刻点燃战火。但他也并没有让步把董放掉。形势很不稳定。欧瑟非常谨慎，把过去核心圈子里的人相互隔离开来——所以我才到了这儿。该死的，都快一个星期了。可我上次看见巴兹的时候，他已经被逼到快要发起战斗了。那本来是他最不愿意做的事。"

迈尔斯慢慢地呼出一口气："战斗……正是卡维罗司令所希望的。所以她才把我像个礼物一样包装好，用那个有损尊严的包装形式运回来。不和的救生胶囊（译者注：戏仿"不和的金苹果"）。她不在乎我赢还是输，只要在她发动那个'惊喜'之时，她敌人的军队陷于混乱中就好。"

"你弄清楚了她所谓的惊喜是什么了吗？"

"还没有。游骑兵正在准备在某个时间点发动地面进攻。把我派到这里来就表明，他们的目标是阿斯伦德。这违背了所有战略学原理。也许他们的目标在其他地方？那个女人的思维严重扭曲。噶！"他紧张地用拳头一下下轻叩着另一只手的手心。"我得和欧瑟谈谈。这次他必须听我的。我已经考虑清楚了。我们之间的合作大概是唯一一个卡维罗没想到的可能。采取这个行动的话，在她的战略树上肯定没给我准备好一根锯断了一半的树枝。你愿意为我赌上一切吗，贝尔？”

索恩的嘴唇略微弯起：“在这里，没问题。‘羚羊号’是舰队里最快的舰只。任何惩罚我都可以逃脱。”他咧嘴笑了。

我们要不干脆逃回贝拉亚？不行——格雷果还在卡维罗手上呢。最好还是装作在听命行事。暂时装会儿。

迈尔斯深深吸了一口气，在“羚羊号”领航指挥室里的固定椅子上坐稳身子。他已经把自己收拾干净了，又找船上个头最小的女性借了一身雇佣军的灰白两色制服。多余的裤腿被卷起来，整齐地塞进基本合脚的靴子里，外表看不出来。裤腰太紧了，只好敞着前面的大门，靠一根皮带遮住。上衣有些松垮，但坐着看上去还行。回头再把这套衣服彻底改改。他对索恩点点头：“好了。打开通话频道。”

嘟的一声，一道闪光，欧瑟将军的鹰脸出现在视讯板上：“嗯，什么事——你！”鹰嘴猛地关上，他紧咬起牙关：在焦点之外，一只模糊不清的手摁下了内部通话器和可视电话的按钮。

这回他没办法把我从气闸室里扔出去，但他可以切断通话。得讲得快一点。

迈尔斯向前俯身，笑着开口：“你好啊，欧瑟将军。我已经完成了对海根枢纽的沃维军队的评估。而我的结论是，你有大麻烦了。”

“你是怎么进入这个保密频道的？”欧瑟吼道，“定向窄波，而且双重加密——通信官，追踪信源！”

“怎么进入的，你几分钟内就可以查清。前提是在那之前，你和我一直保持通话。”迈尔斯说，“但你的敌人在沃维的太空站上，而不是在这里。不是波尔，不是杰克逊联邦。当然更不是我。注意，我说的是沃维的太空站，而不是沃维人。你认识卡维罗吗？就是在恒星系那头跟你地位相当的那个人？”

“我见过她一两次。”欧瑟脸上露出警觉的神色。他在等待着他忙碌的技术团队报告结果。

“脸像个天使，思维像一只敏捷的猫獴？”

欧瑟的嘴唇微微抽动了一下：“你见过她了。”

“哦，是的。她和我坦诚交谈了几次。谈话……很有启发。如今，在这片枢纽地带，情报是最有价值的商品。至少对我来说是。我想用我的情报做笔交易。”

欧瑟举起一只手示意等一下，暂时摁断了通话。重新出现之后，他整张脸都气得发黑：“索恩船长，这是叛乱！”

索恩侧过身子，挤进摄像头的取景范围内，快乐地说道：“不，长官，这不是叛乱。我们是想救救你这个忘恩负义的家伙，如果你允许我们这样做的话。听听这位老兄的话吧。他有些我们没有的路子。”

“是啊，他有路子。”欧瑟说。然后他低声嘟囔着，“可恶的贝塔人，总是抱团……”

“不论是你打我，还是我打你，欧瑟将军，都会让我们双方同遭失败。”迈尔斯迅速地说道。

“你赢不了的。”欧瑟说，“你不可能战胜我的舰队。凭‘羚羊号’是办不到的。”

“真要开打的话，‘羚羊号’只不过是个开胃菜。不过，确实，我多半是赢不了的。我所能做的就是把局面弄得一团糟。分散你的兵力——离间你和你的手下——在这样一场内斗中，你消耗的每一发弹药，损坏的每一件装备，伤亡的每一个士兵，都是净损失。除了卡维罗，谁都赢不了。而且她不需要付出任何代价。那正是她送我回到这里来的目的。照你预计，不折不扣地按照你的敌人的希望去做事的话，你能得到多少好处？”

迈尔斯屏住呼吸等待着。欧瑟的下巴一动一动的，咀嚼着这段让人印象深刻的争辩。“你能得到什么好处？”他终于问道。

“啊。将军，在这件事中，我恐怕是个破坏性的变量。我介入此事不是为了得到好处。”迈尔斯咧嘴一笑，“因此，我不在乎损失什么。”

“你从卡维罗那里得到的任何情报全都是狗屁不如的玩意儿。”欧瑟说。

他开始讨价还价了——他上钩了，他上钩了……迈尔斯抑制住心中的狂喜，做出一副严肃的表情：“卡维罗所说的一切当然都必须非常小心地进行甄别。不过，哎……美丽在于各人的行为举止，而不在于外表。另外，我发现了她的弱点。”

“卡维罗没有弱点。”

“不，她有。她强烈的功利心，她的自私自利。”

“我不明白那些怎么会成为她的弱点。”

“这就是为什么你有必要马上把我加进你的班子。你需要我的远见卓识。”

“雇用你！”欧瑟震惊地往后一缩。

好，不管怎么说，他已经先让欧瑟大吃一惊了。某种意义上他达成了一个军事目标：“我知道，你的战术参谋长的位子还空着。”

欧瑟的脸上从震惊变为呆滞，继而变成了一种又好气又好笑的表情：“你疯了。”

“没。只是非常非常着急。将军，我们之间并没有什么不可挽回的矛盾。迄今为止还没有。你攻击了我——而不是反过来——现在你以为我会反击。但我不是在度假，我没时间浪费在复仇之类的个人消遣上。”

欧瑟眯缝起眼睛：“那董呢？”

迈尔斯耸了耸肩：“如果你坚持的话，暂时继续把他关着好了。当然，不要让他受到伤害。”别把我说的这些话告诉他。

“假如我把他绞死呢？”

“啊……那样的话事情就无可挽回了。”迈尔斯顿了一下，“我想指出，在战斗即将来临之际，把董关起来就跟砍掉你自己的右手差不多。”

“什么战斗？和谁？”

“这是个惊人的消息。卡维罗创造的意外。不过，我倒是想到了一两个应付这个麻烦的办法，而且我乐意分享。”

“你会吗？”欧瑟现在的表情，迈尔斯时不时会在被他弄得大吃一惊伊林的脸上看到——跟嘴里含着颗酸柠檬似的。这表情简直让他有些感到回到了家乡。

迈尔斯继续说：“除了做你的雇员，我也愿意做你的雇主。我被授权签订一份诚实可信（译者注：原文这个词为拉丁文）的合同，所有通常的员工福利都有，加上装备更换，保险，全都有……我的雇主埋单。”伊林啊，听取我的祈愿吧，“与阿斯伦德的权益不冲突。同一场战斗中你可以拿两份钱，甚至都用不着变换立场。这是雇佣军的梦想。”

“你们预先能提供什么保障？”

“在我看来，我才是应该要求保障的一方啊，长官。我们先各自迈一小步。我不会发动兵变；你也别再想着把我从气闸室里扔出去。我会公开加入你的队伍——让人人都知道我来了——我会把我的情报提供给你。”吹了这么些空洞的承诺，可他的“情报”看起来实在太单薄。没有具体的数字，没有部队动向；只有意向，由忠诚、野心和背叛的念头构成的一幅变化不定的精神世界的地形图，“我们要见面谈谈。你对局势或者也有我所不具备的独到观点。然后，我们就可以开始行动了。”

欧瑟双唇紧闭，陷入了困惑之中。他有些点动心，但又疑虑重重。

“我得指出，论风险的话，”迈尔斯说道，“有人身风险的主要是我，而不是你。”

“我想——”

迈尔斯等待着这个老佣兵说出剩下的话。

“我想，我会后悔的。”欧瑟叹了口气。

在“羚羊号”进港过程的细节上他们又花了半天时间进行谈判。最初的激动渐渐平静下去以后，索恩渐渐想得多了些。当“羚羊号”真的开始下锚停船后，索恩认真思索起来。

“我仍然不能确定，有什么能让欧瑟不在让我们进去之后把我们打晕，然后绞死我们作为助兴节目。”索恩边说边别好腰上的手枪。他们现在正在“羚羊号”上的穿梭机机库中。他发牢骚的时候声音很低，小心翼翼地避免让不远处过道里那些全副武装的卫兵们灵敏的耳朵听见。

“好奇心。”迈尔斯坚定地说道。

“好吧。那为什么不是先击晕，再使用吐真剂审讯，然后绞死？”

“如果他使用吐真剂审讯我，我就老老实实地告诉他事实，反正我本来也准备告诉他。”以及掺进一些别的东西，“他就会少一些怀疑。那样反而更好。”软性连接管密封时发出的当啷声和嘶嘶声让迈尔斯终于不必再继续说些空洞的废话了。索恩手下的一名军士毫不犹豫地打开了舱盖的夹扣，但迈尔斯注意到，他同时也小心翼翼地不站在打开的缝隙对面。

“整队，集合！”军士发出命令。他的六个部下检查了一下手中的击晕枪。索恩和军士本人还佩带了神经干扰枪。这是精心算计过后的混合武器配备：击晕枪具备足够的容错性，神经干扰枪则提醒对方犯错是有风险的（译者注：如前所述，击晕枪造成的伤害是暂时性的，因此误射也不会有严重后果，很多武装人员在使用击晕枪时会先开火后确认）。迈尔斯没有带武器。他在心里对卡维罗敬了个礼——呃，其实是比了个粗鲁的手势——而且又穿回了那双毛毡拖鞋。索恩在他身旁，走在那支小小的队伍的最前面。他们穿过连接软管，出来的地方是阿斯伦德军用太空站上一个快完工的码头。

欧瑟很守信用。他已经安排了一队目击证人在那里列队等候。那支队伍大概二十人，配备的武器几乎跟“羚羊号”这队人的一模一样。“我们的人数比他们少。”索恩低声说。

“这我早有所料。”迈尔斯轻声答道，“大步向前走，就像背后有整个帝国在支持你。”而且不要扭头往后看，他们也许其实是在追逐我们。不，他们最好是正在追逐我们，“看见我们的人越多越好。”

欧瑟本人也等在那儿。他以稍息姿势站立着，看上去非常阴郁。埃蕾娜——埃蕾娜！——正站在他身旁，没带武器，板着脸。她紧闭双唇，盯着迈尔斯，眼神中满是怀疑。她大概不会怀疑迈尔斯的动机，但肯定在怀疑他做事的方法。这回你又要搞什么蠢把戏？她用眼神询问着。迈尔斯先向埃蕾娜用最快的速度滑稽地点了点头，然后向欧瑟敬了个礼。

欧瑟不情愿地回了个军礼。“接下来——‘将军’——让我们回到‘胜利号’上，开始谈正事吧。”他咬着牙说。

“很好，就这样。但在去的路上，让我们稍稍参观一下这个太空站，好吗？当然，只限于那些非绝密区域。毕竟我的上一次观光，被那么粗暴地提前终止。你走在前面，将军？”

欧瑟咬牙切齿：“噢，我跟在你后面，将军。”

这成了一次检阅。迈尔斯领着他们转悠了足足四十五分钟，还特意在晚餐高峰时段走过自助餐厅。他在一片喧闹的餐厅里停下来好几次，直接叫出几位登达立老兵的名字，和他们聊天，同时用笑容跟其他人打招呼。他走过的地方人们在他身后议论纷纷，搞不清状况的人纷纷忙着问那些知道的人这到底是怎么回事。

一队阿斯伦德工人正忙着把纤维板镶板扯下来。迈尔斯停下来对他们的工作表示赞赏。埃蕾娜抓住欧瑟的注意力转移到那边的时机，弯下腰对着迈尔斯的耳朵恶狠狠地说道：“格雷果在哪儿？”

“我要是不能把他救出来的话，就绞死——我。”迈尔斯悄声说道，“事情太复杂。待会儿跟你说。”

“上帝啊！”她翻了个白眼。

从欧瑟将军越来越难看的脸色判断，迈尔斯已经快要让他勉强的忍耐达到极限了。于是迈尔斯主动让步，跟着欧瑟再次朝“胜利号”的方向走去。好啦。迈尔斯遵守了卡维罗的命令，没有任何跟贝拉亚联系的举动。但在如此招摇一番之后要是恩加利还找不到他的话，那他就该被炒鱿鱼。草原上大跳求偶舞蹈的鸟儿也很难比他这番表演更加引人瞩目了。

迈尔斯率领着那队人马经过“胜利号”停靠的码头区的时候，那边的工程还在进行收尾工作。几个身穿棕色、淡蓝色或者绿色服装的阿斯伦德工人从天桥上探身往下看。几个身穿深蓝色制服的技术兵也停下了干到一半的安装活儿望过来——然后他们不得不把一对对连接头松开（译者注：原文此处为“resort”，不可解。应为re-sort之误），再重新对好螺栓。迈尔斯忍住了朝他们笑着挥挥手的冲动，免得欧瑟气得把自己的牙齿咬碎了。不能再逗弄他了，到该严肃起来的时候了。他要是再赌一把运气，这三十来名雇佣军也许就会从仪仗队变成狱警了。

索恩手下那位高大的军士走在迈尔斯身旁。他环顾了一下码头，暗暗留心着那些新安装的设备：“明天这个时候，装卸机器人就会开始完全自动化工作了。”他说道，“这会大大改善——不好！”他的手猛地往迈尔斯头上一按，把他身子压低。军士半转过身子，另一只手划了个弧线，抓向枪套。就在这时，一道神经干扰枪发出的蓝色电光噼啪作响着飞来，正中他的胸部——刚才迈尔斯的脑袋所在的那个高度。他抽搐了一下，渐渐停止了呼吸。一股混合着臭氧、融化的塑料和烧焦的人肉三种味道的臭气直冲迈尔斯的鼻子。他顺势继续向下俯冲，直接撞到甲板上，然后朝边上滚开。第二发电光打在甲板上，向外扩散的电场让迈尔斯伸开的胳膊一阵刺痛，仿佛有二十只大马蜂同时蜇在了上面。他猛地抽回那只手。

军士的尸体倒了下来。迈尔斯一把抓住他的外套，整个人唰一下钻到了军士身子下面，用他身上肉最厚的躯干部分挡住自己的脑袋和脊椎，然后尽量将胳膊和腿紧紧地缩进来。又是一道电光，啪地落在旁边的甲板上。接着又有两次攻击接踵而来，都打中了那具尸体。即使是中间隔着能够吸收电流的大块肉体，迈尔斯还是觉得比挨了两记高压电击棒还疼得多。

迈尔斯嗡嗡作响的耳朵里听见了尖叫声、重击声、吼叫声、跑动声。一片混乱。击晕枪开火的啾啾声。有人在说话。“他在那里！抓住他！”另一个人嘶声高叫：“你看到他了吧——交给你了。你去干掉他！”又一道电光击中了甲板。

死去的大个子的体重和他致命伤口里散发出的恶臭一起压在迈尔斯的脸上。不过他现在倒是唯愿这哥们儿再重个五十公斤。怪不得卡维罗愿意出两万贝塔元来换一件防护服。在迈尔斯见过的所有令人憎恶的武器中，这是最让他感到恐惧的一种。头部受伤有可能并不致他死命，但却夺去他的人性，让他变成一头野兽，或者一个植物人。这是最可怕的噩梦。他生存于世，唯一的意义毫无疑问就是他的智慧。如果失去了智力……

又是一声神经干扰枪的噼啪响声传进迈尔斯的耳朵。这次不是瞄准他的。他扭过头发出一声尖叫，声音透过衣服和肉体后显得含糊不清。“用击晕枪！用击晕枪！我们要抓活的好审问！”交给你了。你去干掉他……他应该从这具尸体底下钻出去，参加战斗。可如果他就是刺客盯上的目标的话……要不然何必对着一具尸体开火呢……他大概应该继续待在这儿。他蠕动了一下，努力把自己的手脚缩得更紧一些。

叫喊声消失了，交火也停了。有人跪在迈尔斯身旁，想把压在他身上的军士的尸体翻开。迈尔斯过了一会儿才意识到，他必须松开死者的制服外套之后才能被救出去。他艰难地把十指伸直。

索恩的脸在他上方晃动。他面色苍白，张着嘴，急促地喘息着。“你没事吧，将军？”

“我想是的。”迈尔斯喘着粗气说道。

“他的目标是你。”索恩报告说，“只有你。”

“我注意到了。”迈尔斯有些磕巴，“我只受了点轻微灼伤。”

索恩扶他坐了起来。他还在剧烈地颤抖着，就跟被电击棍打过后一样。他凝视着自己抽搐的双手，心中涌起一种病态的好奇。他把一只手放下去，触摸着身旁的尸体。我余生的每一天都来自你的恩赐。可我甚至还不知道你的名字：“你这位军士——他叫什么名字？”

“考林斯。”

“考林斯，谢谢。”

“是个好人。”

“我看出来了。”

欧瑟走了过来。他看上去很紧张：“内史密斯将军，这不是我干的。”

“噢？”迈尔斯眨了眨眼，“帮我站起来，贝尔……”这也许是个错误：索恩之后不得不一直扶着站起来的迈尔斯——他自己的肌肉一直在痉挛。他感到虚弱，精疲力竭，就像生了一场大病。埃蕾娜——在哪里？她没有武器……

她在那边，和另一个女佣兵在一起。她们正拖着一个身穿深蓝色制服的阿斯伦德军官朝迈尔斯和欧瑟这边走来。两个女人一人拽着一只穿着靴子的脚；那男人的胳膊无力地在甲板上拖过。昏了？还是死了？她们来到迈尔斯身旁，松开手，那人的两只脚砰地一下落在地上。两个女人脸上的神情就像两头将猎物放在自己的幼狮面前的母狮子一样平淡。迈尔斯垂下头，盯着一张非常熟悉的脸。米特佐夫将军。你在这里干什么？

“你认识这个人吗？”欧瑟向一个急匆匆跑过来的阿斯伦德军官

问道，“他是你们的人吗？”

“我不认识他——”那个阿斯伦德军官跪下去检查了一下对方身上的证件，“他有张有效通行证……”

“他原本有机会把我打死，然后逃跑。”埃蕾娜对迈尔斯说，“可他不停地向你开火。你躲在原地，真聪明。”

那真是富于智慧的胜利吗？或者其实是缺乏勇气的失败？“是的。没错。”迈尔斯再度试着想自己站稳，但再度放弃了，还是靠在索恩身上，“我希望你没把他打死。”

“只是昏过去了。”埃蕾娜说，举起手中的击晕枪作为证据。肯定是某个机灵人在混战开始的时候扔给她的：“他有只手腕大概断了。”

“他到底是谁？”欧瑟问道。迈尔斯觉得，他这个问话相当真诚。

“嗨，将军——”迈尔斯龇牙咧嘴地说，“——我告诉过你，我将给你提供更多的情报和数据，比你的情报部门一个月里收集的更多。请允许我向你介绍——”他做了个手势，本想做出吩咐侍者揭开银餐盘上的盖子，呈上主菜的样子，可结果做出来的动作看上去倒像是他的肌肉又痉挛了一下。“——斯坦尼斯·米特佐夫将军。兰道尔游骑兵的副司令。”

“从什么时候开始，高级军官会亲自参加暗杀行动了？”

“抱歉，确切说是三天前的副司令。情况也许发生了变化。他深深地卷入了卡维罗的阴谋中，无法自拔。你、我、他，我们跟无痛注射器有个约会。”

欧瑟瞪大了眼睛：“这是你有意的设计？”

“要不是为了把他引出来，你以为我之前干嘛在这太空站里四处晃悠了一个小时？”迈尔斯兴高采烈地说道。他肯定一直在跟踪我。我觉得我快吐出来了。我这样做是证明了我很聪明，还是证明了我无比愚蠢？欧瑟看起来好像也在努力寻找同一个问题的答案。

迈尔斯低头看着米特佐夫失去知觉的样子，努力思索着。米特佐夫是卡维罗派来的，还是完全是在利用自己的业余时间玩杀人游戏？如果是卡维罗派来的——她是有意让他被她的敌人活捉吗？如果不是的话，在这儿附近什么地方是不是还有名后备刺客吗？如果有的话，他的目标是杀死米特佐夫——假如米特佐夫成功的话，还是杀死迈尔斯——假如米特佐夫失败了？或者是两人都是他的刺杀目标？我也许有必要坐下来，画一幅作业流程图。

医护人员到了。“是的，送到医务室去。”迈尔斯虚弱地说道，“直到我这位老朋友醒过来。”

“我同意。”欧瑟边说边摇摇头，那样子似乎有些郁闷。

“最好让看守我们这位俘虏的人注意同时要保护他的生命。我不能确定他被俘之后是否还打算活下去。”

“没错。”欧瑟慌忙表示同意。

索恩架着迈尔斯的一只胳膊，埃蕾娜架起另外一只。迈尔斯步履蹒跚地走进“胜利号”的舱门。总算到了。

第十四章

在“胜利号”的医务室里，迈尔斯坐在通常用于隔离危险生物的玻璃小房间中的凳子上哆嗦着。他看着埃蕾娜用一根缠绊索把米特佐夫捆在一把椅子上。要不是他们即将开始的审讯里没那么多危险的复杂情况，这种地位的大调转一定会让迈尔斯有种自鸣得意的感觉的。埃蕾娜现在身上又没有武器了。两个佩带着击晕枪的人在透明的隔音门外站岗，时不时朝里面看上一眼。迈尔斯使出了全部的辩论技巧才说服他们，让这次初步审讯的参加者仅限于他自己、欧瑟和埃蕾娜。

“这人知道的情报能有多新？”欧瑟不耐烦地问道，“他们都让他出来上战场了。”

“新到我认为应该让你在向委员会报告之前有机会仔细思考一下他的情报的意义。”迈尔斯表示反对，“而且要保存好录音。”

米特佐夫看上去不大舒服。他一言不发，紧闭双唇，对他们的交谈没有任何反应。他的右手腕已经被包扎好了。他不舒服是因为刚刚从昏迷中清醒过来；沉默是没用的，这点大家谁都明白。这是种奇怪的礼仪：在注射吐真剂之前不向被审讯者提问题，不做纠缠。

欧瑟皱着眉头看了看迈尔斯：“你现在这样子行吗？”

迈尔斯瞥了一眼自己仍在发抖的双手：“只要没人叫我做脑部手术就行。开始吧。我有理由怀疑，时间现在非常宝贵。”

欧瑟对埃蕾娜点点头。后者举起一个无痛注射器，标定了剂量，然后把喷头压在了米特佐夫的脖子上。米特佐夫绝望地闭上了眼睛，随即又睁开了。过了一会儿，他紧握的双手松开了，脸上的肌肉也松弛开来，露出一个放松的、愚蠢的笑容。这种变化让人看着真是很不舒服。肌肉不绷紧了之后，他的面孔看起来更苍老了些。

埃蕾娜检查了一下米特佐夫的脉搏和瞳孔：“好了。剩下的交给你们了，先生们。”她往后退了几步，双手环抱身子靠在门上。她现在脸上的表情和米特佐夫片刻之前的表情简直都差不多了。

迈尔斯摊开一只手：“你先请，将军。”

欧瑟撇了撇嘴：“谢谢你，将军。”他走过去，若有所思地凝视着米特佐夫的脸：“米特佐夫将军。你的名字是斯坦尼斯·米特佐夫吗？”

米特佐夫咧嘴一笑：“是啊，是我。”

“目前是兰道尔游骑兵的副司令？”

“是的。”

“谁派你来刺杀内史密斯将军的？”

米特佐夫脸上一副快乐的困惑表情：“谁？”

“叫我迈尔斯。”迈尔斯建议道，“他认识的我用的是个……化名。”在这次审讯中要想不暴露自己的真实身份看来就跟一个雪球穿过虫洞成功跃迁到恒星中央一样小。可他又何必急着把情况复杂化呢？

“谁派你来刺杀迈尔斯的？”

“是卡维啦。当然的嘛。你看，他逃跑了。我是她唯一能信任……信任的人……那个婊子……”

迈尔斯眉头一皱：“实际上，是卡维罗自己派飞船把我送回到这边的。”他对欧瑟说道，“那么，她设计欺骗了米特佐夫。但这么做的目的何在？我想，现在该轮到我问了。”

欧瑟做了个“你请”的手势，退出了米特佐夫的视野范围。迈尔斯摇摇晃晃地从凳子上站起来，走进米特佐夫的视线。虽然吐真剂使米特佐夫处于欣快状态中，但他还是愤怒地直喘粗气。然后他边生气边笑了。

迈尔斯决定从那个在多数时间里他最为担心的问题开始。“谁——哪里——是你们的地面进攻计划的目标？”

“沃维。”米特佐夫说。

连欧瑟都被吓掉了下巴。他们都被惊呆了，审讯室里一片沉默，迈尔斯都能听到自己耳朵里血流脉动的声音。

“沃维人是你们的雇主呀！”欧瑟说不下去了。

“上帝啊。上帝啊！——终于对上了！”迈尔斯几乎要蹦起来了。但结果他只是差点跌倒。埃蕾娜连忙从墙边冲过来扶住他。“是的，是的，是的……”

“这简直是发疯。”欧瑟说，“那么，卡维罗所谓的意外之举就是这个了。”

“我敢打赌，这还没完。卡维罗的空降部队规模比我们的大得多，但还远不足以占领像沃维这样一个住满人的星球地表。他们只能打了就跑。”

“打了就跑，对。”米特佐夫语气平稳地笑着说道。

“那么，分配给你的具体目标是什么？”迈尔斯急切地问道。

“银行……艺术博物馆……基因库……人质……”

“这是海盗式的劫掠。”欧瑟说，“见鬼，你们打算怎么处理那些抢到的赃物？”

“在离开的途中，空投到杰克逊·霍尔。他们负责收赃。”

“那你们打算怎么逃脱被激怒的沃维海军的报复？”迈尔斯问道。

“在他们的新舰队投入使用前打垮他们。西塔甘达入侵舰队会打掉还在近地太空站上停泊的他们。打固定靶，那是轻而易举的事。”

死一般的沉寂。

“这才是卡维罗的所谓意外之举。”迈尔斯终于低声说道，“是的。这才符合她的作风。”

“西塔甘达……入侵？”欧瑟下意识地啃起了一根手指甲。

“上帝啊。这样就对了，这样就对了。”迈尔斯一瘸一拐地在小房间里转起了圈子，“夺取虫洞跃迁点的唯一办法是什么？同时从两端进攻。卡维罗的真正雇主不是沃维人——而是西塔甘达人。”他转身指着大张着嘴频频点头的米特佐夫将军：“现在，我总算明白米特佐夫的地位了，一清二楚。”

“海盗。”欧瑟耸耸肩。

“不——替罪羊。”

“什么？”

“这个人——你显然不认识他——之前因为他的残忍行径被贝拉亚帝国军队开除了。”

欧瑟眨了眨眼：“贝拉亚帝国军队都嫌他残忍？那可真不简单。”

迈尔斯心中腾起一阵怒火，被他按捺下去：“嗯，是啊。他，呃……选错了受害者。不过，不管怎么说，你还看不出来吗？游骑兵们发动袭击，准备对沃维来一次闪电战。西塔甘达入侵舰队则应卡维罗之邀——很可能就等着她发信号——进入沃维的空域。西塔甘达人出于他们的善良心地，从背叛的雇佣军手中‘拯救’了那个星球。游骑兵逃跑了。而米特佐夫被留下来作为替罪羊——就好像把这家伙从三马雪橇上扔下来喂狼——”哎呀，这个表达可不是贝塔人常用的（译者注：贝塔星球的地表大部分都是灼热的沙漠，是不会出现狼群追着雪橇跑这种场景的）。“——让西塔甘达人把他公开绞死，以示他们对沃维的‘真诚善意’。瞧啊，是这个邪恶的贝拉亚人伤害了你们。你们需要我们帝国的保护，好免遭贝拉亚帝国的威胁。所以我们来啦。”

“这样，卡维罗就会拿到三份钱。一份是沃维人给的，一份是西塔甘达人给的，还有第三份是杰克逊·霍尔给她的，她路过那里时就能顺便销赃。人人都获利。当然，不包括沃维人。”他停下来好让自己喘口气。

欧瑟看上去渐渐相信了他的说法，开始紧张起来："你觉得西塔甘达人打算从那边打通海根枢纽吗？还是在沃维止步？"

"他们当然会试图打通海根枢纽。这一枢纽是个战略目标，沃维只是到达这里的垫脚石。因此才有了这个'坏佣兵'的圈套。西塔甘达人希望尽可能花最小的力气把沃维镇压下来。他们以后应该会把沃维划为一个仆从盟国，控制太空航线，但几乎不插手行星地面的事情。用一代人的时间从经济上同化他们。问题是，西塔甘达人会止步于波尔吗？他们会不会试图在这次行动中占领波尔？或者把它留作他们和贝拉亚之间的缓冲地带？征服还是劝诱？如果西塔甘达能够诱使贝拉亚人不经允许就通过波尔发动进攻的话，或许甚至能驱使波尔也加入一个由西塔甘达主导的同盟——啊啊啊啊！"他又开始转圈子了。

欧瑟看上去仿佛他刚啃到一口什么恶心的东西，发现里面有虫子——而且是半条。"我受雇并不是要与西塔甘达帝国较量。我本以为，就算局势恶化，我们顶多也就是要跟与沃维方面的雇佣军打一仗。如果西塔甘达人出现，攻占枢纽，我们就将陷入困境。后面是死胡同，我们等于被包围了。"然后他又含糊不清地嘟囔了一句，"也许我们应该考虑一下，趁还有退路的时候撤退……"

"但是，欧瑟将军，你没有意识到么——"迈尔斯指指米特佐夫，"——如果那个进攻计划还有效的话，卡维罗绝不可能让脑子里带着这些情报的这个男人离开她的视线。她也许想让他在试图杀死我的时候也被杀死，但总是有他不被杀死的可能性——其结果就可能是他像这样被审讯。这一切都只是过时的老计划。肯定已经有新的计划了。"而且我认为我知道那个新计划是什么。"还有……一个因素。方程式中还有个新的未知数。"格雷果。"如果我没猜错的话，现在对于卡维罗来说，西塔甘达人的入侵是一个会让她非常窘迫的状况。"

"内史密斯将军，你说卡维罗会背叛谁我都相信——唯独西塔甘达人例外。他们睚眦必报，会花一代人的时间追捕她。她跑多远都没用。挣的钱再多她也没命花。再说了，你能想出什么事情的收益比拿三份报酬还多？”

但她有可能免遭报复。只要她能得到贝拉亚帝国的保护——以我们全部的安保资源……“我知道她可能有一种逃脱报复的办法。”迈尔斯说，“如果能像她希望的那样获得成功，她就能得到她所需的一切保护。外加所有的利益。”

那种办法是有可能成功的。真的有可能。如果格雷果确实被她迷住了。而且两个会令人尴尬的证人——迈尔斯和米特佐夫这对仇家——能够顺利地同归于尽。她可以抛弃自己的舰队，在西塔甘达人到达之前逃之夭夭，然后在贝拉亚把自己打扮成付出了巨大的个人代价“拯救”出格雷果的人；再加上被迷得神魂颠倒的格雷果恳求她成为自己的未婚妻，在未来成为一名军人世家后代的高贵的母亲——这出戏码罗曼蒂克的外表将让她赢得广泛的支持，压倒那些相对冷静的顾问们的意见。上帝啊，迈尔斯自己的母亲还正好为这种局面打下了基础。她有可能真的获得成功。贝拉亚皇后卡维罗。念起来还押韵呢。于是她可以用背叛所有人，甚至背叛自己的部队的方式踏上她个人权力的巅峰……

“迈尔斯，你脸上的表情……”埃蕾娜担心地说。

“什么时候？”欧瑟问道，“西塔甘达人什么时候发动进攻？”他发现米特佐夫心不在焉没听到，于是又问了一遍。

“只有卡维罗知道。”米特佐夫吃吃笑着说道，“卡维什么都知道。”

“一定是迫在眉睫，”迈尔斯分析道，“甚至现在可能已经开始了。从卡维罗安排我回到这里的时间推算，应该是这样。她希望登——整个舰队会因为我们的内讧而瘫痪。”

“如果真是这样的话，”欧瑟小声问道，“该怎么办？”

“我们离得太远了。离现场有一天半的航程。事情将会发生在沃维站边上的虫洞，以及过去一点，沃维附近的太空。我们必须靠近点。必须把舰队开到恒星系那头——把卡维罗钉死在西塔甘达对面。封锁她的——”

“啊！我可不准备贸然对西塔甘达帝国发起进攻！”欧瑟急忙打断了他。

“你必须这样。你迟早要和他们打仗的。要么你选择开战时间，要么他们选择。唯一可以阻止他们的机会就是在虫洞开战。一旦他们通过了虫洞，你就不可能取胜了。”

“如果我把舰队驶离阿斯伦德，沃维人准会以为我们要进攻他们。”

“于是动员，进入警戒状态。这是好事。但警戒的方向错了——这可不好。我们结果变成了给卡维罗打掩护的托儿。该死的！毫无疑问，这也是她的战略方案树中预设的一枝。”

“假如——如果真像你说的那样，现在西塔甘达人让卡维罗非常尴尬——于是她压根儿不发出让他们进攻的信号呢？”

“噢，她仍然需要他们。只不过是为了另一个目的。她需要他们来了才有理由逃跑。同时需要他们替她把那些知道她过去历史的人杀个精光。但她不需要他们成功。事实上，现在她需要他们的入侵陷入泥沼。如果她在她的新计划中真的考虑长远的话……她理当如此。”

欧瑟晃了晃脑袋，仿佛想清醒一下头脑：“为什么？”

“我们的唯一希望——也是阿斯伦德的唯一希望——是逮住卡维罗，在沃维跃迁站的虫洞阻滞西塔甘达人。不对，等等——我们必须同时守住海根枢纽和沃维之间的跃迁通路的两边。直到增援到来。”

“什么增援？”

“阿斯伦德，波尔——一旦西塔甘达军队真的出现了，他们就会看到他们的威胁。如果波尔改站在贝拉亚一边，而不是西塔甘达一边的话，贝拉亚就可以通过那边让军队滚滚而来。如果一切发展顺利的话，西塔甘达人就能够被阻挡住了。”但是格雷果能被活着救出来吗？不是选择一条通往胜利的道路，而是选择让所有道路都通往胜利的方向……

“贝拉亚人会来吗？”

“噢，我想他们会的。你的反情报机构肯定有这种记录吧——在过去的几天里，他们是不是注意到贝拉亚在海根枢纽这里的情报活动骤然增加了？”

“你这么一说，倒是的确如此。他们的加密通信增加了四倍。”

感谢上帝。也许他获得解脱的速度会快得超乎之前最大胆的预想。“有没有破译出他们的密码？”趁着正在谈论这件事，迈尔斯满脸笑容地问道。

“目前为止，只破译出了最不敏感的一级。”

“啊。很好。我的意思是，太糟了。”

欧瑟站在那儿，双臂抱胸，咬着自己嘴唇，聚精会神地思考了足有一分钟。这使迈尔斯不愉快地想起了一星期前的那个场景：这位指挥官在下令把他从最近的气闸室丢出去之前脸上也是一副沉思的表情。“不。”欧瑟终于说话了，“谢谢你的情报。作为回报，我想我将饶你一命。但我们将会撤退。这不是一场我们有机会取胜的战斗。只有某个被宣传机器蒙蔽，拥有整个星球资源的行星正规军才能执行这种疯狂的自杀任务。我的舰队是我精心打造出的优秀战术工具，而不是一个，该死的，一个由尸体垒成的堵门器！我不做——用你的话说——替罪羊。”

“不是替罪羊，是矛头尖锋。”

“你那个‘尖锋’后面根本没有矛。不！”

“这是你的最后决定么，先生？”迈尔斯有气无力地问道。

“是的。”欧瑟伸出手，打开手腕通话器，对在外面等候的卫兵们发出命令，“下士，我们到禁闭室去。先打个电话通知他们。”

卫兵隔着玻璃敬了个礼，欧瑟关掉了通话器。

“但是，长官……”埃蕾娜朝他走过去。她举起两只胳膊，似乎要恳求什么。她的手腕猛地像发动攻击的蛇似的横向一挥，把无痛注射器揿在了欧瑟的脖子侧面。欧瑟瞪大了眼睛；他的脉搏跳了一下，两下，三下；他勃然大怒，紧咬嘴唇。他绷紧肌肉想要打她。他的拳头沿着一道弧线冲向前方……然后在中途放了下来。

玻璃外的卫兵看见欧瑟突然的动作，立刻警觉起来，拔出了他们的击晕枪。埃蕾娜抓住欧瑟的手吻了一下，感激地笑了。卫兵们放松了，一个卫兵用胳膊肘捅捅另一个，说了什么。从他们脸上的坏笑看来，肯定是些下流话，不过在那一刻，迈尔斯的注意力完全被分散了，没法试着读出他们的唇语。

欧瑟摇摇晃晃，喘着粗气，竭力抵抗药物的作用。埃蕾娜抓住他一只胳膊，整个人贴了过去，另一只手滑到了欧瑟腰间，亲热地搂住他，推着他半转了个身，两人一起背对着门。欧瑟的脸上露出一个大大的笑容，吐真剂造成的那种呆板的傻笑。笑容收敛了一些，最后凝固在他脸上。

“他简直当我没有武器似的。”埃蕾娜气愤地说，把无痛注射器丢进自己的上衣口袋里。

“现在怎么办？”趁着那名下士卫兵在弯腰开门上的密码锁，迈尔斯飞快地轻声问道。

“我想我们该一起到禁闭室去。董也在那儿。”埃蕾娜说。

“啊……”噢——见鬼——我们——肯定——成功——不了。但总得试试啊。迈尔斯朝进来的卫兵们快活地笑着，帮他们把米特佐夫从椅子上放开，乘机挡住了他们的大部分视线，不让他们注意到满脸欣快的欧瑟。趁他们看着其他地方时，迈尔斯绊了米特佐夫一下。米特佐夫一个踉跄。

“你们最好一人抓住他一只胳膊，他还站不稳。”迈尔斯对卫兵们说道。他自己的脚步也不太稳，但他还是成功地抢到门口卡位，让卫兵和米特佐夫走在前面，他自己走第二排，然后埃蕾娜和欧瑟手挽着手跟在最后面。“来，亲爱的，来。”他听见埃蕾娜在后面喃喃说道。那语气好像是个正在试图把小猫引到她怀里的女人。

这是迈尔斯经历过的最漫长的一次短途步行。他放慢脚步，落后了一点，从嘴角对埃蕾娜低声抱怨道：“好吧，我们到禁闭室去。那里配备着欧瑟手下最优秀的士兵。然后呢？”

她咬了咬嘴唇：“不知道。”

“我怕的就是这个。在这里向右拐。”他们在下一个路口拐了个弯。

一个卫兵扭头朝后望过来：“长官？”

“继续走，小伙子们。”迈尔斯喊道，“把那个间谍关起来以后，回将军的办公室来向我们报告。”

“好的，长官。”

“继续往前走。”迈尔斯悄声说道，“保持笑容……”

卫兵们的脚步声渐渐远去了。“现在去哪儿？”埃蕾娜问道。欧瑟趔趄了一下。“这说法糊弄不过去的。”

“去将军的办公室啊。为什么不去？”迈尔斯下了决心。他的笑容僵硬而古怪。埃蕾娜灵机一动的这次兵变行动让他今天的处境大为改观。现在他的机会来了。他不会停下来的，除非他被彻底消灭。之前一切都是可能——没完没了，变化不断，令人痛苦。而现在局面终于确定下来。他感到一阵难以言表的轻松，脑中飞快地转动着念头。时机已到，开始行动吧。

也许……如果……

他们从欧瑟的几个技术人员身旁走过。欧瑟的脑袋上下点动；迈尔斯希望欧瑟的点头会被看作在对他们的敬礼做出随意的回礼。不管怎么说，没人转身大叫一声“嘿”！走过两层，又转了一个弯，他们来到了军官区，走进一条迈尔斯记忆犹新的过道。他们走过船长室（上帝啊，他得和奥森打交道了。而且是很快）埃蕾娜把欧瑟的手摁到门锁上，打开门进入了欧瑟的宿舍。这里被欧瑟当作了他的司令办公室。门在身后轻轻关上后，迈尔斯这才意识到，他已经有好半天都屏住了自己的呼吸。

“我们到了。”埃蕾娜说。她瞬间松弛下来，往身后的门上一靠，“你还要再度丢下我们溜掉吗？”

“这次不会。”迈尔斯闷闷不乐地答道，“在医务室的时候，有件事我一直没跟你讲。可能你已经注意到了。”

“格雷果。”

“正是。卡维罗现在正把他扣在她的旗舰上作为人质。”

埃蕾娜沮丧地低下头：“那么，她是打算把他卖给西塔甘达人，换一大笔赏金？”

“不。比那要古怪得多。她想跟他结婚。”

埃蕾娜惊讶得合不拢嘴：“什么？迈尔斯，她不可能会有这种不现实的想法，除非——”

“除非格雷果在她心里种下了这种念头。我想就是这样。并且还给这颗种子浇水，施肥。我不知道的是，他是认真的呢，还是在争取时间。卡维罗非常谨慎，一直把我们俩分开。你差不多跟我一样了解格雷果，你怎么想？”

“很难想象格雷果会爱到发痴。他一向都……很文静。几乎是，呃，性冷淡。跟，嗯，比如说，跟伊凡比起来。”

“我不知道这种比较是不是公平。”

“不公平，你说得对。那么，和你相比好了。”

迈尔斯不知道该怎么理解这句话：“在我们年轻的时候，格雷果始终没有太多的机会。我是说，他没有隐私。总是有保安跟在他屁股后面。那样……那样会让人很尴尬的。除非他有暴露狂倾向。”

埃蕾娜的手在空中翻转，仿佛在勾勒出格雷果那副不怎么健壮的体格：“他不是那种人。”

“当然，卡维罗肯定非常小心，只展现出她最有吸引力的一面。”

埃蕾娜舔了舔嘴唇，若有所思："她漂亮吗？"

"啊……我觉得，如果你恰好喜欢嗜权如命的金发杀人狂的话，那她的吸引力可能简直无法抗拒。"他握紧自己的手，想起卡维罗那头乱发的质地，掌心似乎有些发痒。他在裤缝上擦了擦痒。

埃蕾娜显得稍微有些开心："啊。你不喜欢她。"

迈尔斯抬头看着埃蕾娜那张女武神般的面庞："她完全不符合我的品位。"

埃蕾娜张嘴笑了："这我相信。"她把摇摇欲坠的欧瑟带到一张椅子旁，让他坐下，"我们得赶快把他绑起来。或者想个别的办法。"

可视电话响了。迈尔斯走到欧瑟的桌上算讯终端前接电话。"什么事？"他用尽可能冷静的、稍带厌烦的腔调问道。

"我是麦迪斯下士，长官。我们把那个沃维特工关进了9号禁闭室。"

"谢谢，下士。啊……"值得试一试。"我们还剩一些吐真剂。请你们两个把董船长带过来好吗？我们要在这审问一下他。"

在可视电话的摄像范围之外，埃蕾娜满怀希望地扬起了她黑色的眉毛。

"是董吗，长官？"那卫兵的声音听起来有些疑虑。"呃，那可以给我的小组加派几个人吗？"

"当然可以……去看看乔达克军士在不在。他手头上也许有可以加班的人手。对了，他本人不就在加班志愿名单上吗？"他抬头看见埃蕾娜伸出拇指和食指比了个圆圈，以示赞许。

"我想是的，长官。"

"很好。总之，去做吧。这里是内史密斯，完毕。"他关上可视电话，死死地盯着这东西，仿佛它忽然间变成了阿拉丁神灯似的。"我觉得我注定不会死在今天。肯定也还能活过明天。"

"你这样想？"

"噢，是的。我死的时候会有个更大的，更公开的，更壮观的场面，会有机会把周围全炸飞，可以拖着千万个人跟我一块儿下地狱。”

“别又坠入你那些傻里傻气的胡思乱想中啦，你现在没那个闲工夫。”她手中的无痛注射器灵巧地一挥，横掠过他五指的关节，“你得想想我们要怎么逃离现在的困境。”

“好的，女士。”迈尔斯搓了搓手，谦卑地说道。怎么不叫我“大人”了？对我毫无敬意了，一点都没有……但是，奇怪的是，他反而有几分快慰。“顺便问一句，欧瑟因为董安排我逃走而把他抓起来以后，为什么没继续把你和阿狄还有乔达克，以及你的所有军官都抓起来？”

“他不是因为那事逮捕董的。至少我认为不是。他当时是在向董挑衅，他老是这么干，都成习惯了。他们俩当时同时出现在舰桥——这很少见——董最后失控了，想把他揍趴下。我听说，他真的把欧瑟打趴下了。保安赶来把他拉开的时候他都快把欧瑟掐死了。”

“这么说，跟我们没关系？”迈尔斯松了一口气。

“我……不敢肯定。我当时不在场。也许董的举动是情急之中转移欧瑟的注意力，以免他把那件事和我们联想到一起。”埃蕾娜朝始终和蔼地微笑着的欧瑟点了点头。“现在怎么办？”

“先不管他，等董被送过来再说。我们只要保持住这种亲切友好的气氛就行。”迈尔斯做了个鬼脸，“但是，看在上帝的分上，别让任何人有机会跟他说话。”

门上的对讲机响了。埃蕾娜走到欧瑟的椅子后面站着，把一只手放到他肩上，尽量做出友好的样子。迈尔斯走到门口，打开锁。门滑开了。

一支神色紧张的六人小队包围着满脸敌意的凯·董。董穿着一套给囚犯们配备的明黄色睡衣，浑身上下放射出的怨念之盛简直像是一颗即将爆发的新星。他看到了迈尔斯之后完全被弄糊涂了，猛地咬紧了牙关。

“啊，谢谢你，下士。”迈尔斯说，“这次审讯结束后，我们要召开一个简短的非正式的参谋会议。如果你和你的小队能在外面站岗的话，我将不胜感激。另外，为了防备董船长再次使用暴力，我们最好——喔，乔达克军士，带上个把你的人到里面来。”他说到“你”的时候直接盯着乔达克的眼睛看了看，以示强调，但音调丝毫没有变化。

乔达克领会了他的意思：“好的，长官。你，列兵，跟我来。”

现在我就把你升职成中尉，迈尔斯心想。他站到一旁，让军士和他挑选的人把董带到里面去。有那么一小会儿，卫兵们都能清楚地看到满脸欢乐的欧瑟。然后，门嗞的一声再度关上了。

董也能清楚地看见欧瑟。董甩开押解他的卫兵，大步朝欧瑟将军走去。“接下来，你这婊子养的，你以为你——”董停了下来，因为欧瑟依然神情恍惚地仰头朝他微笑，“他这是什么毛病？”

“没什么。”埃蕾娜耸了耸肩，“我想，那一针吐真剂确实大大改善了他的性格。真可惜，这只是暂时的。”

董扬起头，一声大笑，然后转过身抓住迈尔斯的肩膀摇晃着。“你真的做到了，好小子——你回来了！现在万事俱备了！”

乔达克的部下扭动了一下身子，好像不知道该朝哪边扑过去，或者说不知道该攻击谁。乔达克抓住他的胳膊，默默地摇摇头，指了指门旁的墙。乔达克把击晕枪插进枪套，靠在门框上，两臂交叉抱在胸前。他的部下惊呆了。愣了一会儿之后，他也学着乔达克的样子靠到了门框的另一侧。“做只贴墙的飞蝇（译者注：英文成语，指不动、不出声地观察、聆听发生的情况）吧。”乔达克咧嘴一笑，从嘴角朝他小声说道，“就当免费看戏。”

“我并不想这样的。”迈尔斯从牙缝里挤出一句话。他这样说话，只有一部分原因是为了避免被这位热情过度的欧亚混血儿的动作导致他咬到自己的舌头，“而且现在也没有万事俱备。”抱歉，凯。这次我可不能给你当前台掩护。你得老老实实跟着我。迈尔斯板着脸，冷冷地把董的双手从他肩上慢慢移开。“你找来的那个沃维货船船长直接把我送到了卡维罗司令手上。从那时起，我一直在怀疑那到底是不是一次事故。”

“啊！”董往后趔趄了一下，那样子仿佛迈尔斯刚刚一拳砸到他小肚子上。

迈尔斯觉得自己仿佛真的狠狠打了董一拳。不，董不是叛徒。但迈尔斯不敢放弃他唯有的优势。“你是背叛了我，还是笨手笨脚搞砸了，凯？你还在打你的妻子吗？（译者注：英文谚语。指提出诱导性问题，无论对方做出两种回答中的哪一种都承认了自己有错）”

“搞砸了。”董面如土色，低声说道，“该死的，我要宰了那个三面——”

“他已经被宰了。”迈尔斯冷冷地说道。董惊讶地耸起眉头，露出几分敬意。

“我签了份合同，到海根枢纽执行任务。”迈尔斯继续说道。“但原本的任务已经被弄得一团糟，失败已经几乎无可挽回。我回到这儿来不是要让你重获登达立舰队的战斗指挥权的——”他看着董脸上呼之欲出的焦急神色，故意顿了一下，“——除非你准备为我的目的服务。战略目标和目标的优先级由我来决定。如何实施由你决定。”这样一来，指挥登达立雇佣军的究竟是谁？只要董没想到这个问题就好。

“作为我的盟友。”董开口说道。

“不是盟友。是你的指挥官。不然免谈。”迈尔斯说。

敦实的董站在原地，眉毛上下跳动了半天。最后他用温和的语气说道：“看起来，凯老爹的小男孩好像长大了。”

“事情这才说了一小半呢。你是加入，还是退出？”

“我想听听另一半究竟是什么。”董咂了咂下嘴唇，“我加入。”

迈尔斯伸出一只手：“说定了。”

董抓住那只手：“说定了。”他坚定地握了握。

迈尔斯长长地舒了一口气：“好。上一回，我告诉你的事情半真半假。现在，我来说说真实情况。”他开始踱步。他的身体在微微颤抖，但这并不完全是因为被神经干扰枪的电光余波扫到造成的。“我的确跟一个感兴趣的局外人签署了一份合同，但那不是进行‘军事态势评估’。那只是我给欧瑟放的烟幕弹。而我告诉你的关于阻止星际战争的事情则不是烟幕。我受雇于贝拉亚人。”

“他们通常都不会雇用佣兵啊。”董说。

“我也不是通常那种佣兵，我是贝拉亚帝国保安部出钱雇的”——上帝啊，至少这部分完全是真的——“目的是搜救一名人质。此外，我还希望阻止西塔甘达人侵舰队占领海根枢纽的行动。这次入侵现在已箭在弦上。战略优先级排在第二的任务是，尽可能久地把守住沃维虫洞跃迁站的两端，直到贝拉亚的增援部队赶到。”

董清了清嗓子：“第二优先？如果增援部队不来呢？他们要过来还需要越过波尔。而且，嗯，营救人质这种事通常不会导致出动整支舰队的战略战术行动吧。不是吗？”

“鉴于这名人质的身份，我保证他们会来的。贝拉亚皇帝格雷果·弗·贝拉被绑架了。我找到了他，又把他给弄丢了。现在我必须要把他再找回来。你也该想得到吧，我让他安全回国的话，是可以拿到很大一笔报酬的。”

董现在的表情是典型的在震惊中恍然大悟的样子：“你以前照看的那个神经衰弱的蠢货瘦子——不会就是他吧？”

“是的，就是他。顺便，这话就我们之间私下说说：是你和我把他直接送到了卡维罗司令手里。”

“噢，见鬼！”董揉了揉自己头上的短发，“她会把他直接卖给西塔甘达人的。”

“不。她打算从贝拉亚得到报酬。”

董张大了嘴，又闭上了，举起一根手指：“等一等……”

“情况很复杂。”迈尔斯无奈地承认，“这就是为什么我要把简单的部分——坚守虫洞——委任给你。营救人质的事情由我负责。”

“简单！登达立雇佣军，我们总共才五千人，没有外援，去对抗西塔甘达帝国。在过去的四年里，你是不是忘记了怎么数数了？”

“想想成功后的荣誉。想想带给你的声望。想想看，你以后的简历上有了这一笔是多么的光彩。”

“你是说在我的衣冠冢纪念碑上吧？到时候我会被炸成一个个原子，都没人能收集到足够用来下葬的尸体碎块。我的葬礼费用你准备全包吗，孩子？”

“非常豪华的葬礼。有彩旗，有舞女，还会有啤酒，多得够把你的棺材浮起来，让它一直漂到英灵殿。”

董叹了口气：“用梅子酒来漂船可以吗？啤酒喝掉。好吧。”他站在那儿，沉默了一会儿，手捏着自己的嘴唇：“第一步是让舰队进入战前一小时的戒备状态，而不是战前二十四小时状态。”

“他们还没准备好？”迈尔斯皱起眉头。

“我们是防御方。不管谁跨过海根枢纽对我们发动进攻，我们预计也至少有三十六个小时进行研究。或者说，欧瑟是这样预计的。我们要进入战前一小时戒备状态大约需要六小时的集结准备时间。”

“好吧……那么，第二步任务就是这个了。你将要执行的第一步任务是原谅奥森船长，跟他重归于好。”

“原谅个屁啊！”董大吼道，“那个没大脑的——”

“对于在你负责舰队战术指挥的同时指挥‘胜利号’是必要的。你不可能同时完成这两项任务。行动即将开始，我不可能重组舰队。如果我还有一个星期的也许——可我没有。我们必须说服欧瑟的部下留在他们的岗位上。如果我得到奥森的支持——”迈尔斯举起一只手，收拢五指，仿佛把什么东西攥在了掌心，“我就能搞定其他人了。以某种办法。”

董沮丧地嘟囔着，表示服从："好吧。"他脸上的怒气渐渐消退，慢慢露出了笑容，"不过，我倒想看看你怎么让索恩和他和好。要我出钱看都行！"

"奇迹一次一个。"

奥森船长四年前就是一个大块头，如今他的体重又增加了一点，不过看上去除此以外没什么变化。他走进欧瑟的房间，一眼就看到了对准他的击晕枪。他站定脚步，握紧拳头。然后他看见了正坐在欧瑟的算讯终端桌边上的迈尔斯（这是一种心理策略：让自己的头与其他人的头处于同一高度。如果坐在电脑椅里的话，迈尔斯担心自己看上去会像个吃饭时需要垫增高凳的孩子）。奥森的表情慢慢由愤怒变成了恐惧："噢，见鬼！不会又是你吧！"（译者注：奥森在陶·佛得战争中在欧瑟手下效力，在执行例行搜检任务中被迈尔斯一行人俘虏，还被痛打了一顿，又被故意拖延治疗。详见《战争学徒》）

"可是，当然是我啊。"迈尔斯耸了耸肩。拿着击晕枪在边上默然看戏的乔达克和他的部下忍住笑，快活地期待着下面的戏码："行动马上就要开始了。"

"你们不能——"奥森打住话头，瞥了欧瑟一眼，"你把他怎么了？"

"这么说吧。我们稍稍矫正了一下他的态度。至于舰队嘛，已经归我了。"嗯，至少他正在为此努力，"问题是，你愿不愿意选择站在胜利者一方？分享一份战斗报酬？或者我该把'胜利号'的指挥权交给——"

奥森无声地对着董龇出自己的白牙。

"——贝尔·索恩？"

"什么？"奥森大叫一声。董往后一缩，倒抽一口冷气："你不能——"

迈尔斯直接打断了他。“你还记得吗？你自己是怎么从‘羚羊号’的指挥岗位上升职成‘胜利号’舰长的吗？记得吧？”

奥森指指董：“那他呢？”

“和我签约的雇主会提供一笔和与‘胜利号’的价值相当的资金。这笔钱会成为董在舰队公司里的入股投资。作为回报，董准将会放弃对‘胜利号’所有权的任何追索。我将任命董作为舰队的战术参谋长，而你担任旗舰‘胜利号’的舰长。你在舰队中原有的资产，等值于‘羚羊号’扣除折旧后的残值，将被确认为你在舰队公司里的股份。这两艘舰只都将收归舰队公有。”

“你同意这条件吗？”奥森向董问道。

迈尔斯用锐利的目光戳了董一眼。“是的。”董不情不愿地答道。

奥森听到这话，挂上了一副苦脸：“不单单是钱的问题……”他停了下来，眉头跳动，“战斗奖励？什么战斗？”

当断不断，坐受人欺（译者注：文字游戏。戏仿谚语“当断不断，坐失良机”）。“你是加入还是退出？”

奥森的圆脸上露出一个狡黠的表情：“我加入——如果他道歉的话。”

“什么？这个脑满肠肥的还想——”

“向他道歉，亲爱的董。”迈尔斯咬着牙低声说道，“然后我们开始行动。否则‘胜利号’将会迎来一位新的舰长兼大副。他的美德多种多样，不和我争吵就是其中之一。”

“他当然不会啦。那个该死的贝塔小个子双性人爱你！”奥森怒气冲冲地说道，“不过我可一直没能弄明白，这玩意儿到底是想被你干呢还是想干你的——”

迈尔斯笑笑，抬起手打住他：“别激动，别激动。”他朝埃蕾娜点了点头。埃蕾娜已经举起了手中的击晕枪——而不是神经干扰枪，把枪口稳稳地指向了奥森的脑袋。

她的笑容让迈尔斯有些不安地想起了伯沙瑞军士有些时候的笑容（译者注：伯沙瑞是埃蕾娜的父亲，有精神问题，对杀人和用刑毫无精神负担，甚至一边动手一边会笑。详见《战争学徒》）。或者是卡维罗某个时候的笑容。那更糟。“我说没说过，奥森，你的声音多让我恼火？”她问道。

“你不会开枪的。”奥森的语气听起来并没有把握。

“我不会阻止她的。”迈尔斯撒了个谎，“我需要你的飞船。如果你能为我指挥这艘船的话，那更方便——但并不是非你不可。”他的目光像刀子般射向他指定的战术参谋长，“董？”

董摆出一副恶毒的优雅姿态，吐出一串模棱两可的华丽辞藻。他说要对奥森表示道歉，说自己过去不应该污辱他的性格、智力、祖先、长相——奥森越听脸越黑。迈尔斯打断了董的列举，让他从头再来：“简单些。”

董吸了一口气：“奥森，有时候，你真的脑子里全是屎。但是，该死的，在有必要的时候你确实能打。我亲眼见过。在险恶、糟糕和疯狂的情况下，我会优先选择你守在我的背后，而不是舰队里其他任何一名船长。”

奥森扬起一边嘴角：“现在这个还算真诚。非常感谢。你对我的人身安全如此关切我深表感激。那么，你觉得这次行动中我们的境况会有多么险恶、糟糕和疯狂？”

董吃吃地笑了。迈尔斯觉得，再也没人能比他笑得更难听了。

船主们被一个一个带了进来。迈尔斯对他们或是说服，或是收买，或是讹诈，或是迷惑。到最后迈尔斯已经口干舌燥，嗓子发痛，声音沙哑。只有“游隼号”的船长试图武力反抗。他被击晕之后捆了起来，而他的副手则被要求必须立即做出选择，要么荣誉晋级（译者注：不加薪的升级），要么通过短短的气闸室去太空中来一次长长的外出漫步。他选择了晋级。虽然他的眼神在说，总有一天……但只要那“总有一天”是在西塔甘达人到来之后，迈尔斯就心满意足了。

他们来到战术室对面那个大些的会议室，召开了一场参谋会议。迈尔斯从没参加过这么怪异的参谋会。欧瑟又被补了一剂吐真药，像一具撑死的尸体，满面笑容地靠在会议桌头前。另外至少还有两个人被捆在椅子上，还被堵住了嘴。董换下了那套黄色睡衣，穿上了一件灰色军常服，还在自己的上校衔章上匆匆钉上了准将肩章。董首先作了一次战术报告。听众们反应不一，有人怀疑，有人震惊，但所有人（几乎）都被董要求的一连串高速推进行动吓到了。董最有说服力的论证是一个可怕的预言：如果他们不能赶去守卫虫洞，之后他们就有可能被迫经过虫洞进攻早已做好准备的西塔甘达防线。那幅景象令桌旁所有人都不寒而栗。“情况可能会更糟”什么时候都是个无懈可击的主张。

会议开到一半时，迈尔斯揉了揉自己的太阳穴，侧过身子对埃蕾娜耳语：“这儿一直是这么糟糕吗，还是我忘了？”

她若有所思地嘟起嘴唇，低声答道：“不，往日这里大家人身攻击的用词更厉害。”

迈尔斯憋住了自己的笑声。

迈尔斯提出了一大堆没有根据的主张，并许下了一大票没有保证的诺言。最后会议结束了，军官们各自返回自己的岗位。欧瑟和“游隼号”的船长则被人押往禁闭室。董稍稍停顿了一下，皱着眉头低头看了看迈尔斯脚上棕色的毛毡拖鞋：“如果你要指挥我的队伍，孩子，你能不能帮我这个老兵一个忙，去换一双正常的靴子？”最终，房间里除了迈尔斯只剩下了埃蕾娜。

“我希望你去再审问一次米特佐夫将军。”迈尔斯对她说道，“尽可能地把游骑兵的战术部署数据都问出来（译者注：吐真剂能保证被审讯者只说真话，但并不能保证审讯者一定得到想要的信息。提问方式以及被审讯者的心理结构都会影响结果）——密码，哪些飞船当班值勤，哪些不在勤务中，它们最近所在的方位，人员的个人癖好，以及他所知道的有关沃维的其他任何情报。如果不走运地被他提到了我的真实身份，就把相关内容编辑掉，然后把记录交给作战部，顺便提醒他们，米特佐夫说出的是他所认为的，但是，当然了，并不一定都是真实的。也许会对他们有用。”

“好的。”

迈尔斯叹了口气，身子疲惫地伏了下去，双肘撑在空荡荡的会议桌上：“你知道吗，行星国家的国民们，就比如贝拉亚人——我们贝拉亚人——搞错了。我们的军官干部们总觉得，佣兵们没有尊严可言，因为他们可以被收买，可以出卖自己。但真正的尊严是个奢侈品，只有自由的人才能负担得起。一个像我这样的优秀帝国军官其实并非是被荣誉束缚着，仅仅是被束缚着。我刚才对这些诚实的人们说了谎。他们中有多少会因此而死？这真是一场古怪的游戏。”

“那么今天你想改变些什么吗？”

“想改变一切。什么都不改变。如果需要的话，我说谎的速度还可以再快一倍。”

“你用贝塔口音时说话确实更快。”她表示同意。

“你明白我的意思了吧。可我做得对吗？就算我能成功的话。如果失败，那么当然全是错的。”通往灾难的道路不止一条，而是所有道路……

埃蕾娜扬起眉毛：“当然是对的。”

迈尔斯的嘴唇上翘。“而你啊，”我所爱的人啊，“我的憎恨贝拉亚的贝拉亚女士，你是海根枢纽这里唯一一个我能诚实地牺牲掉的人。”

她偏了偏脑袋，琢磨着这句话：“谢谢你，我的大人。”她用手摸摸他的额头，走出了会议室。

迈尔斯浑身都颤抖起来。

第十五章

迈尔斯回到欧瑟的船舱，快速研究了一下这位将军的算讯终端里的文件。他一方面想对从自己上次指挥舰队以来，军团的装备和人员上发生的变化有个了解，同时也要搞清楚登达立/阿斯伦德的情报部门对海根枢纽态势的看法。有人给他送来了一个三明治和一杯咖啡，他几口吃完了但完全食不知味。虽然他仍处于一种几乎无法忍受的紧张状态中，但咖啡现在也不能让他清醒点了。他实在太累了。

我们一开拔，我就倒到欧瑟的床上去。在这三十六个小时的航行过程中，他最好是多少睡上几个小时。否则，等到达的时候，他恐怕会成为舰队的负资产而不是正资产。到时候他还得对付卡维罗。即使他以最佳状态出战，那女人都让他感到自己在智战之中处于下风，就像俗话所谓的“赤手空拳”。

更不用说还有西塔甘达人。迈尔斯思索着武器发展和战术演进之间的关系。它们之间的历史简直像是一场两人三足跑。

由于护盾阵列和激光武器的存在，太空飞船战中投射武器早就过时了。护盾阵列的设计初衷是保护舰船在普通空间以0.5倍光速行进时能无惧太空垃圾的撞击。这样的装置不费吹灰之力就可以挡住导弹。激光武器接下来也变得毫无用处了，因为有了“吞剑者”。“吞剑者”是贝塔开发出的一种防御系统，它实际上是将敌方的火力作为自己的动力来源；根据同样的原理，人们又开发出了“离子镜”。迈尔斯的父辈时代开发出的这种防御系统，可以对近距离等离子武器产生同样的作用。下一代肯定会看到等离子武器彻底消失。

过去几年里，由牵引光束技术加以改进而来的引力内爆枪似乎是最有发展前途的舰对舰武器；各种人造引力护盾的研发目前相对滞后，还无法抵御它的攻击。内爆光束打到哪里，就会把周围的一切化为一团扭曲的残骸。若是击中人体，那幅景象将非常恐怖。

但是，引力内爆枪能耗很高，射程又只有十来公里。跟太空飞船的速度和距离相比，这个射程实在是近得可怜。现在，作战时飞船必须协同一致，一起减速，互相靠近，协调机动。再加上虫洞的尺度相对来说很小，战斗似乎忽然之间又回到了近距搏杀模式，只不过现在队形要是收得太紧会引来大批核弹形成的“太阳墙”攻击——而且是反复多轮的。这暗示着撞船和强行登船有可能在实战中成为流行的实用战术。不过，仅限于魔鬼的工坊里生产出下一代出其不意的武器之前（译者注：《失乐园》中，魔鬼们是世界上最早的武器发明家，发明了大炮用来攻击天使，出其不意地取得了相当的战果）。迈尔斯一瞬间对他祖父那一辈人的美好往昔有些羡慕。那时候，人们从五万公里外就可以干净利落地杀死对方。仅仅是火花一闪。

新型内爆枪的集火射击将会造成严重破坏，在虫洞附近作战时尤其如此。现在如果战场狭小，一支小规模军队完全可能和一支大部队有同样的空间火力密度，因为后者不可能将队形收得过紧，让全部兵力都进入可以开火的有效射程之内；不过，当然了，后备力量方面的差别仍然是存在的。一支愿意做出牺牲的大军可以不停地发动攻击，直到完全凭借兵力的数量战胜兵力少的军队。西塔甘达的根姆贵族（译者注：西塔甘达帝国中贵族分成两个种姓，其中地位相对较低，掌握军事权力的贵族被称为“根姆”。详见《西塔甘达》）绝不在乎牺牲人命，不过他们通常更愿意先从牺牲下属开始。或者是牺牲盟军，那样更好。迈尔斯揉了揉脖子上打结的肌肉。

船舱里的蜂鸣器响了。迈尔斯把手伸到电脑桌的另一头，按下开门按钮。

一个身材瘦削的黑发男子站在门口。他三十出头，穿着灰白两色的雇佣军制服，戴着技术兵种肩章，神情迟疑不定。“大人？”他轻声说道。

巴兹·杰萨克，舰队工程官。他曾经是贝拉亚帝国军队的逃兵，流亡在外；后来，他向身为弗·科西根勋爵的迈尔斯宣誓效忠，成了迈尔斯的私人部曲。最后，他娶了迈尔斯爱的那个女子。曾经爱过的女子。而且现在仍然爱着的那个女子。巴兹。该死的。迈尔斯不自在地清了清嗓子：“请进，杰萨克准将。”

巴兹悄无声息地踏着甲板上的地垫走来。看上去提心吊胆，又满怀内疚：“我刚刚从修理船上回来，就听到了你回来的消息。”在银河系中飘荡的了几年以后，他的贝拉亚口音已经被打磨得稀薄了许多，听起来远远没有四年前那么明显了。

“只是暂时的。”

“我……很抱歉，你回来时看到的情景已经不是你离开时那样了，我的大人。我感觉就像是……把你赠给埃蕾娜的嫁妆都挥霍光了。我没有看出欧瑟那些经济举措的意图，直到……嗯……我错了，没有借口。”

“董也一样被那家伙耍了。”迈尔斯指出。听到巴兹向他道歉，他心中有些尴尬：“我猜那并不是一场完全公平的战斗。”

“那根本就不是一场战斗，我的大人。”巴兹的语速很慢，“问题就在这里。”他用稍息姿势站在原地，“我是来向你提出辞呈的，我的大人。”

“驳回！”迈尔斯立刻说，“首先，宣誓效忠的家臣不能辞职；第二，我要上哪儿去找一名称职的工程官？就剩——”他看了看手表“——两小时了。还有第三……第三，如果事情结果不妙，很不妙，我需要一个证人为我洗刷名声。你得给我提供有关舰队装备性能的最新情况，然后，帮助我让整个舰队运转起来。而我会把目前的真实形势告诉你。除了埃蕾娜以外，你是这里我唯一信任的，可以托付另外一半的秘密的人。”

迈尔斯好不容易才说服这位犹豫不决的工程师坐下来。迈尔斯把他匆忙整理的海根枢纽的冒险行动的大概情况向巴兹和盘托出，只是没有提到格雷果那次半心半意的自杀企图；那是格雷果的耻辱，属于个人隐私。迈尔斯毫不意外地得知，埃蕾娜并没有把早先他在登达立这边的那些事告诉巴兹——他那段短暂而且可耻的归来、获救和离开；巴兹似乎认为，她显然是因为事涉隐姓埋名的皇帝才把内情瞒着他，而且认为这样非常合理。还没等迈尔斯说完，巴兹内心怀有的愧疚就已经被一扫而空，取而代之的是形之于外的惊恐。

“如果皇帝被杀——如果他不能回国——国内会一片混乱，持续很多年。”巴兹说，“也许你应该让卡维罗营救他，而不是冒险——”

“某种程度上，我也考虑过要这样做。”迈尔斯说，“如果我能知道格雷果的想法就好了。”他顿了顿，“如果我们失去了格雷果，又在虫洞战斗中失败，西塔甘达人就会踏过我们的门槛，与此同时我们则会陷入最严重的内乱中。这对他们是多大的诱惑——多么有吸引力——他们一直想要科玛——那么很快我们就会目睹第二次西塔甘达入侵开始。他们会跟我们差不多同样感到意外。他们也许更愿意实施精心策划过的计划，但他们也不会放过偶尔出现的机遇——尤其是现在这种好得惊人的……”

这种前景让他们下定决心，转而开始谈论具体的技术问题。迈尔斯暗自提醒自己，千万别忘了那段古代谚语：“为找回一根钉子……”（译者注：一个较长的英文谚语的第一句。全文为：为找回一根钉子，丢了一只鞋；为找回鞋，丢了一匹马；为找回马，丢了一个骑士；为找回骑士，丢了一场胜利；为找回胜利，丢掉了整个王国。于是王国整个丢掉——就为了找回一根钉子！告诫人们不要为了弥补小失误反而把问题越搞越大）就在他们快要完成总体论述的时候，舰上当值的通信官在通信终端上向迈尔斯发来了呼叫。

“长官！内史密斯将军？”通信官好奇地盯着迈尔斯的脸看了一会儿之后才继续说道，“码头上有个人想见你。他说有重要情报。”

这人会不会是后备杀手？从理论上讲，那是有可能的。迈尔斯暗自提醒自己：“他的身份是？”

“他说让我告诉你，他的名字叫恩加利。他只肯说这些。”

迈尔斯屏住了呼吸。这位骑士终于来了！不过也许是某人为了进门而耍了个机灵的诡计？“你能不能让我看看他？但不要让他知道在被拍摄。”

“好的，长官。”通信官的脸被“胜利号”停靠的码头上的监控视频所取代。摄像机对准了两个身穿阿斯伦德技术人员工作服的人，镜头推近，放大。迈尔斯整个人都松弛下来。恩加利上尉。以及有福的欧佛霍尔特军士。

“谢谢你，通信官。派一个班把这两个人押送到我的船舱来。”他瞥了巴兹一眼，“大概十分钟后。”他关闭了通信，朝巴兹解释道：“我在帝国安全部的上司来了。感谢上帝！但是——我不确定自己能不能向他解释清楚你的逃兵罪的特殊情况。我的意思是，他是帝国安全部的，不是军事安全局的。虽然我并不觉得当年对你的通缉令现在的他会有多关心，但是如果你避开他的话，事情也许会……更简单些。呐？”

“唔。”巴兹做了个鬼脸，表示同意，“我想，我还有事要做呢，不是吗？”

“真真切切！巴兹……”有一刻，他冲动地想叫巴兹带上埃蕾娜逃到安全的地方，远离即将到来的危险，“很快，这里的局势就会变得十分……疯狂。”

“‘疯狂的迈尔斯’又回来指挥了，事情难道还会不这样？”巴兹耸耸肩，笑了。他起步朝门口走去。

“我没有董那么疯狂——仁慈的上帝啊，没人那样叫我吧，是吧？”

“啊——这是个老笑话。只在几个登达立的老兵中间流传。”巴兹加快了自己的步伐。

而登达立老兵已经寥寥无几。不幸的是，这玩笑一点不好笑。门在巴兹身后嗞的一声关上了。

恩加利。恩加利。总算有个能负责的人来了。要是格雷果现在跟我在一起就好了，我的任务立刻就完成了。但现在我至少可以了解一下，这段时间里我方都做了些什么。精疲力竭的迈尔斯趴到了欧瑟的电脑桌上，头枕在自己胳膊上，露出了微笑。援兵。终于来了。

梦乡悄然降临，将迈尔斯的思维笼罩其中；船舱里的蜂鸣器又响了，他不得不猛地把自己从一再推迟的睡眠中拽了回来。他揉了揉发麻的脸庞，揿下桌上的开门键。“请进。”他瞥了一眼电子钟。他刚才不知不觉失去意识的时间只有四分钟。他确确实实是该去打个盹。

乔达克和两名登达立卫兵护送着恩加利上尉和欧佛霍尔特军士走进房间。恩加利和欧佛霍尔特都穿着阿斯伦德监工们那身褐色的工作服。毫无疑问，他们身上也带着与此相配的身份证件和通行证。迈尔斯开心地朝他们笑笑。

“乔达克军士，你和你的人到外面去等着。”乔达克看起来因为被排除在外感到颇为伤心失望。“如果指挥官埃蕾娜·伯沙瑞·杰萨克已经完成了手头的任务，就叫她上我们这来。谢谢。”

恩加利急不可耐地等待着。门在乔达克身后嗞的一声关上之后，他立刻大步向前。迈尔斯站起身来，敏捷地向他敬了个礼：“很高兴见到——”

令迈尔斯惊讶的是，恩加利没有回礼，反倒是抓住他的制服上衣，把他拎了起来。迈尔斯感觉得出，恩加利是竭力克制着自己才没有掐住他的脖子而只是揪起他的衣领：“弗·科西根，你这白痴！你在搞什么见鬼的把戏？”

“我找到了格雷果，长官。我——”现在不能说我又把他丢了，“我现在正在组织一次远征，去把他救回来。我真高兴你和我取得了联系。再晚一个小时，你就赶不上我们的船了。要是我们能共享我们的情报和资源的话——”

恩加利铁钳般的双手没有松开，蜕皮的嘴唇也依然紧咬着：“我们知道你找到了皇帝——我们从杰克逊联邦的拘留所跟踪你们两人，一直跟到这里。然后，你们两人彻底消失了。”

“你没有去问埃蕾娜吗？我以为你会去问的——看那边，长官，请坐——”并且把我放下来，该死的——恩加利似乎没有注意到，迈尔斯踮着脚，伸直脚趾才够得着地——“然后告诉我，在你眼里这一切是怎么回事。这很重要。”

恩加利喘着粗气，放开迈尔斯，在迈尔斯指给他的那张椅子上坐下，或者说至少是坐在了椅子边上。他比了个手势，欧佛霍尔特就站到了他身旁，做出稍息的姿势。迈尔斯看着欧佛霍尔特，心中有几分宽慰之情。上次看见军士时，他是昏迷着的，脸朝下趴在杰克逊联邦太空站的中央大厅里；军士现在尽管看起来又累又紧张，但至少已经完全恢复了。

恩加利说：“欧佛霍尔特军士完全清醒后，跟着你去了联邦拘留所，但那时候你已经不见了。他以为是他们干的，而他们却以为是他干的。他去行贿了，花钱如流水啊。最后从被你打倒的那个契约奴工那里得知了真相——那是在你们走之后一天，那人终于能开口说话了——”

“这么说，他活过来了。”迈尔斯说，“很好。格——我们还为那事担心呢。”

“是的。但是，欧佛霍尔特起先没从契约奴工档案中认出皇帝来——他不在有必要知道皇帝失踪的人员名单上。”

军士脸上掠过一丝怒气，仿佛想起了那严重的不公待遇。

“——在他与我取得联系之前。我们陷入了死胡同。我们重新审视了所有的追踪步骤，希望能够找出我们忽略了的跟你们的去向有关的线索。最后我确认那名失踪的契约奴工就是格雷果皇帝。浪费了好几天。”

“我还以为你肯定会和埃蕾娜·伯沙瑞·杰萨克联系的，长官。她知道我们去哪里了。你知道她是向我宣誓效忠的家臣。我的档案中写着呢。”

恩加利抿着嘴狠狠瞪了他一眼，但没有为自己这一失误做任何辩解：“当贝拉亚的第一拨特工到达海根枢纽后，我们终于有了足够的增援力量，能展开认真的搜索——”

“很好！这么说，国内已经知道格雷果在海根枢纽了。我还担心伊林会继续把所有资源徒然浪费在科玛，甚至跑到埃斯科巴去。那样就更糟糕了。”

恩加利又攥紧了拳头：“弗·科西根，你把皇帝怎么了？”

“他安然无恙，但处于极大的危险之中。”迈尔斯花了一秒钟考虑了一下措辞，“也就是说，我认为，目前他没事，但是情况随时可能发生变化。随着战术——”

“我们知道他现在在哪儿。三天前，我们安插在兰道尔游骑兵里的一名特工看到了他。”

“一定是在我刚刚离开之后。”迈尔斯计算了一下时间，“要不然他可能也会见到我，我之前在那边的禁——我们现在准备怎么办？”

“救援部队正在集结。我不知道舰队的规模有多大。”

“得到通过波尔的许可了吗？”

“我很怀疑他们会等到获得许可。”

“我们必须提醒他们，不要得罪波尔！要不——”

“少尉，沃维人扣押了皇帝！”恩加利愤怒地吼叫道，“我不会告诉——”

“沃维人没有扣押格雷果。是卡维罗司令官干的。”迈尔斯急忙打断了他，“这跟政治毫无关系，是一个为她个人谋取私利的阴谋。我认为——实际上，我非常肯定——沃维政府并不知道关于她的‘客人’的最重要的情报。必须提醒我们的救援部队，在西塔甘达入侵开始之前，不要采取任何敌对行动。”

“什么开始之前？”

迈尔斯踌躇了一下，然后放低声音说道：“你是说，你一点都不知道西塔甘达入侵的事？”他顿了一下，“嗯，你还没有听说这个消息，但这并不意味着伊林没有看出来。即使我们还没有发现他们正在帝国国内的什么地方集结部队，但只要我们的帝国安全部把西塔甘达国内基地里消失的战舰数量加起来，他们就会意识到一定有状况发生。这类事情肯定有人在不断跟踪监视，哪怕是现在大家正为格雷果手忙脚乱的当间。”坐在椅子上的恩加利仍然一副被惊呆了的样子，于是迈尔斯继续解释道：“我预计，西塔甘达军队将侵入沃维的领空，然后在卡维罗司令官的默许下，继续向前推进，占领海根枢纽。时间非常近了。我准备率领登达立舰队跨过这个恒星系，坚守沃维虫洞，与他们交战，直到营救格雷果的舰队到达。我希望他们不是只派一个外交谈判小组来……顺便问一句，伊林给你的那张跟雇佣兵签合同用的空白信用支票还在吗？我需要它。”

“你，先生，”恩加利终于再度控制住自己的嗓子，又开口说话了，“你哪里也不能去。除了我们在阿斯伦德太空站里的安全屋（译者注：谍报组织在敌占区或者中立区、平民区建立的秘密安全居所）。你要在那里安静地等待——什么也不许说——直到伊林的增援部队到达，从我手中接过照管你的责任。”

迈尔斯对恩加利爆发出的这些不切实际的话听而不闻，继续彬彬有礼地说道：“你肯定一直都在收集数据，好撰写递交给伊林的报告吧。有什么我可以利用的吗？”

“我有一份关于阿斯伦德太空站的完整的报告，关于它的海军和雇佣军的部署和兵力，但——”

“那些我现在全都有了。”迈尔斯用手指在欧瑟的指挥控制器上迅速地敲击了几下，“该死的。我真希望过去的两个星期里你把时间花在侦察沃维的太空站上。”

恩加利气得咬牙切齿：“弗·科西根，你马上给我站起来，跟我和欧佛霍尔特军士走。要不然的话，我发誓会让欧佛霍尔特把你给扛走。”

迈尔斯意识到，欧佛霍尔特正冷冷地看着他，算计着扑过来抓住他的线路：“这会是个严重的错误，长官。比你没去跟埃蕾娜联系更糟糕。如果你允许我向你解释一下现在的总体战略局势——”

恩加利被刺激得再也受不了了。他厉声喝道：“欧佛霍尔特，抓住他。”

欧佛霍尔特向迈尔斯猛扑过去的同时，迈尔斯摁响了桌上的警报器。他绕着自己的电脑椅躲来躲去，在躲开欧佛霍尔特的第一次捉拿时还把椅子给撞倒了。舱门嗞的一声打开了。乔达克和两个卫兵飞奔而入，埃蕾娜紧随其后。正在指挥桌那头追着迈尔斯兜圈子的欧佛霍尔特径直撞上了乔达克的击晕枪射出的电光。他倒在地上，发出一声巨响。迈尔斯本能地往后一缩。恩加利猛地从椅子上蹿了起来，然后一动不动地站在了原地。四名登达立的军人手持击晕枪齐齐指向他，把他围在了中间。迈尔斯感到自己快要哭出来了。不，也许是快要咯咯笑出来了。不管是哭是笑，都不会有任何好处。他控制住自己的呼吸，控制住自己的声音。

“乔达克军士，把这两个人带到‘胜利号’的禁闭室去。把他们关到……我想，就关到米特佐夫和欧瑟的隔壁。”

“是，将军。”

恩加利，作为一名被俘的间谍，勇敢地保持着沉默，听任别人把他带出去。但他回头愤怒地瞪了迈尔斯一眼，脖子上的青筋跳个不停，显示着他心中强压的怒火。

我甚至不能给他注射吐真剂进行审讯。迈尔斯悲哀地想到。像恩加利这个级别的特工肯定被诱导患有吐真剂过敏症。给他打一针吐真剂的结果不会让他陷入欣快状态，只会导致过敏性休克和死亡。过了一小会，又来了两个登达立佣兵，他们带来了一个飘浮托盘，把丧失行动能力的欧佛霍尔特抬走了。

等门在他们身后关上后，埃蕾娜问道："现在说说吧。这到底怎么回事？"

迈尔斯深深地叹了口气："那位，很遗憾，就是我在帝国安全部的上司恩加利上尉。他心态不好，完全不听人说话。"

埃蕾娜的眼神中带上了一股古怪的热情："我的上帝啊，迈尔斯。米特佐夫——欧瑟——恩加利——一个接一个——你对你的指挥官真是够狠的。等把他们放出来的时候，你打算怎么办？"

迈尔斯默默摇头："我不知道。"

一小时后，舰队离开了阿斯伦德站，进入了严格的通信静默状态。很自然地，阿斯伦德人陷入了恐慌之中。迈尔斯坐在"胜利号"的通信中心里，听着他们发疯似的反复询问，但他决心不干涉事态的正常进程，除非阿斯伦德人开火。在他能重新把手放到格雷果身上之前，他必须不惜一切代价让卡维罗觉得一切正常。让卡维罗觉得她正在得到她想要的东西，或者至少是她之前声称想要的东西。

实际上，事态的正常发展带来的好处比迈尔斯通过策划和说服得到的更多。迈尔斯从阿斯伦德人的通话中推测出，他们主要有三种猜测。第一，雇佣军在全体逃离海根枢纽，因为他们暗地里得到了一场攻击迫在眉睫的消息。第二，雇佣军离开是为了加入阿斯伦德的某个，或者某几个敌人。第三种可能最糟糕：雇佣军准备向上述敌人无端发动进攻，由此引发的报复则将落到阿斯伦德人头上。阿斯伦德的军队进入了最高级别战备状态。他们还在向母星要求派来增援部队，把更多的机动部队调配到海根枢纽，让预备役做好集结准备，以弥补那些毫无诚信的雇佣兵们骤然离去造成的防御力量不足的问题。

当登达立舰队的最后一艘船离开阿斯伦德的地盘，驶入公共太空之际，迈尔斯舒了一口气。阿斯伦德人陷入了困惑中，导致他们行动迟缓，所以在登达立舰队抵达沃维虫洞区域并减速停船之前，他们的海军追击部队不可能追上登达立人。而到了那边，在西塔甘达人到来之后说服阿斯伦德人转变立场，作为登达立的预备队应该不是什么难事。

时机的掌握就算并非决定一切，也意义重大。假如卡维罗现在还没有向西塔甘达人发出开始行动的信号的话……登达立舰队的突然行动也许会吓得她放弃这一阴谋。那就太好了，迈尔斯想。那样的话，他一枪不发就成功地阻止了西塔甘达人的侵略。按照阿罗·弗·科西根本人的定义，这是最完美的战术。当然，这样我会在政治上大大出丑，三方面都会有一帮暴徒要追杀我。但老爸会理解我的。我希望他会理解我的。那样的话，活下去并救出格雷果就成了他唯一的战术目标。相形之下这个新的目标简直简单得可笑。不过这令人鼓舞。当然，有种例外情况。如果格雷果不希望获救……

迈尔斯昏昏欲睡的头脑判定，战略树上要长出更多更好的选择枝来必须等待事态的发展。他步履蹒跚地回到欧瑟的卧舱，倒向床铺。他要结结实实睡上十二个钟头，脑子里什么都不想。

“胜利号”的通信官打来了可视电话，叫醒了迈尔斯。他穿着内衣啪啦啪啦走到通信终端边，一屁股坐到电脑椅里。“什么事？”

“你让我一有沃维太空站那边的消息就通知你的，长官。”

“是的，谢谢你。”迈尔斯把眼角黄色的眼屎揉掉，然后看了看时间。还有十二个小时的航程，然后他们才会到达目标，“沃维站或者他们的虫洞那边有什么异常行动的迹象吗？”

“还没有，长官。”

“很好。继续监听、记录和跟踪一切出站的飞船航班。目前我们和他们之间的信号传输延迟有多久？”

“三十六分钟，长官。”

“唔。很好。把信息发给我。”

他打着哈欠，胳膊肘支在欧瑟的算讯终端上，打量着视讯板。沃维的一名高级军官出现在视讯板上，要求对欧瑟/登达立舰队的行动做出解释。他的这番话听上去跟阿斯伦德人那些话差不多。没有卡维罗的影子。迈尔斯接通了通信官：“给他们回话。告诉他们，静电干扰太强，我们的反干扰装置又坏了，他们发来的重要信息被干扰得什么都看不清。紧急请求他们重发一遍，并且增强信号。”

“好的，长官。”

在随后的七十分钟里，迈尔斯悠闲地冲了个澡，穿上一身在他睡觉时送来的合身的制服（以及靴子），吃了一顿营养均衡早餐。他走进“胜利号”的导航通信室时，第二份信息正好传过来了。这一回，卡维罗司令官站在那名沃维军官身旁，双臂抱在胸前。那个沃维军官大声重复了一遍之前他所说的话，只不过确实“增强”了信号：这回他的声音更响，更尖厉。卡维罗补充说：“立即解释你们的来意，否则我们将把你们视为敌军，做出相应反应。”

这正是迈尔斯想要达到的“增强”效果。他在通信站的椅子里坐下，尽量把身上的登达立制服打理整齐。他确认了一下，在视频中可以清楚地看到他的将军肩章。“准备发送。”他朝通信官点了点头，然后尽全力装出一副面无表情，一本正经的样子。

“我是迈尔斯·内史密斯将军，登达立自由佣兵舰队指挥官。和兰道尔游骑兵司令官卡维罗通话。仅供她本人过目。女士。我遵照你的命令，不折不扣地完成了任务。我想提醒你，你曾许诺，在我成功后付给我报酬。你的下一个指示是什么？内史密斯，完毕。”

通信官把录像传入定向窄波扰频加密发射器。“长官，”她有些犹豫，“如果这条信息是仅供卡维罗司令官本人过目的——我们真的要把它发到沃维的指挥频道上吗？沃维人肯定会先解码再转发的。除了她以外，还有很多人都会看到的。”

“就是这样，中尉。”迈尔斯说，“继续，发送。”

“哦。等他们回应的时候——如果他们回应的话，你希望我怎么处理？”

迈尔斯看了看表：“按照现在的航向航速，等到他们下次回应的时候，我们应该已经进入这边双星的日冕干扰区了。我们会有相当一段时间，嗯，大概三个小时，处于通信盲区中。”

“长官，我可以加大信号增益，缩短——”

“不，不，中尉。日冕造成的干扰是很可怕的。实际上，如果你能把时间拖长到四个小时的话，那就更好。但是，要做得跟真的一样。直到我们和卡维罗之间的距离缩短到可以通过定向窄波进行接近实时的会谈之前，我希望你把自己当作一个外行通信官。”

“是，长官。”她咧嘴一笑，“现在我明白了。”

“去干吧。记住，我需要的是最大限度的低效、无能和失误。我是指在沃维的通信频道问题上。当然，你曾经带过新兵，知道他们会是什么样子。发挥你的创造力吧。”

“是，长官。”

迈尔斯动身去找董了。

通信官再度呼叫迈尔斯的时候，他正在“胜利号”的战术室里，跟董一起全神贯注地注视着战术计算机的显示器。计算机正在运行着不同预设下虫洞区域的战况模拟。

“长官，沃维太空站的情况发生了变化。所有出港的商船都被拦住了，进港的船只也被拒绝停靠。所有军事频道上的加密通信几乎都增加了三倍。有四艘大型战舰刚刚实施了跃迁。”

“向内跳跃到海根枢纽，还是向外跳到沃维？”

“向外跳到沃维，长官。”

董向前倾过身子：“核实后把数据打包传输到战术显示器上，中尉。”

“好的，长官。”

“谢谢你。”迈尔斯说，“再有消息请继续通知我们。还有，监听所有能收到的平民明码通信。我希望在流言四起之初就能掌握流言的具体内容。”

“好的，长官。完毕。”

董打开被戏称为“实时”（译者注：意义不明。大概是在开玩笑说这个战术显示器性能老旧，显示太慢，跟真实作战的速度也差不多了）战术显示器的机器，上面是一张粗糙的彩色图像。通信官把新的数据共享了过来。他端详着那四艘起航的战舰，辨识着它们的型号。“开始了。”他忧郁地说，“如你所说。”

“你不认为那是我们到来引发的反应？”

“那四艘战舰不是的。如果不是其他地方急需它们的话，它们不会离开沃维太空站。你最好还是把你的屁股挪到——呃，我是说，转移到‘羚羊号’上，以那里作为你的旗舰吧，孩子。”

迈尔斯紧张地揉捏着自己的嘴唇，看着“羚羊号”战术室里的图表显示器，看着上面那个他在脑子里称作自己的“小舰队”的东西。显示器上现在出现的是“羚羊号”本身和登达立舰队中两艘速度仅次于它的舰只。他个人的攻击舰群——速度快，灵活，可以进行急剧的机动变向，转弯所需的空间比任何其他船队都小。但必须承认，它们的火力低下。不过如果事态发展一如迈尔斯的计划，那么开火本来就不是一个可取的选择。

现在“羚羊号”战术室里的人员被精简到了最低限度：迈尔斯，担任他个人通信官的埃蕾娜，还有负责所有其他系统的阿狄·梅休。全是对下面那场绝对私密的谈话知根知底的内部人士。如果真打起来的话，迈尔斯会把目前被赶到了导航及通信指挥室的索恩叫回这个房间里。然后他大概得回到自己的舱室中，剖腹自杀。

“让咱们看看沃维站。”他对坐在通信工作站前的埃蕾娜说。她触摸了几下控制器，房间正中的主全息显示器闪烁着旋转起来。他们目标地区的简图上好像有许多线条和色彩在翻腾起伏——代表着舰只在移动，各种各样的武器系统和护盾在充能，还有通信信号在传输。登达立人现在距离阿斯伦德只有一百万公里，比三光秒多一点点。他们靠近阿斯伦德的速度正在减慢：小舰队比登达立主舰队里那些速度较慢的舰只整整超前了两个小时的路程，现在正渐渐减速。

“他们现在真是乱成一团。”埃蕾娜评论道。她把手放在耳机上：“他们在重申自己的要求，让我们跟他们通话。”

“但仍然没有发动反击。”迈尔斯边说边研究着空中的简图。“我很高兴他们已经意识到了真正的危险所在。好吧。告诉他们，我们排除了通信故障——好不容易地——但是，重申一遍，我首先只和卡维罗司令官说话。”

“他们——啊——我想，他们终于接通了她。我发现专用频道当中出现了一束定向窄波。”

“跟踪信号。”埃蕾娜从通信网上巧妙地收集着相关信息。迈尔斯从她肩头看过去。

“信号源在移动……”

迈尔斯闭上了眼睛，祈祷着。埃蕾娜发出一声胜利的欢叫：“找到了！在那里，那艘小船。”迈尔斯猛地睁开了双眼。

“告诉我它的航向和能耗状况。她在朝虫洞前进吗？”

“不，在离开。”

“哈！”

“是一艘快船——不大——一艘隼级信使船。”埃蕾娜报告道，“如果她的目标是波尔——或者贝拉亚——她必须从我们这三艘飞船当中穿过去。”

迈尔斯吸了一口气：“对！对！她在等待着在她的沃维老板们监听不到的线路上说话。我就知道她可能会那样。不知道她对他们撒了什么谎？她知不知道，她已经驶过了不可返回点，再也回不了头了？”他对着简图中新出现的一条短线张开了双臂，“来吧，亲爱的。到我这里来。”

埃蕾娜嘲讽地看着他，扬起眉毛：“信号过来了。你的甜心马上就会出现在三号监视器上。”

迈尔斯猛地一下跳到三号监视器前的椅子上，坐在已经开始闪烁的全息显示屏前。现在该是鼓起他所拥有的全部自控能力的时候了。当卡维罗精致的面孔出现在他眼前时，他已经成功地摆出了一副感兴趣但又冷静，还带着几分嘲讽的表情。在摄像头照不到的地方，他在裤子膝盖上擦了擦自己冒汗的手掌。

卡维罗的蓝眼睛里闪烁着胜利的喜悦，但她的双唇紧闭，双眉紧锁，把喜悦的眼睛框在中间——就像是迈尔斯的飞船紧紧封锁着她的飞船航道一样。“弗·科西根勋爵。你在这儿干什么？”

“执行你的命令啊，女士。你叫我来夺取登达立军团的。而且我没有给贝拉亚发过任何消息。”

定向窄波通信光束从这艘飞船传到那边，再带回她的回答。其间有六秒钟的延迟。这给了他足够的思考时间。啊哈，也给了卡维罗同样多的思考时间。

“我没有命令你穿过海根枢纽。”

迈尔斯疑惑地皱起眉头：“但是，在采取行动的时候，你只会需要我的舰队在这里啊？我可不呆。”

这回，卡维罗停顿的时间比信号传输延迟时间要长。“你是说，你没有收到米特佐夫带去的信息？”她问道。

只差一点。真是绝妙的一语双关：“怎么，你把他派过来送信？”

又是一阵延迟：“是的！”

双方都在睁眼说瞎话：“我没见到他。也许他当了逃兵吧。他肯定已经意识到自己失宠了，你已经另有新欢。他现在大概正缩在某个航天港的酒吧里，借酒浇愁吧。”迈尔斯为这幅悲哀的景象深深地叹了口气。

听到这话，卡维罗那副全神贯注的神情消失了。她满脸愤怒：“白痴！我知道你把他俘虏了。”

“是的，自从把他俘虏了以后，我一直在疑惑，你怎么会容许发生这种事。如果你不希望发生这种事，那你应该对此早有预防。”

卡维罗眯缝起眼睛。她开始转移阵地：“我担心斯坦尼斯的情绪在使他变得不再可靠。我想再给他一次机会，让他证明自己。我派了个人去支援他，但给这个人下了命令，如果斯坦尼斯试图杀死你的话，就干掉他。但他失败了，于是那个呆瓜就什么也没干。”

假如把这话里的“如果……试图”换成“一旦……成功”，那么这一番声明也许基本属实。迈尔斯真希望他能拿到一份那位游骑兵特工在现场向卡维罗汇报的录音——以及卡维罗把他怒骂一顿的回话录音：“那么，你现在明白了吧？你的确需要能够独立思考的部下。像我这样的。”

卡维罗向后一甩头：“要你当部下？我宁可和毒蛇睡觉！”

那景象看起来会很有趣的。“你最好能习惯跟我相处。你正在试图进入的这个世界你很陌生，而我很熟悉。弗·科西根家族是贝拉亚统治阶层不可分割的一部分。你可以让我来给你当本地向导。”

延迟。“确实。我正在试着——我必定——把你们的皇帝送到安全的地方去。你现在堵住了他的飞行路线。滚开！”

迈尔斯看了一眼战术显示器。是的，的确如此。很好，过来见见我吧：“卡维罗司令官，我觉得，你对我进行估量时，肯定漏掉了某个重要资料。”

延迟。“让我把现在的局面说清楚吧，贝拉亚小子。我抓住了你们的皇帝。我绝对控制着他。”

“很好。那就让我听到那些命令从他的口中发出来吧。”

延迟……略微短了一点，是的：“我可以当着你的面割断他的喉咙。让我过去！”

“割啊。”迈尔斯耸了耸肩，“不过那样你的甲板上肯定会有一大片地方被弄得一塌糊涂。”

延迟过后，她不快地咧嘴一笑：“你可真能虚张声势。”

“我一点也不虚张声势。让格雷果活着的价值对你比对我大得多。在你要去的地方，你什么也做不了，除非通过他。他是你的长期饭票。但是，有没有人对你提起过，如果格雷果死了的话，我可以成为贝拉亚的下一任皇帝？”呃，这其实是个还有争议的问题，不过，现在可不是向她详细讲述关于贝拉亚的继承权的那些细枝末节的时候。足足有六种理论，彼此争议不休。

卡维罗的表情僵住了：“他说……他没有继承人。你也这样说。”

“没有指定的继承人。我父亲拒绝成为指定继承人，并不是因为他与皇室没有血缘关系。但是无视血缘关系并不能消除血缘关系。我是我父亲的独子。而他不可能长生不死。因此……所以，尽管用一切手段抵抗我的登船部队吧。尽管发出威胁吧。实施你的威胁吧。把帝国皇位献给我吧。我会对你表示感激的——在我把你迅速处决之前。皇帝迈尔斯一世。听起来怎么样？和卡维罗皇后一样好听吗？”迈尔斯打着热情洋溢的节拍说出了后一个称呼，“或者，我们可以合作。弗·科西根家族历来认为，实胜于名。比如王座背后的实权，就被挡在我前面的父亲——被他掌握在手中。毫无疑问，格雷果肯定告诉你了，他掌权的时间已经太过长久了——你不可能靠忽闪你的睫毛把那个人赶下台去的。他不受女色的诱惑。但是，我了解他的每一个弱点。我已经通盘考量过了。不管怎么说，这或许是我的一次绝好机会。顺便问一句——我的夫人（译者注：这里迈尔斯突然转变称呼，有暗示求婚的意思）——你介意和你结婚的皇帝是哪一位吗？”

时间延迟让他得以充分品味她的表情变化。他那些貌似有理有据的不实之词击中了要害。惊慌；厌恶；最后，是勉强的尊敬。

“看来，我低估你了。很好……你们的飞船可以护送我们到安全地带。到那之后——显然——我们必须再进一步商谈。”

“我会把你们送到安全的地方。到‘羚羊号’上来。然后我们立刻就地商谈。”

卡维罗挺直身体，鼻孔不停地张动着：“没门！”

“那好，咱们做个折中吧。我会服从格雷果的命令，也只服从格雷果的命令。我说过，高贵的夫人，你最好能适应这种情况。没有哪个贝拉亚人会在你确立自己的地位之前，听从你直接发出的命令。如果你选择参与这场游戏的话，最好现在就开始练习。以后的规则只会更加复杂。或者你也可以选择抵抗，那样的话，我就全盘获胜啦。”设法拖延时间吧，卡维罗！咬钩吧！

“我去把格雷果带来。”视频变成了一团灰色的烟雾，出现了在线等待的信号。

迈尔斯向后朝转椅里一靠，揉了揉自己的脖子，晃了晃自己的脑袋，试着放松自己濒临崩溃的神经。他在发抖。梅休正在惊恐地望着他。

“该死。”埃蕾娜轻声说道，“如果我不了解你的话，我会以为你将要变成下一个疯皇尤里。你脸上的表情……我是不是对你那些暗示理解过头了？或者你刚才真的是……这一刻在密谋暗杀格雷果，转眼又想给他戴绿帽子，指责你父亲是同性恋（译者注：贝拉亚的文化中同性恋被视为罪孽。一直有人指责阿罗是同性恋……包括斯坦尼斯），还提出阴谋弑父干掉他，然后和卡维罗结成同盟——接下来你还想再做出什么？”

“那要看时局的走向了。我恨不得马上就弄清楚。”迈尔斯喘息着，“我的样子令人信服吗？”

“能吓死人！”

“很好。”他又在裤子上擦了一下手掌，“现在的战斗是大脑对大脑，我的和卡维罗的。然后才会是飞船对飞船的作战。她有搞阴谋的强迫症。如果我能用烟幕弹迷惑住她，能用语言，用假设，用她的战略树上越来越多的分枝骗过她，能在足够长的时间里拖住她，不让她注意到当前真正的……”

“信号。”埃蕾娜提醒道。

迈尔斯坐直身子，等待着。随后视讯板上浮现出了一张脸。是格雷果的。格雷果，活着，安然无恙。格雷果睁大眼睛，然后，他的脸部变得毫无表情。

卡维罗在他身后走动着，稍稍有些模糊不清：“告诉他我们想要什么，亲爱的。”

迈尔斯坐在那儿，把身子弯到最大限度鞠了个躬：“陛下。我把登达立自由雇佣军舰队带来给你。我们听凭您的处置。”

格雷果朝旁边瞥了一眼，显然是在看那边对“羚羊号”的战术分析数据：“上帝啊，你当真又把他们收服了。迈尔斯，你简直神了。”幽默一闪而逝，又换上了那套古板的腔调：“谢谢你，弗·科西根勋爵。我接受你作为封臣献上的部队。”

“如果你乐意登上‘羚羊号’的话，陛下，你可以亲自指挥你的部队。”

卡维罗向前倾过身子，打断了他的话：“这下子他的阴谋总算暴露了。我把他刚才讲过的一段话放给你听，格雷果。”卡维罗把手伸到格雷果身侧，碰了下控制面板。然后迈尔斯立刻就再度听到了他刚才说的那段令人窒息的煽动言论。开头是——当然是——有关指明继承人的胡说八道，最后则以他毛遂自荐作为帝国皇帝/新郎替补的话结束。非常棒的选择。显然完全未经剪辑。

格雷果偏着头，若有所思地听着。当迈尔斯的图像磕巴着说出那段大逆不道的结语时，他的脸上依然毫不动容："难道他这些话让你吃惊了吗，卡维？"格雷果握着卡维罗的手，扭头看看她，用一副天真的语气说道。从她脸上的表情可以看得出来，她确实吃了一惊。"弗·科西根勋爵的畸形把他给逼疯了，这尽人皆知！多年来，他一直在烦躁地四处这么嘀咕。当然了，我对他的信任感，丝毫不比我能把他扔出去的距离多（译者注：双关语。该表达是个谚语，正常情况下暗含人体很重，几乎扔不动的前提，因此意指"并不信任某人"。但迈尔斯体形很小，体重很轻……）——"

多谢了，格雷果。这句台词我会记住的。

"——但只要他还认为他能够通过扩大我们的利益来扩大他自己的，他就是一个有价值的同盟者。弗·科西根家族在贝拉亚的事务中一直很有影响力。作为盟友，他祖父皮欧特伯爵把我祖父埃扎尔皇帝送上了皇位。他们也可能成为同样强大的敌人。我更愿意与他们合作，共同统治贝拉亚。"

"把他们消灭掉肯定也行啊。"卡维罗瞪着迈尔斯。

"时间在我们这一边，吾爱。迈尔斯的父亲已经是个老人了。他自己——是个畸形儿。他说的那些跟血缘有关的威胁是虚假的：贝拉亚永远不会接受一个畸形人当皇帝的。阿罗伯爵对此很清楚，甚至迈尔斯自己在他精神比较正常的时刻也明白这点。但是，如果他愿意的话，他是能给我们添上不少麻烦的。这是个有趣的权力平衡，不是么，弗·科西根勋爵？"

迈尔斯又鞠了个躬："我正是这么想的。"显然，我们想法一致。他悄悄瞥了埃蕾娜一眼。她刚才听到格雷果描绘迈尔斯到处疯言疯语的时候笑得从椅子上滑了下去——毫无疑问她是想象到了迈尔斯在国宴上那么说的样子。她现在正坐在地上，嘴里咬着衣袖好堵住自己的笑声，眼睛从灰色的衣袖上方露出来，闪闪发亮。她控制自己的笑意，松开手，重又爬到椅子上。闭好你的嘴巴。哦，阿狄。

“那么，卡维，让我们去跟我未来的大维齐尔（译者注：奥斯曼土耳其等伊斯兰国家的首相之名）会合吧。然后，我就可以控制他的飞船了。而你的愿望——”他扭头亲了一下仍被他握在手中，搁在自己肩膀上的卡维罗的手，“——就是我的命令。”

“你真的认为这样做安全吗？如果他像你说的那样精神变态的话。”

“聪明——神经质——反复无常——但只要用药调理得当的话，我可以保证，他就没事。我想，由于我们最近的旅行没有规律，目前他的用药量大概有点不足。”

现在，信号传输延迟已经明显减少了。

“离交会还有二十分钟，长官。”埃蕾娜在一旁报告。

“你们是乘坐那边的交通艇过来，还是坐我们的，陛下？”迈尔斯彬彬有礼地问道。

格雷果无所谓地耸了耸肩：“由卡维罗司令官决定。”

“我们的。”卡维罗立刻说道。

“我等你们来。”同时做好准备。

卡维罗中断了通信。

第十六章

迈尔斯观看着监视视频。第一名身穿太空战斗服的游骑兵走进“羚羊号”的太空梭机库出口通道。这个警觉的先头兵身后紧跟着四个同伴。他们扫视了一下空荡荡的过道。过道两头都被关着的防爆门封住了，现在这里犹如一个封闭房间。没有敌人，没有目标，甚至没有自动武器威胁他们。一个完全空空如也的房间。游骑兵们迷惑不解，在太空梭周围摆出了防守阵势。

格雷果走了出来。迈尔斯毫不惊讶地看到，卡维罗没有给皇帝穿上太空战斗服。格雷果身穿一套熨烫整洁的游骑兵军服，唯独缺少衔章；他身上唯一有保护作用的只有那双靴子了。可要是那些全副武装的凶汉们踩到他的脚趾的话，那靴子也肯定顶不住。战斗服可是个好玩意儿。它可以抵御击晕枪和神经干扰枪的攻击，挡住大多数毒素和生物武器；对等离子枪的射击和放射性物质也有（一定的）防御能力；里面还装有内嵌式智能化武器，战术计算机，以及遥感设备，很适合登船作战。不过实际上，迈尔斯自己俘获“羚羊号”的时候，人数比现在还少，火力也没这么强大，而且根本没有战斗服。不过那次，他至少还有出其不意的优势。

卡维罗跟在格雷果后面走了出来。她穿着太空战斗服，但这时她把头盔夹在了腋下，看上去像是夹着个砍下的脑袋。她环顾着空荡荡的走道，皱起眉头。“行了，搞什么鬼名堂？”她大声问道。

这就回答你的问题……迈尔斯揿下了他手中遥控盒上的一个按钮。

一声闷响，爆炸让整段走道都颤抖起来。柔性对接管被炸断了，飞离了机库。自动门感应到压力骤减后，瞬间就猛然关闭了。几乎没有一口空气被泄漏出去。这系统真不错。在将定向爆破雷放入飞船夹具前，迈尔斯叫技术人员确认过，系统工作正常。他看了看监视器。卡维罗的战斗飞船正在翻滚着从“羚羊号”侧面飘离。显然是刚才的爆炸把它推向了外侧，而且同时也炸坏了它上面的推进器和传感器。船上的武器和剩下的游骑兵们暂时都毫无作用了——至少在那个现在必定手忙脚乱的飞行员能重新控制住飞船姿态之前是这样。假如他能办到的话。

“盯着那边，贝尔。我不希望他再回来打扰我们。”迈尔斯通过通信链接对待在“羚羊号”战术室里的索恩说。

“我现在就可以把他炸死。如果你希望的话。”

“等会。我们这边的情况还不明朗。”下面就该求上帝保佑了。

卡维罗正匆忙把头盔扣上。她的士兵惊恐不已，在她周围摆开防守阵形。他们全副武装，可没有任何目标可供他们射击。给他们点时间，让他们稍微镇定一点，免得他们惊慌之下不假思索地一齐开火。但不能让他们有足够的时间思考……

迈尔斯打量了一下自己这方穿着太空战斗服的六人队伍，然后合上自己的头盔。数量并不重要。无论是拥有核武器的百万雄师，还是区区一名拿着木棍的莽夫，都是足够的——如果目标是一个手无寸铁的人质的话。现在迈尔斯已经成功地把战场微型化了——但他悲哀地意识到，局势跟以前也没有什么本质的不同。他的失败仍然会造成同样严重的后果。现在主要的差别是他有一门等离子炮，炮口正对着那条通道。他朝负责操作那门巨大武器的埃蕾娜点点头。通常这种大玩具可不会放在室内。它能够止住穿着太空战斗服冲过来的士兵——同时把后方的船壳给轰飞。迈尔斯认为，理论上而言，在这个距离上，如果卡维罗的五名士兵不要命地径直冲过来的话，他可以轰掉其中的，哦，一个人。然后一切就回到近距离搏杀，大家空手对空手——或者该说手套对手套?

“马上出发。”迈尔斯在指挥频道上提醒大家，“按照演习的样子来。”他又揿下一个控制按钮。他的人马和卡维罗部下之间的防爆门开始缩回墙里。慢慢地，而不是突然地。速度经过精确的计算，会引起恐惧，但不会让人惊慌失措。

所有频道和喇叭里都开始大声播放广播。在迈尔斯的计划中，抢先开口这点绝对至关重要。

“卡维罗！”他喊道，“关闭你所有的武器，不许动，否则我就把格雷果炸成原子！”

身体语言是个妙不可言的东西。透过太空战斗服光滑的反光表面，居然可以看到这么多肢体表情，真是让人惊喜。那群穿着战斗服的人中个子最小的一位张开双手站在那里，完全被惊呆了。她说不出话来，也无法行动，白白浪费了宝贵的几秒钟。这当然是因为，迈尔斯刚刚抢掉了她的开场白。现在，你自己还能找出什么话来，亲爱的？这是个孤注一掷的策略。迈尔斯判断，按照正常逻辑，现在的人质问题是无解的；那么显然，他唯一能做的就是把这个他自己的难题变成卡维罗的难题。

嗯，不管怎么说，至少卡维罗那帮人确实听话不动了。但他不敢让这种僵持的局面持续下去。“放弃吧，卡维罗！只要随便哪个人神经紧张地手指一抽，就可以把你从皇帝的未婚妻变成一个是否存在都无足轻重的人。然后让你不复存在。而且你现在真的让我很紧张。”

“你说过他很安全。”卡维罗悄声对格雷果说。

“他的药量肯定比我想象的还少得多。”格雷果回答的时候显得很焦急，“不，仔细看——他是在虚张声势。我会证明这点的。”

格雷果把双手在身体两侧大大地张开，径直朝等离子炮走过去。迈尔斯在防护面罩后面把下巴都惊掉了。格雷果，格雷果，格雷果……

格雷果的眼睛一直定定地盯着埃蕾娜的面罩。他的步伐一直没有加快，但也毫不犹疑。直到胸部碰到了离子炮顶端的圆球，他才停下脚步。这一幕真是极具戏剧性，非同寻常地吸引眼球。迈尔斯实在太沉浸于观赏这场面中了，以至于过了好一阵子，他的手指才移动了微不可查的几厘米，揿下控制盒上的按钮，关上了防爆门。

这次门盾没有设定成缓慢关闭。它砰的一声就关上了，快得眼睛都看不清楚。门的另一侧出现了一阵骚动，传来了离子枪的开火声和喊叫声；卡维罗对她的一个部下尖声喊叫，在最后时刻阻止了他，没让他犯下在封闭房间里朝着墙壁丢手雷的致命错误。然后那边安静了下来。

迈尔斯丢下手中的等离子步枪，扯下自己的头盔。“全能的上帝啊，我都没想到会这样。格雷果，你真是个天才。”

格雷果慢慢地举起一根手指，把等离子炮的尖端推到旁边。

“别担心。”迈尔斯说，“我们的武器全都没上弹。我不想冒发生任何意外的风险。”

“我几乎肯定会是这样。”格雷果嘟囔了一句。他扭头看了看防爆门，“如果我就是死站在那儿不动的话，你会怎么办？”

“不停地说话。尝试各种妥协方案。我还准备了另外一两个小把戏……在另一边的防爆门后面，有一队实枪荷弹的人。到最后，如果她一直不咬钩的话，我就准备投降。”

“那正是我所担心的。”

防爆门对面传来一阵奇怪的闷响。

“埃蕾娜，你去指挥。”迈尔斯说，“完成扫尾工作。如果可能的话，活捉卡维罗，但我不希望任何登达立人为了这个目的送命。别冒险，别相信任何她说的话。”

“明白。”埃蕾娜抬手敬了个礼，向她的部下做了个手势。他们立刻四下散开，然后开始装填弹药。埃蕾娜则登入指挥频道，开始跟等候在卡维罗另一边的两名小队长以及太空中正在返航的“羚羊号”舰载战斗机指挥官进行战前商讨。

迈尔斯示意格雷果朝走道深处移动，以尽快将他带离可能发生混乱的区域：“到战术室去，然后我给你介绍一下情况。有些抉择在等着你来做出。”

他们走进一个升降梯，往上升去。格雷果和卡维罗之间的距离一米一米加大，迈尔斯的呼吸也一分一分平缓。

“在我们面对面说话之前，”迈尔斯说，“我最大的担心就是，卡维罗真的做到了她以为自己做到了的事——蒙蔽了你的大脑。她那些想法如果不是从你那儿来的，我是不知道还能从哪儿来。那样子的话，我不知道我能做什么，只能跟她虚与委蛇，直到有机会把你交给贝拉亚更高明的专家们。如果我能活下来的话。我不知道你需要多少时间才能看穿她。”

“噢，一眼就看穿了。”格雷果耸了耸肩，“她和弗·焦兹达（译者注：原帝国高官，曾试图诬陷迈尔斯父子。详见《战争学徒》）一样，有着野心勃勃的笑容。还有十来个粗野凶徒做手下。现在我隔着一千米就能闻出渴望权力的马屁精的味道。”

“甘拜下风！你是个胜过我的战略大师。”迈尔斯用戴着战斗手套的手做了个表示极为佩服的手势，“你知道吗，你已经救出了你自己？即使我没有来，她也会把你一路送回国去的。”

“确实如此。”格雷果皱了皱眉头，“只不过前提是我得完全放弃个人荣誉。”迈尔斯意识到，格雷果的眼神一片死寂，毫无胜利的喜悦。

“你是没法欺骗一个诚实的男人的。”迈尔斯踌躇着说道，“诚实的女人也是。要是她把你送回国，你会做什么？”

“看情况。”格雷果盯着不远处的空中，“如果她设法把你杀了，我想我会不得不处决她。”他们走出了升降机，格雷果向后看了看，“现在好多了。也许……也许可以给她一个公平的机会。”

迈尔斯眨了眨眼：“如果我是你的话，我在给她任何机会之前都会好好考虑一下。哪怕仅仅是说说。她配得到任何机会吗？你意识到了目前的情况吗？你知道她背叛了多少人吗？”

“知道一部分。但是……”

“但是，什么？”

格雷果的声音低得几乎要听不见了：“我真希望她说的那些话是真的。”

“……以上就是海根枢纽和沃维领空目前的战术态势。我们目前所知的情报就这些了。”迈尔斯向格雷果的汇报以此作结。“羚羊号”的指挥室里就他们两人，阿狄·梅休在外面站岗。刚才，当埃蕾娜报告说敌方登船者已被成功制伏后，迈尔斯立刻开始向格雷果作快速简报。其间他只稍稍停了一下，脱下不合身的盔甲，重又穿上灰色的登达立制服。那身战斗服是他匆忙从以前曾借给他衣服的那个女兵那儿借来的，里面的管线其实都没连上。

迈尔斯让桌子中央显示器上的全息视频定格。如果能同样把真实的事件和时间也定格就好了——轻轻一按键盘，就能停下时间的飞逝，时态的迅猛发展。“你应该注意到，我们最大的情报缺失在于没有西塔甘达部队的准确信息。如果我们能够说服沃维人，让他们相信我们是他们的盟友的话，我希望他们能够填补其中部分缺失。游骑兵也可能会提供更多情报。或许是以某种方式吧。

“现在——陛下——决定权在于你。打还是跑？我可以立刻让‘羚羊号’脱离登达立舰队，把你送回国。这对这场激烈而血腥的虫洞之战几乎不会有什么负面影响。在这场战斗中，重要的将不是速度，而是火力和装甲。毫无疑问我父亲和伊林也会投票赞成这种做法。”

“不！”格雷果有些激动，“而且毕竟你父亲和伊林并不在这里。”

“不错。另一种备选方案处于相反的极端。你愿意在这糟糕的情况下就任司令官吗？名副其实的司令官？”

格雷果微微一笑：“真有诱惑力。但是，从来没有在战场实习经验，就掌握战场指挥权？这你不觉得是某种……僭妄之举吗？”

迈尔斯的脸有点黑：“我——哼！——我也面临着同样的困境。那个能解决问题的人你已经见过了，他的名字叫凯·董。等会儿我们回到‘胜利号’上后，我们和他商量一下。”迈尔斯停了一下：“还有几件事。如果你愿意的话，也许能帮我们些忙。很重要的事情。”

格雷果揉了揉下巴，看着迈尔斯，仿佛看着一出好戏：“要我做什么，一口气说出来吧。弗·科西根勋爵。”

“把登达立舰队合法化。对沃维人说他们是贝拉亚派去的临时援军。我只能吹吹牛。你出口成宪。你可以让贝拉亚和沃维——还有阿斯伦德，签订一个有法律约束力的防御条约——如果我们能把他们拉到一起的话。你最大的价值——对不起——是在外交上，而不是军事上。到沃维太空站去，和这些人打交道。我的意思是，做一笔交易。”

“安全地站在火线后面。”格雷果冷冷地指出。

“只有我们在跃迁点的另一端获胜的情况下才能这么说。如果我们输了，火线会朝你压过去的。”

“我真希望我能当个战士。或者是个低级军官，只需要照应手下的几个人。”

“我可以向你保证，从道德上来讲，照应一个人和一万个人没什么区别。只要有人因你而死，无论多少，你都会受到良心的严重谴责。”

“我想直接参加战斗。这多半是我一生中参加真正的冒险行动的唯一机会。”

“怎么，你每天都有可能被那些疯子暗杀，还嫌不够刺激？还要更多冒险？”

“主动的冒险，不是被动的。真正地投身军伍。”

“如果——以你的圣裁——你能给予在这里冒着生命危险作战的所有人提供的最好、最大的作用就是充当一名低级军官上战场的话，我当然会尽我的全力支持你。”迈尔斯的语气冰冷。

“疼！”格雷果嘟囔了一声。“你知道吗？你能把一句话变成一把刀子。”他停顿了一下，“交涉工作，是吗？”

“如果陛下您能仁慈地同意的话。”

“噢，别这样了。”格雷果叹了口气，“我会演好分配给我的角色的。一如既往。”

“谢谢。”迈尔斯本想说声抱歉，想说些安慰话，但话到嘴边他又想到了更好的话题，“另一个大变数是兰道尔游骑兵。如果我猜得没错的话，他们现在正陷于严重的混乱之中。他们的副司令已经没了，他们的司令官行动刚开始就开了小差——顺便问一句，沃维人怎么会同意让她走掉？”

“她告诉他们，她要去和你商量事情——暗示她有办法能让你们加入她的旗下。照她说，那之后，她会立刻乘那艘信使快船直接跃迁到火线上……”

“晦。她也许倒是无意中帮我们铺好了路——她否认和西塔甘达有任何牵连吗？”

“我不认为现在沃维人已经知道了是游骑兵为西塔甘达人敞开大门的事。我们离开沃维太空站的时候，他们还在把游骑兵没守住西塔甘达一侧跃迁点的事情归咎于无能呢。”

“他们多半有很多支持这一观点的证据。我怀疑，大部分游骑兵都不知道她叛变的事。要不然这件事不可能保密那么长时间。而卡维罗突然转向想投奔贝拉亚帝国时，那些跟西塔甘达人合作的核心干部们也都被蒙在了鼓里。格雷果，你意识到了吗，这都是你干的？你只手破坏了西塔甘达入侵。”

“噢，”格雷果低声说，“我两只手都用上了。”

迈尔斯决定还是避开这个话题为好：“不管怎么说——如果可能的话——我们需要把游骑兵利用起来。把他们置于我们的控制之下，或者至少不让他们威胁到我们大家的背后。”

“很好。”

“我建议我们来唱一出红脸白脸的戏码。我会很乐意演白脸的。”

卡维罗被两个手持牵引器的登达立士兵带了进来。她还穿着那身太空战斗服，但现在衣服上创痕累累。她的头盔没了。战斗服的武器模组被卸下来了，控制系统被断开了，关节被锁死了，整个变成了一个单间牢房，狭小得像一具石棺，重达一百公斤。那两名士兵把她推到离会议桌尾不远的地方，然后动作夸张地向后退开。她看上去像一尊长着真人脑袋的雕像。仿佛是皮格马利翁的雕像（译者注：古希腊神话中的塞浦路斯国王皮格马利翁不近女色，却爱上了自己雕刻出的美少女雕像，向神祈祷希望娶之为妻。爱神阿芙狄罗忒满足了他的愿望，将雕像变成了真人）变形到一半停了下来，成了个恐怖的半成品。

“谢谢你们，几位先生。解散。”迈尔斯说，“伯沙瑞·杰萨克指挥官，请留下来。”

卡维罗扭动了一下她那剪着短发的脑袋，徒劳地试图做出反抗。但她身体所能做出的最大幅度的运动也仅限于此了。两个士兵朝外走去，而她则怒发如狂地盯着格雷果。“你这毒蛇！”她咆哮道，“你这杂种！”

格雷果坐在那儿，双肘撑在会议桌面上，用两手托着下巴。他抬起头来，疲倦地说道：“卡维罗司令官，我还不到六岁的时候，我的双亲就都惨死于政治阴谋中。这一事实也许你已经调查出来了吧。但你还以为自己是在和一个外行打交道？”

“从一开始，你就脱离了你自己熟悉的领域，卡维罗。”迈尔斯边说边慢慢地围着卡维罗转圈，那样子好像在检查战利品似的。卡维罗的脑袋跟着他转了半天，然后不得不掉头转到另一边再重新盯上他。“你本应该坚持执行你最初的合同的。或者你的第二个计划。或者第三个。实际上，你应该坚持某个东西。任何东西都行。你彻头彻尾的自私自利没能使你变得强大，它使你变成了一块随风起舞的破布，谁都可以捡起来。现在，格雷果认为应该给你一个机会，保住你那毫无价值的性命——尽管我并不这么认为。”

“你们是没胆量把我推到气闸室外去而已吧。”她愤怒地眯起了眼睛。

“我没打算把你扔出去。”迈尔斯围着她绕圈明显让她毛骨悚然。于是迈尔斯又开始绕第二圈。“不。我们要向前看——等这一切结束后——我想，我也许会把你交给西塔甘达人。一份谈判小礼物，不需要我们付出任何代价，但能使他们变得亲切点。我觉得他们到时候肯定会非常想找到你的。你觉得呢？”他转回到她面前，笑了笑。

她的面色惨白。修长的脖子上青筋突出。

格雷果说话了：“但如果你按照我们说的去做，等事情结束后，我保证你可以经过贝拉亚，安全地离开海根枢纽。带着活下来的还愿意跟随你的部下们一起。西塔甘达仍然会因为这次惨败展开报复，但你可以多出两个月的逃亡时间。”

“实际上，”迈尔斯插话道，“如果你好好完成交给你的任务，你最后甚至可以成为一位女英雄。多有趣啊！”

格雷果怒瞪了迈尔斯一眼。他的怒气并不完全是装出来的。

“我要杀了你！”卡维罗低声对迈尔斯吼道。

“这是你今天能做成的最好的一笔交易。活命，得救，新的开始，去向远方——很远的远方。这点西蒙·伊林会保证你做到的。远离此地，但也不会没人监视。”

她眼中的暴怒开始渐渐被算计的神色取代。

“你们想要我干什么？”

“要求并不高。把你手中剩余部队的控制权交给我们指定的军官。也许是一名沃维的联络官——毕竟是他们付你钱。你把取代你的人介绍给你指挥链上的下级，然后在剩下的时间里就可以回到‘胜利号’上的禁闭室里安安全全地待着了。”

“这场战斗结束后，不会有一个还活着的游骑兵了！”

“有这种可能。”迈尔斯勉强承认道，“你本来就想把他们全部抛弃掉嘛。请注意，我不是在让你在这个交易和什么更好的交易之间作选择。不答应这个，那就去见西塔甘达人。他们欣赏的叛徒可是仅限于那些对他们有利的而已。”

卡维罗看上去好像要啐他一口似的。但她说：“很好。我认输。成交。”

“谢谢。”

“但是，你——”她的蓝色眼睛冷若冰霜，她的声音低沉而狠毒，“——你会尝到苦头的，小男人。你今天趾高气扬，但是时间会让你威风扫地。我敢说，只要等上二十年就行。但我怀疑你活不了那么久。时间会告诉你，你的忠诚给你换来的只会是一无所有。等他们把你嚼烂，吐出剩下的渣滓的那天，我只会为无法到场亲眼看见你的下场而感到遗憾，因为你会变成一堆谁也认不得的肉末。”

迈尔斯把外面的士兵叫了进来：“把她带走。”他的语气几乎是在请求。门在他的俘虏和押送她的士兵身后关上了。迈尔斯转过身来，发现埃蕾娜正看着他。

“上帝啊，那个女人让我浑身发冷！”他颤抖了一下。

“啊？”格雷果说话的时候，胳膊肘依然杵在原位，“但是，你们俩好像相处得不错。虽然方式很奇怪。你们的思考模式挺接近的。”

“格雷果！”迈尔斯表示抗议，“埃蕾娜？”他想要求得一张反对票。

“你们两个都非常狡猾，”埃蕾娜不太肯定地说，“而且，呃，个子都矮。”看见迈尔斯嘴唇紧闭，露出生气的样子，她连忙解释道：“这种相似更多的是外表上的，而不是心理上的。如果你是个权力狂，而不是，不是……”

“其他什么狂，对吧？说下去。”

“——你也会策划出那种阴谋的。你看起来很享受看穿她计划的过程。”

“我想我好——像——该谢谢你？”他耸起了肩膀。真的吗？那会是二十年后的他吗？愤世嫉俗，心中的怒火无从发泄，结果精神变态？自我封闭，只有在权力游戏中玩弄统驭之术、操控他人才会觉得刺激？厚厚的装甲钢板中包裹着一只负伤的野兽？

“咱们回到‘胜利号’上去吧。”迈尔斯赶忙说道。

“我们都还有事要做呢。”

迈尔斯在“胜利号”上欧瑟将军的舱房中焦急地踱步。房间宽度不大，他走几步就得掉个头。格雷果屁股靠在电脑桌的边上，看着他不停地来回晃荡。

“……自然，沃维人会疑心重重。但是，有西塔甘达在冲着他们脖子后头吹气，他们肯定还是会相信的。然后跟咱们达成交易的。你会希望尽量让交易的条件有吸引力，尽快地把事情办妥，但是，当然，千万别做出过多的让步——”

格雷果冷冰冰地说：“也许你会愿意跟我一起去，然后在边上拿全息投影给我提词？”

迈尔斯停下来，清了清嗓子：“对不起。我知道在谈判交涉方面你比我懂得多。我……一紧张就会胡说八道。有时候。”

“是的。我明白。”

迈尔斯成功地让自己闭上了嘴，但他的脚仍然停不下来，一直到舱内的蜂鸣器响了起来。

“俘虏如命带到，长官。”对讲机上传来乔达克军士的声音。

“谢谢。请进。”迈尔斯侧过身子，揿下桌边的开门钮。

乔达克带着一小队人马把恩加利上尉和欧佛霍尔特军士围在当中，走进了房间。他们确实是按照迈尔斯的命令对待那两个俘虏的：他们洗了澡，刮了脸，梳理了头发，穿着刚熨好的灰色登达立制服。制服还加上了相应的军衔章。不过他们看上去还是明显很阴郁，敌意满满。

“谢谢你，军士，你和你的队员们可以走了。”

“走？”乔达克的眉毛一挑，仿佛在质疑这一命令是否明智，“你确定我们不需要至少留在外面站岗，长官？别忘了上次的事情。”

“这回没有那个必要。”

恩加利用愤怒的目光否定着这毫无根据的断言。乔达克犹犹豫豫地往后退去，手中的击晕枪全程都稳稳地瞄准着那两个俘虏，直到大门关上，截断了他的视线。

恩加利深深地吸了口气：“弗·科西根！你这叛逆的小怪物！我要把你送上军事法庭，剥了你的皮，做成填充标本，安到这——”

他们仍然没注意到一言不发的格雷果。格雷果依然倚在桌边，同样穿着一套登达立人的灰制服，只不过他衣服上没有军衔章。登达立军里可没有与皇帝相应的职位。

“唔，长官——”迈尔斯抬手示意脸气得发黑的上尉把目光转向格雷果。

“很多人都跟你深有同感，恩加利上尉。我恐怕你得去后面站队，等着轮到你。”格雷果微笑着说道。

恩加利话说到一半猛地没了声音。他吐出半口空气，赶紧立正站好；值得表扬的是，虽然他脸上的表情混乱不堪，百感交集，但其中深切的宽慰明显大占上风：“陛下。”

“我要向你道歉，上尉，”迈尔斯说，“为我对你和欧佛霍尔特军士的专横处置。但我当时判断，我营救格雷果的计划，太过，呃，微妙，超过了，超过了……”你的神经系统“……的承受能力。所以我想，最好由我个人负担这个责任。”真的，你没亲眼看见还会更高兴点。而我呢，没有人从旁掣肘，我也更高兴。

“少尉们负担不起这么大规模行动的责任的。他们的指挥官才行！”恩加利咆哮起来，“如果你的计划——无论它多么微妙——失败的话，西蒙·伊林肯定会第一个向我指出这个问题。”

“那么好吧，长官，恭喜你，你刚刚成功地营救了皇帝。”迈尔斯怒气冲冲地说道，“而他，作为你的总司令，要给你下儿道命令——如果你能允许他从旁插嘴的话。”

恩加利闭上了嘴。很明显地，他不再注意迈尔斯，转而全神贯注地看着格雷果：“陛下？”

格雷果说话了。“在方圆几百万公里之内，你和欧佛霍尔特军士是帝国安全部仅有的人手了——弗·科西根少尉不算，他另有些杂务要做——我要你和欧佛霍尔特军士跟在我身边，直到我们与增援人员取得联系。我也许还会叫你们执行一些信使任务。在我们离开‘胜利号’之前，请把你们收集到的确切情报通报登达立的作战部门；他们现在是我的帝国的，呃……”

“最恭顺的仆从。”迈尔斯悄声提出建议。

“部队。”格雷果最后说，“请将那套灰色制服——”（恩加利厌恶地看了看他自己身上的衣服）“视为我军正规军的服装，予以相应的尊重。毫无疑问，你们会换回你们以前的绿军装的——待我换上自己的之后。”

迈尔斯插了进来：“你们启程去沃维太空站的时候，我会把登达立的轻型巡洋舰‘羚羊号’和我们的两艘信使快船中较快的那艘一并派去，供格雷果个人使用。如果你们要执行送信任务，不得不分开的话，我建议你们用小一点的那艘船，把‘羚羊号’留给格雷果。‘羚羊号’的船长贝尔·索恩是我最信任的登达立船长。”

“迈尔斯，你还在考虑我的撤退路线？”格雷果朝他扬起一边眉毛。

迈尔斯微微躬身：“如果局势恶化，总得有人活下来为我们报仇。更不用说，我们必须绝对保证让登达立的幸存者得到报酬。我想，我们欠他们不少。”

“是的。”格雷果轻声说道，表示同意。

“我还有份关于最近一系列事件的私人报告要你交给西蒙·伊林，”迈尔斯继续说，“如果我——如果你比我先见到他的话。”迈尔斯递给恩加利一份报告。

转眼间恩加利各项任务的优先级就被重新排列了一遍，听得恩加利一副头昏脑涨的样子：“沃维太空站？波尔的六号太空站才是能让您的安全万无一失的地方，陛下。”

“去沃维站是我的职责所在，上尉，自然也是你的职责所在。来吧。我会在路上向你详细解释。”

“你要让弗·科西根自由行动吗？”恩加利朝着迈尔斯皱起眉头，“跟这些雇佣军一起？对此我有点难以同意，陛下。”

“我很抱歉，长官。”迈尔斯对恩加利说，“我无法，无法……”服从你。但迈尔斯没把这几个字说出口：“如果要我为这些雇佣军安排一场战斗，自己却不出现在战场上的话，我完全无法同意。我本人和……游骑兵的前任司令官之间的差别之一就在于此。我们之间必然要有些差别，也许就在于此。格雷——皇帝应该明白。”

“嗯。”格雷果说，“是的。恩加利上尉，我正式指派弗·科西根少尉作为我们驻登达立的联络官。直接向我负责。这样的安排就算是对你来说也应该觉得足够好了吧。”

“需要‘足够好’的对象不是我，陛下！”

格雷果稍稍犹豫了一下：“那就换成对贝拉亚的最高利益吧。即使对伊林来说，这个理由也足够好了。咱们走吧，上尉。”

“欧佛霍尔特军士，”迈尔斯补充道，“你将担任皇帝的私人保镖和传令兵。直到另有任命为止。”

在战场上突然听到晋升的消息，欧佛霍尔特看上去满脸高兴（译者注：这里的“高兴”和前文的“另有任命”是基本无法翻译的文字游戏：原文故意用同一个词的不同义项）。“长官，”他扭头对迈尔斯低声耳语，“我还没上过高级课程！”

他指的是西蒙·伊林强制所有宫廷卫兵都要参加的帝国安全规程指导。由他本人亲自执教，以训练格雷果的日常保镖，进一步磨炼他们的高超技能。

“军士，相信我，我们所有人现在都遇到了类似问题。”迈尔斯低声答道，“尽力而为吧。”

“胜利号”的战术室里一片忙碌，每个岗位上都有人，每个全息显示屏都亮着，进行战术调动的船只和舰队在上面川流不息。迈尔斯站在董肘边，越发感到自己是多余的。他回想起军事学院里的那则笑话。规则一：只有在你确实知道某些战术计算机不知道的东西，你才可以否决它的建议；规则二：战术计算机总是比你知道得多。

这就是战斗？嘈杂的房间，闪动的光影，加上带坐垫的椅子？也许超然的态度对指挥官来说是很有好处的。他的心跳平缓下来。如果处理不当，身处这种大小的战术室会导致信息过载，思维卡死。关键是挑选出那些重要的信息，而且永远也别，一次都别忘了，“地图并不等于地域”（译者注：英文谚语。强调对一个事物的概略描述并不能等同于事物本身）。

迈尔斯提醒自己，他在这儿的任务不是指挥，而是观察董指挥，学习他的指挥方法，看看他不同于贝拉亚学院标准的思维方式。只有当外部的政治/战略需要比这边内在的战术逻辑更重要的时候，迈尔斯才会动用他的否决权进行裁决。迈尔斯祈祷着，希望那种事不会发生——因为那种行为还有个更简短，也更丑恶的名目：背叛自己的部下。

一艘小型跃迁侦察艇闪动着出现在虫洞的咽喉区域。迈尔斯进一步集中自己的注意力。在战术显示器上，那艘穿梭机只是在缓缓转动着的黑暗旋涡中的一个粉红色亮点。在监视屏上，它是远方固定不动的星辰映照下的一艘船身修长的飞船。在船上插着神经连线的飞行员的感知中，它是自己肢体的某种奇特延伸。但在另外一边的显示器上，它也许是一堆遥测读数的集合——按照某种柏拉图式的理念或者说是数字神秘学的观点来看。哪一个才是事实真相？全都是，抑或全都不是。

“‘鲨饵一号’向舰队一号报告，”董的控制台上传来飞行员的声音，“安全通行时间为十分钟。请等待定向窄波信号。”

董对着通信器说：“舰队开始跃迁。紧密排列，依次进入。”

在虫洞旁等候的第一艘登达立飞船移动到位，在战术显示器上开始闪闪发光（尽管从监视屏幕上看，它似乎没有任何变化），然后消失了。三十秒后，第二艘飞船跟上，压着跃迁之间的安全间隔极限。两艘飞船想在同一时间重新在同一地点实体化的话，结果一艘船也不会出现，只会产生一次惊天动地的爆炸。

战术计算机不断整理着“鲨饵”那边用定向窄波通信传来的数据；显示器上的图像在不断旋转，时而显示代表着虫洞入口这边的黑色旋涡（但实际上黑洞这边是无法描绘的），时而显示出对面的出口旋涡。出口旋涡那边，有一大片亮点、斑块和线段，它们代表着许许多多的飞船，在飞行，在调动，在开火，或者在逃走；沃维本国侧坚固的战斗用太空站，跟迈尔斯让格雷果前往的海根枢纽那边的沃维太空站是一对；还有西塔甘达的进攻者们。终于看到了他们的最终目的地了。当然，这些全都只是假象，只是几分钟之前的图像。

“啊哈！”董点评道，“好一团乱麻。我们上吧……”

跃迁警报喇叭响起。轮到“胜利号”了。迈尔斯抓住了董的椅背，尽管他理智上知道，那种运动的感觉只是一种幻觉。他眼前仿佛出现了一个无数梦幻组成的旋涡，摄住了他的心神。持续了一小会，抑或是一个小时；无法计算（译者注：在虫洞中，时空位于奇点，因此时间长短无法计算）。胃部的疼痛和随之而来的恶心也都恍如一梦。跃迁结束。一刻间，整个房间一片寂静，所有人都在竭力恢复自己混乱的方向感。然后，人们重又开始小声交谈，继续先前的话题。欢迎到沃维来。穿过虫洞，跃入地狱。

战术显示器收到了新的数据，图像边转动边刷新，上面显示的那一小块宇宙的中心被重新定位。他们这边的虫洞目前尚未失守，沃维海军舰队和沃维指挥下的游骑兵飞船组成了一条单薄不堪、千疮百孔的战线，联合饱受围攻的沃维太空站一起守住了这里。西塔甘达人已经发动过一次攻击，但被打退了，现在正在射程外徘徊，等待着增援部队的到来，发动下一轮进攻。西塔甘达的援兵正从另一个虫洞源源不断地穿过沃维恒星系抵达战场。

那个虫洞从进攻者那边而言，堪称华山一条路。但它一开战便告失守了。尽管西塔甘达人上来就完全出其不意地发动了一轮大举进攻，沃维人本来也许仍然可以守住阵地，但这时游骑兵的三艘飞船看起来是误解了他们的命令，在应该发动反攻的时候脱离了战斗。于是西塔甘达人抢占了桥头堡，部队开始源源涌入。

第二个虫洞，迈尔斯刚才通过的虫洞这里的防卫设施原本要更加完善些——直到惊恐万分的沃维人把所有可以抽调的武器装备全都抽回去防御母星的高空轨道了。迈尔斯不能责怪他们，无论他们做出何种战略选择，都相当艰难。但是现在西塔甘达人得以跳过重兵把守的行星，实际上得以畅通无阻地驶过整个沃维恒星系，大胆地尝试把海根枢纽这边的虫洞也占领下来。

进攻虫洞的首选办法是声东击西、收买和渗透，也就是说，骗到手。第二种办法——在实施过程中最好也能声东击西——是迂回战术，派兵从另一条路线（如果有的话）进入对手本土领空。第三种是在发动进攻前，用一艘自杀飞船释放一堵“太阳墙”——一批核导弹一次性在一个区域发生大规模爆炸——制造出一个平面波，消灭邻近太空中的一切——其中经常也包括它自己。但太阳墙所费不赀，消散得又很迅速，还只能产生局部效果。游骑兵的混乱和西塔甘达人攻克的第一个目标附近仍在升腾着的辐射脏雾证明，西塔甘达人这次试图将这三种方法联合运用。

进攻虫洞问题的第四种推荐解法是，当有军官建议你从正面进攻防守严密的虫洞的时候，枪毙那家伙。迈尔斯相信，在他被干掉之前，西塔甘达人会转而采用那种解决方案的。

时间在流逝。迈尔斯把一把电脑椅固定在地板上的夹具里，仔细研究这战术室中央的显示，直到他的眼睛流泪，大脑有陷入恍惚、暂时失忆的危险，这才站起来清醒一下自己的头脑，顺便在各个岗位上转了一圈，乱发了一通议论。

西塔甘达人在调动部队。在战斗间歇期间出人意料突然到来的登达立部队让西塔甘达人陷入了暂时的混乱之中；他们不得不修改原本的计划，把对沃维发动的最后进攻变成又一轮打了就跑的削弱性进攻。到这时，西塔甘达人已经几乎无法隐瞒他们的数量或动向了。防守方的登达立人却给他们一种暗示：跃迁点的另一侧好像还藏有秘密预备队——谁知道那边是有支大得/小得（译者注：原文此处又是文字游戏，一个词同时有这两种相反意思）不得了的预备队？反正迈尔斯不知道。迈尔斯脑子里闪现出一线希望：也许单单这种威胁就足以让西塔甘达人终止攻击。

“没可能。”迈尔斯说出这种乐观想法后，董叹着气说道，“他们已经陷得太深了。对他们来说，死伤的人数已经太多，无法再假装只是在随便玩玩了。甚至连他们自己都骗不过去。哪个西塔甘达指挥官要是现在承认失败，那回国就要上军事法庭。即使在没有了获胜希望之后他们也会再坚持很长一段时间，因为他们的高层正绝望地想弄到一面胜利的旗帜，好盖住他们流血的屁股。”

“这太……太卑劣了！”

“到处的社会都是这样，孩子，不单单是西塔甘达那边这样。这就是人类社会的固有缺陷之一。而且——”董咧嘴笑了笑，“——实际上他们根本就不是没有获胜的希望。这个事实我们得尽力掩盖，不让他们知道。”

西塔甘达军队开始移动了。他们前进的方向和加速的行为暴露了他们想强行突破的企图。这种战术的诀窍在于局部集中兵力，用三艘或者四艘飞船集火攻击对方的一艘飞船，让守方的等离子镜系统应接不暇。登达立人和沃维人准会用同样手法对付西塔甘达的零散飞船——要不是交战双方都有少数船长在飞船上装备着新式内爆枪的话。这些技艺精湛、胆量过人的船长们玩着一场疯狂的“谁是胆小鬼”比赛（译者注：黑帮和一些反社会青年的一种试胆比赛。一般形式是比赛双方驾车高速对头行驶，先转弯避开者被视为“小鸡仔/胆小鬼”），极力设法将目标纳入自己内爆枪短短的射程之中。与此同时，迈尔斯还抽出一部分注意力尽量监视着游骑兵部队的排兵布阵。并不是每一艘游骑兵的飞船上都有沃维顾问的，把游骑兵放入西塔甘达人正前方的阵形比把他们放入登达立人背后的阵形要好多了。

战术室里，技术人员和计算机的低沉呢喃节奏几乎丝毫未变。其实这场死亡舞会该有盛大的音乐助兴才对啊，鼓声，风笛声……但如果现实打破了这个精心装饰过的气泡，一切都会在骤然之间，绝对，彻底地结束。

有视讯通信进来的提醒声响起，打断了迈尔斯飘飞的思绪。舰内通信——是啊，他们周围确实还有一艘飞船把他们装在其中呢——一名气喘吁吁的军官向董报告道：“这里是禁闭室，长官。你们在那边小心一点。这里发生了越狱。欧瑟将军逃走了，他还把所有其他的俘虏也放了出去。”

“该死的！”董恼火地瞪了迈尔斯一眼，指着通信器说，“你来搞定。让奥森加把劲儿。”然后他再度把注意力转回到自己眼前的战术显示器上，嘴里嘟囔着：“这种事在我指挥的年代根本不可能发生。”

迈尔斯溜到通信台前，坐到椅子上，接通了“胜利号”的舰桥。“奥森！你听到欧瑟逃跑的消息了吗？”

奥森恼怒的面孔出现在屏幕上：“是的，我们正在处理。”

“命令更多的突击队员前往战术室、工程部和你自己的舰桥作为警卫。现在出这种乱子，真太不是时候了！”

“这还用你说。我们也看得到那帮过来的西塔甘达杂种。”奥森按断了通信。

迈尔斯开始监控内部安全频道，只是在武装精良的卫兵赶到的时候才停下来分心看了看。欧瑟逃跑时肯定有人给他提供了帮助。应该是他部下一个或几个忠心耿耿的军官。这让迈尔斯不得不对飞船内部这些安保人员本身的安全性产生怀疑。欧瑟会试着跟米特佐夫和卡维罗联手吗？几个因触犯了纪律而被关禁闭的登达立士兵被发现在通道里游荡，于是被带回到禁闭室去了；还有一个自己主动回去了。一名疑似间谍被堵在了一间储藏室里。目前还没有真正的危险迹象……

“他在那里！”

迈尔斯打开那个频道。一艘货运穿梭机正脱离夹具，从“胜利号”侧腹向外驶去，进入太空。

迈尔斯不再理会监控频道，找到火控部门的频道：“不要，再说一遍，不要对那艘穿梭机开火！”

“唔……”那边答道，“好的，长官。不对那艘穿梭机开火。”

为什么迈尔斯下意识地有种他们本来就没打算开火的印象呢？显然是一次配合默契的逃逸。随后的猎巫行动中肯定出现很多肮脏龌龊。“给我接通那艘穿梭机！”迈尔斯命令通信军官。噢，对了，再派一个卫兵到通往穿梭机库的走道去……太晚了。

“我试试，长官，但他们不回答。”

“船上有多少人？”

“有好几个，但我们不知道确切——”

“给我接通。即使他们不回答，他们也会听。”

“给你转过去了，长官，但我完全不知道他们是否在听。”

“我试试看。”迈尔斯吸了一口气，“欧瑟将军！把你们的穿梭机掉头，回‘胜利号’上来。外面太危险了，你正在一头冲进交火区。回来，我亲自担保你的安全——”

董越过迈尔斯的肩头往下看：“他想到‘游隼号’上去。该死的。要是那艘飞船退出的话，我们的防线会崩溃的。”

迈尔斯回头看了一眼战术计算机：“肯定不会。我记得我们把‘游隼号’放在了预备队区域，正是因为我们怀疑它是否靠得住。”

“是的。但是，如果‘游隼号’退出的话，我可以确定有另外三名自己拥有飞船的船长们会跟着它退出。如果有四艘船退出的话——”

“游骑兵们就会不顾他们的沃维指挥官，四散奔逃，然后我们就得被人一锅烩了。是的，我明白了。”迈尔斯又看了一眼战术计算机，“我不认为他能成功——欧瑟将军！你能听到我说话吗？”

“见鬼！”董烦躁地叫了一声，回到自己座位上，再度全身心地投入到对付西塔甘达人的事情里。四艘西塔甘达的战舰正在合力攻打登达立阵地的边缘，与此同时另一艘舰正试图穿过中央，显然是想缩短距离，发动内爆枪攻击。这艘船上的某个西塔甘达等离子炮手随随便便地开了几炮，干掉了离群突出的穿梭机。

仅仅是火花一闪。

“直到他偷来的穿梭机驶离‘胜利号’，他才知道西塔甘达人正在发动进攻。”迈尔斯低声说道，“计划很好，时机烂透……他完全可以掉头，但他选择了试着执行计划……”欧瑟自己选择了死亡？这种说法是不是能让人好受点？

西塔甘达人的攻势不怎么成功，但结束后撤相当成功。他们保持着令人沮丧的良好秩序。这一轮战斗的交换比对登达立人略为有利。好几艘西塔甘达舰只遭到了重创，还有一艘被彻底炸烂了。登达立和游骑兵的损害管控频道上一片忙乱。登达立人还没有损失任何一艘飞船，但有些飞船已经失去了火力，或者发动机、控制系统、生命保障系统、护盾，等等。下一轮攻击将会造成更大破坏。

用三艘换我们的一艘，他们也承受得起。如果他们继续这样步步为营，最终他们必定会获得胜利。迈尔斯漠然地想到。除非我们得到增援。

几个小时过去了，西塔甘达人再度整好了阵形。迈尔斯在战术室外现在专门用来给他们休息的高级军官起居室里稍稍打了个盹儿。他太紧张了，没法像董那样，在军官起居室里倒头就睡，还竟然一觉睡了十五分钟。迈尔斯知道，董并不是为了鼓舞士气在故作轻松：那种烦死人的鼾声谁都没法假装出来的。

从监控器上都能看见西塔甘达增援部队正横穿沃维恒星系陆续赶到。这里有个时间和风险之间的权衡。西塔甘达人等得越久，他们的火力优势也就越大；但他们等得越久，他们的敌人也就越有可能恢复。毫无疑问，在西塔甘达指挥舰上有一台战术计算机，它已经计算出了一条概率曲线，标明了敌我双方机会消长的最佳交叉点。要是那些该死的沃维人能够更加积极主动地出击，攻击通过他们行星基地附近的补给线就好了……

他们又发动进攻了。董盯着面前的显示器，他的双手大部分时间放在控制面板上，粗大的十指急速舞动着，发布命令，修正命令，期待结果；小部分时间则放在膝头，双手下意识地时而紧握，时而张开。迈尔斯的手指跟随着董的动作微微颤抖着，他的大脑则竭力揣摩着董的思路，想把董所有的技巧都吸收进去。随着旗下飞船上的感应器或发信机渐渐出现损坏，他们的数据网络中的结点在陆续掉线了，他们对战局的把握随之出现了潜在的缺漏。西塔甘达人打穿了登达立人的阵形，猛烈攻击……一艘登达立飞船被打得四分五裂；另一艘的武器全熄火了，正竭力爬升逃出射程范围；三艘游骑兵飞船靠在一起一同脱离了战场……形势不妙……

“鲨饵三号报告！”一个突如其来的声音压过了所有其他频道上的声音，把迈尔斯惊得从座位上跳了起来，“保持这个虫洞路径安全！援兵来了。”

“现在说这个！”董嘴里一声怒吼，手上却开始快速地重新调配兵力，把虫洞周围这一小片战场包围住，保证其中不再有舰只残骸、导弹、敌军火力，特别是没有任何装备着内爆枪的敌军飞船。那些处在能够及时做出反应的位置上的西塔甘达飞船看起来一个个都竖起了耳朵，犹豫地观望着。登达立人的动向显示出有变化要发生了。也许他们正在准备撤退……也许很快就有可乘之机出现了……

“那见鬼的玩意儿是什么？”董说。一个硕大的，暂时还无法辨识的东西出现在虫洞的咽喉部位，然后立刻开始加速。他调出了读数：“这东西太大了，不可能开那么快。太快了，不可能那么大！”

还没等电视屏幕上显出图像，迈尔斯就从那艘飞船的能耗级别认出了它是什么。他们搞的这次试验巡航真是惊人：“那是‘赛格王子号’！贝拉亚帝国给我们的增援部队到了。”他有些晕，艰难地吸了口气，“我不是向你保证过……”

董大声咒骂了一句，声音里却满是赞美和钦佩。

其他飞船也陆续跟了上来。是阿斯伦德和波尔的海军舰队。它们迅速散开，摆出进攻——而不是防守——阵形。

西塔甘达队形中荡起的涟漪犹如无声的绝望哭号。一艘装备着内爆武器的西塔甘达飞船勇敢地朝“赛格王子号”猛冲过去，然后被炸成两半时他们才发现，“赛格王子号”上的内爆枪进行了改进，射程是西塔甘达内爆枪的三倍。这是第一次致命的打击。

第二次打击从通信联络网上传来。一个声音说西塔甘达侵略者不投降就灭亡——以海根联盟舰队、格雷果·弗·贝拉皇帝以及联合舰队司令官，阿罗将军/弗·科西根伯爵的名义。

有那么一会儿，迈尔斯还以为董要晕过去了。董令人担忧地喘息了一下，兴奋地大叫起来："阿罗·弗·科西根！到这儿来了？真的太棒了！"然后他把声音略微放低了一丁点，朝迈尔斯"悄悄"问道："他们是怎么让隐退了的他重新出马的？也许我能够见到他！"

迈尔斯想起来了，董是个军事史迷，而且是个迈尔斯父亲最疯狂的崇拜者。如果他不能/不愿坚决地控制住自己的话，他会口若悬河地一口气罗列出这位贝拉亚将军之前指挥过的所有战役的已公开的细节。"我会看看我能不能安排一下。"迈尔斯许诺道。

"如果你能安排这样一次会面的话，孩子……"董吃力地将思绪从研究军事史的业余爱好转回到他的正业——创造军事史上来（必须承认，这两者还是关系挺紧密的）。

西塔甘达的舰只开始突围。起先是惊慌失措的飞船各自单独行动，然后形成了相互协同的舰群，还试图组织起一支断后队伍。"赛格王子号"和支援舰群连一毫秒的时间也没有浪费，立刻就追了上去，向企图形成撤退阵形的敌军舰船发动了攻击，把它们打得七零八落，产生了更多的落单飞船，个个心惊胆战。在接下来的时间里，守卫他们行星周围高空轨道的沃维舰只受到了鼓舞，最终脱离轨道，加入了攻击，让西塔甘达人的撤退变成了一场不折不扣的溃败。西塔甘达人之前让他们为自己的家乡有多么担惊受怕，沃维的这些后备军现在就有多么冷酷无情。

最后的仔细扫荡，对严重破坏的舰船的损管工作，人员救援工作……迈尔斯沉浸其中，过了好几个小时才渐渐意识到，登达立舰队的战斗已经结束了。他们已经完成了他们的使命。

第十七章

离开战术室之前，迈尔斯仔细地跟“胜利号”的安全部门核实了一下情况，以确定他们围捕逃犯的进程。仍然处于失踪或情况不明的只剩下了欧瑟，“游隼号”的船长，另外两名对欧瑟忠心耿耿的军官，卡维罗司令，还有米特佐夫将军。

迈尔斯十分肯定，他确实在监视器上看见了，欧瑟和他的军官被烧成了放射性尘埃。米特佐夫和卡维罗也上了那艘逃逸的穿梭机吗？卡维罗要是最终死在西塔甘达人的手里，真是相当讽刺。不过——这点必须承认——她无论死在谁的手里都同样讽刺。沃维人，兰道尔游骑兵，阿斯伦德人，贝拉亚人，或者是其他任何被她欺骗过的人。她在海根枢纽的职业生涯短暂而辉煌，最终的死亡也干净利落——如果她真的死了的话。但迈尔斯很不情愿地想起了卡维罗最后对他说的那些恶毒的言语。要是那些话成了临死发出的诅咒，那可就有几分预言的色彩了。他本该更加害怕米特佐夫，而不是卡维罗。应该是这样，但实际上却不是。他打了个寒战，借来一名卫兵陪他一起走回自己的船舱。

半路上他遇见了一批刚从穿梭机上下来，正被送往“胜利号”医务室的伤员。“胜利号”处于预备队位置（其实这点的影响不大），所受的攻击还没有超过护盾系统的处理极限，但其他一些飞船可没那么幸运。太空战中死亡和受伤人数的比例通常与行星表面战斗中的相反，死亡人数远多于受伤人数；不过在人造小环境还没有遭到破坏的幸运情况下，受伤的士兵也许能够活下来。不知怎么，迈尔斯改变了方向，跟随在伤员队伍后面。他到医务室能帮什么忙？

有人负责鉴别伤情，把伤员分类，不把轻伤员送到“胜利号”上来。排在队伍最前面的是三名严重烧伤者和一名头部重伤的伤员，他们被焦急等待在一旁的工作人员迅速运走了。有几个士兵神志还清醒，静静地等待着轮到自己。他们被用充气带固定在浮板上，一动也不动。疼痛和止痛药的联合作用下，他们的眼睛一片混浊。

迈尔斯尽量跟每一位还醒着的伤员说几句话。他们有的茫然地看着他，有的则似乎能理解他的意思；他在后面一类人跟前稍微多待了一会儿，尽可能地给他们以鼓励。然后他退出医务室，在门口沉默着站了几分钟，他鼻子里满是战斗结束后医务室里那熟悉而可怕的气味：消毒液，鲜血，烧焦的皮肉，小便，还有电子设备的气味混在一起。最终，他发现疲惫已经让自己思维发蠢，一无是处，摇摇欲坠，垂泪欲滴。他扶墙站直，迈着沉重的脚步走了。上床。如果有谁真需要他出面指挥的话，他们可以来找他。

他揿下欧瑟房间的密码锁，心里想着：既然现在这房间已经归他继承，那他应该把密码数字改一下。他叹了口气，走进房间。迈进门之后他立刻发现到了两个不幸的事实。第一，他走进医务室时把卫兵打发走了，之后忘了叫他回来；第二，房间里不止他一个人。他正要退回到过道里去，背后的门就已经关上了，结果他的背砰地一下撞在了门上。

米特佐夫将军暗红色的面庞甚至比他手中拿着的那把银光闪闪的神经干扰枪更引人注目。枪口对准了迈尔斯脑门正中。

米特佐夫不知从哪儿弄到了一套对他来说小了点的灰色登达立制服。站在米特佐夫身后的卡维罗司令官也穿着同样的制服，她穿上大了点。高大的米特佐夫看上去很愤怒。卡维罗看上去……有些奇怪。

愤怒，讥讽，怪异地笑着。她的脖子上布满瘀青。身上没带武器。

“终于！”米特佐夫低声说道，一副“胜利号”上的胜利者的架势，“抓到你了。”他露出个龇牙咧嘴的怪笑，一步步走近迈尔斯，然后伸出一只大手捏住他的脖子，把他摁在墙上。他当啷一声丢下了神经干扰枪，两只手掐住迈尔斯的脖子。他没有要扭断它的意思，而是在用力挤压。

“你绝不可能活着——”迈尔斯只来得及说出这几个字就被卡得彻底无法呼吸了。他能感到自己的气管正嘎吱作响，正在崩塌；大脑缺血让他觉得眼前一片漆黑，头胀得似乎要濒临爆炸。要说服米特佐夫放弃这次谋杀是不可能的了……

卡维罗悄然无声地行动了，动作好像一只灵巧的猫。她朝前走了几步，蹲下身去，拿起被扔下的神经干扰枪，然后往后退了几步，转到迈尔斯的左侧。

“斯坦尼斯，亲爱的。”她用温柔亲切的语气说道。米特佐夫正专心致志地享受着把迈尔斯一点点慢慢掐死的过程，连头也不回。卡维罗再开口时，显然是在模仿米特佐夫的腔调，引用他说过的话：“‘把你的腿给我张开，你这个婊子，要不我就把你的脑浆打出来。’”

米特佐夫扭过头去。然后他的双眼骤然瞪大。一道蓝光啪的一声正中他的眉心。卡维罗把他的脑浆打出来了。尽管迈尔斯脖子上的骨头是用塑料加固过的，还是差点就被垂死痉挛中的米特佐夫掐断了。米特佐夫倒在地上。神经干扰枪杀死人后电化学反应产生的刺鼻味道朝迈尔斯扑面而来。

迈尔斯身子都软了。他背靠在墙，不敢动弹。他让自己的目光从尸体上慢慢抬起，投向卡维罗。她的嘴唇上露出了极其满意的微笑。卡维罗刚才那句话是直接引用的米特佐夫最近的发言吗？他们肯定在欧瑟的房间里像猎人般潜藏了好几个小时了。这么长的等待时间里他们都干了些什么？沉默在延续。

“我不……”迈尔斯咽了口唾沫，试着清了清被掐青了的喉咙，沙声说道，“我不是抱怨——这点请你注意——可是，为什么你不过来也给我一枪呢？”

卡维罗得意地笑了：“迅速地报复比不报复好。慢慢地一点点报复就更好了。但要想彻底享受报复的快乐，我必须首先活下来。总有那么一天的，小子。”她把神经干扰枪往边上一斜，仿佛是要把它插进枪套，但只是垂下了手，放在身侧，把它枪口朝下拎在手里。“你发过誓，保证我安全离开海根枢纽的，爵爷大人。但我现在才认为，你真的会傻到信守诺言。我不是抱怨——这点请你注意——那，如果欧瑟给了我们不止一件武器；或者，如果他把神经干扰枪给了我，把他舱门的密码告诉斯坦尼斯，而不是相反的话；或者如果欧瑟答应我的乞求，把我们一起带走的话……事情的结果也许就不同了。”

会大不相同的。迈尔斯非常、非常慢，并且非常、非常小心地一寸寸挪动脚步，一直挪到通信终端旁，然后接通了安全部。卡维罗若有所思地看着他。过了一会儿，在他们估摸增援部队快要到的时候，卡维罗漫步走到迈尔斯身旁：“你知道吗，我低估了你。”

“我可从来没低估过你。”

“我知道。我不太习惯那种……谢谢。”她不屑一顾地把神经干扰枪扔到了米特佐夫的尸体上。然后，她突然咧开嘴笑着一个转身，用一只手搂住迈尔斯的脖子，使劲亲吻着他。她的时机把握堪称完美：迈尔斯还没来得及把她推开，埃蕾娜和乔达克中士就已经带着一队安保人员撞开舱门冲了进来。

迈尔斯走出“胜利号”的穿梭机，通过短短的一截软管，登上了“赛格王子号”。他妒忌地看着四周，看着清洁、宽敞、灯光璀璨的通道，看着前方那队衣冠楚楚、英气勃勃，脚跟一碰全体立正的仪仗队员，看着那些身穿贝拉亚帝国的绿色军装、等候在那里的仪态高雅的军官。他不安地偷偷低头看了看自己身上灰白两色的登达立军服。“胜利号”是登达立舰队的主力舰，是舰队的荣耀，可现在看起来却仿佛缩成了一颗小小的沙砾，使用过度，破烂不堪。

啊哈，可如果我们之前没那么过度使用自己的话，你们现在不可能看上去那么漂亮。迈尔斯自我安慰道。

董、埃蕾娜和乔达克也都像旅游者一样好奇地瞪大眼睛，四下打量着。迈尔斯坚决喝令他们立正，面对招待他们的主人们干净利落的敬礼，好好地受礼和回礼。

“我是纳托契尼中校，‘赛格王子号’的副舰长。”在场军衔最高的一名贝拉亚人自我介绍道，“这位耶果罗夫中尉将陪同内史密斯将军您和伯沙瑞·杰萨克中校去见弗·科西根将军。董准将，我将亲自带你参观‘赛格王子号’。我乐意回答你提出的任何问题。当然，必须是答案不涉机密的情况下。”

“当然。”董那张大脸满是得意之色。事实上，如果他再得意一点，大概就得自我膨胀得爆炸开来了。

“你们的会见和我们的参观结束后，我们将和弗·科西根将军在高级军官食堂共进午餐。”纳托契尼中校继续对迈尔斯说道，“我们最近一次在那儿宴请的客人是波尔的总统及其随行人员。时间是十二天前。”

确信这些雇佣兵们明白了他们被赐予了何等殊恩之后，这位贝拉亚副舰长便领着兴奋的董和乔达克沿着走道离开了。迈尔斯听到董在掩饰不住地咯咯怪笑：“和弗·科西根将军共进午餐，嗬，嗬……”

耶果罗夫中尉比了个手势，示意迈尔斯和埃蕾娜往相反的方向走，“你是贝拉亚人吗，夫人？”他向埃蕾娜问道。

“我父亲是向已故的皮欧特伯爵宣誓效忠的战士。为他效力了十八年。”埃蕾娜说，“死于为伯爵效力途中（译者注：这里埃蕾娜悄悄打了个马虎眼。后一句中的“伯爵”指的是阿罗。参见《贝拉亚》和《战争学徒》）。”

“我明白了。”中尉充满敬意地说道，“那你和伯爵一家都很熟悉。”这就解释了为什么你会受到接见——迈尔斯几乎可以看出他的想法。

“啊，是的。”

中尉低头看看“内史密斯将军”，比刚才问埃蕾娜时更好奇一点地问道：“而你，呃，我想，是贝塔人吧，长官？”

“我出生在贝塔。”迈尔斯尽可能压抑住自己的情绪，平平淡淡地用贝塔口音说道。

“你也许会发现，我们贝拉亚人做事的方式比你所习惯的方式要正式些。”中尉提醒道，“伯爵大人，你要知道，是习惯于受到符合他的身份地位的敬重和尊崇的。”

迈尔斯看着那个诚实的军官在寻找礼貌的说法告诉他“要叫他长官，不要用袖子擦鼻子，还有你们贝塔人那套该死的平等主义论调也不能有”，心里乐开了花。“你们也许会觉得他很可怕。”耶果罗夫最后总结道。

“一个自命不凡的老古板，是吗？”

中尉皱起眉头：“他是个伟大的人。”

“啊，我敢打赌，中午吃饭的时候，如果我们让他多灌点酒的话，他会放下架子，讲出最精彩的黄色段子来。”

耶果罗夫脸上礼貌的笑容凝固了。埃蕾娜眼珠子一转，弯下身子，用坚决的口气低声说道：“将军，请自重！”

“哦，好的。”迈尔斯遗憾地叹了口气。

中尉的目光越过迈尔斯的头顶，感激地瞥了埃蕾娜一眼。

迈尔斯边走边对“赛格王子号”的干净整洁大感钦佩。这一方面因为它是一艘新船，另一方面它的设计思想中除了战争之外同时还考虑了外交。它既适合载着皇帝进行国事访问，又不失其军事效能。他看到前面的过道交叉口有块墙板脱了，一名少尉正指挥着几个技术人员在进行小小的维修工作——不对，上帝啊，那块板子这才是初次安装上去。迈尔斯听说，“赛格王子号”是带着一堆安装工作人员离开轨道奔赴战场的。他扭头往后看了看。要不是上帝的恩典加上米特佐夫将军，我本来该在这儿的。如果他能在基里尔岛不惹是生非，老老实实待着，只要六个月……看着那个忙碌的少尉，他心中一阵刺痛，不合逻辑地嫉妒起来。

他们来到了军官区。耶果罗夫中尉领着他们穿过一个前厅，走到一间陈设简朴的司令官办公室里。那间办公室的面积是迈尔斯以前在任何贝拉亚飞船上见过的办公室的两倍。门悄悄打开的同时，坐在桌前的阿罗·弗·科西根伯爵将军就抬起了头。

迈尔斯走进房间时，心里突然一阵紧张。为了掩饰，也为了控制自己的情绪，他嘴里飞快地蹦出一连串话来：“嘿，你知道吗？整天这么奢侈地过着游手好闲的生活，你们这些帝国的蜗牛们全都会变成肥胖的软蛋的噢。”

“哈哈！”弗·科西根将军从椅子里跌跌撞撞地站起来，匆忙中撞在了桌角上。嗯，这不奇怪。他眼睛里那么多泪水，怎么看得清呢？他紧紧地抱住了迈尔斯。迈尔斯咧嘴笑笑，眨眨眼睛，咽了口唾沫，把脸靠在那凉爽的绿色衣袖上。等弗·科西根伯爵伸直抓着他的手臂时，他已经基本上重新控制住了自己的脸部表情。伯爵担心地上上下下打量着他。“你没事吧，孩子？”

“很好。跳过虫洞时您的感觉如何？”

“很好。”弗·科西根伯爵说话的时候有些气喘，“告诉你，有些时候，我的一些顾问真想杀了你。有些时候，我也同意他们的观点。”

刚才耶果罗夫中尉正在报告他们的到来（迈尔斯没听见他说什么，他怀疑自己的父亲也没听到），说到一半就被打断了。此刻他仍然张着嘴站在那里，一副完全被惊呆了的模样。乔尔中尉勉强忍住笑意，从桌子的另一边站起身来，好心地把耶果罗夫悄悄引回外面。“谢谢你，中尉。将军非常感谢你的服务。没别的事了……”乔尔扭头看了一眼，心事重重地扬了扬眉毛，跟在耶果罗夫身后走了出去。在门关上之前的一刹那，迈尔斯看到这位金发中尉四肢摊开，在前厅中的一张椅子里坐下，把头向后一仰，摆出一副准备等待很久的休憩姿态。有时候，乔尔简直殷勤体贴得不可思议。

“埃蕾娜。”弗·科西根伯爵艰难地松开迈尔斯，转过身去用力握了一下埃蕾娜的双手，“你没事吧？”

“是的，长官。”

“我真是高兴得……不知说什么好。考迪利亚让我向你转达她的爱意和最良好的祝愿。如果我见到你的话，她要我一定提醒你，啊——我必须一字不差地说出那句话，那是她们贝塔人的一句俏皮话——‘家就是无论何时，只要你回去，他们都会欢迎你的地方。’”

“我简直能听见她的声音。”埃蕾娜笑了，“告诉她，我谢谢她。告诉她……我会记住那句话的。”

“很好。”弗·科西根没再逼她，“坐，坐。”他朝着椅子挥挥手，把椅子朝终端桌前挪了挪，然后自己也坐了下来。在切换到工作模式的一瞬间，他的表情松弛下来，然后再度集中了注意力。上帝啊，他看起来真累。刹那间，迈尔斯在心里想到。这简直糟透了。格雷果，这都要怪你。不过，格雷果应该已经明白了。

“关于停火的最新消息是？”迈尔斯问道。

“仍然在顺利执行。谢谢你。所有还没有跃迁回去的西塔甘达的舰只都是因为奈克林杆（译者注：全名“奈克林场发生杆”。一种作者虚构的设备，用于制造出虫洞航行时必需的“奈克林场”，将三维空间的飞船折叠到五维时空泡中以穿过虫洞）或控制系统损坏了，或是驾驶员受伤了。或三者兼而有之。我们正让他们修复其中的两艘，然后让基干船员驾驶着跃迁回去。其余的已经救不回来了。我估计，六个星期内就可以恢复有限制的商业航行。”

迈尔斯摇了摇头：“五日战争就这么结束了。我连一次都没面对面地看见哪怕一个西塔甘达人。费了那么大功夫，流了那么多血，结果只为了恢复‘事前状态’（译者注：原文这个词为拉丁文）。”

“并不是对每个人都这样。西塔甘达有好几名高级军官被召回到他们的首都，去向他们的皇帝解释他们‘未经授权的冒险行动’。他们估计得以死谢罪。”

迈尔斯哼了一声：“其实是以死为他们的失败赎罪吧。‘未经授权的冒险行动’，这话有谁信啊？他们何必呢？”

“策略，孩子。一个撤退的敌人，你应该尽量让他多带些面子回去。但是不让他们带走其他任何东西。”

“我明白，肯定是你用策略把波尔人摆平了。我还一直以为西蒙·伊林会亲自来把我们这些迷路的孩子给拖回家去呢。”

“他也很想来。但目前我们两人不能同时离开国内。我们用来掩饰格雷果失踪的脆弱假象随时有可能崩溃。”

“说到这儿，你们是怎么做到的？”

“我们挑选了一名长相跟格雷果很像的年轻军官，告诉他有人在策划暗杀皇帝的阴谋，我们想让他当诱饵。上帝保佑他。他立刻就表示愿意。他——以及他的安保人员，后者也听到了同样的故事——在随后的几个星期里在弗科西根萨尔洛过了段安逸的生活，吃着最好的食物——却全都得了消化不良。最后我们把他送到乡村去野营，因为来自首都的询问越来越紧迫。我敢肯定，人们就算现在还没明白过来，也快了。不过既然格雷果已经回来了，那我们就可以爱怎么解释怎么解释了。不，他爱怎么解释。”弗·科西根伯爵略微皱了一下眉头，表情古怪。说奇怪，是因为看起来他也不是完全不高兴。

“我很吃惊，”迈尔斯说，“虽然也很高兴——你让你的军队这么快地通过了波尔。我本来还害怕在西塔甘达人进入海根枢纽之前，波尔人不会让你过去呢。那样的话就太晚了。”

“是的，嗯，那就是为什么你现在看到的是我，而不是西蒙的另一个原因。作为首相和前摄政王，我对波尔进行国事访问是完全合情合理的。我们很快就拟订了一个清单，列出了他们多年来最希望从我们手中得到的前五项外交特许权，并拟定了一个日程表。

“一切全都是正式的，官方的和光明正大的，因此，把‘赛格王子号’的试航跟我的出访同时进行也就完全合乎情理了。我们把船停在环绕波尔行星的轨道上，乘着穿梭机上上下下，参加各种官方招待会和社交聚会——”他下意识地用手揉了揉自己的肚子，好像要缓解那里的胀痛，“——我一直在努力劝说他们，好让我们能不发一枪一弹地进入海根枢纽。然后忽然传来了西塔甘达突袭沃维的消息。那之后，批准行动的过程突然就加速了。我们离开战只有几天时间了，而不是几个星期。要让阿斯伦德人跟波尔人同床共枕是个相当棘手的事。格雷果成功地搞定了这事，让我大吃一惊。沃维人倒不是问题，那时他们正非常急于找寻盟友。”

“我听说，现在格雷果在沃维很受欢迎。”

“我想，就在我们说话的现在，他正在他们的首都参加盛大的庆祝宴会呢。”弗·科西根伯爵看了看表。

“他们对他的喜爱近乎狂热。让他在‘赛格王子号’的作战室里坐在前排露脸的效果似乎比我以为的更好。纯粹从外交视角来说的话。”他看起来有点出神。

“你让我大吃一惊。你竟然会允许他跟你一道跃迁，冲入战场。我可没想到会有这种事。”

“嗯，说到这个问题嘛，‘赛格王子号’上舰队战术室里的那几立方米的空间肯定是在沃维星系中防御最严密的地方了。那里，那里……”

迈尔斯饶有兴味地看着他父亲使劲想要说出“绝对安全的”这几个字，但却怎么也说不出口。他明白过来了：“那不是你的主意，对吗？是格雷果自己命令你让他上船的！”

“他提出了好几个很有力的论证来支持他的立场。”弗·科西根伯爵说，“在宣传方面，这一行为确实是大有收获。”

“我以为你会更加……谨慎，不会同意他去冒这种风险的。”

弗·科西根伯爵盯着自己宽厚的手掌：“我并不喜欢那个主意。一点也不。但是，我曾经宣誓为皇帝效劳。作为一名监护人，在道德上最危险的时刻就是发现自己遇到了看似可以完全合情合理地成为傀儡主人的诱惑的一刻。我一直都知道，那种时刻必定……不对。我知道，如果这种时刻始终不到来的话，我肯定是彻底搞砸了我誓言要完成的任务。”他停顿了一下，“不过，对于整个政治体系来说，这仍然会造成很大的冲击。放手让他自己去做这件事。”

格雷果向你摊牌，把你压倒了？噢，真希望我当时能在那个房间里，做一只贴在墙上的苍蝇。

“这些年里，连你都一直有实践机会。”弗·科西根伯爵若有所思地加了一句。

“啊……你的胃溃疡怎么样了？”

弗·科西根伯爵做了个鬼脸：“别问了。”他稍稍高兴了点：“最近三天好些。实际上，午饭我也许能点些真正的食物，不再吃那些难吃的药糊糊了。”

迈尔斯清了清嗓子：“恩加利上尉怎么样了？”

弗·科西根伯爵嘴唇一翘：“他对你不是很满意。”

“我……不能向他道歉。我是犯过很多错误，但是，不服从他让我在阿斯伦德太空站等着的命令并没有错。”

“显然没错。”弗·科西根伯爵皱起眉头看着对面的墙壁，“而且现在……我比之前更加确信，正规军不适合你。就好像方枘圆凿——不，比那更糟。就好像是把一个四维立方体塞进圆孔。”

迈尔斯抑制住心中的恐慌：“不会要我退伍吧，是吗？”

埃蕾娜边打量着自己的指甲边插了一句："如果你被迫退伍的话，你可以去当雇佣兵嘛。就像米特佐夫将军那样。据我所知，卡维罗司令官正想找几个好男人到她那儿去呢。"迈尔斯差点儿嗷地一下跳起来，看着他那怒气冲冲的样子，她报以得意的一笑。

"我得知米特佐夫被杀时几乎感到有点遗憾。"弗·科西根伯爵表示，"在格雷果的失踪让局面一团糟之前，我们都已经在计划申请引渡他了。"

"啊哈！你们终于判定当年科玛暴乱期间那名科玛俘虏的死是谋杀了？我早就觉得可能是——"

弗·科西根伯爵伸出两根手指："有两起谋杀案。"

迈尔斯顿住了："我的上帝啊。米特佐夫不会是在临走前成功地追查到了可怜的安在哪儿吧？"他都快把安中尉这人给忘光了。

"不，是我们追查到了他。虽然，呃，不是在米特佐夫离开贝拉亚之前。是的，那名科玛叛乱分子是死于酷刑。米特佐夫也不是全然有意要杀他；那人显然有某些隐藏的病症。但这件事并不是像原来的调查结果以为的那样。不是为了给卫兵的死复仇。事情的因果正好反过来。那位卫兵，一名贝拉亚军士，他原本也参与了，或者至少是默许了用刑，但稍微做了点抗议。按照安的说法是这样的。然后事情的结果让军士大为惊恐，威胁说要告发米特佐夫。

"米特佐夫因为惊慌而暴怒，杀死了他。然后让安帮他捏造了犯人逃跑的故事，并且帮他做伪证。如此一来，安在整件事情中犯下了双重罪过。米特佐夫以此一直让安处于恐惧之中。不过安也有同样的力量：如果事情被揭发，米特佐夫也跑不了。他们之间形成了一种奇怪的互相锁定的关系……最终安摆脱了出来。伊林的特工找到他时，他看起来几乎是如释重负，还自愿接受了吐真剂审讯。"

迈尔斯回忆着那位气象员的样子，感到有点遗憾："接下来安会受到什么惩罚吗？"

“我们本来计划让他在审判米特佐夫的时候做证……伊林觉得我们甚至可能把这事变得对我们有利，能显示我们对科玛人的尊重。把那个卫兵，一名倒霉的傻军士，对他们说成是一位无名英雄。把米特佐夫绞死，以证明帝国是真诚的，帝国的司法公正对贝拉亚人和科玛人一视同仁……多美好的前景啊。”弗·科西根伯爵不高兴地皱了皱眉，“现在我想我们会把这事悄悄了结。跟之前一样。”

迈尔斯用力吐出一口气：“米特佐夫。到头来还是做了替罪羊。肯定是他的恶业缠在他身上……但这并不是说他不是罪有应得。”

“要当心对公正的过度渴望。你也许会反受其害。”

“我已经学到了这点了，先生。”

“真的？”弗·科西根伯爵朝他挑起一边眉毛，“唔。”

“说到公正嘛。”迈尔斯抓住这个机会说道，“我很关切登达立的报酬问题。他们遭受了相当大的损失，超过了一支雇佣兵舰队通常能承受的极限。他们仅有的保证就是我嘴里吐出的话语。如果……如果，帝国不支持我的话，我就会成为一个言而无信的人。”

弗·科西根伯爵微微一笑：“我们已经考虑过这个问题了。”

“伊林的秘密作战预算能扩展一下支付范围，把这笔费用包括进去吗？”

“伊林的预算要是用来支付这笔费用的话，会爆掉的。不过你，呃，好像在高层有个朋友。我们会从帝国安全部的预算，这支舰队的经费，以及皇帝的内库中里抽钱，给你凑一笔紧急贷款。我们之后会提出一笔特别拨款，用于把那些款项补上。希望大臣会议和伯爵议会能通过吧。报个账单上来。”

迈尔斯飞快地从口袋里翻出一张数据盘：“给，长官。登达立舰队的会计给的。她一夜没睡。有些损失的估计还只是初步的。”他把数据盘放在了终端桌上。

弗·科西根伯爵翘起一边嘴角：“你学得真快，孩子……”他把数据盘插进桌上的终端，快速浏览了一下。“吃完午饭他们应该就能把我要的信用点卡（译者注：科幻小说中常见的一种用于付款的卡片，内有一定金额。超市充值卡的类似物……初见于《星球大战》系列。本系列小说中几乎是最常见的大额付款方式）准备好了。你走的时候就可以带上。”

“谢谢，长官。”

“长官，”埃蕾娜认真地向前倾过身子，插话道，“接下来登达立舰队会怎么样？”

“我想，那要看他们的选择了。不过，他们不能在此久留。这里离贝拉亚太近了。”

“我们又要被抛弃了吗？”埃蕾娜问。

“抛弃？”

“曾经，你们让我们成为一支属于帝国的军队。我这样认为，巴兹也这样认为。然后，迈尔斯离开了我们，再后来……就什么都没了。”

“就像基里尔岛，”迈尔斯说，“眼不见，心不烦。”他哀伤地耸了耸肩：“我猜想，两边的士气也同样低落。”

弗·科西根伯爵狠狠瞪了他一眼：“登达立的命运仍在讨论之中，迈尔斯——你未来在军中的位置也一样。”

“我能参加讨论吗？他们呢？”

“我们会让你知道结果的。”弗·科西根伯爵把手放在桌上，站了起来，“我现在能说的只有这么多了。甚至对你也是。军官们，吃午饭去吧。”

迈尔斯和埃蕾娜只得也站了起来。“董准将对我们的真实关系还一无所知。”迈尔斯小心翼翼地说，“如果你希望继续保守秘密的话，我们再和他见面的时候，我还得扮演内史密斯将军的角色。”

弗·科西根伯爵的笑容变得古怪起来：“伊林和恩加利上尉肯定希望不要暴露一个将来也许还有用的伪装身份。千方百计。一定会很有趣。”

“我得提醒你，内史密斯将军对人不是很恭敬。”

埃蕾娜和弗·科西根伯爵对看了一眼，然后两人都大笑起来。迈尔斯等待着，尽可能地保持住自己残余的尊严，直到他们的笑声渐渐平息，终于停下。

吃午饭的时候，内史密斯将军有礼貌得可怕。就连耶果罗夫中尉也找不出半点差错。

靠近沃维行星一侧的沃维虫洞太空站里，他们政府派来的信使将信用点卡从太空站司令官的终端桌上推过来。迈尔斯摁上手印，做了个虹膜扫描，又在收据上用难以辨认的潦草字迹签上内史密斯将军的大名（笔迹跟弗·科西根少尉工整的签名一点也不像），证明自己已经收到了卡片。“跟你们这些诚实的绅士们做生意真是愉快。”迈尔斯边说边满意地把卡片装进口袋，再把口袋仔细关好。

“这是我们最起码该做到的。”跃迁点太空站司令官说道，“我对你们的感激之情无以言表。当时我们很清楚，西塔甘达人的下一次进攻将会是最后一次了，我们正激励大家要战斗到最后。这时登达立人突然从虫洞中出现，前来增援我们。”

“登达立人自己也无法取得胜利的。”迈尔斯谦虚地说，“我们所做的只是帮助你们坚守住桥头堡，直到真正的‘重火力’到来。”

“而如果桥头堡没有守住的话，海根联盟的部队——用你的说法就是所谓‘重火力’——就不可能跃迁进入沃维星系的太空。”

“当然——除非他们付出巨大的代价。”迈尔斯表示赞同。

太空站司令官看了看表：“呃，我们行星很快就要以更加明确的方式表达自己的观点了。我能送你去参加典礼么，将军？是时候了。”

“谢谢。”迈尔斯站起身来，在那人头前走出办公室，用手再次检查了一下口袋里那摸得着的谢意。勋章，嘿。勋章可不能拿来付账修船。

他在一扇透明门前停住脚步，半是被跃迁站外的景色吸引，半是为了看看门上自己的倒影。他觉得，欧瑟/登达立军的灰色军装挺不错的：柔灰色的天鹅绒紧身上衣跟耀眼的白色绲边和肩上的银色纽扣对比鲜明，跟裤子和灰色的仿麂皮靴子也很相配。他似乎觉得穿着这套衣服，他看起来都变高了点。也许他该把这个设计记下来，回头照做几套。

门外有一大片飞船四散飘浮在太空中，有登达立的，有游骑兵的，有沃维的，也有联盟军的。“赛格王子号”不在其中。此刻它正在沃维母星上空的轨道上，高——确实够高的——层会谈仍在继续，以敲定贝拉亚、沃维、阿斯伦德和波尔之间的条约方方面面的细节，友好通商，削减关税，共同防务，等等。迈尔斯听说，格雷果在公共关系和谈判的具体事务上都才华横溢。幸好去的是你不是我，哥们儿。沃维跃迁站推后了自己的修理计划，以帮助登达立舰队进行维修；巴兹正在二十四小时连轴转。迈尔斯恋恋不舍地放弃了眼前的景色，跟着太空站司令官指挥官离开。

他们走到即将在其中举行典礼的大会议室外的过道里停了下来，等待着与会者一一就位。沃维人显然是希望让各位主角们能够来个隆重的入场式。司令官进去做准备了。观众人数不太多——有太多重要的工作还在进行——但沃维人总算是搜罗起了能让典礼看上去够体面的活人。其中迈尔斯也贡献了一个排的处于康复期中的登达立士兵，充充场面。他决定，自己将在讲话中代表他们接受荣誉。

在等候时，迈尔斯看见卡维罗司令官和她的贝拉亚仪仗队到了。就他所知，沃维人还不知道，仪仗队的武器里已经上了致命的子弹，而且他们已经受命，一旦他们的俘虏企图逃跑，就开枪将其击毙。两名身穿贝拉亚辅助兵种队军服，板着面孔的女兵不分昼夜地监视着卡维罗。卡维罗非常成功地做到了完全无视她们的存在。

游骑兵的军礼服的样式和他们的工作服一样，只是更加整洁些，上面有棕、黑、白三种颜色。这让迈尔斯下意识地想到了警犬的毛皮。这只母狗会咬人，他提醒自己。卡维罗笑了笑，朝迈尔斯慢慢走去。她浑身弥漫着那股有毒的青草香水味：她准是拿那玩意儿洗了个澡。

迈尔斯偏过头，敬了个礼，把手伸进一边口袋，掏出两个鼻孔过滤器，往一边鼻孔塞了一个。过滤器在鼻孔里轻柔地胀大，制造出一个隔离层。他深深地吸了口气，检测了一下。工作良好。它们可以过滤掉比那该死的香水中的有毒有机物分子还小得多的分子。迈尔斯张开嘴，呼出一口气。

阴谋受挫的卡维罗愤怒地看着迈尔斯的这场表演："你这浑蛋。"她咕哝道。

迈尔斯耸了耸肩，两手一摊，仿佛在说，你能奈我何？"你和你幸存的手下者准备好离开了吗？"

"等这场白痴把戏一结束就走。有六艘船损坏得太厉害，没法跃迁，我只能都放弃掉。"

"你很明智。就算沃维人没能很快识破你，一旦西塔甘达人意识到他们自己没法抓到你时，他们多半就会把丑陋的真相告诉沃维人。你不该在这些地方逗留。"

"我也不想。但如果我再也见不到这个地方了，那这走得未免太匆忙了。对你我感觉更是如此。要不是你……"她痛苦地摇摇头。

"顺便告诉你，"迈尔斯又补了一刀，"登达立人如今为这次战斗得到了三份酬劳。一份来自原本跟我们签订合同的阿斯伦德人，一份来自贝拉亚人，还有一份来自于感恩戴德的沃维人。每一方都同意支付我们所有的开销。最终的利润相当可观。"

她这会儿真的在嘶嘶吐信了："你最好祈祷我们再也不会见面。"

"那好吧，别了。"

他们走进房间，去接受他们的荣誉。卡维罗的神经是否足够刚强，能代表被她的变态阴谋毁掉的游骑兵们去接受她的荣誉呢？结果表明，是的。迈尔斯默默地吐了。

我有生以来赢得的第一枚奖章。当太空站司令官给他别上奖章，说着些令人尴尬的溢美之词的时候，迈尔斯心中想到。而我在国内压根儿不能佩戴它。这奖章，这套制服和内史密斯将军本人很快就都必须回到壁橱里。期限是不是永远？相比之下，弗·科西根少尉的生活不太吸引人。可是……不论哪里，军人遇到的体制总是一样的。如果说他和卡维罗之间有什么区别的话，那一定是他们所选择的服务对象不同。还有他们选择的服务方式。不是所有道路，唯有一条道路……

迈尔斯回到贝拉亚，开始休探亲假的几个星期后，格雷果邀请他去皇宫共进午餐。他们坐在北花园的一张熟铁桌子旁。北花园是由格雷果的祖父埃扎尔皇帝设计的，因而颇有名气。夏季这里会被重重绿荫覆盖；而现在，嫩叶在和煦的春风中摇曳，阳光透过其间的空隙，洒落下来，在花园的地上交织成一片光网。卫兵们在看不见的地方站岗；仆人们在听力不及的地方等待，只有格雷果摁响呼机才会过来。吃完头三道菜后，吃饱了的迈尔斯啜饮了几口滚烫的咖啡，心里琢磨着朝第二道甜点发动袭击的计划。那个敌人躲在餐桌上另外一边，用厚厚一层奶油将自己伪装在周围的亚麻桌布之中。也许这次行动实在超过他的战斗力极限了？这比他们曾经两人分食的契约奴工套餐好多了，卡维罗那儿的狗嚼棒那更没法比。

甚至连格雷果似乎也开始用新眼光看着这一切：“太空站里真是太乏味了，你也这么觉得吧？到处都是那些一模一样的走道。”他说道。他的目光转动，掠过一道喷泉，随着一条通往花丛中的砖面曲径由近及远：“每天看着贝拉亚，我就看不出这里有多美了。必须先忘记，然后才能记起这点。真奇怪。”

“是啊，有时候我简直分不清自己到底身在哪个太空站里。”迈尔斯从塞满了甜点和奶油的嘴里发出赞同之声，“搞奢侈贸易的太空站另当别论。不过海根枢纽的太空站确实都偏向实用风格。”说到最后那个词儿时，他的脸扭曲了一下。

谈话主题由此飘向了海根枢纽最近发生的一系列事件。迈尔斯说到自己从未在“胜利号”的战术室里发布过战斗命令，顶多就是受董的委托处理过内部安保危机问题。格雷果听了之后显得很高兴。

“大多数军官的工作在行动开始的一刻就已经结束了。因为战斗进程太快，军官们压根儿来不及施加影响。”迈尔斯对他说，“一旦你建立起了一个优秀的战术指挥部——以及，如果你够幸运的话，找到一名有神奇战术嗅觉的部下——那么开战后最好还是把手揣在兜里。我拥有董，而你拥有……咳咳（译者注：指他的父亲阿罗，但不好直说）。”

“还得有两个漂亮的、够深的口袋才行。”格雷果说道，“我还在想着那些事情。一切看起来都那么不真实，直到事后我去探访医护舱。然后我意识到，那些，那些一点点的亮光（译者注：指战术显示器上的显示），意味着这个男人丢了胳膊，那个男人的肺被冻成了冰块……”

“可得当心那些小亮点。它们会告诉你让人安心的谎言。”迈尔斯深表同意，“如果你不注意的话。”他又急匆匆地咬了一口黏糊糊的甜点，就着喝了口咖啡，停了一下，然后继续说道：“你那次从阳台上的小小坠落的真相，你没告诉伊林吧？”这仍然是交谈，并非质询。

“我告诉他我当时喝醉了，然后爬了下去。”格雷果看着旁边的鲜花，“……你怎么知道我没告诉他？”

“他说起你时，眼里没有藏着恐惧之情。”

“我刚让他……做出了一点点让步。我现在不想把事情搞得一团糟。你不也没把真相告诉他么——为此我要谢谢你。”

“不客气。”迈尔斯又喝了些咖啡，“我想要你帮我个忙作为回报。跟某人谈谈。”

“谁？伊林不行。你父亲不行。”

“我母亲如何？”

“唔……”格雷果终于咬了一口他面前那份奶油水果蛋糕。之前他一直用手中的餐叉在上面扒拉。

“她大概是贝拉亚上唯一一个会自动把‘格雷果这个人’的重要性置于‘格雷果皇帝’之前的人。我觉得，在她眼里我们所有的身份地位都不过是光学幻象。而且你知道的，她会保留自己的意见，不会对你指手画脚。”

“我会考虑的。”

“我不想成为唯一一个……唯一一个。我知道什么在我力所能及的范围之外。”

“你知道？”格雷果扬起眉毛，翘起了一边嘴角。

“噢，知道。我只是通常不会让自己涉足那些地方。”

“好吧。我会去跟你母亲谈谈的。”格雷果说道。

迈尔斯等了一会儿。

“我发誓。”格雷果补充道。

迈尔斯松弛下来。他感到无比的轻松。“谢谢你。”

他瞄上了第三份甜点。这些菜品都挺精致小巧的。

“这几天你感觉好些了吗？”

“好多了。谢谢。”格雷果又开始用叉子在奶油上划沟了。

“真的？”

格雷果开始划出交叉格子。“我不知道。我跟那个我外逃期间他们弄出来四处扮演我的可怜家伙不一样。我扮演这个角色并不是全然出于自愿的。”

“在这个意义上，所有的弗氏贵族们都是被强征入伍的壮丁。”

“但其他人都可以逃走，没人会发现。”

“要是我逃走了，你一点都不想念我么（译者注：作者的文字游戏。这里的“想念”和前面的“发现”原文是同一个词。迈尔斯故意曲解格雷果的意思）？”迈尔斯伤心地说道。格雷果吃吃地笑了。迈尔斯转头打量了一下四面的花园：“这里的戒备看起来不怎么森严啊。跟基里尔岛比起来的话。”

“试想一下。半夜一个人躺在床上，心里怀疑着你的基因会不会开始在你的大脑中创造出一个怪物来。就像我的伯祖父疯皇尤里或者是赛格王子。”格雷果隐隐有些严厉地看了迈尔斯一眼。

“我知道赛格王子的，唔，问题。”迈尔斯小心翼翼地说道。

“每个人看起来都知道。唯独我例外。”

所以，这就是导致忧郁的格雷果真的第一次去尝试自杀的原因了。一把钥匙一把锁，咔嚓！对上了！迈尔斯竭力不让自己为这突如其来的领悟显得兴高采烈。“你什么时候发现的？”

“在科玛的会议当中。我之前就看到过些蛛丝马迹，但……把它们统统归于敌人的宣传了。”

看来，在阳台上的那场独舞是被震撼后的直接反应了。格雷果找不到人可以倾吐……

“是真的吗？他真的曾以折磨——”

“不是所有关于赛格王子的流言都是真的。”迈尔斯迅速打断了格雷果的话，“不过其中真实的部分……已经够糟糕的了。我母亲知道。她目睹了入侵埃斯科巴期间那些疯狂的事情，有些连我也不知道。但她会告诉你的。直接问她。她就会直接回答你。”

“性格会遗传。”格雷果表示，“你家看来也是。”

“她会告诉你，你跟那个人有多么不同——我曾经听说，你母系方面的血脉没有任何问题——不论如何，我体内和疯皇尤里共有的基因几乎跟你一样多。通过不同的遗传路径。”

格雷果笑得合不拢嘴：“你这是在安慰我吗？”

“唔，更多地应该是在抱团取暖吧。”

“我害怕权力……”格雷果的声音低沉下来，显得心事重重。

“你害怕的不是权力。你是害怕自己掌握权力之后可能会伤害到别人。”迈尔斯迅速地做出了推断。

“嗯哼！虽不中亦不远矣。”

“居然不是完全正确？”

“我是害怕我可能会对伤害他人乐在其中。就像那个人。”

他指的是赛格王子。他的父亲。

“胡说八道！”迈尔斯说道，“我是看着我祖父那些年怎么试图让你喜欢上打猎的。你打猎的成绩不错，我猜那是因为你把这视为你身为贵族表率的职责的一部分。但你这可恶的家伙，几乎每次没打准，你就放弃。结果是我们不得不四下追赶那些受伤的小动物。你可能有些别的精神问题，但绝不是虐待狂。”

“我看到的……以及听到的，”格雷果说，“那么恐怖，但又那么有吸引力。我情不自禁要去想着那些事。无法把它们从脑海里清除出去。”

“你听到的故事里满是恐怖，是因为这个宇宙就充满了恐怖。看看卡维罗在海根枢纽制造了多么恐怖的事件。”

“如果我趁她睡觉的时候把她掐死——我有过一次机会——那些恐怖的事就都不会发生了。”

“如果那些恐怖的事情都没发生，那么她就不该被掐死。我恐怕这有点类似时间旅行悖论。正义之箭是单向飞行的。仅仅单向（译者注：迈尔斯在拿时间箭头的单向性说俏皮话）。你不能为没预先掐死她而感到后悔。不过我倒觉得，你可以为没在那之后掐死她而后悔一下……”

“不……不。我会把这个任务留给西塔甘达人。如果他们能抓到已经抢先开始逃亡的她的话。”

“格雷果。抱歉。但我不得不说，我不认为未来有可能出现疯皇格雷果。倒是你的顾问们有可能会发疯。”

格雷果盯着眼前的餐盘，叹了口气：“我想，要是我拿一块奶油蛋糕扔到你鼻子上，肯定会让警卫们困扰的。”

“他们会很困扰的。你要做这种事应该在我八岁，你十二岁的那会儿；那时候你做这种事也不会有什么后果。正义的奶油派只单向飞行（译者注：迈尔斯在拿时间箭头的单向性说俏皮话）。”迈尔斯偷笑起来。

于是从这两位大人物嘴里提出了一系列反常的，幼稚的，跟一个装满甜品的盘子有关的建议，让两人都哈哈大笑。迈尔斯判断，格雷果需要好好地来一场丢奶油派大战——哪怕仅仅是嘴上的，想象中的也好。

等他们的笑声终于平息之后，咖啡都已经凉了。迈尔斯说：“我知道你听到的恭维话已经多得能垒成山了，但是，该死的，你在你的岗位上确实做得很好。在沃维的谈判之后，你自己心里肯定也多多少少明白这点吧。留在这个岗位上，好吗？”

“我想，我会的。”格雷果又加了几分力道，把叉子狠狠地戳进他吃剩的甜点里，“你也会待在你自己的岗位上的。是这样吧？”

“无论是什么岗位。我今天下午回头就要为这个问题专门去见西蒙·伊林。”迈尔斯说。他最终决定还是放过第三份甜点算了。

“你听起来对此不怎么兴奋的样子。”

“我想他没法再降我的职了；没有比少尉更低的军衔了（译者注：弗氏贵族参军自动就是军官，不会被降到军士阶层，因此迈尔斯这样说）。”

“他对你的行为肯定是感到高兴啊。不可能有别的反应吧？”

“我把我那份简报交给他的时候他看起来并不高兴。看起来很阴郁。话不多。”迈尔斯突然怀疑地望向格雷果，“你知道我未来的去向，是不是？告诉我！”

“皇帝绝不能干涉指挥链。”格雷果一本正经地说道，“也许你会晋升呢。我听说，基里尔岛的司令官的位子还空着。”

迈尔斯打了个寒战。

迈尔斯现在觉得，贝拉亚首都弗贝拉苏丹娜的春天和秋天一样美丽。在走进高大坚实的帝国安全部总部大楼之前，他在正门口停留了片刻。大街上，拐角处，地球枫树依旧伫立，下午的阳光从它们嫩叶的背面照过来，把叶子变成了一盏盏精美的绿色小灯泡。贝拉亚当地的植物大多数都倾向于长成红色和棕色的，千篇一律。他什么时候会去拜访地球吗？也许吧。

迈尔斯把有效证件递给门卫。他们的脸看上去很熟悉；正是去年冬天那段似乎没有尽头的日子里，他曾经协助管理过的那批人——仅仅是几个月前？感觉上好像是更久以前的事情了。他仍然能够随口说出他们的薪酬水平。他们和迈尔斯彼此寒暄了一阵子，但作为帝国安全部的优秀成员，他们始终没有问出那个在他们眼神中闪烁着的问题：这段时间你上哪儿去了，长官？没有安排卫兵把迈尔斯送到伊林的办公室去，这是个好兆头。反正到现在，他也不会不认识路。

他走进了迷宫似的大楼，熟练地转了几个弯，上了电梯。伊林办公室外间里的上尉几乎一直在埋头看着自己的算讯终端，只是摆了摆手让他进去。里间没什么变化，伊林那张超大的终端桌还是老样子，伊林本人……看上去比以前更疲惫了，更苍白了。他应该出去，沐浴春日的阳光，不是吗？至少他的头发还没有完全变白；还是从前那棕灰相间的颜色。他穿着打扮的品位还是那么乏味，还是停留在把衣服当作军事伪装的水平上。

伊林指了指一个座位——这又是一个好兆头。迈尔斯迅即坐了下来。然后伊林聚精会神地继续从事手头的不知什么工作。干完之后，他终于抬起头来。他向前倾过身子，胳膊肘撑在桌子上，交叉紧握十指，带着几分冷漠的责难神色看着迈尔斯，那样子仿佛迈尔斯是一个把曲线搞得变了形的数据点，而伊林则正在考虑自己是不是还有机会拯救自己的理论——通过把这家伙重新归类，算作一个实验错误。

“弗·科西根少尉，”伊林叹了口气，“看起来，你在服从性上还是有点问题。”

“我知道，长官。我很抱歉。”

“除了感到抱歉之外，你就没有打算做点什么？”

“如果我得到的命令是错误的话，长官，我没办法让自己服从。”

“如果你不能服从我的命令，我不想要你到我的部门来。”

“嗯……我认为我服从了你的命令。你想要对海根枢纽的军事形势进行评估，我做了。你想知道不稳定因素来自何方，我查清楚了。你想要登达立雇佣军离开海根枢纽，以我所知，再过三个星期左右，他们就会离开。你提出了要求，你得到了结果。”

“很多结果。”伊林嘀咕了一句。

“我承认，我没有得到营救格雷果的直接命令，我仅仅是认为你会希望有人能够把他救出来。长官。”

伊林在迈尔斯的脸上搜索着讽刺的神色，然后他抿起了嘴。显然他找到了。迈尔斯努力想要让自己面无表情，但要想在这方面胜过伊林实在太过艰难。“我记得，”伊林说（伊林的记忆异常清晰。这多亏了一块伊利里克出品的生物芯片），“我对恩加利上尉下达了前面那些命令，但给你下达的只有一个命令。你还记得那是什么吗？”他问话的口气就好像在鼓励一个刚学会系鞋带的六岁孩子一般。要想把话说得比伊林的更具讽刺性，就像要比他更加面无表情一样，实在太过艰难了。

“服从恩加利上尉的命令。”迈尔斯不情愿地回忆道。

“正是。”伊林向后一靠，“恩加利是一名优秀的、可靠的特工。你要是弄砸了的话，就会把他也牵连进去。这男人现在已经是半废了。”

迈尔斯的手轻轻摇了几下，表示否定：“在他那个层次，他做的决定是正确的。你不能责怪他。只不过……当时那些事太重要了，我不能继续让自己仅仅作为弗·科西根少尉了。当时我们需要的是弗·科西根勋爵。”或者是内史密斯将军。

“嗯哼。”伊林说，“不过……现在我该把你派到谁手下呢？接下来，哪位帝国的忠诚军官的职业生涯将在你手里被终结？”

迈尔斯考虑了一下：“干吗不把我直接派到你自己手下呢，长官？”

“谢谢。”伊林冷冷地说。

“我的意思不是——”迈尔斯开始表示抗议，但又打住了——他在伊林那棕色的眼睛里发现了一丝隐隐的笑意。你在吓唬我寻开心，对吗？

“实际上，这个建议之前就有人提出了。不过，必须声明，不是我提的。但是，一名星际特工确实必须有很大的自由度才能好好执行任务。我们正在考虑，是不是干脆主动地——”伊林的算讯终端上亮起一盏灯，吸引了他的注意力。他看了下屏幕，摁下一个按钮。他桌子右边墙上的那扇门开了，格雷果从里面走了出来。皇帝让一名卫兵留在了走廊里；另一名卫兵默默穿过办公室，走到前厅里站岗。所有的门都关上了。伊林站起身来，为皇帝拉过一张椅子，向坐下的皇帝点了点头，算是鞠了一躬，然后又重新坐回座位上。迈尔斯也站了起来，敬了个礼，然后坐下。

“你告诉他登达立的情况了吗？”格雷果问伊林。

“我正在婉转地向他透露。”伊林说。

一点点透露。“登达立怎么了？”迈尔斯问道。他无法掩饰声音中流露出的急切心情，但还是尽量学着伊林的样子，脸上做出无动于衷的表情。

“我们决定把他们当作永久性的雇员。”伊林说，“你，以内史密斯将军的掩护身份，做我们的联络官。”

“投资入股雇佣军？”迈尔斯眨眨眼睛。内史密斯将继续存活！

格雷果咧嘴一笑：“皇帝自己的军队。我们欠他们的。我想，他们在海根枢纽为我们——以及朕本人（译者注：这里的“朕”属于前文出现过的特殊表达，字面上跟“我们”一样。本章后面格雷果多次使用这个表达玩文字游戏）——做出的贡献太大了，我们不应该只付给他们基本报酬。而且他们确实也表现出了他们的，呃，便利性。他们能够到达政治障碍让我们的正规军无法到达的地方。”

迈尔斯解读了一下伊林脸上的表情。看得出来，他对自己花出去的秘密行动经费感到深切的悲伤，但并不怎么反对。

“西蒙将密切注视，并寻找可以主动利用他们的机会。”格雷果继续说道，“毕竟，我们需要证明雇用他们是正确的。”

“我认为他们搞间谍活动比秘密作战更有用。”伊林赶忙插话，“这并不是冒险的通行证，更不是什么复仇决斗的特许状。实际上，我希望你做的第一件事是加强你的情报部门。我知道你手头有钱。我会再借几个专家给你。”

“不会再是保镖兼傀儡师了吧，长官？”迈尔斯紧张地问道。

“我要不要去问问恩加利上尉，看他是否愿意去？”伊林问话的时候，嘴唇忍不住微微翘起，“不。你将独立行动。上帝保佑我们。毕竟，如果我不把你派到其他地方去的话，你就会待在这里。哪怕登达立人永远不做什么，就为了这个，那计划也物有所值了。”

“恐怕主要是你的年轻活力使西蒙缺乏信心。”现年二十五岁的格雷果嘟囔着，“朕觉得，他是时候抛弃那种偏见了。”

迈尔斯听惯了贝拉亚话的耳朵没有欺骗他。不错，是说的“朕”。伊林也清楚地听到了。安全部长又倾过了身子，这次是向前。这次伊林脸上那讥讽的神色下带着含蓄的……赞同？“阿罗和我苦干了二十年，好让我们自己失业。我们总算也许还能活到退休。”他停顿了一下，“在我这一行，那就叫‘成功’，孩子们。我没反对意见。”然后他轻声说道：“……终于可以把这该死的芯片从我脑子里拿掉了……”

“呃，先别忙着到海边去找退休闲居的小屋。”格雷果说。这话不是试探，也不是反悔，也不是谦卑，只是表达了对伊林的信任。恰如其分。格雷果看了看迈尔斯的……脖子？米特佐夫掐出的那些显眼的瘀青自然是几乎已经完全消失了。“另外一件事呢？你也还在婉转透露中吗？”他问伊林。

伊林摊开一只手：“如您所愿。”他钻到桌面下，打开一个抽屉翻找着什么。

“我们——以及朕——认为，我们也同样还欠你一些东西，迈尔斯。”格雷果说道。

迈尔斯犹豫不决，不知自己是该发表一番“哪里哪里，这没什么”的谦辞，还是大叫一声“你们要给我什么？！”他脸上露出了一副警觉的疑问表情。

伊林重新冒了出来。他扔给迈尔斯一个小东西，红色的，在空中一闪而过：“拿着。你是中尉了。不论它对你意味着什么。”

迈尔斯双手接住。他的新军衔的塑料长方形肩章。他惊异不已，以至于把想到的第一个念头脱口而出：“嗯，这是解决服从性问题的第一步。”

伊林给了他一个不情不愿的眼神：“别得意忘形了。少尉中只有大约百分之十能在服役一年后就晋升为中尉。你贵族社交圈的人肯定会认为，这是裙带关系的结果。”

“我知道。”迈尔斯忧郁地说道。但他手上已经解开衣领，开始换上新的肩章。

伊林的口气稍稍柔和了一些：“不过，你父亲会更清楚实情。还有格雷果。还有，呃……我本人。”

迈尔斯抬起头来，和伊林见面以来，这几乎是他第一次直接看着对方的眼睛：“谢谢。”

“这是你应得的。不是你应得的，你别想从我这得到。也包括训斥。”

“我随时领教，长官。”

作者的话

比约德的阅读指南

（译者注：除迈尔斯系列中的十一本小说已有中译本外，本文中的书籍仅《查里昂的诅咒》《灵魂骑士》这两本有中译本。短篇《冬节的礼物》有同好者翻译。已有中译本的下面基本依照旧译名。比约德其他作品目前均无中译本，本文中出现的译名均为暂定名，兹不一一注明）

奇幻小说

我的奇幻小说不难排序。其中最容易读的一本是《魂戒》，这本是独立成篇的，或者叫作“只此一本”（译者注：原文用词为法国方言欧西特语……）——有些爱开玩笑的人曾经这么称呼那些由于某些不清不楚的原因没能延伸出后续系列的书。其次容易的是“家传匕首”系列——依次为《欺心》《遗产》《航道》和《地平线》——这是我自己划分的，并且实际上还编了1、2、3、4的号数，因为这套实际上是一个连续的故事，拆分成了几本厚书，免得合在一起把读者的手腕压断。

另外一些被称为“查里昂系列”。最初是两本小说，但后来我把它们加以扩展，扩大舞台的地理范围，形成“五神世界”系列。它们可以独立阅读，但同时也是一个更大的整体中的一部分。理论上读者可以按照任意顺序阅读这几本书。有些读者认为，按照出版顺序阅读会更容易理解那个世界的构造，而且第二本当中包含了对第一本的剧透（不过没对第三本进行剧透）。总之呢，出版顺序如下：

《查里昂的诅咒》

《灵魂骑士》

《神圣狩猎》

此外还有个短篇《皮里克的怪物》

故事的发生时间的话，《神圣狩猎》最早；皮里克那个短篇大概发生在这之后一百五十年；《查里昂的诅咒》和《灵魂骑士》的故事发生在再往后一个世纪左右的时候。

其他我写的电子书

短篇故事集《原虫》，包括我早年写的五个短篇故事——三个写于20世纪80年代的现代背景奇幻小说，以及两个短篇科幻小说——之前全都出版过，但没有结集出书。其中的短篇《织梦者的困境》可能会让读完弗·科西根系列（译者注：迈尔斯系列更正式的名称。系列中还包括他父母亲友等人的故事）的读者感到有趣，因为那个系列的元宇宙（译者注：指幻想小说中虚构的整个宇宙）就是由这个最初的故事扩展而来的。故事中提到了贝塔殖民地，但当时我还没想出贝拉亚帝国等。

《书场之外：谈话和杂文》的内容正如书名所示——其中收集了我三十年来的非小说作品，包括在会议上的演讲、杂文、游记、序言，以及一些不那么正规的小段子。我希望它能成为我小说的一个……有趣的姊妹篇。

弗·科西根系列故事

关于什么是阅读这套书的“最佳”顺序颇有争论——这套书被称作弗·科西根系列，也叫弗·科西根传奇，又名弗·科宇宙歌剧，迈尔斯系列故事，等等。争论的中心是出版顺序和故事发生顺序两强对决。我更喜欢后者，不过要加上少许修正。

我总是想让写出来的每本书都可以独立成篇，因此理论上读者可以按照任何顺序跳着看。但实际上，随着这套系列的延伸，其中多多少少形成了些子结构。若干故事之间相互关联，互相锦上添花。我会先列出子结构，然后是书名，然后会给出重复阅读示警（我的出版历史挺复杂的）。最后是出版顺序，给那些需要的人。

《荣誉碎片》和《贝拉亚》。这是整个系列的最初两部。书中详细描写了贝塔殖民地的考得瑞亚·内史密斯和贝拉亚的阿罗·弗·科西根的传奇故事。

《荣誉碎片》是我的第一部小说；《贝拉亚》实际上是第八本，但故事的开端就在《荣誉碎片》末尾的第二天。那些想要保证自己能从头开始阅读小说的人，或者是非常讨厌剧透的人，请从这两本看起。

《战争学徒》和《贵族们的游戏》（译者注：严格而言应该是《学徒战士》和《弗氏游戏》……）（可能还要加上短篇小说《哀悼的群山》，插在二者之间)《战争学徒》中整个系列的中心人物，迈尔斯·弗·科西根首次亮相；这本书中讲述了他如何误打误撞创建了一支太空佣兵舰队的故事；第二本则告诉读者他如何弥补了上一轮中犯下的错误。太空歌剧，军事类的冒险（还有一堆其他的东西，读者最好自己去发现）。《战争学徒》是另一本适合作为系列入门的书籍——对那些更喜欢由年轻人充当头号男主角的读者尤其如此。

那之后，在读《镜舞》之前应该先读《兄弟手足》。最好在读完这两本之后再看《记忆》。

《科玛》是系列入门的另一个好选择——从头开始了解迈尔斯的第二段职业生涯。要看《明争暗斗》之前应该先看完《科玛》。

《无尽的边界》是一本短篇集，收录了三个短篇外传故事——目前这种故事一共有五个。它们是迈尔斯·弗·科西根早年间惊险故事的一个样品拼盘。我一直觉得，这本书最适合那些不想看长篇故事的读者（但先看《战争学徒》再看这本书会更合适）。整本书的标题来自其中一个故事《无尽的边界》（译者注：原文实际二者之间有一个冠词的差别），请勿混淆。

《自由落体》的故事在时间线上比系列的主线故事早200年，也没有共通的设定或者任务。大多数读者最好把这本书放到一边，迟些时候再读。话说回来，在看《外交豁免权》之前最好先看这本书。在后者的故事里读者会再次见到“方肭人”，一个生物工程创造出的生活在自由落体（零重力）环境中的种族——在迈尔斯的时代。

下面按照故事发生的时间顺序排列的目录中，列出小说名，而短篇故事（官方定义：单词数介于17500至40000之间的故事）则会加上双引号。

《自由落体》

《荣誉碎片》

《贝拉亚》

《战争学徒》

“《哀悼的群山》”

“《气象员》”

《贵族们的游戏》

《西塔甘达》

《阿多斯的伊森》

《无尽的边界》

“《迷宫》”

“《无尽的边界》”

《兄弟手足》

《镜舞》

《记忆》

《科玛》

《明争暗斗》

“《冬节的礼物》”

《外交豁免权》

《弗·帕特利尔上尉的婚姻》

《冷冻燃烧》

《乔尔先生和红桃皇后》

注意：

短篇故事《气象员》是从小说《贵族们的游戏》前面部分抽出来的一个单独小故事。如果你已经看过了后者，那么就不需要读这个了。

此外“中篇小说”《无尽的边界》其实是一个混合体，其中包含三个短篇小说：《哀悼的群山》《迷宫》和《无尽的边界》，以及把它们连接在一起的框架故事。再一次提请注意重复问题。这本书的框架故事并不能独立成篇。

出版次序：

这同时也是它们被创作的次序——除了几个短篇故事之外。但该次序跟故事发生的时序并不一致。按照这个次序，它们依次是：

《荣誉碎片》（1986年6月）

《战争学徒》（1986年8月）

《阿多斯的伊桑》（1986年12月）

《自由落体》（1988年4月）

《兄弟手足》（1989年1月）

《无尽的边界》（1989年10月）

《贵族们的游戏》（1990年9月）

《贝拉亚》（1991年10月）

《镜舞》（1994年3月）

《西塔甘达》（1996年1月）

《记忆》（1996年10月）

《科玛》（1998年6月）

《明争暗斗》（1999年9月）

《外交豁免权》（2002年5月）

“《冬节的礼物》”（2004年2月）

《冷冻燃烧》（2010年11月）

《弗·帕特利尔上尉的婚姻》（2012年11月）

《乔尔先生和红桃皇后》（2016年1月）

……三十年的创作浓缩在这一页当中。嗯哼。

阅读愉快！

——洛伊斯·麦克马斯特·比约德

洛伊斯·麦克马斯特·比约德官方网站

https://www.goodreads.com/author/show/16094.Lois_McMaster_Bujold（译者注：原文此处只有网站网址，缺少后面部分。据网站页面修订）

www.spectrumliteraryagency.com/bujold.htm

www.dendarii.com

洛伊斯·麦克马斯特·比约德生于1949年。作为俄亥俄州立大学一位工程学教授的女儿，她由于父亲的缘故很早就对科幻小说产生了兴趣。现在她生活在明尼阿波利斯，有两个已成年的子女。1982年，她开始以职业作家为目标写作。三年中她写了三本小说；1985年10月，她将它们全都卖给了比恩图书公司，踏上了职业作家的道路。比约德之后继续为比恩公司创作了若干其他小说，大多数都描写的是她最受欢迎的人物：迈尔斯·内史密斯·弗·科西根，他的家人，朋友和敌人。她的书籍被翻译成了超过二十种语言。她为厄俄斯（译者注：哈珀柯林斯出版社旗下子品牌。专注出版科幻和奇幻小说）创作了一些奇幻小说，主要包括获得过雨果奖的查里昂系列和家传匕首系列。

洛伊斯·麦克马斯特·比约德已出版书籍：

弗·科西根系列

《自由落体》

《荣誉碎片》

《贝拉亚》

《战争学徒》

《贵族们的游戏》

《西塔甘达》

《阿多斯的伊森》

《无尽的边界》

《兄弟手足》

《镜舞》

《记忆》

《科玛》

《明争暗斗》

《外交豁免权》

《弗·帕特利尔上尉的婚姻》

《冷冻燃烧》

《乔尔先生和红桃皇后》

查里昂系列

《查里昂的诅咒》

《灵魂骑士》

《神圣狩猎》

《皮里克的怪物》

家传匕首四部曲

第一部：《欺心》

第二部：《遗产》

第三部：《航道》

第四部：《地平线》

其他奇幻小说

《魂戒》

短篇故事集

《原虫》

非小说类：

《书场之外：谈话和杂文》